SARAH ARMSTRONG

nachts schwimmen

Über dieses Buch

Seit Jahren versuchen Quinn und Marianna ein Kind zu bekommen. Marianna kennt mittlerweile kein anderes Thema mehr, und die Ehe der beiden steckt in einer tiefen Krise. Quinn braucht Abstand und nimmt einen Job als Arzt in einer anderen Stadt an. Hier lernt er die Tochter einer Patientin kennen: Rachel. Eine Frau, die so anders ist als Marianna – bodenständig, optimistisch, drei. Zusammen mit ihr spürt Quinn wieder Leichtigkeit, spürt eine Verbindung, die ihn tief berührt. Er weiß, dass er sich entscheiden muss und ist bereit, für Rachel alles aufzugeben. Doch dann überrascht ihn Marianna mit einer Nachricht, die alles verändert.

Über die Autorin

Sarah Armstrong wurde in Australien geboren und studierte Journalismus. Danach arbeitete sie beim Radio und gewann den renommierten »Walkley Award«. Zusammen mit ihrem Mann, der ebenso Schriftsteller ist, unterrichtet sie Kreatives Schreiben. Die Autorin hat eine kleine Tochter und lebt mit ihrer Familie in der Nähe von Sydney. Demnächst erscheint ihr zweiter Roman im Diana Verlag.

SARAH
ARMSTRONG

nachts schwimmen

ROMAN

Aus dem australischen Englisch
von Ute Brammertz

DIANA

Der Verlag weist ausdrücklich darauf hin, dass im Text enthaltene externe Links vom Verlag nur bis zum Zeitpunkt der Buchveröffentlichung eingesehen werden konnten. Auf spätere Veränderungen hat der Verlag keinerlei Einfluss. Eine Haftung des Verlags ist daher ausgeschlossen.

FSC
www.fsc.org
MIX
Papier aus verantwortungsvollen Quellen
FSC® C014496

Verlagsgruppe Random House FSC® N001967

Taschenbucherstausgabe 04/2017

Die Originalausgabe erschien 2015 unter dem Titel *His Other House*
bei Pan Macmillan Australia Pty Ltd, Sydney, New South Wales

Neumarkter Straße 28, 81673 München
Redaktion: Anja Freckmann
Umschlaggestaltung: t. mutzenbach design, München
Umschlagmotiv: © Gettyimages; LeksusTuss; HelenField;
Curly Pat/Shutterstock
Satz: Leingärtner, Nabburg
Druck und Bindung: GGP Media GmbH, Pößneck

Printed in Germany
ISBN 978-3-453-35919-2

www.diana-verlag.de
Besuchen Sie uns auch auf www.herzenszeilen.de
Dieses Buch ist auch als E-Book lieferbar

Für Alan

TEIL 1

1

Als Rachel erwachte, trommelte Regen aufs Dach, jener vertraute und trostreiche Ozean aus Lärm. Irgendwo im dunklen Haus schlug eine Tür zu, und Rachel streckte die Hand aus, um ihre Lampe anzuknipsen, aber es gab keinen Strom.

Sie tastete sich durch den dunklen Flur, ihre Finger glitten an den Wänden entlang, bis zum Zimmer ihrer Mutter, wo ein Blitz die sich bauschenden Vorhänge erleuchtete. Regen spritzte ins Zimmer, und der Teppich unter ihren Füßen war bereits feucht. Rachel schloss das klemmende Fenster.

Das Gesicht ihrer schlafenden Mutter war totenblass. Rachel hasste es, wie schwer sie sich damit tat, dass ihre Mutter zum Sterben bereit war, bereit, Rachel zurückzulassen.

»Bist du das, Darling?«

»Ja, ich bin da.« Rachel trat zum Bett, und ihre Finger berührten die knochige Schulter ihrer Mutter.

Ihre Mutter fingerte an der Nachttischlampe herum.

»Wir haben Stromausfall, Mum. Ich werde die Kerze anzünden.« Als sie das Streichholz entfachte, erschütterte ein weiterer Donnerschlag das Haus.

Sie stellte die Kerze auf die Kommode und legte sich neben ihre Mutter. War es das letzte Mal, dass sie so daliegen würden? Es war zu einer schrecklichen Angewohnheit geworden: Egal, ob sie Scrabble spielten oder sie ihrer Mutter einen Gutenachtkuss gab, immerzu dachte sie: *Ist es das letzte Mal?*

»Du scheinst hellwach zu sein, Mum«, meinte Rachel.

»Das bin ich nachts oft.« Ihre Mutter tätschelte Rachels Arm. »Dann sehe ich Scotty.«

Rachels Herz schlug schneller. »Aha.« Am liebsten hätte sie gefragt, ob er glücklich aussehe.

»Erinnerst du dich noch an die Nacht, als der Wagen auf dem Dorrigo Mountain liegen geblieben ist?«

»Ja.« Jeden Tag stieß ihre Mutter auf eine Erinnerung, nicht selten Ereignisse, an die sich Rachel kaum erinnern konnte: das Kaninchenjunge, das sie vor einem Zuckerrohrbrand gerettet hatten, oder wie ihre Tante sich bei einem Kirchenpicknick unten am Fluss den Knöchel gebrochen hatte. Irgendwann demnächst würde ihre Mutter gewiss den Tag ansprechen, an dem Scotty gestorben war.

Ihre Mum richtete den Kragen ihres Nachthemds. »Bei einem Unwetter fühlt sich jede wasserdichte Luftkammer sicher an, selbst ein Auto.«

Rachels Dad war die sich windende Bergstraße hinaufgegangen, in der regnerischen Dunkelheit, auf der Suche nach einem Telefon, um den Abschleppdienst zu rufen. Rachel und Scotty und ihre Mum warteten im Auto, wo sie eine immer noch warme Lasagne direkt aus der Ofenform aßen, und der Regen zu laut auf das Autodach trommelte, als dass sie sich hätten unterhalten können. Die Finger ihres

Bruders hatten kurz ihre berührt, und er hatte sie mit dem Ellbogen angestoßen, als sie ein Stück geschmolzenen Käse oben von der Lasagne schälte.

»Scotty wollte eigentlich mit Dad mitgehen«, sagte Rachel.

»Ja. Ich weiß nicht, warum ich solche Angst davor hatte, dass er bei Regen und Wind draußen ist.« Der Tremor im Arm ihrer Mutter setzte ein. »Schon wieder.«

Rachel legte die Hand auf den kühlen Ellbogen ihrer Mutter. Draußen prasselte der Regen nieder, und sie stellte sich vor, wie die ehemals undichte Stelle in der Küche wieder aufging und sich das Wasser einen Weg durch all das Silikon bahnte, das ihr Dad unter das Wellblechdach gepumpt hatte.

Emily räusperte sich, um den Regen zu übertönen. »Ich fürchte, dass niemand mehr da sein wird, der sich an meinen Jungen erinnert.«

»Eines Tages wird niemand mehr da sein, der sich an irgendwen von uns erinnert.«

Die Stimme ihrer Mutter bebte. »Aber ich möchte, dass man sich während der Zeit, die er gelebt hätte, an ihn erinnert.«

»Ich werde mich an ihn erinnern.« Über ihnen klatschten Zweige und kleine Äste auf das Dach.

»Woran erinnerst du dich?«

»Oh … seine Haare und wie er gerannt ist.« Im Kerzenschein bewegte Rachel die Arme, um seinen langbeinigen Gang anzudeuten. Für seine acht Jahre war er groß gewesen. Natürlich wusste ihre Mutter, dass Rachel sich vor allem daran erinnerte, wie er tot ausgesehen hatte. Rachel hatte die Hoffnung aufgegeben, dass dieses Bild je verblassen würde.

Die Nachttischlampe ging flackernd an, zu grell. Rachel griff über Emily hinweg und schaltete sie aus.

»Seine Kleider und seine Sachen sind in der Garage«, sagte ihre Mutter. »Wir sollten sie weggeben.«

»Du hast seine Kleider behalten?« Rachel versuchte, sich ihre Bestürzung nicht anhören zu lassen.

»Kleider. Spielzeug. Bücher.« Emily sah sie nicht an.

»Okay. Das können wir machen.« Der Regen ließ allmählich nach. »Möchtest du eine frische Unterhose anziehen?« Ihre Mutter nannte sie Windeln, aber Rachel brachte es nicht über sich.

»Nein danke, Darling.«

Die Geräuschkulisse aus Regen und Wind wurde von einem lauten Krachen aus dem Garten übertönt. Rachel stützte sich auf die Ellbogen, um aus dem Fenster sehen zu können, und tatsächlich, einen Augenblick später zeigte ein Lichtblitz, dass das Schuppendach fort war. Jetzt würde der Regen sich über die Regale ihres Vaters voller verstaubter Werkzeuge und halb leerer Farbeimer ergießen.

»Was war das?«, fragte ihre Mutter.

»Das Schuppendach.«

»Oh.«

Rachel half ihrer Mutter, sich umzudrehen, stand dann auf und schüttelte die Decke aus, die sich aufblähte, ehe sie sich wieder legte. Ihre Stimme stockte. »Wie alt ist Scotty, wenn du ihn siehst, Mum?«

»Er ist acht. Wie damals.«

»Und sieht er glücklich aus?«

Ihre Mutter hielt inne. »Ja. Und nun geh schon, ab ins Bett mit dir.« Ihre Stimme war fester, als sie es in letzter Zeit gewesen war, ähnelte der Stimme, an die Rachel sich von früher erinnerte.

»Gute Nacht.« Rachel blies die Kerze aus.

»Gute Nacht, Darling.«

Rachels Schlafzimmer lag hell erleuchtet da, denn aus dem Haus des Arztes nebenan strömte Licht. Nach dem Unwetter waren die Menschen in der ganzen Stadt wach. Rachel zog die Vorhänge zu, um das Licht abzuschirmen, und legte sich hin. Sie wusste, dass ihre Mum jeden Tag an Scotty und an Rachels Vater dachte. Wer würde an Rachel denken, wenn sie tot war? Dachte Karl jetzt an sie? Es war erstaunlich, wie schnell jemand, mit dem man nicht blutsverwandt war, aus dem eigenen Leben entschwand. Sie war vier Jahre lang neben Karl aufgewacht, und jetzt dachte sie tagelang nicht an ihn. Würde sich am Ende doch immer nur die Familie an einen erinnern?

Die Luft hatte sich abgekühlt, und Rachel zog die Decke hoch. Als sie endlich die Augen schloss, sah sie ihren Vater, wie er sie in der Nacht, in der Scotty gestorben war, zu Bett gebracht hatte. Er hatte auf dem Boden gekniet und ihr über die Haare gestreichelt, während sich die Stille im Haus drückend auf sie legte. Er hatte es nicht ausgesprochen, aber Rachel wusste, dass ihr Anblick für ihre Mutter zu schrecklich gewesen wäre.

Im Garten herrschte Chaos. Im fahlen Sonnenschein stieg Rachel barfuß über abgebrochene Zweige und den klebrigen Teppich aus feuchtem Laub.

Sie betrachtete gerade den dachlosen Schuppen, als der neue Arzt ihrer Mutter zwischen den Büschen am Zaun auftauchte. Er trug ein zerknautschtes T-Shirt und Jeans und hielt eine Tasse in den Händen. »Guten Morgen!«, rief er.

Sie wickelte ihren Baumwollmorgenmantel ein wenig fester um sich.

»Morgen! Wie ist es Ihnen da drüben ergangen?«

»Bloß eine überflutete Waschküche. Aber ich habe da etwas, das vermutlich Ihnen gehört.«

»Etwa ein kleines rotes Dach?«

»Ganz genau.« Er grinste.

Seufzend ging sie auf den Zaun zu. Ja, da lag es, ordentlich in der Mitte seines Rasens platziert. »Ach, Mist.« Sie schwang die Beine über den Zaun und schob sich durch die nassen Äste.

Jetzt standen sie gemeinsam da und betrachten das Dach und die Furchen im Rasen, wo es gelandet war. Seine schwarzen Badeschlappen versanken im schlammigen Gras, und sie lächelte über seine ordentlich geschnittenen Zehennägel und die bleichen Füße. Als er in der vergangenen Woche zum ersten Mal ihre Mutter besucht hatte, an einem stickig heißen Sommertag, hatte er eine Krawatte und eine wollene Anzughose getragen.

Sie bückte sich und hob eine Ecke des Daches an. »Dad hat es vor Jahren zusammengezimmert. Keine Ahnung, warum es ausgerechnet gestern Nacht auf einmal davongeflogen ist.«

Mit dem Badeschlappen tippte er an ein Rasenstück, das vom Dach aufgeworfen worden war. »Allerdings ein ziemlich kurzer Flug«, meinte er. »Wie ein Jungvogel, der das Nest zu früh verlassen hat.«

»Genau.« Sie dachte an die verwahrlosten jungen Käuze, die sie früher immer im Park gefunden hatte. »Passen Sie auf Ihren Fuß auf.« Sie ließ das Dach wieder auf das Gras sinken. »Würden Sie mir helfen, es über den Zaun zu heben?«

Er stellte seine Tasse auf dem zementierten Weg ab und ging in die Hocke, um das Dach anzupacken. Ein Zweig hatte sich in seinen dunklen Locken verfangen, und sie fragte sich, ob sie die Hand ausstrecken und ihn herausholen sollte.

Er sah zu ihr auf. »Ich frage mich, wie Jungvögel sich zu ihrem ersten Flug überwinden können, obwohl sie noch nie zuvor geflogen sind?«

»Sie sind wohl im Gegensatz zu uns Menschen nicht darauf programmiert, Angst davor zu haben, sich ins Nichts zu stürzen.« Sie bückte sich ebenfalls.

»Wohl nicht.« Er lächelte. »Fertig? Eins, zwei, drei ...«

Sie überquerten das klatschnasse Gras und ließen das Dach über den Drahtzaun gleiten. Eine Eidechse streckte ihnen die blaue Zunge heraus und huschte davon.

Er lehnte sich an den Zaun und betrachtete den Garten ihrer Mum. »Ist das der einzige Schaden?«

»Ja. Das Haus hat schon Hunderte solcher Unwetter überstanden, wie sie von Queensland herüberziehen.«

»Sind Sie hier aufgewachsen?« Sein Blick wanderte über das weiße Holzhaus.

»Bin ich.« Die aufmerksame Art, mit der er es betrachtete, berührte sie unwillkürlich. Die Gestalt des Hauses und die Anordnung seiner Türen und Fenster waren ihr so vertraut wie ihr eigenes Gesicht. Das Haus hatte sie gehalten, als ihre Mutter es nicht tun wollte.

»Ich sollte Ihnen sagen, dass ich abends von meinem Schlafzimmer aus direkt in Ihr Haus sehen kann«, sagte sie. »Ich kann alles sehen, was Sie im Wohnzimmer und in der Küche machen.«

»Wirklich?« Er lächelte. »Tja, es sind sehr große Fenster.« Er fuhr sich mit den Fingern durch die Haare, fand den Zweig und schleuderte ihn fort. »Allerdings ist es nicht mein Haus.«

»Ich weiß. Woher kennen Sie Bill?«

»Wir haben zusammen studiert.« Er verschränkte die Arme und lächelte ihr wieder zu.

Seine Patientinnen, so wie ihre Tante Beryl, fanden ihn bestimmt attraktiv. *Dieser knackige Dr. Davidson,* würde Beryl sagen. Rachels Typ war er nicht. Er war zu knabenhaft, sah zu weich aus, hatte allerdings eine gewinnende Ernsthaftigkeit an sich.

»Sie können mich vielleicht *sehen*«, sagte er. »Aber ich kann Sie *hören*.«

»Oh, daran sind wir gewöhnt«, erwiderte sie. »Früher habe ich abends im Bett gelegen und Maeve und Linky belauscht, denen das Haus vor Bill gehörte. Wenn die beiden im Wohnzimmer waren, konnte ich jedes einzelne Wort verstehen.«

»Worüber haben sie gesprochen?«

Sie sah den großen, dünnen Linky vor sich, der beim Unkrautjäten einen Herzinfarkt erlitten und tot umgefallen war, und Maeve, die gleich nach der Beerdigung zu ihrer Tochter nach Casino gezogen war. »Über ihre Kinder. Den Garten. Sie haben sich ein bisschen über meine Eltern unterhalten.« Sie schwang ihre Beine wieder über den Zaun und trat zu dem kleinen, vernachlässigten Gemüsebeet ihrer Mutter neben der externen Waschküche. Der Sturm hatte den Mangold zerfetzt. »Sie fanden, dass wir Kinder allzu sehr das Sagen hatten«, antwortete sie. »Und mit der Zeit habe ich dasselbe gedacht.«

»Ob die beiden wussten, dass Sie sie hören konnten?«

»Ich glaube nicht.« Ihr gefiel die Vorstellung nicht, dass Linky und Maeve diese Dinge in der Absicht gesagt hatten, dass Rachel sie mitanhörte. »Möchten Sie ein paar Limetten?«

»Sicher. Wenn Sie welche übrig haben.« Er kletterte über den Zaun und blieb neben ihr stehen, während sie fünf glänzende Früchte vom Baum pflückte und ihm reichte. Selbst in diesem vernachlässigten Zustand bot der Garten ihrer Mutter Zitrusfrüchte, Bohnen, Kräuter, Maracujas und blassgrüne Chayoten, die am rückwärtigen Zaun entlangwucherten.

»Das reicht völlig«, sagte er. »Ich werde sie heute Abend mit nach Hause nehmen.« Er blickte auf die Limetten in seinen hohlen Händen. »Wegen unserer Unterhaltung neulich über die Behandlung Ihrer Mutter möchte ich Ihnen noch sagen, dass wir, Sie und ich, wirklich dasselbe Ziel verfolgen. Es geht darum, Ihrer Mutter die bestmögliche Lebensqualität zu verschaffen.«

»Ich weiß.« Sie lächelte ihn an. »Sie müssen sich keine Sorgen machen, dass Sie mich kränken könnten. Ich bin praktisch unkränkbar.«

»Unkränkbar?« Er zog lächelnd die Augenbrauen hoch. »Das werde ich mir merken.«

Vielleicht hatte es ihn gekränkt, als sie das komplizierte Arzneiregime, das er ihrer Mutter verschrieben hatte, infrage stellte. »Aber ich werde Ihnen verraten, wer es doch geschafft hat, mich wütend zu machen ... Als ich noch in Sydney war, habe ich bei Jim Stanton angerufen, und er hat mit keinem Wort erwähnt, dass sich Mums Zustand derart verschlechtert hatte.« Sie blinzelte Tränen zurück. »Mir hat sie die ganze Zeit gesagt, es gehe ihr gut, bis schließlich meine Tante angerufen und sich erkundigt hat, warum ich nicht längst da bin.«

Er verzog das Gesicht. »Tja, genau genommen ist es eben Sache Ihrer Mutter, und nicht des Hausarztes, anderen Menschen von ihrem Gesundheitszustand zu erzählen.«

»Ach, kommen Sie schon! Er hätte mir gegenüber wenigstens etwas andeuten können. Er macht sich einfach gern wichtig.« Warum wurde sie diesem Mann gegenüber eigentlich immer bissig? Auch ihr Gespräch über die Medikamente ihrer Mutter war zum Ende hin unangenehm gereizt gewesen. Sie bückte sich und pflückte einen Zweig Petersilie. »Möchten Sie davon auch etwas?«

»Nein, danke. Sie wissen doch, dass ich bloß zwei Tage die Woche hier in der Stadt bin? Trotzdem, wenn Sie sich auch nur die geringsten Sorgen machen, rufen Sie mich unbedingt jederzeit in Brisbane an. Und sobald wir die Dosierung richtig eingestellt haben, werde ich die Behandlung wieder Jim überlassen.« Er nickte. »Ich muss mich jetzt für die Arbeit fertig machen. Geben Sie mir Bescheid, falls Sie später bei dem Dach noch Hilfe brauchen. Ich kann mit anpacken, ehe ich nach Hause fahre.«

»Sind Sie außer Arzt auch Heimwerker?«

»Tja … nein.« Er zuckte die Schultern. »Aber es sieht aus, als bräuchte man dafür zwei Paar Hände.«

»Tut mir leid … Das ist falsch rübergekommen … Ich wollte damit nicht sagen …« Sie warf den Petersilienzweig fort.

»Ist schon okay.« Er lächelte, ging aber bereits rückwärts.

»Danke für das Angebot«, sagte sie. »Das ist nett von Ihnen. Aber ich werde meinen Cousin anrufen. Er arbeitet auf dem Bau.«

»Sie haben Familie in der Stadt?« Er ließ die Limetten in die kleine Hängematte fallen, die er mit seinem T-Shirt bildete, und sie erhaschte einen Blick auf seinen flachen Bauch und einen Pfeil aus dunklen Haaren, der im Bund seiner Jeans verschwand.

»O ja!« Sie lachte. »Ich bin mit der halben Stadt verwandt. Und mit über der Hälfte Ihrer Patienten vermutlich auch.«

2

Quinn drückte den Blasebalg des Blutdruckmessgeräts, aber die Manschette um den blassen Arm der alten Frau ließ sich nicht aufpumpen. Er drehte an dem Ventil herum und versuchte es erneut.

»Es tut mir leid, Mrs. Anderson.« Er öffnete den Klettverschluss der Manschette. »Würden Sie sich noch einen Augenblick gedulden?« Er lächelte. »Ich fürchte, ich mache keinen sonderlich guten Eindruck bei unserer ersten Begegnung, nicht wahr?«

Die alte Frau erwiderte sein Lächeln, ihre Augen waren wässrig. Bei seiner Ankunft am Morgen hatte sie auf einem der Plastikstühle in dem spartanisch eingerichteten Wartezimmer gesessen, zwanzig Minuten vor ihrem Termin. »Das macht nichts, Herr Doktor. Wir sind einfach nur so dankbar, Sie in der Stadt zu haben, Sie machen sich ja keine Vorstellungen.« Mit knotigen Fingern richtete sie den Ärmel ihres Kleides.

Eine Sprechstundenhilfe telefonierte, und die andere blickte von ihrem Computer auf.

»Das Blutdruckmessgerät in meinem Untersuchungszimmer funktioniert nicht, Carol. Wissen Sie, ob es ein Ersatzgerät gibt?«

Sie runzelte die Stirn. »Nicht, dass ich wüsste. Sie werden sich eines ausleihen müssen. Versuchen Sie es bei Jim.« Sie sah an Quinn vorbei zu jemandem, der gerade durch die Eingangstür kam. »Hi, Lewis. Nehmen Sie Platz. Michelle ist pünktlich, es wird also nicht lange dauern.«

Als Quinn das Wartezimmer durchquerte, um an Jims Tür zu klopfen, blickten zwei nebeneinandersitzende Frauen von ihren Zeitschriften auf. Er lächelte ihnen zu und bemerkte im selben Moment, dass die jüngere von beiden hochschwanger war. Es schnürte ihm die Kehle zu.

Jim riss die Tür auf und lächelte breit. »Ja?«

»Verzeihen Sie die Störung. Das Blutdruckmessgerät in meinem Zimmer funktioniert einfach nicht. Kann ich mir kurz Ihres ausleihen?«

»Natürlich.« Jim Stanton war Ende sechzig, ein massiger Mann, der Kleidung aus Moleskin und Stiefel von R.M. Williams trug und wie ein Viehhalter aus dem Westen aussah. Kennengelernt hatten sie sich, als Quinn übers Wochenende Bill besucht hatte. Jim hatte gleich angefangen, Quinn zu bearbeiten, er möge doch ein, zwei Tage die Woche in Corimbi arbeiten. »Manche Menschen müssen drei Stunden lang fahren, um zu einem Spezialisten wie Ihnen zu kommen«, hatte er gesagt. »Sie würden diesen Menschen einen echten Dienst erweisen, Quinn.«

Es hatte Quinn überrascht, dass Marianna einverstanden gewesen war, dass er jede Woche für zwei Tage fort sein würde. Jetzt, nach wenigen Wochen in seinem neuen Job, fragte er sich allerdings, ob sie beide die Veränderung möglicherweise aus den falschen Gründen befürwortet hatten. An seinem ersten Abend in der Stadt hatte er Bills leeres

Haus betreten und sich im Dunkeln auf das Sofa gesetzt, schockiert, wie erleichtert er war, eine Nacht für sich allein zu haben. Zu Hause schwang Mariannas Wunsch, so schnell wie möglich wieder schwanger zu werden, bei allem mit, was sie tat, bei jeder Entscheidung, die sie traf, jedem Gespräch, das sie führten. Doch er fürchtete sich vor einer erneuten Schwangerschaft, da er sicher war, dass letztlich nur eine weitere Fehlgeburt folgen würde.

Es war noch nicht lange her, da hatte Quinn neben Marianna gestanden, während sie auf Andrews Untersuchungstisch lag. Als Andrew die Ultraschallsonde tiefer schob und einen anderen Winkel ausprobierte, drückte Quinn ihre Hand und sah, wie Schweiß auf Andrews Stirn trat. Kein Herzschlag, wieder nicht.

Jim rollte das Blutdruckmessgerät über den Teppich auf Quinn zu. »Das hier wird heute hin- und herhüpfen müssen. Früher hatten wir ein Ersatzgerät, aber das ist verschwunden.«

Die alte Frau saß geduldig da, den Kopf geneigt, die Hände im Schoß gefaltet.

»Mrs. Anderson, ich bin wieder da. Versuchen wir es noch einmal.«

Freudestrahlend lächelte sie ihn von unten an.

Vier Patienten später befand er sich gerade in der Kleinküche und durchsuchte die Schränke nach einer Tasse, als Jim hereinkam und einen Plastikbehälter aus dem Kühlschrank holte. »Haben Sie sich gut in Bills Haus eingelebt?«

»Ja, danke. Es ist sehr gemütlich.«

»Wie geht es ihm in Moresby? Das da oben ist der Wilde

Westen.« Der ältere Arzt öffnete den Deckel seines Behälters und spähte hinein.

»Er ist noch nicht dort. Er ist in Melbourne, um seinen Dad zu besuchen, bevor er aufbricht. Und ich glaube, dass er tatsächlich in Lae sein wird.«

»Oh, noch schlimmer. Ich schätze mal, dass er es ein halbes Jahr mit dem Pöbel aushält, und dann seine alte Stelle zurückhaben will.«

Quinn lächelte. »Fünfzig Mäuse, dass er es länger als ein Jahr aushält.«

»Sagen wir hundert, und die Wette gilt.« Jims Handschlag war beinahe zu fest.

Quinn stieß unter der Spüle auf eine weiße Tasse der Firma Combantrin. »Alice Mobray ist vorhin da gewesen. Wie lange ist sie schon Ihre Patientin?«

»Von Geburt an.« Jim stellte seinen Plastikbehälter in die Mikrowelle.

»Ich habe ein komisches Gefühl bei ihr.« Noch beim Sprechen wünschte Quinn, er hätte nichts derart Verschwommenes von sich gegeben.

»Ach ja? Was für ein *komisches Gefühl* denn?« Die Tasten an der Mikrowelle piepten blechern.

»Tja ... Sie werden mir zustimmen, dass sie sich recht ungewöhnlich verhält. Ist sie jemals von einem Psychiater untersucht worden?« Quinn erinnerte sich an das starre Lächeln und die ausdruckslose Stimme der jungen Frau. Sie hatte sehr gerade auf dem Stuhl gesessen, ihr rotes T-Shirt hatte über den breiten Schultern gespannt.

»Sie ist nicht geisteskrank, Quinn.«

»Hat sie sich schon immer so benommen?«

»Ja. Ihre Mum ist sozial genauso unbeholfen.« Jim verschränkte die muskulösen Arme. »Alice hat Probleme mit neuen Menschen, und Sie sind neu.«

»Sie haben sie also entbunden?«

»Ja. Ich habe die Hälfte der Stadtbewohner unter vierzig entbunden. Aber jetzt ist das Gott sei Dank nicht mehr mein Job.« Er nahm eine Plastiktüte von der Bank und hielt sie Quinn hin. »Pennys Anzac-Kekse. Möchten Sie einen?«

»Danke.« Quinn nahm sich einen Keks und goss kochendes Wasser über seinen Teebeutel. Er fragte sich, ob Jim Stanton in den Supermarkt oder ins Pub gehen konnte, ohne jemandem über den Weg zu laufen, bei dessen Geburt er zugegen gewesen war. Und er dachte an seinen Vater, der es sich zur Aufgabe gemacht hatte, über alles auf der Insel, auf der Quinn aufgewachsen war, im Bilde zu sein. Quinns Mutter nannte ihn früher immer den »Feudalherren«, allerdings nur hinter seinem Rücken.

Quinn stellte den Tetrapak Milch zurück in die Kühlschranktür. »Und Emily Gordon ... die Tochter scheint sich gut um sie zu kümmern.«

»Bestimmt. Aber Rachel wird sich aus dem Staub machen, sobald Emily stirbt. Sie wird verkaufen, und dann werden Sie neue Nachbarn bekommen. Rachel konnte gar nicht schnell genug aus der Stadt wegkommen, nachdem sie mit der Highschool fertig war.« Er bückte sich, um durch die Tür der Mikrowelle zu sehen. »Sie ist eines meiner ersten Babys gewesen.« Die Mikrowelle summte weiter, und seine Stimme war leise. »Ein Albtraum für einen jungen Arzt: dreifache Nabelschnurumschlingung, Atemnot, retinierte Plazenta, postnatale Blutungen ...« Er richtete sich mit einer Grimasse auf. »Ein verfluchter Albtraum.«

»Mir scheint, Rachel war nicht recht klar, wie krank ihre Mutter ist.«

Jim legte den Kopf schräg, als versuchte er, seinen neuen Kollegen einzuschätzen. Quinn war daran gewöhnt, dass ältere Ärzte ihn nie ganz für voll nahmen.

»Es gab reichlich Menschen, die es ihr hätten sagen können, Quinn. Wenn ihre Mutter und ihre Tanten es ihr nicht erzählen wollten, dann hatte ich auch kein Recht dazu.«

»Ich frage mich, warum ihre Mutter nicht wollte, dass sie Bescheid wusste.«

»Sie wollte ihr nicht zur Last fallen. Sie wissen ja, wie das ist.« Die Kleinküche füllte sich mit dem Geruch nach aufgewärmtem Fleisch. »Hat sich Rachel über mich beschwert?«, fragte Jim.

Quinn schüttelte den Kopf und dachte an den ersten Blick, den er am Morgen auf sie erhascht hatte, barfuß in ihrem grünen Bademantel, mit verschränkten Armen, während sie lächelnd den dachlosen Schuppen betrachtete. »Nein, ich glaube, sie wünscht sich nur, sie wäre früher hergekommen.«

»In einer Kleinstadt muss man es mit der Schweigepflicht ganz genau nehmen.« Jim schüttelte den Kopf. »Nein. Rachel hat ein schlechtes Gewissen, weil sie ihre Mutter die letzten zwanzig Jahre vernachlässigt hat, das ist alles.« Er öffnete die Mikrowelle und zog die Schüssel heraus. »Und Alice hat keine psychischen Probleme, Quinn. Sie ist rundum glücklich. Um Himmels willen, stiften Sie keinen Ärger. Kümmern Sie sich einfach um ihre Schilddrüse.«

»Okay, okay. Aber ich frage mich trotzdem, ob es nicht helfen würde, wenn Sie sie ohne großes Aufhebens zu einem Beratungsgespräch bei einem guten Psychiater überweisen würden.« Quinn löffelte Zucker in seinen Tee.

»Ich werde darüber nachdenken.« Jim Stanton trat in den Korridor und drehte sich dann um. »Und ich freue mich schon darauf, Sie in einem Jahr um hundert Dollar zu erleichtern.«

Donner grollte, als Quinn den Parkplatz überquerte und die breite Hauptstraße entlangging. Der Regen setzte ein – warme, schwere Tropfen. Eine Frau eilte vorbei, Plastiktüten in beiden Händen, gefolgt von zwei Mädchen in Schuluniform.

Er tauchte in einen Schwall kühler Bierluft ein, der aus dem Pub drang, machte sich aber im selben Moment klar, dass er vermutlich nicht mehr in der Lage wäre aufzustehen, wenn er sich auf ein Bier hinsetzte. Seine Arbeit mit den vielen neuen Patienten war interessant, und es reizte ihn, mögliche Diagnosen zu durchforsten, aber er war anschließend fix und fertig.

Er trat von der schützenden Markise des Pubs hinaus in den Regen und bog in eine Seitenstraße ein, wo sich Papageien in den Palmen zankten und eine hochschwangere Frau einen Regenschirm über ein Kleinkind hielt, das den Gartenweg zu einem Haus entlangsteuerte. Quinn beobachtete, wie Mutter und Kind die Eingangsstufen nahmen, als könnte sein Blick sie sicher nach drinnen bringen.

Als er und Marianna vor vier Jahren angefangen hatten zu versuchen, ein Kind zu bekommen – noch vor der Phase der künstlichen Befruchtung –, hatte er manchmal ein dunkelhaariges Mädchen vor seinem geistigen Auge gesehen. Es war etwa zwei oder drei Jahre alt, mit strahlenden Augen wie Marianna. Er hatte Marianna davon erzählt, und früher hatten sie öfter lächelnd von ihrem *braunhaarigen Mädchen* gesprochen. Doch seit der zweiten Fehlgeburt hatten sie das Mädchen nicht mehr erwähnt, und es war ein Jahr her, dass er es gesehen hatte.

Die Schwangere rief zu ihm herüber. »Kann ich Ihnen helfen?« Er hatte gar nicht gemerkt, dass er stehen geblieben war und sie anstarrte.

Er hob die Hand. »Tut mir leid. Alles in Ordnung.«

Sie führte ihr Kind ins Haus, und Quinn ging weiter die Straße entlang. Es goss jetzt in Strömen, und sein Hemd klebte bereits an der Haut. Während seiner Zeit als Assistenzarzt hatte er überall Krankheit gesehen, nicht nur im Krankenhaus, sondern auch bei jedem x-beliebigen Passanten auf der Straße. Damals hatte er regelmäßig die Hand auf seine Brust pressen und sich ins Gedächtnis rufen müssen, dass ein Herz trotz gewaltiger Widrigkeiten weiterschlug und seinen elektrischen Impuls immer und immer wieder abfeuerte. Es war die einzige Methode gewesen, um seine Ängste im Zaum zu halten: an all die Milliarden Herzen auf der ganzen Welt zu denken, die unverwüstlich, kräftig und wacker schlugen.

Aber jetzt fehlte ihm eine solche Methode, um mit seiner Angst umzugehen; Angst, Marianna zu sagen, dass er mit der künstlichen Befruchtung aufhören wollte. Es gab kein einfaches, beruhigendes Bild, das er heraufbeschwören konnte. Er machte einen Schritt über eine Pfütze, und sein Herz flatterte, während er sich vorstellte, wie er seiner Frau sagte, dass er eine weitere Fehlgeburt einfach nicht ertragen würde und dass er aufhören wollte zu versuchen, ein Kind zu bekommen.

3

Marianna erwachte, als die Haustür einrastete und er leise den Korridor entlangkam. Sie hörte, wie er seine Tasche im Arbeitszimmer fallen ließ, und hoffte, dass er gleich ins Schlafzimmer käme, aber er ging an der offenen Tür vorüber.

Sie drehte sich auf die Seite, und Traurigkeit durchströmte sie und legte sich über alles. Selbst gewöhnliche Laute bekamen einen hohlen, verzweifelten Klang: ein vorbeifahrendes Auto, die tropfenden Bäume, Quinn, der im Bad Wasser laufen ließ. Manchmal war es ein kleines und hartes Etwas, das in ihrer Kehle steckte, manchmal war es Galle, die sie durchflutete und alles sauer werden ließ, ihre ganze Chemie veränderte, bis sie in die Arbeit fuhr und dabei wusste, dass sie völlig fassungslos war und vergessen hatte, wie man normal mit anderen umging.

Endlich stieg Quinn ins Bett. Er roch nach Zahnpasta und Seife, seine Brust war warm an ihrem Rücken. Er küsste ihre Schulter und legte die Hand an ihre Brust. »Hallo. Tut mir leid, dass ich so spät komme.«

Sie drehte sich zu ihm um und schlang ein Bein über seine Hüfte.

Sein Atem war warm und pfefferminzig, und er knetete

sanft ihren Oberschenkel. »Ihr hattet hier wohl nicht viel Wind?«

»Nicht viel«, flüsterte sie.

»Kurz nach unserem Telefonat lag wieder ein Baum quer über der Straße, unmittelbar vor der Highway-Auffahrt.« Er strich mit dem Daumen ihr Bein hinab.

Sie wollte, dass er etwas über das verlorene Baby sagte. *Ihr gemeinsames* verlorenes Baby.

»Die armen Kerle vom State Emergency Service waren draußen im Regen mit Kettensägen am Werk ...«

Sie griff nach seinem warmen Schwanz. Er schwoll in ihrer Hand an, und Quinn drückte sich an sie.

Er küsste sie und wich dann zurück. »Ist dir danach? Ich meine ...«

Sie küsste ihn ungestüm, bis er sich auf sie schwang und das vertraute Gewicht seines langen Körpers sie in die Matratze drückte. Wenn er so auf ihr lag, spürte sie endlich den Umriss ihres eigenen Körpers.

Ihre Geräusche beim Sex waren heftig, wie das Klatschen eines Hiebes oder einer Ohrfeige. Als sie später unter ihm lag und sein Herz an ihr hämmerte, stellte sie sich Millionen Spermien vor, die hektisch in ihr hin und her schwammen, gegen die Schwerkraft anschwammen, blind durch ihre abweisende Gebärmutter schwammen.

4

Quinn beobachtete sie im Schlaf. Sie lag mit dem Gesicht zu ihm auf der Seite, eine Hand unter dem Kopfkissen. Ihre symmetrischen Gesichtszüge verliehen ihr auf wundersame Weise eine unglaubliche Schönheit. Wenn er sich nur auf ihre Nase oder ihren Mund konzentrierte, kam sie ihm überhaupt nicht vertraut vor. Isoliert betrachtet, könnten diese weichen blassen Lippen einer Fremden gehören.

Er lag schon seit über einer Stunde wach im Bett und versuchte, wieder einzuschlafen. Doch nun, da demnächst die Sonne aufgehen würde, konnte er genauso gut aufstehen. Er streckte die Hand aus und strich ihr ein paar Haarsträhnen aus dem Gesicht. Sie rührte sich nicht.

Er würde es ihr heute Morgen sagen, beim Frühstück.

Er ging zum Fenster und blickte auf den blätterübersäten Garten vor dem Haus, in dem ein verhedderter Gartenschlauch auf dem Rasen lag. Im Süden spiegelte sich die Sonne in gläsernen Wolkenkratzern, wo ein Embryologe in weißem Kittel vor vier Monaten wieder einmal mit einer Pipette eine von Quinns Spermien aufgesogen und dann in eine Eizelle von Marianna injiziert hatte. Wie entschied der Embryologe, welche der Tausenden zappelnden Spermien er auswählen sollte? Es war beinahe so zufällig wie bei der natürlichen Empfängnis.

Quinn fand die Zufälligkeit von Leben und Tod beruhigend. So vieles lag außerhalb der menschlichen Kontrolle. Dinge gingen einfach den Bach runter. Manchmal sogar immer wieder. Aber seine Patienten wollten, dass Quinn wusste, warum das geschah. Sie wollten ihn nicht bezahlen, um dahinterzukommen, dass er sich nicht ganz sicher war, warum sie Schmerzen hatten oder warum sie an irgendeiner unspezifischen Krankheit litten.

Er zog sich Shorts an und holte seinen alten Fotoapparat aus dem Arbeitszimmer. Von einem feuchten Rattanstuhl auf der Veranda aus beobachtete er eine Frau, die die von Bäumen gesäumte Straße entlangging, während ein kleiner Hund an der Leine neben ihr hertrottete.

Wochenlang hatte Quinn sich vorgestellt, wie sein jüngstes Baby heranwuchs und sich entwickelte, während es in Wirklichkeit längst tot gewesen war. Er schloss die Augen vor einer jähen Erinnerung: die Fahrt zu einem Babygeschäft in Stafford an einem sonnigen Samstagmorgen, leichten Herzens, um ein weißes Kinderholzbettchen abzuholen. Marianna hatte endlich das zweite Schwangerschaftsdrittel erreicht, also war sie bereit, das Besorgen von Babysachen in Angriff zu nehmen. Aber während Quinn und die Verkäuferin den Flachkarton fröhlich in den Kofferraum des Subarus luden, zerfiel ihr totes Baby gerade, Zelle für Zelle. Er hatte sich die Ultraschallbilder in dem Umschlag auf seinem Schreibtisch nicht angesehen. Ihm graute nicht vor dem Anblick des verschwommenen Kleckses, das ihr totes Baby darstellte. Sondern vor dem ihrer Gebärmutter. Dieser perfekten, hoffnungsvollen Form.

Ihre vertrauten Schritte kamen durch den Korridor, und sie erschien in der Tür, nur in einem Slip, die langen, dunklen Haare zerzaust. Sie lehnte sich mit einer Schulter an den Türrahmen und lächelte. »Da bist du ja.«

»Hallo.« Seine Stimme klang krächzend, und er räusperte sich. »Hallo.«

Sie kam auf ihn zu und küsste ihn auf den Kopf. Ihre Haut war warm, und ihr haftete der leichte Geruch nach Sex an. Sie streckte die Arme in die Höhe, ihre Brüste waren blass und schwer. »Sonne«, meinte sie gähnend. »Waschtag.«

Er legte den Fotoapparat in den Schoß, zog sie an sich und drückte das Gesicht an ihren warmen Bauch. Bei dem Gedanken, wie sie reagieren würde, wenn er ihr sagte, dass er aufhören wollte zu versuchen, ein Baby zu bekommen, schlug sein Herz rasend schnell. Sie strich ihm über die Haare und trat zurück. »Ich mache eine Maschine an. Hast du Schmutzwäsche in der Tasche?«

»Ich hole sie gleich.«

Die Labradorhündin klackerte um die Veranda und sackte zu ihren Füßen zusammen. Ihr wedelnder Schwanz klopfte auf die Dielenbretter. Marianna streckte einen Fuß aus, um einen kleinen Ast in den Garten zu schubsen. »Du hast im Schlaf geredet«, sagte sie.

»Was habe ich gesagt?«

»Ich habe es nicht verstanden. Ich habe gedacht, es könnte vielleicht Kiribatisch sein.«

Er konnte sich an keinen Traum erinnern. Er erinnerte

sich lediglich daran, irgendwann in der Nacht aufgewacht zu sein, als sie ihre Beine zwischen seinen hervorzog.

»Ich habe versucht, dir eine Frage zu stellen.« Sie lächelte. »Aber du hast dich von mir weggerollt, als wärst du sauer.« Sie drehte sich um, wollte ins Haus zurückgehen.

»Was hast du mich gefragt?«

Sie lächelte wieder. »Was fotografierst du?«

Er hob den Fotoapparat, die alte Leica seines Vaters. »Noch nichts. Ich mache eines von dir.«

»Okay.« Sie blieb im Türrahmen stehen, halb im Schatten. »Schnell. Ich brauche meine Tasse Tee.«

Sie posierte nie für Fotos. Er fotografierte, wusste aber, dass das Bild verschwommen werden würde. Noch während der Auslöser klickte, verschwand sie in die Düsternis des Korridors.

Sein Vater hatte die Leica, um den Hals gehängt, überall mit sich herumgeschleppt. Beim Aufwachen hatte Quinn oft seinen Dad erblickt, der, den Fotoapparat in der Hand, an der Wand seines Schlafzimmers lehnte. Quinn hatte es geliebt, dass sein Vater kleine Momente aus Quinns Tag für wichtig genug hielt, um sie nach Australien zu schicken, damit dort Abzüge gemacht wurden. Später fand er heraus, wie wenige dieser Fotos sein Vater behielt. Quinn stöberte gewöhnlich hinten im Verbrennungsofen auf der Suche nach zerrissenen Fetzen seines eigenen Gesichts herum. Seine schlafenden Wangen. Dunkle Haarbüschel. Fragmente von ihm auf der glänzenden Haut des Fotos. Er breitete die Stückchen auf dem Beton neben dem Verbrennungsofen aus, bruchstückhafte Puzzle von ihnen dreien: Quinn, seiner Mutter und seinem Bruder.

»Also das hört sich an, als würden die dortigen Hausärzte Patienten an dich überweisen?« Marianna stand an der Arbeitsplatte in der Küche und hackte, die Ärmel ihres Morgenmantels hochgekrempelt, eine Zwiebel.

Er küsste sie auf die Schulter und griff an ihr vorbei nach der Kaffeekanne. »Ach, es geht doch nichts über den frühmorgendlichen Geruch nach roher Zwiebel.«

»Heute Abend wirst du dich freuen, wenn ein Curry auf dich wartet, Freundchen.« Sie drehte sich für einen Kuss um, einen raschen Kuss mit geöffnetem Mund, der nach milchigem Tee schmeckte.

»Ich werde eine anständige Kaffeekanne mit zu Bill nehmen müssen. Wo ist die alte?«

»Unten in der Vorratskammer. Im Moment überweisen also Jim und Wie-heißt-sie-doch-gleich … Michelle die meisten deiner Patienten?«

Er nickte. »Ja, aber ich glaube, andere Hausärzte werden es auch bald tun. Und in der Zwischenzeit kann ich endlich meinen ganzen Papierkram abarbeiten.« Er füllte Kaffeepulver mit dem Messlöffel in die Kaffeemaschine. »Ein alter Kerl, der sich kaum auf den Beinen halten kann, ist allein nach Gold Coast gefahren, um jemanden wegen seiner Diabetes aufzusuchen. Ich habe ihn nach draußen zu seinem Wagen begleitet, so einen uralten Datsun, wie der, mit dem meine Großmutter früher immer in Lane Cove herumgekurvt ist. Viele von diesen Kisten waren in so einem bestimmten Senfgelb, erinnerst du dich noch daran? Jedenfalls, dieser Wagen wurde nur noch vom Autolack zusammengehalten.« Er wusste, dass er schwafelte. Hinauszögerte. Er füllte Kaffeepulver in den Filter.

»Mhm. Kannst du mein Ei vom Herd nehmen?«

Quinn ließ kaltes Wasser in den Topf laufen und holte das heiße Ei heraus, schwer und glatt, und ließ es in einen Eierbecher gleiten. Dann trat er hinter Marianna und schmiegte sich an sie. Sie ließ den Kopf nach vorn sinken und bog ihm ihren Rücken entgegen.

»Konnte er überhaupt noch fahren?«, meinte sie.

»Der alte Kerl?« Er berührte ihren Nacken mit der Nase und atmete den Duft ihres Shampoos ein.

Sie nickte.

»Erstaunlicherweise schien er ein passabler Fahrer zu sein. Aber ich werde mit Jim reden.« Er ließ die Hand durch die Öffnung ihres Morgenmantels gleiten und legte sie an ihren Bauch. »Hey«, flüsterte er und bewegte den Kopf an ihre Schulter, um ihr Gesicht sehen zu können. »Kann ich etwas mit dir besprechen?«

Sie legte das Messer beiseite, drehte sich um und schlang ihm die Arme um den Hals. Das Gesicht schmiegte sie an seine Schulter. »Sag mir, wie hat diese Frau überlebt, die sieben Fehlgeburten hatte?«

Sein Herz machte einen Sprung. »Welche Frau?«

»Die, von der ich dir erzählt habe.« Ihre Wange fühlte sich durch sein T-Shirt warm an. »Vielleicht war sie einfach zäher als ich.«

»Ach so, jetzt weiß ich es wieder. Sie hat am Ende ein Baby bekommen.«

»Aber *sieben* Fehlgeburten. Vielleicht ist die einzige Möglichkeit weiterzumachen, ein bisschen verrückt zu werden?«

»Geht es dir so?« *So geht es mir.*

Ihre Stimme war leise. »Manchmal.«

»Wie wäre es denn dann mit einer Pause?«

Sie versteifte sich. »Was meinst du?«

»Wie wäre es, wenn wir eine Pause mit der künstlichen Befruchtung einlegen?« Er schluckte, auf einmal war sein Mund trocken. »Was ich damit eigentlich meine, ist, dass ich eine Pause brauche.«

Sie wich vor ihm zurück, mit großen Augen, eine Haarsträhne hatte sich an ihrer Unterlippe verfangen.

»Ich habe einfach das Gefühl ...« – er zögerte – »... als hätte ich ... eine Grenze des Erträglichen erreicht ...« Sein Herz pochte. Er konnte ihr einfach nicht sagen, dass er ganz aufhören wollte. Ihr schien es die Sprache verschlagen zu haben, und sie betrachtete forschend sein Gesicht. »Ich brauche eine Pause, Schatz.«

Mit zitterndem Kinn trat sie zur Seite. »Tu mir das nicht an, Quinn.«

»Es tut mir leid. Ich weiß, dass du das nicht hören willst.«

Er legte ihr die Hand auf den Arm, aber sie ging weg und ließ sich auf einen Stuhl fallen. Ihre Stimme war gedämpft. »Wolltest du darüber sprechen?«

Er nickte.

»Wie lang soll die Pause denn sein?«

Er sah aus dem Fenster auf die Unzahl orangeroter Flammenbaumblüten. »Ein halbes Jahr, vielleicht.« Noch während er es sagte, kam es ihm nicht lang genug vor.

»Du glaubst doch selbst nicht, dass alles auf einmal in Ordnung sein wird, wenn wir nur aufhören, es zu versuchen? Bei dir hört es sich an, als wäre das Versuchen das Problem.« Sie klang erschöpft. »Habe ich bei deiner Entscheidung überhaupt ein Mitspracherecht?«

Er schloss die Augen. »Ich kann es einfach nicht. Es ist so verdammt schwer.« Diese Worte trieben ihm die Hitze ins Gesicht. Das Schwerste war das Wissen, dass sie ein Kind geschaffen hatten, *ihr* Kind, *ihr* Baby, bloß, damit es ihnen wieder entglitt. Er erinnerte sich noch an das Blut an ihren Händen in der Nacht der ersten Fehlgeburt, als sie ihn aufweckte und er das Licht angemacht und sie zitternd neben dem Bett hatte stehen sehen. »Marianna, mit noch einer Fehlgeburt werde ich nicht fertig. Ich werde nicht damit fertig, dir zuzusehen, wie du noch eine Fehlgeburt durchstehen musst.«

»Sag das nicht! Das bringt Unglück.« Sie starrte ihn wütend an.

»Himmel, Marianna! Aberglaube hat damit nichts zu tun.«

»Vielleicht kapierst du es einfach nicht. Mein Baby in den Armen zu halten ist das *Einzige*, was mir etwas bedeutet, das *Einzige*, was ich will.« Sie sackte auf dem Stuhl zurück, und ihr Morgenmantel stand offen, sodass eine volle, blasse Brust zum Vorschein kam.

Er kniete neben ihr nieder und legte seine Hand an ihr Gesicht, ihre Haare glitten durch seine Finger. »Es tut mir leid.« Bei jedem der vier Male, die sie schwanger geworden war, hatte er das Gefühl gehabt, sich der neuen Zukunft zu öffnen – den unendlichen, geheimnisvollen Möglichkeiten des kleinen Menschen in ihrer Gebärmutter –, dann hatte er irgendwie einen Weg finden müssen, das alles wieder zu unterdrücken.

Ihre Augen schwammen in Tränen. »Es tut mir leid, dass ich unsere Babys nicht behalten kann. Es tut mir so leid.« Sie hielt sich die Hände vors Gesicht.

Er streichelte ihr immer wieder über die Haare und sprach leise. »Ich habe einfach so ein Gefühl, dass es vielleicht nicht passieren wird. Dass wir vielleicht keine Eltern werden.«

Ihre Nasenflügel bebten, und sie wischte sich Tränen von den Wangen. »Und du bist auf einmal Fruchtbarkeitsexperte?«

Er schüttelte den Kopf. »Es ist bloß mein Bauchgefühl.«

»Und wenn mein Bauch mir sagt, dass wir Eltern sein *werden*, solange wir es weiter versuchen?«

Die Haustür knallte zu. »Hallo? Marianna!«

Es war ihre Mutter. Marianna wischte sich mit den Handballen die Augen und stand auf, während die Turnschuhe ihrer Mutter über den Korridorboden klatschten.

Zum ersten Mal waren sie sich während des Studiums begegnet, auf der Geburtstagsfeier eines Assistenzarztes, den er von einem Praktikum im Krankenhaus kannte. Marianna hatte ihm die Tür zu dem Apartment in Potts Point geöffnet, wo die Feier stattfand. Ihre Haare waren kurz und ein bisschen stachelig, und sie trug ein langes, enges schwarzes Kleid. Sie machte die Tür auf und stand da, während sie ihn unverhohlen musterte.

»Hallo«, sagte er. Sie sah umwerfend aus.

»Hallo.« Hinter ihr erklangen Gelächter, das Klirren von Gläsern und ein jäher Schwall Reggaemusik. »Ich habe nicht gewusst, dass du kommst«, sagte sie.

»Kenne ich dich?« Er würde sich doch gewiss an diese grünen Augen und diesen unglaublich üppigen Mund erinnern.

Sie lächelte. »Du bist Simons Bruder.«

Er erwiderte das Lächeln kopfschüttelnd. »Nein, tut mir leid, bin ich nicht. Aber kann ich trotzdem reinkommen?« Er hielt ihr seine Weinflasche entgegen. Er kam direkt von der Station und fragte sich, ob Prednison das richtige Medikament für den alten Mann war, der frisch eingeliefert worden war. Er hätte den Facharzt anrufen sollen. Wahrscheinlich sollte er kehrtmachen und ihn jetzt anrufen.

Sie tat einen Schritt zur Seite, um ihn eintreten zu lassen. »Was meinst du, woran liegt es, dass kein Mensch je seinem Doppelgänger über den Weg zu laufen scheint? Wenn man bedenkt, wie oft man zu hören bekommt, dass es jemanden gibt, der aussieht wie man selbst.«

Er wandte sich ihr in der schwach erleuchteten Diele zu. »Vielleicht sehen wir anders aus, als wir selbst glauben. Vielleicht erkennen wir unseren Doppelgänger nicht.«

Sie lachte mit dem großen Mund und lehnte sich zu ihm. »Wie, glaubst du also, dass *du* aussiehst, Nicht-Simons-Bruder?«

»Müde.«

»Komm schon. Im Ernst.«

Aus der Küche drangen Gelächter und Knoblauchgeruch. Herrgott, er war so hungrig. »Wie ich aussehe? Unordentlich. Erschöpft. Wahrscheinlich ein bisschen wie ein ernsthaftes Insekt.«

Sie nickte lächelnd, als erwartete sie, dass er fortfuhr.

»Man sagt mir, ich sehe knabenhaft aus«, meinte er. »Aber der Art nach zu schließen, wie die Leute es sagen, ist es nicht als Kompliment gemeint, da bin ich mir ziemlich sicher.«

Er wusste, dass er etwas Witziges und Schmeichelhaftes

sagen sollte, aber er merkte jetzt, dass er zu müde war, um unter Leuten zu sein und sich mit eigenwilligen, sehr schönen Frauen zu unterhalten. »Es tut mir leid«, sagte er. »So was ist nicht gerade meine Stärke. Möchtest du ein Glas Wein? Ich glaube, er ist ganz passabel. Ich habe ihn von meinem Dad.« Vielleicht wartete sie darauf, dass er sie bat, sich selbst zu beschreiben.

Sie legte den Kopf schräg, um sich das Etikett anzusehen, und nahm ihm die Flasche ab. »Komm mit. Ich suche uns richtige Weingläser.« Sie berührte ihn am Arm und ging vor ihm den Flur entlang.

Später hatte er ihr zugesehen, wie sie auf der Dachterrasse tanzte. Sie bewegte sich geschmeidig in ihrem langen Kleid, die blassen Arme in der Luft, mit geschlossenen Augen. Er war nicht der Einzige, der sie beobachtete. Nach ein paar Liedern kam sie auf ihn zu und bat ihn um eine Zigarette. Sie lachte, als er erwiderte, er rauche nicht. »Und ich dachte, alle Medizinstudenten rauchen.«

Sie fand einen Raucher und drehte sich von ihm eine Zigarette, dann lehnte sie mit Quinn am Terrassengeländer, und sie sahen gemeinsam hinüber zum Dunkel des Hafens und den Lichtern einer nächtlichen Fähre. Langsam blies sie den Rauch aus. »Siehst du Körper anders, du weißt schon, weil du schon mal einen aufgeschnitten hast? Siehst du den Arm von jemandem und stellst dir vor, wie seine Sehnen und Muskeln aussehen?« Sie streckte ihren blassen, schlanken Arm von sich. »Auch wenn du dir bei meinem nicht viele Muskeln vorstellen würdest.«

»Vielleicht würde ich eher so denken, wollte ich Chirurg werden.« Er streckte die Hand aus, umschloss damit ihren

Oberarm und drückte leicht zu. »Ich kann da drinnen ein paar Muskeln spüren.«

Rauch ringelte sich von ihren lächelnden Lippen. Er roch ihren Schweiß und ihr Parfum und malte sich aus, wie er sie in eines der Schlafzimmer der fremden Wohnung führte.

Rückblickend wurde ihm klar, dass es ihr schon damals Unbehagen bereitet hatte, dass er etwas über die Funktionsweise ihres Körpers wusste, als könnte er ihr auf magische Weise unter die Haut und in ihre Organe sehen. Und auch wenn es stimmte, dass er sich manchmal ihre sich schlängelnden Blutgefäße vorstellte und besonders ihre Gebärmutter, war es rein technisch und hatte nichts Magisches. Wenn er in seinen Jahren als Arzt etwas gelernt hatte, dann vor allem, dass der Körper dazu angelegt war, ständig ein Gleichgewicht zu suchen, sich eine Sekunde nach der anderen wieder in die richtige Lage zu bringen. Und größtenteils tat er das auch.

»Marianna!«, hatte jemand auf der Party über die Tanzfläche gerufen. »Dein Song!«

Sie warf die selbst gedrehte Zigarette in einen Pflanzentopf. »Tanzt du?«

»Nicht sehr gut.«

Sie ging auf das Knäuel der Tanzenden zu, und er lehnte sich mit dem Rücken ans Geländer und sah ihr zu. Nach ein Uhr machte er sich auf den Heimweg, und sie verabschiedete sich von der anderen Seite des Zimmers flüchtig von ihm, indem sie das Kinn hob und mit den Fingern kurz in seine Richtung winkte. Von zu Hause aus rief er auf der Station an und erfuhr, dass der Facharzt wegen eines anderen Patienten gerufen worden war, sich Quinns alten Mann angesehen und das Prednison abgesegnet hatte. Er lag im Bett, betrachtete die im Dunkeln leuchtenden Sterne, die seine Vormieterin an die Decke geklebt hatte, und dachte an die Art, wie sich Mariannas Hüften beim Tanzen bewegten. Er legte die Hände um seinen Schwanz, doch bevor er auch nur annähernd steif wurde, schlief er ein.

Zwei Wochen später lief sie ihm in der Abercrombie Street über den Weg. Sie wartete in einem gelben Strandkleid und Stöckelschuhen an einer Ampel. Er ging auf sie zu. »Marianna?«

Sie drehte sich um. »Oh, hallo! Der müde Arzt mit den warmen Händen.« Sie lächelte. Ihr Lippenstift glänzte rot. »Du weißt ja, was man sagt … Warme Hände, kaltes Herz. Lass mich dir einen Kaffee spendieren.« Sie ergriff seinen Arm, und sie gingen im Gleichschritt den Gehsteig entlang, während die Hitze des Tages um sie herumflirrte.

5

Marianna lag auf dem Untersuchungstisch und sah zu, wie Andrew Gel auf die Ultraschallsonde spritzte. Die Sprechstundenhilfe hatte gesagt, er sei gerade von einem Notfall-Kaiserschnitt zurückgekommen. Marianna fragte sich, wie viele lebendige Babys er für jede Fehl- und jede Totgeburt zu Gesicht bekam.

Er lächelte ihr zu. »Okay, wenn ich sie jetzt einführe?« Ohne eine Antwort abzuwarten, teilte er ihre Schamlippen. Das Gleiten der Sonde fühlte sich immer wie ein Penis an: der kurze Widerstand und dann das Sich-Öffnen. Sie dachte an Quinn, und in ihrer Brust schwoll Panik an, als sie sich an sein trauriges, entschlossenes Gesicht am Morgen in der Küche erinnerte. Als ihre Mutter aufkreuzte, hatte Marianna ihn gerade anflehen wollen: *Bitte, bitte, bitte.* Jetzt wusste sie jedenfalls, was es bedeutete, einen Kniefall zu machen, kannte den Drang, sich vor jemandem zu erniedrigen.

»Wir haben alles erwischt«, sagte Andrew. »Es sieht gut aus.« Er drehte den Bildschirm zu ihr. In verschwommenem Schwarz und Weiß war dort das Oval ihrer Gebärmutter zu sehen, wo sie noch acht Wochen zuvor, auf ebendiesem Bildschirm, eine kleine weiße Gestalt und deren flackernden Herzschlag erblickt hatten. Damals hatte sie sich gestattet, sich vorzustellen, wie dieses Herz die nächsten achtzig oder neunzig Jahre schlagen würde. Jetzt hatte sie Angst, nie näher ans Muttersein zu kommen, als jene paar Sekunden, die sie ihr Baby auf dem Bildschirm eines Arztes betrachtet hatte.

»Okay. Alles erledigt.« Andrew reichte ihr ein paar Papiertücher und wusch sich am Waschbecken die Hände. Sie wischte sich ab und setzte sich auf die Kante des Untersuchungstisches, um sich die Unterhose anzuziehen.

In einem Rahmen auf Andrews Schreibtisch stand ein 3D-Ultraschallbild von einem lächelnden Baby im Mutterleib, und im Wartezimmer waren fünf oder sechs in den Bäuchen ihrer Mütter eingerollte Babys und weitere in den Räumlichkeiten der Ärzte entlang des Korridors und Gott weiß wie viele, die gerade eben im Krankenhaus ein paar Häuser weiter auf die Welt kamen und deren Körper rundlich und glatt das Licht der Welt erblickten. Jedes Mal, wenn Marianna schwanger gewesen war, hatte sie eine Linie überschritten, eine Grenze überwunden, auf die andere Seite gewechselt, wo die Schwangeren und die Mütter lebten. Jetzt war sie wieder auf der unfruchtbaren Seite, die ihr nur allzu vertraut war.

Sie knöpfte sich den Rock zu. »Erinnern Sie sich noch an den Arzt in Sydney, den ich erwähnt habe? Ich möchte ihn konsultieren.«

Andrew stand gebückt hinter seinem Schreibtisch, um etwas in ihre Akte zu notieren. Er blickte nicht auf. »Quinns Idee?«

»Nein. Meine. Ich wollte bloß sagen, dass ich mich schlecht fühle, weil … Sie wissen schon, ich zu einem anderen Arzt gehe.« Andrew war mit ihren Babys so vertraut gewesen. Er hatte sie gesehen, als sie lediglich ein Zellhaufen gewesen waren, und hatte sich um ihre winzigen leblosen Körper gekümmert. Er hatte sie auf eine Art gesehen, wie noch nicht einmal sie es getan hatte. »Aber … ich bin verzweifelt.« Sie lachte matt. »Für den Fall, dass Sie das noch nicht erraten haben sollten.«

Er deutete ein Lächeln an. Derart undurchschaubar musste er sich nicht geben. Sie war sich sicher, dass Quinn sich seinen Patienten gegenüber anders verhielt.

»Nein, nein«, sagte er. »Es ist Ihr gutes Recht, eine weitere Meinung einzuholen.« Er setzte sich und lehnte sich in seinem großen Ledersessel zurück. »Aber wie ich bereits sagte, ist es nicht wirklich erwiesen, dass NK-Zellen in Verbindung mit wiederkehrenden Fehlgeburten stehen …« Er wählte seine Worte so behutsam. »Es ist ein kontroverses Feld.«

»Nach allem, was ich gelesen habe, sind sie doch aber ziemlich wichtig. Und schließlich muss es doch einen Grund geben, dass es immer wieder passiert, nicht wahr? Das hier ist mehr als nur Pech.« Sie hatte es zusammengerechnet. Im Laufe der vier Schwangerschaften war sie insgesamt vierzig Wochen schwanger gewesen. Ein voll ausgetragenes Baby.

Seufzend schob er sich die Brille zurück auf den Kopf. Sie sah, wie viele graue Haare er bekommen hatte. So lange kam sie nun schon zu ihm. Verdammt noch mal, er hatte graue Haare bekommen!

»Ich habe jeden mir bekannten Test durchgeführt«, sagte er. »Jeden wissenschaftlich erwiesenen Test. Ich glaube nicht, dass es uns weiterhelfen wird, unsere Strategie zu ändern.

Warten wir ab, bis die Chromosomentests von dem Fötus zurückkommen. Möglicherweise erhalten wir erst dann eine Antwort bezüglich dieser letzten Fehlgeburt, denn sie war anders als die anderen, die Schwangerschaft hat länger gedauert. Wir wissen jetzt, dass Ihr Körper zu einer Schwangerschaft fähig ist.« Er verschränkte die Arme. »Manchmal muss man schlicht und ergreifend auf die richtige Eizelle warten.«

»Und wenn uns die eine gute Eizelle entgeht, während wir Zeit vertrödeln?« Für Andrews Leben würde es keinen Unterschied machen, ob Marianna ein Baby bekäme oder nicht. Andrew würde mit seiner Frau und den vier Jungen und seinem Strom schwangerer Frauen weitermachen.

»Ich glaube nicht, dass es nur eine einzige gute Eizelle gibt«, meinte er. Auf dem Schreibtisch piepte sein Handy. »Wie fühlen Sie sich?« Er musterte sie eingehend.

»Was wird mit der Leiche des Babys geschehen?«, fragte sie. »Nach den Untersuchungen?«

»Tja ... Die Überreste werden entsorgt werden.«

»Wo?«

»Im Labor. Wissen Sie, es ist sehr klein.« Er hielt die Finger ein paar Zentimeter voneinander entfernt. »Eigentlich ist es keine richtige Leiche.«

»Was meinen Sie?«

Er zögerte. »Die Überreste des Fötus werden beim Prozess des Entfernens zerteilt.«

Ihr Herz hämmerte. »Oh ... Ich verstehe.« Das hatte er ihr damals nicht gesagt. Aber warum auch? Hatte Quinn es gewusst? Sie sah aus dem hohen Fenster an der gegenüberliegenden Zimmerseite und versuchte, nicht darüber nachzudenken, was zerteilt bedeutete. Sie konzentrierte sich auf eine kleine Wolke und beschwor das Bild des winzigen Körpers ihres Babys herauf, nicht ausgebildet, aber intakt, das krümelgroße Herz untätig.

»Und Quinn?«, fragte Andrew. »Wie geht es ihm mit der ganzen Sache?«

»Okay. Er arbeitet zwei Tage die Woche unten im Süden.«

»Ich habe gehört, dass er das tut.« Er nickte. »Okay.« Er räusperte sich. Ihre Zeit war um. »Ich bin hier, falls Sie eine weitere Behandlung durchführen möchten.« Er beugte sich über den Schreibtisch. »Passen Sie auf sich auf. Ruhen Sie sich aus. Warum gehen Sie nicht zu einer unserer psychologischen Betreuerinnen und besprechen das Ganze? Und ich rufe Sie an, sobald ich die Ergebnisse erhalte.« Seine Stimme war herzlich. »Ich habe Hoffnung, dass Sie eines Tages ein Baby bekommen werden, Marianna. Und ob Sie nun den Arzt in Sydney aufsuchen oder nicht, ich werde hier sein. Ich werde das mit Ihnen durchstehen. Wir werden es alle durchstehen müssen.« Sein Handy piepte erneut, und er griff danach. »Entschuldigen Sie mich, ich muss das annehmen.«

Sie ging wieder durch das Wartezimmer, und ihre Augen mieden die anwesenden Frauen. Andrew sah den lieben langen Tag blühende Fruchtbarkeit. Das musste zu einer verdrehten Wahrnehmung führen. Eine der Frauen mit den geschwollenen Bäuchen blickte von ihrer Zeitschrift auf und lächelte Marianna zu. Wahrscheinlich dachte sie, Marianna wäre schwanger. Marianna verzog keine Miene. Sie wusste nicht, was passieren würde, wenn sie zurücklächelte.

Auf der Wickham Terrace geriet der Verkehr ins Stocken. Marianna zog die Handbremse und blickte über den Park zu einer Reihe Palmen in der Ferne. Wie üppig und lebendig sie Brisbane nach ihrem Umzug hierher gefunden hatte, und wie hoffnungsvoll sie gewesen waren, als sie ihre erste künstliche Befruchtung angefangen hatten. Quinn und sie waren von Andrews Praxis zurückgefahren, ebendiese Straße entlang, und sie hatte sich geradezu vergnügt gefühlt.

Auf dem Gehweg sprach ein Straßenarbeiter in neonfarbener Weste eindringlich in ein Handy. Eine Elster flatterte auf den Zaun und legte den Kopf schräg, als schätzte sie den Mann ein. Marianna kam sich albern und zerbrechlich vor, eingesperrt in ihrem klimatisierten Wagen, während der Vogel nach oben flatterte und durch die warme, frische Luft davonflog. Sie folgte ihm mit dem Blick, bis er zu einem schwarzen Fleck wurde. Sie zwang sich, nicht wegzusehen. Aberglaube war etwas, woran sie sich festhalten konnte, ähnlich wie bei Menschen, die fünfmal am Tag beteten oder sich bekreuzigten. Es ging darum, an etwas Größerem Halt zu finden.

Sie öffnete die Wagentür und trat in die feuchtschwüle Hitze. Und wenn Quinns Vorhersage stimmte, dass sie einfach nur ein weiteres Baby in ihrem Körper bis zum Tod austragen würde? Wenn sie nie Eltern sein würden? Panik stieg in ihrer Kehle empor. Noch nie hatte sie sein Gesicht derart schmerzverzerrt gesehen. Warum hatte er nicht schon früher darüber gesprochen?

Sie mochte das Melodramatische an religiöser Sprache nicht, und sie glaubte nicht an Gott, aber ihr kam immer wieder das Wort *gottverlassen* in den Sinn. Von wem waren sie verlassen worden, wenn nicht von Gott?

In Jakarta hatte Narti sie einmal in eine Moschee mitgenommen. Marianna war etwa sieben Jahre alt gewesen. Sie hatten sich auf dem Nachhauseweg vom Markt befunden und Taschen mit Gemüse und einen ganzen in Zeitungspapier eingewickelten Fisch bei sich gehabt. Narti stieg die Stufen der örtlichen Moschee hinauf und bedeutete Marianna, wo sie die Schuhe hinstellen sollte. Drinnen war der leere Raum mit der hohen Decke dämmrig und still, und Marianna glaubte, sie würde vielleicht eine Botschaft von Nartis Allah erhalten. Sie bildete sich ein, die Empfängerin der Gnade aller Götter zu sein. Als weißes Kind in einer armen Stadt wurde Marianna tagtäglich an ihr Glück erinnert, und in der Moschee hatte sie sich dieses Glück wie eine segensreiche Woge vorgestellt, auf der sie dahinglitt und die sie in ihre Zukunft trug.

Als sie Quinn begegnet war, hatte sie sich von seiner Ehrsamkeit angezogen gefühlt. Sie strahlte von ihm aus. Im Vergleich zu anderen Männern wirkte er so unkompliziert. Doch jetzt erkannte sie, dass es zu diesem unkomplizierten Wesen gehörte, einfach zu akzeptieren, was das Leben ihm bescherte. Seine Art, mit dem Kummer der Fehlgeburten umzugehen, war, aufzugeben, sie zu vermeiden. Ihre war, es weiter zu versuchen, weil sie gelernt hatte, dass jeder Mensch seines eigenen Glückes Schmied war. Und diese Eigenschaft hatte ihn angezogen, das wusste sie. Jetzt dachte er offensichtlich, sie hätte dieses Talent eingebüßt.

6

Rachel verließ das Haus, sobald ihre Mutter eingeschlafen war. Ihr altes Fahrrad klapperte die von Schlaglöchern durchzogene Hintergasse entlang, und sie stellte sich vor, dass sich die warme Abendluft vor ihr teilte.

Selbst als Kind hatte sie die Dunkelheit als tröstlich empfunden. Scotty und sie saßen zum Zähneputzen immer auf der Hintertreppe, und die Bäume und Büsche um sie herum waren dunkle Gestalten. Und wenn sie erst einmal im Bett lagen, unterhielten sie sich, die Dunkelheit eine feste Brücke, die seine Stimme so nah klingen ließ, dass er genauso gut dicht bei ihr hätte liegen und ihr ins Ohr flüstern können.

Als sie ihr Fahrrad gegen den Zaun des Schwimmbads lehnte, erblickte sie jemanden, der auf dem Beton in der Nähe der Tribüne hockte. Ein Mann in einer schwarzen Badehose. Das Loch, das sie in den Drahtzaun geschnitten hatte, klaffte offen.

Sie kletterte durch den Zaun auf die Wiese. »Ahoi!«, rief sie. *Mist.* Könnte es sich um Sean McGilvray handeln, der in der Stadt war, um seine Mutter zu besuchen? Gut möglich, dass er gekommen war, um zu dieser späten Stunde eine Runde zu schwimmen. Sie verlangsamte ihre Schritte.

Der Mann drehte sich um. »Oh, hallo!« Eine freundliche Stimme und nicht Sean, Gott sei Dank. Sie spähte ins Halbdunkel. Es war der Arzt ihrer Mutter. Was zum Teufel machte er hier?

»Ich wollte gerade schwimmen gehen«, sagte er und winkte mit der Schwimmflosse in seiner Hand. »Es sei denn, Sie würden lieber allein schwimmen ... Ich möchte nicht stören.«

Autoscheinwerfer leuchteten entlang der Reihe großer Feigenbäume vor dem Schwimmbad und erhellten seinen blassen, schlanken Oberkörper.

»Nein. Das ist schon in Ordnung. Sind Sie gerade erst angekommen?«

»Ja. Morgen muss ich früh raus.«

»Wie haben Sie das Loch im Zaun gefunden?« Sie ließ ihr Handtuch auf die unterste Stufe der Tribüne fallen.

»Eines Abends habe ich jemanden hier drinnen schwimmen sehen und ... ähm ... daraufhin habe ich tagsüber vorbeigeschaut, um herauszufinden, wie die Betreffende sich Einlass verschafft hat.« Er ging zum Schwimmbecken, kniete nieder und ließ die Hand durch das Wasser gleiten.

»Das muss ich gewesen sein, die Sie da gesehen haben«, sagte sie.

Er drehte sich um und sah zu ihr hoch. »Ja. Ich glaube schon.«

»Aha.« In dieser verfluchten Stadt gab es kein Entkommen vor den Leuten. Egal, wohin man ging, sie konnten einen sehen oder hören.

Er schüttelte das Wasser von der Hand. »Möchten Sie, dass ich gehe?«

Sie fragte sich, an welchem Abend er sie gesehen hatte. »Neee. Es gibt reichlich Wasser für zwei.« Sie setzte sich auf die Stufe und öffnete die Schnallen ihrer Sandalen. In der Stadt beobachteten die Leute einen nicht. Sie sahen weg. Wie sie Sydney geliebt hatte, als sie das erste Mal dorthin gekommen war.

Der Arzt stand auf und streckte die Arme über dem Kopf aus. Er hatte breitere Schultern, als sie gedacht hatte. Sie zog sich das Handtuch vom Hals und fragte sich, was für ein Liebhaber er wohl wäre. Ihr Gedanke hatte nichts mit Erotik oder Anziehung zu tun, eher mit Neugier. Sie fragte sich das bei den meisten Männern, denen sie begegnete. Welche Form würden ihre Schultern über ihr bilden? Würden sie sie beim Sex ansehen? Wäre ihre Berührung selbstbewusst oder unsicher?

»Wie viele Bahnen schwimmen Sie?«, fragte der Arzt.

»Ich zähle nicht mit. Ich schwimme, bis ich müde bin. Und Sie?« Sie stieg in ihre Schwimmsachen und fasste unter ihr Kleid, um sie hochzuziehen.

»Einen Kilometer, und mehr, wenn ich es schaffe.« Er stand am Beckenrand, mit dem Rücken zum Wasser. »Im Meer schwimme ich lieber, aber das ist abends keine gute Idee. Auch wenn ich es als Kind oft gemacht habe.«

»Wo sind Sie aufgewachsen?«

»Da draußen.« Er winkte mit der Hand in Richtung der Bäume. »Auf einer kleinen Insel im Pazifik.«

»Ja? Auf welcher?« Trotz ihres Verlangens, ins Wasser zu kommen, war sie neugierig, was ihn betraf, neugierig angesichts der Art, wie verhalten er stets war, auf keinen Fall zu freundlich oder zu enthusiastisch. Sie hatte diese Eigenart auch in seinem Umgang mit ihrer Mutter an ihm wahrgenommen. Er wirkte, als müsste er sich selbst im Zaum halten.

»Ich bin mir nicht sicher, ob Sie davon gehört haben«, erwiderte er.

»Stellen Sie mich auf die Probe.«

»Ocean Island. Banaba.«

Sie lachte. »Sie haben recht. Nie davon gehört.« Sie ließ das Kleid von ihren Schultern gleiten und bückte sich nach ihren Schwimmflossen.

»Sie ist ziemlich abgelegen.« Er hielt inne. »Tja, viel Spaß beim Schwimmen. Danke, dass Sie Ihr Schwimmbecken mit mir teilen.« Er nickte ihr zu und machte einen Kopfsprung ins Wasser.

Sie zog sich die Flossen an. Als sie das letzte Mal am Pazifik gewesen war, hatten Karl und sie den Fehler begangen, sich ein Inselresort voller Hochzeitsreisender auszusuchen. Am ersten Tag hatten sie ein frisch verheiratetes Paar, kanadische Diplomaten, kennengelernt, mit dem sie ein paarmal gegessen hatten. Ernest und Vera. *Ernst und Wahrheit,* nannte Karl sie hinter ihrem Rücken. Rachel ertappte sich dabei, dass sie ihnen nachstellte, dass sie sich insgeheim ausmalte, wo sie vielleicht Bücher lasen oder Karten spielten. Am dritten Tag gestand sie sich ein, dass es ihr gar nicht um die Gesellschaft der beiden Kanadier ging, sondern um das, was die beiden miteinander hatten. Sie unternahm einen langen Spaziergang zur anderen Seite der Insel und vergoss reichlich Tränen. Zurück im Hotel war ihr klar, sie musste mit Karl reden. »Wie lange können wir noch so weitermachen?«, fragte sie. »Gar nicht mehr«, lautete seine Antwort.

Er zog noch am Tag ihrer Heimkehr aus der gemeinsamen Wohnung aus. Als hätte er nur auf ihre Frage gewartet.

Sie trat an das Schwimmbecken und konnte den Arzt nicht sehen. Er war nicht aufgetaucht. Sie zerrte sich die Flossen herunter und rannte an der Beckenkante entlang. Sie stellte sich vor, wie sie ins Wasser sprang und im Dunkeln nach ihm tastete. Da erschien in ihrer Nähe am seichten Rand eine Gestalt. Er tauchte auf und holte tief Luft.

»Das war echt beeindruckend.« Ihre Stimme war hart.

Er drehte sich zu ihr und rieb sich die Augen. »Teufel noch mal«, sagte er schwer atmend. »Wie viel Chlor tun sie hier rein?«

»Jede Menge, weil die Kinder alle reinpinkeln. Ich tue es manchmal auch.« Das Herz hämmerte ihr immer noch in der Brust. Sie machte kehrt und ging zu ihren Schwimmflossen zurück. Verdammt, was für ein Spiel spielte er?

»Sie pinkeln wirklich hier rein?«, rief er ihr nach.

»Alte Gewohnheiten wird man schwer los«, erwiderte sie, ohne sich umzudrehen.

Das Wasser war in einem fort aus Scottys Nase und seinem Mund gesickert, als hätte es die Hülse seines Körpers in Besitz genommen.

Sie machte einen Kopfsprung und schwamm angestrengt, ihre Arme klatschten auf das Wasser, und der Atem blubberte laut in ihren Ohren. Stupides, erschöpfendes Schwimmen.

Als sie sich aus dem Becken stemmte, die Beine wie Gummi, saß der Arzt da und rieb sich die Haare mit einem kleinen Handtuch. Er deutete auf die Flughunde, die leise über ihnen flatterten. »Haben Sie gewusst, dass sie sich im Sommer zur Abkühlung selbst anpinkeln?«

»Ja. Deshalb miefen sie.« Sie ließ die Flossen auf den Beton fallen. »Sie wissen schon, dass Sie mir mit diesem Unter-Wasser-Firlefanz eine Heidenangst eingejagt haben.«

Seine Augen weiteten sich. »Tatsächlich? Das tut mir leid.«

Sie lächelte. »Haben Sie etwa eine Lunge von der Größe eines Kleinwagens?«

Er ließ das Handtuch sinken. »Möchten Sie es versuchen?«

»Was versuchen?«

»Freitauchen. Na ja, Freischwimmen.« Er grinste sie an. »Wenn man es richtig macht, ist es, als käme man in eine andere Dimension. Alles wird langsamer, und man ist sich der kleinsten Empfindung bewusst.«

»Warum wird alles langsamer?«

»Kommen Sie schon.« Er neigte den Kopf in Richtung des Beckens. »Ziehen Sie die Flossen an, und ich zeige es Ihnen.«

Seufzend ließ sie das Handtuch fallen und folgte ihm zum Beckenrand. Als Kind war sie viel getaucht. Nach dem Training hatten sie einander herausgefordert, so weit wie möglich unter Wasser zu schwimmen, bis sie mit pochenden Köpfen an die Wasseroberfläche schossen und gesprenkelte Punkte sahen. Seine Art des Freischwimmens unter Wasser war völlig anders. Er bat sie, sich auf der Oberfläche treiben zu lassen, den Atem zu drosseln und die Muskulatur zu entspannen und sich dabei vorzustellen, wie sich ihr Herzschlag verlangsamte.

Sie hätte eine Ewigkeit so vor sich hin treiben können – während das Wasser in die Überlaufrinne des Beckens schwappte und seine angenehme Stimme neben ihr erklang, aber dann forderte er sie auf, einen langsamen, tiefen Atemzug zu tun, unter Wasser zu sinken und mit den Füßen zu paddeln, und zwar mit so wenig Anstrengung wie möglich.

Noch immer malte sie sich manchmal Scottys letzte Momente aus. Jahrelang hatte sie seine animalische Panik vor ihrem geistigen Auge gesehen, bis es ihr endlich gelang, sich vorzumachen, Ertrinken wäre friedlich. Jetzt, im Wasser, das warm und irgendwie wohlwollend war, fragte sie sich, ob es sich wirklich so unnatürlich anfühlen würde, es einzuatmen. Floss Fruchtwasser in der Gebärmutter nicht auch durch die Lunge eines Babys? Auf halber Länge des Beckens fing ihre Lunge zu brennen an, und sie stellte sich vor, wie ihre Zellen nach Sauerstoff gierten. Trotz des Brennens war sie ruhig, und sie hoffte, Scottys letzte Momente seien so gewesen, während seine Augen in dem braunen Flusswasser offen waren.

Endlich tauchte sie auf, und als sie Luft einsog – die Luft, an die Scotty nie gelangt war –, schmeckte sie ein wenig nach Bäumen und Erde und Teer von der Straße. Sie hatte über die Hälfte des Beckens geschafft. Quinn tauchte in ihrer Nähe auf. Mit einem Schwindelgefühl schwamm sie die Bahn bis zum Ende, drehte sich um und lehnte sich nach hinten an die Kacheln und blickte zu der Reihe Feigenbäumen auf, die sich dunkel vom Nachthimmel abhoben. Scotty hatte bestimmt an ihre Mutter gedacht, als er starb, da war sie sich sicher. An wen würde ihre Mutter denken? Rachel war entschlossen, bei ihr zu sein, wenn sie davonglitt, ihre Hand zu halten, wenn sie dieses Leben hinter sich ließ.

»Sie sind ganz schön weit geschwommen«, sagte Quinn

aus der nächsten Bahn. »Manche Menschen haben einfach eine höhere Lungenkapazität. Wie die Inselbewohner. Sie könnten ewig unter Wasser bleiben.«

»Danke, dass Sie mir das gezeigt haben«, sagte sie. Sie meinte es aufrichtig.

»Gern geschehen.« Er stemmte sich aus dem Becken.

Sie saßen nebeneinander auf der Bank und trockneten sich ab. Sie wollte fragen, ob er je an die drei Minuten denke. Als Teenager war sie von der Vorstellung besessen gewesen, dass jeder Mensch zu jedem Zeitpunkt Sauerstoff für drei Minuten in sich trug, dass ihn eigentlich zu jedem Zeitpunkt nur wenige Minuten vom Tod trennten. Vor ein paar Jahren hatte sie mal einen Arzt interviewt und ihn danach gefragt. Aber der hatte herablassend gelächelt und eine Bemerkung gemacht, dass alle Menschen mit einem Bein im Grab stünden, wenn sie es nur wüssten.

Quinn zog sich das T-Shirt an und stand auf. »Ich bin zu Fuß da.«

Sie schob ihr Fahrrad neben ihm die breite, ruhige Straße entlang, und ihr kam der Gedanke, dass er wie ein Inselbewohner ging. Es war die lockere, angenehme Art, die ihr aufgefallen war, als er das erste Mal einen Hausbesuch bei ihrer Mutter gemacht hatte.

»Wo liegt denn Ihre Insel?«, fragte sie. Der Gehweg unter ihren Schuhen war klebrig von zermatschten Feigen.

»Oben in der Kiribati-Gruppe. Kennen Sie die?«

»Ja. Dann ist es also ein Korallenatoll? Waren Ihre Eltern Missionare?« Sie schob sich das feuchte Handtuch auf die andere Schulter.

»Es ist kein flaches Atoll, wie Sie vermutlich denken. Es

ist ein großer Haufen Vogelkacke wie Nauru. Besser gesagt, es *war* ein großer Haufen Vogelkacke.«

»Dann wurde dort Phosphat abgebaut, wie auf Nauru?«

»Ja. Allerdings haben sie den Abbau schon vor langer Zeit eingestellt.«

»War Ihr Dad Minenarbeiter?«

Sie dachte schon, er würde ihr die Antwort schuldig bleiben. »Ja«, sagte er schließlich. »Schließlich ist er Inselverwalter geworden.«

»Wie lange haben Sie dort gelebt?«

»Etwa zehn Jahre.«

Gelächter und Fernsehapplaus wogten durch die offenen Fenster eines nahen Hauses in die heiße, stille Nacht hinaus. Sie passierten eine Reihe Holzhütten, die kaum zwei Meter voneinander entfernt standen. Eine Zigarettenspitze glühte rot auf einer Veranda, und Rachel erhaschte einen Blick auf ein Gesicht.

»Ich habe bis fünfzehn auf der Insel gelebt, weil meine Mutter sich lange weigerte, uns aufs Internat zu schicken«, meinte er. »Sie hat uns noch die ersten Highschooljahre selbst unterrichtet.«

»Und Sie sind zum Medizinstudium zugelassen worden?«

»Ja.«

»Sie muss eine gute Lehrerin gewesen sein.«

»Sie war sehr gescheit.« Er hielt inne. »Und sehr einsam.« Er wandte sich ihr mit einem Lächeln zu. »Ich merke schon, dass Sie Journalistin sind.«

»Ach?«

»Die Art, wie Sie Fragen stellen. Es fühlt sich ein bisschen wie ein Interview an.«

»Oh.« Ihre Wangen waren feuerrot. Das war ihr schon des Öfteren gesagt worden, neulich erst von Kate. »Tut mir leid.«

»Ist schon in Ordnung. Das ist eben das, was Sie jeden Tag tun, schätze ich mal.«

»In letzter Zeit nicht.«

»Für welche Zeitung sind Sie tätig?«

»Keine. Ich arbeite für ABC TV. Ich bin Produzentin.« Sie hoffte, dass er sich nicht nach ihrer Arbeit erkundigen würde. Seit sie hier in der Stadt war, hatte sie es beinahe geschafft, so zu tun, als ob es in Sydney keinen Job gäbe, der auf sie wartete.

»Habe ich vielleicht etwas gesehen, woran Sie gearbeitet haben?«

»Wahrscheinlich nicht.«

»Klingt aber nach einer interessanten Arbeit. Sie müssen faszinierende Menschen kennenlernen.«

Sie warteten ein vorüberfahrendes Auto ab, bevor sie die Straße überquerten. Ihr Fahrrad hüpfte und klapperte über den tiefen Rinnstein. »Wenn ein zwanzigminütiges Interview bedeutet, jemanden kennenzulernen, dann wohl schon«, sagte sie. »Wir schneien nur in das Leben von Menschen hinein, holen uns, was wir brauchen, und verschwinden wieder.« Sie dachte an die Frau in Aceh, die vor ihrem Zelt gestanden und mit ausdrucksloser Miene gewinkt hatte, als Rachel und die Crew abfuhren. Rachel konnte sich nicht einmal mehr an ihren Namen erinnern.

Sie hatten Bills Haus am Ende der Straße erreicht, wo jemand vor langer Zeit eine Reihe Flammenbäume angepflanzt hatte, die jetzt ein Dach über dem Gehweg und der Straße bildeten.

»Wie geht es Ihrer Mum?« Er sprach mit seiner Arztstimme, während er gegen Bills Zaunpfosten gelehnt dastand. In seiner Hand baumelte ein rosafarbenes Handtuch. Vermutlich hatte er es aus Bills Wäscheschrank geholt.

»Sie ist weniger schläfrig. Danke.« Sie lächelte. »Die neue Dosis hat ihren Zweck doch erfüllt.« Sie machte sich auf den Weg zum Haus, drehte sich dann aber um. »Möchten Sie eine Taucherbrille gegen das Chlor haben? Ich meine ... falls Sie vorhaben, wieder schwimmen zu gehen. Ich habe noch eine übrig. Sie ist neu.«

»Okay, danke.« Er lächelte. »Besonders, wenn Sie weiterhin hineinpinkeln werden.«

Sie lachte. »Wie schon gesagt, alte Gewohnheiten wird man schwer los. Ich bringe sie Ihnen vorbei.«

Drinnen blieb sie in der offenen Tür zum Zimmer ihrer Mutter stehen. Die meisten Menschen hätten den Anblick kein bisschen bemerkenswert gefunden: eine alte Frau, die auf einem geblümten Kopfkissenbezug schlief. Rachel atmete den Geruch ihrer Mutter ein und versuchte, ihn zu speichern: diesen grasigen, leicht staubigen Geruch, den sie schon immer gekannt hatte.

Sie hängte ihr nasses Handtuch ins Bad und machte sich auf die Suche nach der Taucherbrille. Durch das Schlafzimmerfenster sah sie den Arzt, der an seinem Esstisch saß, ein Glas Wasser trank und etwas las. Er trug immer noch Badehose und T-Shirt und saß sehr still da, bewegte sich beim Lesen kaum. Sie erinnerte sich, wie er sich am Schwimmbecken gestreckt hatte und an die Einbuchtungen zwischen den Muskeln an der Unterseite seines Oberarms. Sie wusste, wie weich sich die Haut dort anfühlen würde, und ganz genau, wie ihr Daumen in die Einbuchtung gleiten würde. Sie fand die Taucherbrille und machte die Schublade zu. Bei ihrer ersten Begegnung war er ihr ein bisschen weich, ein bisschen grün vorgekommen, doch mittlerweile ertappte sie sich oft bei Gedanken an ihn, und sie kannte den Grund nur zu gut. Verlangen war schon immer Rachels Methode gewesen, sich von allem Schwierigen oder Schmerzhaften abzulenken. Und war unerwidertes Verlangen nicht die allerbeste Ablenkung?

Der Arzt erhob sich und ging zum Kühlschrank, wo er die Tür des Gefrierfachs öffnete. Sie stellte ihn sich als entspannten Liebhaber vor. Sanft, vielleicht sogar ein wenig passiv. Rachel erinnerte sich an die Art, wie er den Arm ihrer Mutter gehalten hatte, die zärtliche Art, mit der sich seine breiten Finger um ihr Handgelenk legten und nach dem Puls fühlten.

7

Er stöberte gerade in Bills Gefrierschrank herum, als die Lampen ausgingen und der Kühlschrank bebend verstummte. Er trug die halb leere Packung Vanilleeis zur Haustür, um nachzusehen, ob in der ganzen Straße der Strom ausgefallen war. Nach dem nächtlichen Stromausfall neulich hätte er Vorkehrungen treffen sollen. Er wusste nicht, wo sich eine Taschenlampe befand, geschweige denn der Sicherungskasten.

Die Straße war dunkel und ruhig. Die Art Ruhe, nach der er sich als Kind gesehnt hatte. Nach der Schule liefen Tom und er immer nach unten an den Strand und bahnten sich einen Weg über das Riff. Dann sank Quinn nach unten, wo es kühl und gedämpft war, und ließ sich hinaustreiben, wo der Meeresboden zu dem angeblich tiefsten Meeresgraben der Welt abfiel.

Er setzte sich auf Bills Eingangsstufe. Das Eis war gefroren, aber er löffelte es trotzdem. Wenn Rachel heute Abend nicht in das Schwimmbad gekommen wäre, wäre er länger geblieben, wäre eine Bahn nach der anderen freitauchend geschwommen und hätte langsam die Anspannung abgebaut, die sich auf seine Kehle und Schultern gelegt hatte.

Am Abend vor seiner Fahrt von Brisbane nach Corimbi

war Marianna neben ihn auf die Einfahrt getreten, als er die Windschutzscheibe putzte. »Denkst du je an das kleine braunhaarige Mädchen?«, fragte sie.

Er schüttelte das Wasser von dem Gummiwischer. »Ja. Manchmal.«

»Aber hast du es gesehen? Du weißt schon … Ist es dir erschienen?«

»Schon seit einer Weile nicht mehr, nein.« Mit einem Lumpen putzte er die Scheibenwischer an der Windschutzscheibe.

»Vielleicht hat es die Hoffnung auf uns aufgegeben. Hat sich andere Eltern gesucht. Wenn du eine Pause hiervon brauchst, dann brauchst du eine Pause, Quinn. Das verstehe ich. Aber ich komme mir so hilflos vor. Ich bin achtunddreißig. Wir haben einfach kein halbes Jahr, das wir uns freinehmen könnten. Lass mich noch eine Behandlung mit dem Arzt in Sydney versuchen, von dem ich dir erzählt habe, danach können wir eine Pause einlegen.«

Er schluckte und legte den Gummiwischer auf die Kühlerhaube. »Ich brauche jetzt eine Pause, Marianna.« Wie oft würde er es ihr noch sagen müssen? Sein Gesicht rötete sich.

»Das Schlimmste daran ist, dass du anscheinend aufgegeben hast«, sagte sie. »Du hast entschieden, dass es nicht funktionieren wird.«

»Es funktioniert *nicht,* Marianna. Wir haben nichts außer Fehlgeburten. Ich würde lieber kein Baby haben, als das Risiko einer weiteren Fehlgeburt einzugehen.«

Sie atmete zitternd ein und presste sich eine Hand auf den Mund. Er legte die Arme um sie, und sie wiegte den

Oberkörper gegen ihn. Er versuchte, sie fester zu halten, um der seltsamen ruckartigen Bewegung ein Ende zu bereiten, doch sie glitt durch seine Arme nach unten auf die Wiese zu ihren Füßen.

Nebenan schloss sich eine Tür. Rachel kam ihren Gartenweg entlang, in der einen Hand eine Campingleuchte. Um ihre Taille trug sie immer noch ein Handtuch, und an ihrer Hand baumelte eine Taucherbrille. Ihm war nicht klar gewesen, dass sie die Brille heute Abend vorbeibringen würde.

Sie stieß sein Gartentor auf. »Eilzustellung!«, rief sie.

»Hi.« Er erhob sich und trat ins Haus. »Kommen Sie ... ach was ... komm herein.« In der Ferne weinte leise ein Baby, und ihn durchzuckte heftige Trauer.

Sie folgte ihm, von ihrem gelben Lichtkreis umgeben, und reichte ihm die Taucherbrille. »Bitte schön. Probier sie mal auf.«

Er drückte sie sich an die Augen, und sie blieb von selbst haften. Sie roch nach Gummi.

»Sie ist neu, aber sie passt mir nicht.« Sie stellte die Leuchte auf dem Esstisch ab. »Hat was mit meinen kleinen Augenhöhlen oder so zu tun. Du kannst sie behalten.« Ihre eigene Taucherbrille hatte rote Spuren um ihre Augen hinterlassen.

»Danke.« Lächelnd nahm er die Taucherbrille wieder ab. »Dann habe ich wohl völlig durchschnittlich große Augenhöhlen?«

Sie lächelte. »Sieht so aus.«

Er fragte sich, ob sie in Sydney einen Freund hatte. Sie hatte das eigenständige Auftreten einer Frau, die nicht auf Partnersuche war. »Schwimmst du jeden Abend?«, fragte er.

»An den meisten Abenden.« Sie fummelte am Griff der Leuchte herum. »Du weißt doch, dass es eigentlich verboten ist? Wahrscheinlich gilt es als Einbruch.«

»Ja, klar.« Er lächelte. »Das habe ich mir schon gedacht.« Er wusste, dass er duschen und ins Bett gehen sollte, um genug Schlaf zu bekommen, aber es war friedlich, in dem dämmrigen Zimmer zu stehen und sich mit ihr über nichts Besonderes zu unterhalten.

»Früher, als ich auf der Highschool war, haben wir Decken benützt, um über den Zaun zu klettern«, sagte sie. »Aber da der neue Zaun zu hoch ist, musste ich ihn aufschneiden.«

»*Du* hast den Draht durchgeschnitten?«

»Ja.« Ihre Schwimmsachen betonten ihre breiten Schultern und kleinen Brüste. Sie hatte die klassische Figur einer Schwimmerin. Im Schwimmbad hatte er sie beobachtet, ihr Schwimmstil war mühelos und effizient, während sie sich an Land auf eine etwas lässige und linkische Art bewegte, die ihn an Teenager erinnerte.

Sie warf einen Blick auf die offene Tür. »Merkst du, wie viel ruhiger es bei einem Stromausfall ist? Als würde der Strom Lärm verursachen, während er sich einen Weg durch die Luft bahnt.«

»Und das liegt nicht daran, dass die Fernseher und Stereo- und Klimaanlagen aus sind?«

Sie lächelte. »Schon, allerdings ist das eine ziemlich unromantische Erklärung.«

»Das ist es«, stimmte er ihr zu.

»Aber du bist Wissenschaftler, nicht wahr?«, meinte sie. »Kein Hang zu romantischem Denken, schätze ich mal.«

»Als Wissenschaftler betrachte ich mich eigentlich nicht.« Lächelnd ließ er die Taucherbrille auf den Tisch fallen.

»Was genau ist dein Spezialgebiet? Ich bin davon ausgegangen, du wärst Hausarzt, aber Mum sagt, das bist du nicht.«

»Ich bin Spezialist, Allgemeinarzt ... ein Diagnostiker, wenn du so willst.«

Sie musterte ihn kurz. »Dann verstehst du wahnsinnig viel davon, was im Körper vor sich geht.«

»Ja, *und* dass es so viel gibt, das sich unserem Verständnis entzieht.«

Rachel steckte sich das Handtuch erneut um die Taille fest. »Du hast gefragt, an welchen Sendungen ich in letzter Zeit gearbeitet habe. Ich bin nach Aceh gefahren, für eine Story, wie es den Leuten dort ein Jahr nach dem Tsunami geht.«

»Und dabei hattest du das Gefühl, du würdest bloß eine Stippvisite im Leben anderer Menschen machen?«

»Die Menschen haben alles verloren. Ihre gesamte Familie, ihr Zuhause, ihren Lebensunterhalt. Ein Jahr nach der Katastrophe hausen sie immer noch in einem Zelt. Und wir kommen einfach so vorbei, filmen ein paar Szenen mit ihnen, wie sie herumwandern und dabei verzweifelt aussehen, und fliegen dann wieder weg.«

»Aber ist das nicht der Grund, warum ihr es tut? Um die Aufmerksamkeit anderer Menschen darauf zu lenken.«

Sie seufzte. »Nein. Genau genommen machen wir es bloß, wenn es sich auch um eine gute Story handelt. Die humanitäre Seite der Dinge fällt in Bills Aufgabenbereich.«

»Du weißt, dass er bis morgen in der Stadt ist?« Den

Abend verbrachte Bill bei einem weiteren Abschiedsessen, bei einem Freund in einem der abgelegenen Täler außerhalb der Stadt.

»Ja. Ich habe heute Morgen einen Tee mit ihm getrunken.« Sie sah sich in dem großen, offenen Zimmer um. »Ich bin nicht mehr hier gewesen, seit sie sich getrennt haben. Ich glaube, er hat ihr fast alles überlassen. Ces' Apartment in Brisbane muss voller Zeug sein.« Sie warf ihm einen Blick zu. »Bist du verheiratet?«

»Ja.«

Sie sagte nichts.

»Meine Frau heißt Marianna.«

»Kinder?«

»Nein.«

»Ich weiß nicht, warum ich dachte, du wärst alleinstehend«, sagte sie.

Er errötete. Ja, er hatte Marianna nicht erwähnt. Allerdings nicht aus dem Grund, den Rachel wahrscheinlich annahm. Nicht über Marianna zu sprechen bedeutete, dass er sich ab und an einen Augenblick lang vorstellen konnte, dass ihre Lage nicht so verdammt schwer war.

Sie lachte leichthin und zog den Kopf ein. »Vielleicht war es Wunschdenken.«

Was in aller Welt ließ sich darauf erwidern? »Tja …«

Sie griff nach der Leuchte. »Dann also gute Nacht.« Sie nickte förmlich.

»Gute Nacht. Danke für die Taucherbrille.«

In ihrem Schein aus gelbem Licht verschwand sie den Weg entlang. Er sah ihr zu, wie sie das Haus ihrer Mutter betrat und hinter den Vorhängen das Licht anging.

Ihre Aufmerksamkeit schmeichelte ihm natürlich. Aber es war ganz sicher ein miserabler Einfall, ihr Flirten zu erwidern und sich ganz nebenbei ein wenig Aufregung zu verschaffen.

Er überlegte, ob er Marianna anrufen sollte, doch sie würde schon in ihrem großen Doppelbett schlafen, während der Ventilator über ihr tickte. Er fragte sich, ob sie von den verlorenen Babys träumte. Nachdem sie durch seine Arme hindurch auf den Rasen geglitten war, hatte er neben ihr gesessen und ihre Hand gehalten, ohne zu wissen, was es noch zu sagen gab, bis sie sich mühsam erhob, als wäre sie steif und verfroren. »Grüß Bill von mir«, hatte sie gesagt und die Tränen zurückgeblinzelt. Als sie die Verandastufen hinaufstieg, wollte er ihr hinterherrufen, ihr versichern, dass alles gut werden würde. Doch da war er sich nicht so sicher.

Er durchquerte das dunkle Zimmer, ging zu Bills Krimskrams-Schublade und tastete nach einer Taschenlampe. Gerade als er eine Mini-Taschenlampe einschaltete, hielt ein Wagen vor dem Haus, und die Scheinwerfer erleuchteten ein paar Sekunden lang das ganze Zimmer.

»Hallo!«, rief Bill von draußen. »Die ganze Stadt ist ohne Strom. Bevor du ins Bett gehst, mein Freund, brauche ich deine Hilfe.« Bill umarmte ihn kräftig mit einem Arm, in der anderen Hand hielt er einen großen grünen Müllbeutel.

»Was für Hilfe?« Er nahm Bill den Müllbeutel ab. »Was ist da drin?«

Bill ging zur Spüle, um sich ein Glas Wasser einzuschenken. »Eine Pflanze für den Garten. Du riechst nach Chlor.«

»Ja, ich war schwimmen, im Schwimmbad.«

»Ist das nicht zu?«

»Ja.«

»Ich werde nicht fragen, wie du reingekommen bist«, sagte Bill. Er hatte sich tagsüber die Haare schneiden lassen und sah wieder wie ein Schüler an einer Privatschule aus, die braunen Haare hinten und an den Seiten kurz und oben länger. Bill war immer ein Energiebündel gewesen, aber heute Abend war er geradezu aufgedreht. Mit einem Klirren stellte er das Glas ab. »Also, wir müssen die Abdeckung des Warmwassertanks richten.« Er knöpfte sein grünes Hemd auf und hängte es über eine Stuhllehne.

»Hast du denn keine solare Warmwasseranlage?«

»Sag bloß nicht, du hast Angst, nachts aufs Dach zu klettern?« Bill grinste. »Morgen früh werden wir keine Zeit haben. Wir brechen gegen fünf auf, schon vergessen?« Er verschwand in seinem Schlafzimmer und kam Sekunden später zurück, während er sich ein T-Shirt über den Kopf zog. »Und ich weigere mich, jemandem neunzig Dollar für etwas zu zahlen, wofür wir fünf Minuten brauchen.«

Quinn schüttelte den Kopf. »Du bist verrückt. Wie viel hast du beim Abendessen getrunken?«

»Ich bin nicht betrunken. Komm schon.«

Quinn folgte Bill die Leiter nach oben, während die Brise die Äste des Baumes neben ihnen bewegte. Bill schob sich über die Dachrinne auf das Dach. Das Werkzeug in seinem Werkzeuggürtel klapperte. Quinn kletterte hinterher und hielt sich dicht an dem gewellten Blech. Dächer waren ihm noch nie geheuer gewesen.

Auf dem Dachfirst ging Bill in die Hocke und sah sich

um. »Ich kann dir nicht sagen, wie froh ich bin, diese Stadt hinter mir zu lassen. Das Landleben war Ces' Traum.«

Die Häuser in der Straße ließen sich kaum als schwarze Umrisse ausmachen, nur in wenigen Fenstern leuchtete ein trüber Schein. Bill hockte am Warmwassertank und arbeitete selbst im schwachen Licht seiner Kopfleuchte sicher und schnell. Sein Großvater war Mechaniker auf dem Land in Victoria gewesen, und Bill hatte oft genug erzählt, er habe mit einem Schraubenzieher umgehen können, bevor er das Laufen gelernt habe. »Okay, drück hier drauf, während ich es befestige«, sagte er.

Quinn lehnte sich mit seinem Gewicht auf die Metallplatte. Da drang wieder das Geräusch des weinenden Babys durch die Dunkelheit. Er schloss die Augen.

Bill klopfte ihm mit dem Schraubenzieher ans Knie. »Hast du die Schrauben?«

Quinn griff in die Hemdtasche.

»Wie war dein Tag?«, erkundigte sich Bill.

»Viel los. Ich bin im Mater Hospital gewesen.« Das sich allmählich abkühlende Dach knackte hier und da.

»Und wie geht es Marianna?«

»Nicht so toll.«

Bill hielt in der Arbeit inne und hob die Kopfleuchte.

»Ich habe ihr gesagt, dass ich bei der künstlichen Befruchtung eine Pause einlegen muss«, erklärte Quinn.

»Aber sie will gleich eine neue Behandlung anfangen?«

»Yep.«

Bill warf den Schraubenzieher ein Stück in die Luft. »Sie könnte wahrscheinlich selbst ein wenig Zeit vertragen, um wieder zu Kräften zu kommen ...«

Rachels Badezimmerfenster befand sich direkt unter ihnen, und Quinn hörte Wasser laufen. Falls sie dort drinnen war, könnte sie jedes Wort hören. Er flüsterte. »Ich brauche bloß etwas Zeit … Ich weiß nicht, ob es richtig war, sie darum zu bitten … Aber …«

Bills Stimme war sanft. »Weißt du, dabei gibt es keine festen Regeln, Kollege.«

Quinn blickte zu dem Dunst aus Sternen auf und fand das Kreuz des Südens. »Wenn das erste Baby überlebt hätte, wäre er oder sie jetzt drei Jahre alt. Stell dir das vor.« Er wäre ein völlig anderer Mensch: Quinn, der Vater eines Kleinkinds. Jenes einst mögliche andere Leben schien jetzt völlig unerreichbar. »Es ist einfach zu schwer.«

»Vielleicht siehst du die Sache in ein paar Monaten anders.«

»Nein. Was ich wirklich will, ist, ganz aufzuhören. Für immer.«

Der Schraubenzieher klapperte laut zur Dachrinne hinunter. »Warum gönnst du dir nicht eine Auszeit«, schlug Bill vor. »Danach wirst du ja sehen, wie du dich fühlst. Erst mal solltest du keine Möglichkeiten kategorisch ausschließen.«

Quinn nickte und sah zu, wie Bill nach unten kletterte, um den Schraubenzieher zu holen. Sein Freund wusste sehr gut, wie verzweifelt Marianna Mutter sein wollte.

Noch während Bill die Arbeit beendete, flackerte die Straßenlaterne an der Ecke auf, und Rechtecke aus Licht fielen unten aus dem Wohnzimmer auf den Rasen.

Quinn ließ sich nach Bill zur Dachrinne hinuntergleiten, und als er sich auf die Leiter schob, hörte er Schritte im Nachbarhaus, und Rachels Schlafzimmerlampe ging an.

Er erinnerte sich an ihr Gesicht, das von der Leuchte angestrahlt wurde. Ihre Gesichtszüge hatten etwas Reduziertes an sich: eine schmale Nase, hohe Wangenknochen und schmale geschwungene Lippen. Was an ihrer Direktheit so anziehend war, konnte er nicht genau sagen. Er hatte schon reichlich direkte Menschen getroffen, aber sie hatte noch etwas an sich, die Transparenz eines Kindes ohne jede Naivität. Als sei ihr völlig klar, dass sie dem anderen Einblick in ihre Gedanken gewährte.

Als er sie das erste Mal im Schwimmbad gesehen hatte, war er durch die Straßen gewandert, an seinem zweiten Abend in der Stadt. Er hatte Plätschern vernommen und war zu dem Drahtzaun getreten, von wo aus er jemanden gleichmäßig das dunkle Becken hatte entlangschwimmen sehen. Schlanke Arme fielen sauber ins Wasser. Eine Frau. Er stellte sich vor, wie sie nach oben sah und eine männliche Gestalt am Zaun bemerkte, und er wusste, dass er gehen sollte. Doch bevor er sich rührte, hatte sie sich aus dem Wasser gestemmt, war zu der kleinen Tribüne gegangen und geschickt die Stützbalken zum Dach emporgeklettert. Sie hatte das Dach bis ganz zur vorderen Kante hin überquert und war ohne zu zögern mit rudernden Gliedmaßen in die Luft gesprungen. Beinahe hätte er einen Schrei ausgestoßen, doch sie überwand den Betonstreifen zwischen der Tribüne und dem Becken und fiel mit einem lauten Platschen ins Wasser. Erst als er sie heute Abend wieder im Schwimmbad gesehen hatte, war ihm klar geworden, dass sie es gewesen sein musste. Sie war offensichtlich auf einen gewissen Nervenkitzel aus. Ein weiterer Grund, sich von ihr fernzuhalten.

Er war Marianna nie untreu gewesen. Einmal war er bei einer Konferenz in Wellington einer Exfreundin, Isobel, über den Weg gelaufen und es hatte ihn durchzuckt, wie vertraut sie war, ihr Profil und die Rundung ihrer Schultern, als wäre eine Schablone ihres Körpers all die Jahre hinweg in ihm aufbewahrt gewesen. Sein altes Verlangen nach ihr war kurzzeitig aufgeflackert. Doch ein flüchtiges Verlangen, dem kein Handeln folgte, machte noch keine Untreue aus.

8

Rachel löste das Laken von der Wäschespinne und drückte sich die Baumwolle an die Wange. Um sie herum setzte die feuchte Dämmerung ein, und Grillen begannen zu zirpen. Wie viele hundert Mal hatte ihre Mutter Laken von dieser Wäscheleine für Rachels Bett abgenommen? Das war Mutterschaft, dachte sie. Unzählige kleine häusliche Liebesdienste.

In der Regenzeit hängte ihre Mutter die Laken immer über den Heizkörper im Wohnzimmer. Rachels Vater kam dann nach der Arbeit in das stickige Zimmer und band sich die Krawatte mit den Worten ab: »Hier drinnen ist es stickig wie in einer chinesischen Waschstube. Mach ein verfluchtes Fenster auf, Emily.« Und am Abend waren Rachel und Scottys Bettdecken mit trockenem, duftendem Bettzeug bezogen gewesen.

Sie faltete das Laken zu einem Quadrat und hielt es sich an die Brust. Wer würde Rachels Laken waschen und falten, wenn sie im Sterben lag?

Im Haus klackerten Absätze. Eine ihrer Tanten. Der Wasserhahn lief, und Töpfe schepperten. Wer auch immer es war – Beryl oder Shaney –, erledigte den Abwasch vom Mittagessen. Rachel kannte längst das enttäuschte Lächeln, das sie beim Betreten des Hauses ernten würde.

Nebenan knallte die Wettertür zu, und Nelkengeruch wehte zu ihr herüber. Durch das Gebüsch sah sie Quinn, der auf der Hintertreppe saß, die Ellbogen auf die Knie gestützt, und kontinuierlich Rauch ausstieß.

Warum um alles in der Welt hatte sie ihm gestern Abend gesagt, dass sie sich wünschte, er wäre nicht verheiratet, und was musste er jetzt von ihr denken? Die Dunkelheit und das Gefühl, nichts zu verlieren zu haben, hatten sie ermutigt. Das machte ein nahe bevorstehender Tod wohl mit einem, überlegte sie. Sie drückte sich das Laken an die Brust und atmete den Duft vom Waschmittel ihrer Mutter ein.

Er verlagerte das Gewicht und hielt schützend die Hand vor die Zigarette, wie es die Jungen an der Highschool getan hatten. Er saß reglos da mit hängendem Kopf. An sie dachte er nicht, da war sie sich sicher. Sie hingegen hatte ihre Gespräche den ganzen Tag immer wieder im Kopf Revue passieren lassen. Sie folgte einem schrecklich vertrauten Muster, indem sie Energie und Interesse an einen vergebenen – und gewöhnlich desinteressierten – Mann verschwendete. Sie hatte drei Jahre mit einer Schwärmerei für ihren ersten Chef vergeudet, der sie gerade oft genug zum Mittagessen ausgeführt hatte, um sie bei der Stange zu halten. Karl war zwar noch zu haben gewesen, aber er war emotional distanziert. Anfangs hatte seine Wortkargheit ihn geradezu geheimnisvoll gemacht, aber dann – nachdem er bei ihr eingezogen war, nachdem sie sich zusammen ein Auto gekauft hatten –, hatte es sie vor allem erschöpft und deprimiert, wie schwer es war, auch nur das geringste aufrichtige Gespräch mit ihm zu führen.

Sie hatte den Verdacht, dass sie Quinn unter anderem so anziehend fand, weil er nicht mit neckend-defensiven, schlagfertigen Antworten parierte, wie es bei Karl immer der Fall gewesen war, und auch bei den meisten anderen Leuten, die sie in Sydney kannte. Viele Frauen fanden das an Quinn wahrscheinlich attraktiv, und bei seinem Aussehen hatte er zweifellos unzählige Patientinnen, die ein Auge auf ihn geworfen hatten.

Im Haus hörte sie Beryl oder Shaney herumgehen. Sie hängte einen rosafarbenen Kopfkissenbezug ab und hoffte, ihre Tante würde nicht nach ihr suchen. Sie wollte nicht, dass Quinn wusste, dass sie da war, gleich auf der anderen Seite des Zaunes.

Nachdem sie gestern mit ihm über Aceh gesprochen hatte, war sie wach gelegen und hatte sich zurückerinnert. Tagsüber hatte sie dort wie ferngesteuert gearbeitet, aber in der Nacht, auf der harten Schlafmatte, während Peter, der Kameramann, in der Nähe vor sich hinschnarchte, hatte sie sich gefragt, ob sich so ein Nervenzusammenbruch anfühlte: nicht dramatisch oder unvermittelt, sondern als würden die Nähte, die sie zusammenhielten, langsam und stetig aufgetrennt.

Jeden Tag, den sie in Corimbi verbrachte, reifte in ihr die Überzeugung, dass sie nicht zu ihrem Job zurückkehren konnte. Sie ging in ihrer Arbeit nicht so sehr auf, wie es die meisten ihrer Kollegen und Kolleginnen zu tun schienen. Und sosehr es auch Dinge gab, die sie an ihrer Heimatstadt hasste, verspürte sie doch ein gewisses Zugehörigkeitsgefühl, oder vielleicht bedeutete, dort zu sein, auch einfach, dass sie sich in eine Zeit vor Scottys Tod zurückversetzen konnte. In Aceh hatte sie ein paarmal an das Fleckchen Erde oben in den Hügeln gedacht – den Morgen Land, auf dem ihre Eltern einst mit ihnen hatten leben wollen –, und vielleicht war es ihr vor allem deshalb in den Sinn gekommen, weil jenes Land der friedlichste Ort war, den sie kannte.

Quinns Handy klingelte im Haus. Er stand auf und trat die Zigarette auf den Betonstufen aus. Der Geruch nach Nelken hing weiter in der Luft, auch nachdem die Wettertür zugeschlagen war. Rachel nahm die letzten Kissenbezüge von der Leine und hob den Weidenwäschekorb hoch. Es war Zeit, ihrer Mutter die Medikamente zu bringen.

»Hi, Dad! Verflucht heiß!« Quinn gehörte offenbar zu den Menschen, die glaubten, am Handy extralaut sprechen zu müssen. »Ja, er sollte mittlerweile in Lae sein.«

Rachel trug die Wäsche ins Haus. Auf dem Weg über die hintere Veranda konnte sie ihn immer noch hören. »Ich bin gestern Abend im Schwimmbad gewesen ... Nein, bin durch ein Loch im Zaun reingekommen.«

Sie fragte sich, ob er wusste, dass sie ihn belauschte. Doch das war natürlich Teil ihrer verrückten Fantasie, die Vorstellung, er habe auch nur einen Gedanken an sie verschwendet, nachdem sie gestern Abend gegangen war.

Im Haus trocknete Beryl gerade die Teller ab und rief in den Korridor, wo Rachel die Bettwäsche in den Wäscheschrank stapelte. »Große Laken ins zweite Regal.«

»Was?«, fragte Rachel.

»Deine Mum legt die großen Laken ins zweite Regal.« Beryl trug ein grün-violettes Kleid, das ihren großen Busen betonte.

»Aha.« Rachel ließ sie, wo sie waren. Ihre Mutter würde keine Betten mehr beziehen.

Beryl bückte sich, um die Teller einzuräumen. »Ich habe euch einen Ananaskuchen mitgebracht, Liebes.«

Rachel ging den Flur entlang zur Küche. »Danke, Tante Beryl. Das ist sehr nett. Magst du auch ein Stück, und dazu eine Tasse Tee?«

»Nein danke, Liebes.« Sie warf sich das Geschirrtuch über die Schulter. »Wie geht es deiner Mum heute?«

»Mehr oder weniger wie immer.«

Beryl seufzte. Emily war die jüngere Schwester, und Beryl hatte einmal gesagt, sie könnte den Gedanken nicht ertragen, dass Emily möglicherweise vor ihr sterben würde. »Tja, sie schläft, deshalb mache ich mich auf den Weg. Ich wollte mit ihr darüber reden, das Werkzeug deines Dads Mike zu geben. Er hat es gesehen, als er neulich das Dach auf den Schuppen montiert hat. Da draußen wird es bloß verrosten, und Mike muss natürlich von Grund auf neu ausgestattet werden.«

»Ich will das Werkzeug«, erwiderte Rachel.

»Oh.« Beryl verrückte die Tupperware-Kuchenform, sodass sie parallel zur Tischkante stand. »Ich habe bloß gedacht ... wo doch Mikes gesamtes Werkzeug aus seinem Pick-up gestohlen wurde ... Wann benutzt du denn Werkzeuge, Darling? Ich meine ... Wohnst du nicht in einem Apartment?«

»Es hat meinem Dad gehört. Ich will es haben.«

Beryl nickte ruckartig mit ausdruckslosem Gesicht. »Natürlich.« Sie ging auf die Haustür zu. »Ich werde morgen vorbeischauen, um zu sehen, ob sie ein Kreuzworträtsel machen möchte.«

»Okay, danke.«

»Du sagst ihr, dass ich da gewesen bin?«

»Mache ich. Danke für den Kuchen.«

Durchs Fenster beobachtete Rachel, wie Beryl auf dem Gartenweg innehielt und etwas Unkraut aus dem Beet zupfte. Beryl war schon immer in Rachels Leben gewesen: zupackend, großzügig, sich einmischend. Rachels Cousin Mike hatte wahrscheinlich ein größeres Anrecht auf die Hämmer und Meißel und Schraubenzieher als Rachel. In der Zeit, bevor Rachel wusste, wie krank ihre Mutter war, hatten Beryl und Ted und Mike ihrer Mutter Essen gebracht, sie zu Arztterminen gefahren und endlose Partien Rommé mit ihr gespielt.

In der Küche hielt Rachel sich die sauberen, gefalteten Geschirrtücher ans Gesicht. Sie rochen nach Sonne. Rachel stellte sich Sonnenschein vor, der in dem Leinengewebe eingefangen war, und hatte den absurden Einfall, sie ihrer Mutter auf die fahle Haut zu legen.

Leise öffnete sie Emilys Schlafzimmertür und stellte fest, dass sie wach war, gegen die Kissen gelehnt. »Hallo, Darling.« Der Tremor ließ ihre Stimme klingen, als würde sie alles, was sie sagte, noch einmal überdenken.

»Hallo.« Rachel ließ sich behutsam auf der Bettkante nieder.

»Würde es dir etwas ausmachen, mir ein frisches Nachthemd zu holen? Ich bin ziemlich verschwitzt.«

»Möchtest du gewaschen werden?«

»Nein, bloß ein Nachthemd.«

Rachel stand auf und zog ihrer Mutter die Decke weg. Unter dem Baumwollnachthemd zitterte der Körper ihrer

Mutter. Wenn Rachel einen Moment lang vergaß, dass es sich um ihre Mutter handelte, dann erinnerte sie die zarte Bewegung an die bebenden Flügel eines Schmetterlings. Rachel schob das Nachthemd über die Hüften ihrer Mutter. »Ich habe heute Morgen Kate getroffen, und sie meinte, sie habe eine Klimaanlage übrig. Eine tragbare. Ich weiß, du hast gesagt, dass du keine willst, aber hier drinnen herrscht eine Affenhitze.«

Ihre Mutter seufzte. »Wenn es dich glücklich macht, Schätzchen.«

»Das tut es.« Rachel zog das Nachthemd über den steifen Rücken und die Arme ihrer Mutter und warf es in den Wäschekorb. »Beryl hat Kuchen vorbeigebracht.«

»Ja. Wenn ich ehrlich bin, habe ich mich schlafend gestellt.« Ihre Mutter sackte zurück und betrachtete ihren eigenen Körper, der abgesehen von der großen weißen Windel nackt war. Ihre zittrige Hand deutete auf ihren runzeligen Bauch. »Dieser Körper, der mich kaum aus dem Bett bringen kann, hat einst das Wunder vollbracht, zwei Menschen zu erschaffen.«

Rachel fand ein frisches Nachthemd in der Kommode. »Wolltest du danach noch ein Baby?«

»Wir haben es versucht. Aber ich war vierundvierzig. Wahrscheinlich ist es gut so. Stell dir vor, in dem Wissen heranzuwachsen, dass du ein Ersatz für den eigenen Bruder bist.« Sie schloss die Augen.

Rachel ließ den Ausschnitt des Nachthemds über den Kopf ihrer Mutter gleiten und wollte sagen: *Stell dir vor, in dem Wissen heranzuwachsen, dass du für den Tod deines Bruders verantwortlich bist.*

9

Marianna griff nach einer Orange und wog sie in der Hand, während sie mit dem Daumen über die unebene Schale fuhr. Auf der anderen Seite des Ladens wippte ein Mann ein winziges Babybündel. Marianna wandte sich körperlich von ihnen ab. Jetzt wirkte die Orange fremdartig, ein Objekt aus dem Weltraum, das auf ihrer Handfläche gelandet war.

Jemand legte ihr die Hand auf den Arm und sprach leise. »Marianna.« Es war Clare, mit der sie sich früher eine Vollzeitstelle an der Highschool geteilt hatte. Sie sah aus, als wäre sie gerade eben aufgestanden, ihre Haare waren zerzaust, das Gesicht blass.

»Oh, hi.« Aus den Augenwinkeln sah Marianna, wie sich der Mann das Baby mit einem Arm auf die Schulter hob und nach einer Tüte Äpfel griff.

Clare neigte den Kopf, um Marianna in die Augen zu sehen. »Wie geht es dir?«

»Oh …« Marianna zuckte die Schultern. »So lala.«

Clare nickte, und Marianna spürte, dass die ehemalige Kollegin ein wenig zurückwich. Sie legte die Orange zurück auf die ordentliche Obstpyramide, als Clares kleines Mädchen, ein etwa fünfjähriger blonder Lockenschopf, von der anderen Seite des Ladens auf sie zukam. Das Mädchen winkte seine Mutter zu sich herunter und flüsterte ihr ins Ohr.

Clare blickte zu Marianna auf und schnitt eine Grimasse. »Molly hat mich gefragt, ob du diejenige bist, die das Baby bekommt.« Sie schluckte. »Ich hatte es ihr erzählt, weil wir … euch unseren Stubenwagen geben.«

Marianna nickte. Es schien Jahre her zu sein, dieses Gespräch über den Stubenwagen aus Stroh.

Clares Augen wanderten zu Marianna, während sie mit ihrer Tochter sprach. »Marianna hat ihr Baby bekommen, aber es ist zu klein gewesen und gestorben.«

Marianna überkam eine Woge der Dankbarkeit für die Fantasie, dass ihr Baby geboren und nicht aus ihr herausgesaugt worden war, während sie mit gespreizten Beinen auf einem Operationstisch lag.

Molly blinzelte zu Marianna empor. »Warum ist es gestorben?«

»Es ist nur so groß gewesen.« Marianna hielt ihre Finger zwei Zentimeter auseinander und stellte sich ein winziges, völlig ausgebildetes Baby vor, das vor ihnen in der Luft schwebte.

»Oh.« Das Mädchen musterte Mariannas Finger. Molly wäre entsetzt, wenn sie wüsste, wie das Baby wirklich ausgesehen hatte. *Zerteilt.*

Sie standen im Weg, und Leute quetschten sich mit ihren Körben an ihnen vorbei. Marianna stellte sich eine winzige Molly vor, als sie in Clares Gebärmutter war, das Lockenhaar und die blauen Augen und die Rosenknospenlippen noch nicht ausgereift, aber alles da, angelegt in einem Fötus von zwei Zentimeter Länge. Marianna würde nie erfahren, wie ihre toten Babys vielleicht ausgesehen hätten.

»Warum ist es gestorben?«, fragte Molly erneut. »Hast du jetzt wieder ein Baby in deinem Bauch?«

»Es ist zu klein gewesen«, erwiderte sie. *Und nein.*

Molly nickte, aber Marianna sah ihr an, dass sie mit der Antwort nicht zufrieden war. Auf dem Gehweg vor dem Laden beugte sich gerade der Mann mit dem Baby in den Rücksitz des Kombiwagens.

Clare zauste dem Mädchen die Haare. »Tja, Missy Moo, wir sind wieder einmal spät dran.« Sie lächelte Marianna zu. »Molly macht in diesen Ferien einen Zirkuskurs. Und wir kommen nie pünktlich.« Molly hatte sich abgewandt und übte eine schwungvolle Geste mit der Hand über den Granny Smith-Äpfeln.

Clare drückte Mariannas Arm. »Tja, ich denke an dich, und wenn es etwas geben sollte, das ich tun kann …«

»Danke.« Sie beobachtete, wie Clare ihren Korb mit Gemüse einer Kassiererin mit weichen Gesichtszügen überreichte. Marianna hatte das vage Gefühl, dass der Mann dieser Frau vor nicht allzu langer Zeit gestorben war. Wie oft erkannte die Trauergemeinschaft ihre eigenen Mitglieder nicht wieder. Ein Jahr lang schwarze Trauerkleidung oder eine Armbinde zu tragen ergab daher in Mariannas Augen völlig Sinn. Doch sie hegte den Verdacht, dass man für Babys, die noch nicht einmal so groß wie eine Orange waren, sowieso kein Anrecht auf eine Armbinde hätte.

Vor dem Maklerbüro an der Ecke blieb sie im Schatten der Markise stehen, da ihre beiden Tüten schwer waren. Es war verführerisch, sich Trauer als aufgeklärten Zustand vorzustellen, als hätte sie endlich die richtige Perspektive auf die Dinge und könnte die Oberflächlichkeit der meisten Handlungen erkennen. Doch Trauer war nicht aufgeklärt, sie war banal. Sie war überall, an jeder Ecke, ihr Aroma durchdrang alles. Es war etwas, durch das man hindurchwaten musste, und wenn es am Ende dieses verdammten Wegs kein Baby für Marianna gab, wäre das Ganze völlig sinnlos. Ein Baby war die einzige Möglichkeit, um all diesem Kummer Bedeutung zu verleihen. Sah Quinn das nicht ein?

Andrew sagte, sie wüssten nicht, warum es zu den Fehlgeburten komme. Aber sie war sich völlig darüber im Klaren, dass der Standardgrund immer minderwertige Eizellen der Frau waren. Vor der letzten Schwangerschaft hatte Andrew vorgeschlagen, sie sollte erwägen, ob sie bereit wäre, gespendete Eizellen einsetzen zu lassen, und Marianna hatte es als letzten Ausweg betrachtet. Jetzt hatte es den Anschein, als wäre der Moment für den letzten Ausweg vielleicht verstrichen, ohne dass es ihr klar gewesen wäre.

Sie erklomm den Hügel, schweißgebadet unter ihrem Baumwollkleid, und sagte sich, dass Quinn lediglich ein halbes Jahr Pause einlegen wollte. Lediglich sechsundzwanzig Wochen. Als sie ihre Straße erreichte, erblickte sie den Audi ihrer Eltern in der Auffahrt. Ihre Mutter erhob sich von einem Stuhl auf der Veranda und eilte die hohen Holzstufen herunter und quer über den Rasen. »Darling, da bist du ja!« Sie nahm Marianna beide Taschen ab. »Warum bist du denn nicht mit dem Auto einkaufen gewesen?«

Marianna zuckte die Schultern. Sie hatte gar nicht vorgehabt einzukaufen.

Ihre Mum fand es nicht gut, dass Quinn zwei Tage die Woche in Corimbi war, und schaute deshalb extra an diesen Tagen bei ihr vorbei. »Ich habe dir Rucola zum Einpflanzen gekauft«, sagte ihre Mutter, als Marianna den Schlüssel in die Haustür steckte. »Mir ist aufgefallen, dass dein Rucola völlig heruntergekommen ist.«

»Danke, Mum.« Sie betraten das dämmrige, kühle Haus, Mariannas Zufluchtsort.

Ihre Mum schob die Einkaufstüten auf den Küchentisch. »Setz du Wasser auf, Darling, ich gehe eben nach draußen und versorge die Pflanzen.«

»Ich dachte, Setzlinge soll man nicht in der prallen Sonne anpflanzen.«

»Nein, das ist alles Humbug. Sie sind sonnenfest. Hauptsache, sie kommen so schnell wie möglich in die Erde.« Ihre Mutter drehte sich die langen silbernen Haare zu einem Knoten und befestigte ihn mit einem Haargummi, das sie von ihrem Handgelenk zog. Sie trug ihre Tenniskleidung, ordentliche weiße Shorts und ein T-Shirt.

Marianna füllte den Wasserkocher und spülte die Teekanne aus. An die Küchenspüle gelehnt, beobachtete sie ihre Mutter durchs Fenster. Sie stellte sich vor, dass sie mit sechzig mehr oder weniger so aussehen würde: vollbusig, lange graue Haare und elegante Hände. Ihre Mutter beugte sich über das hohe Gartenbeet und holte behutsam die Setzlinge aus dem Körbchen. Es sah aus, als würde sie dabei vor sich hin singen.

Ihre Mutter war ebenfalls abergläubisch. Aber im Gegensatz zu Marianna erzählte sie es den Leuten freimütig, als wäre es lediglich eine amüsante Schrulle, dass sie immer beide Füße gleichzeitig auf den Boden setze, wenn sie morgens aus dem Bett aufstehe.

Marianna trank ein Glas Wasser und verstaute das Obst und Gemüse im Kühlschrank. Dann gesellte sie sich zu ihrer Mutter in den grellen Garten hinter dem Haus. Sie hob eine leere Anzuchtschale hoch und leerte die Erdreste in das Gartenbeet. In der Hecke zwitscherten teilnahmslos Vögel, und in der Nähe brummte ein Rasenmäher. Irgendwie dämpfte die Vorstadt alle Gefühle, ob sie nun traurig oder freudig waren. »Du hast doch Dad nichts davon erzählt, dass Quinn eine Pause machen will, oder?«, fragte sie.

»Nein. Ich habe mir gedacht, dass dir das nicht recht wäre.« Ihre Mutter drehte den Hahn auf und prüfte die Temperatur des Wassers, das aus dem Schlauch kam.

»Stimmt.« Marianna hatte gelernt, ihrem Vater keine Informationen zukommen zu lassen, die er später als Munition verwenden konnte. Sie stieg über ein Häufchen Grasschnitt, das der Typ, der den Rasen für sie mähte, zusammengerecht hatte, und pflückte ein paar cremefarbene Frangipaniblüten vom Baum. »Diese Fehlgeburt, die du hattest, wie oft denkst du heute noch an dieses Baby?«, fragte sie.

Ihre Mutter schirmte sich das Gesicht mit der Hand ab, und ihre Silberarmreifen klirrten. »Tja, also …«

»Was?«

»Es war keine Fehlgeburt.« Das Gesicht ihrer Mutter war ausdruckslos, während Wasser aus dem Schlauch in ihrer Hand auf die Wiese spritzte.

Marianna wartete ab.

»Du warst erst drei Monate.« Ihre Mutter strich sich eine Haarsträhne zurück, die sich aus dem Gummi gelöst hatte. »Es war zu bald.«

»Du hattest eine Abtreibung?«

»Ja.« Sie drehte an dem Hahn, bis das Wasser tröpfelte.

»Warum?«

Ihre Mutter lächelte schief. »Ich hatte eben eine Geburt hinter mir, ich hatte ein Neugeborenes und ... noch ein Baby schon so bald wäre mir zu viel gewesen ...«

Marianna dachte an all die Dienstboten, die sie in Jakarta gehabt hatten. Ihre Mutter hatte im Grunde keinen Finger rühren müssen.

»Hast du die Abtreibung gewollt oder Dad?«

»Wir beide. Gib ihm nicht die Schuld. Das wäre ungerecht.« Sie zielte mit dem Schlauch auf einen Setzling und blickte dann auf, die Augen feucht. »Ich habe es auch für dich getan.«

»Was meinst du damit?«

»Wenn ich so bald schon das nächste Baby bekommen hätte, wäre das hart für dich gewesen.«

»Wo hast du die Abtreibung machen lassen? Doch nicht dort drüben?« Marianna würde immer das Recht einer Frau auf eine sichere Abtreibung verteidigen, doch bei dem Gedanken daran, dass das Leben eines gesunden Babys ausgelöscht wurde, zog sich ihr Herz zusammen. Ihr Geschwisterchen.

»Hier. In einer Klinik in der Stadt. Als ich herkam, um Mum und Dad zu besuchen. Du warst damals ungefähr fünf Monate alt.«

Marianna hatte die Fotos von dem Besuch vor ihrem geistigen Auge. Ihre Großmutter, die ihr auf der Terrasse hinter dem Haus die Flasche gab, hinter sich eine Wand aus sorgfältig gestutzten Geweihfarnen. Und ihr Großvater, kurz vor seinem Tod, der sich bückte, um sein grinsendes Gesicht neben das des Babys zu halten. Das erste Enkelkind. Und das zweite wurde gerade beseitigt. Marianna fragte sich, ob ihre Großeltern Bescheid gewusst hatten.

»Warum hast du so getan, als wäre es eine Fehlgeburt gewesen?«

»Tja …« Ihre Mutter wischte sich eine nasse Hand an den Shorts ab. »Als du jünger warst, hatte ich Angst, du würdest es nicht verstehen, und dann … Ich weiß nicht … Es tut mir leid.«

Ich weiß nicht, ob ich es jetzt verstehe, dachte Marianna.

»Es fühlt sich komisch an, es dir zu erzählen, wo … du … auf der anderen Seite der Dinge stehst, aber ich wollte nicht weiterlügen«, sagte ihre Mutter.«

»Ja.« Marianna wurde schwindelig, und sie fragte sich, ob sie auf dem ordentlich gemähten Rasen umkippen würde.

Ihre Mutter streckte die Hand aus. »Komm aus der Hitze mit ins Haus, Darling.«

Am Spätnachmittag, nachdem ihre Mutter fort war, lag Marianna auf dem Bett, ihr Körper schwer und reglos. Geräusche von draußen drangen ins Haus: Grillen im Garten, das Summen eines Zuges in der Ferne und die neuen Kinder nebenan, die einander etwas zuriefen. Das Licht im Zimmer ließ allmählich nach, und sie wusste, dass sie nicht aufstehen und das Licht anknipsen oder etwas zu essen zubereiten würde. Es gab niemanden, für den sie hätte kochen können, und keinen Ort, an den sie musste.

Sie dachte an ihre Mutter, die jünger als Marianna jetzt gewesen war und für eine Abtreibung eine Klinik aufgesucht hatte. Es müsste sich wie eine Ungerechtigkeit anfühlen, dass ihre eigene Mutter zu fruchtbar gewesen war, doch Marianna sah bloß eine schreckliche, herzzerreißende Gleichung: Babys, die jeden Tag abgetrieben wurden, während unfruchtbare Frauen langsam den Verstand verloren.

Die Kinder jenseits des Zaunes sangen: *Frère Jacques, Frère Jacques. Dormez-vous? Dormez-vous?*

Vielleicht war eine Eizellenspenderin die Lösung. Sie dachte an ihre Cousine Shelly mit ihren drei wunderbaren Kindern und Eierstöcken voller gesunder Eizellen.

Marianna wusste, dass der Umgang mit ihrer Hoffnung und Trauer mit sich brachte, dass sie ihre Gefühle in ein stützendes Korsett einzwängte. Sie wusste, dass sie reizbar wirkte – ihr Vater hatte es ihr oft genug gesagt, und sie konnte es an Quinns Augen ablesen –, aber die Wahrheit lautete, dass sie über begrenzte Ressourcen verfügte, und die benötigte sie vollständig für die Versuche, ihnen ein Baby zu verschaffen.

Das Singen nebenan verstummte, und ein Kind fing klagend zu weinen an. Nach zwei Minuten zwang Marianna sich, aufzustehen und aus dem Fenster zu sehen. Da war ein kleines Kind allein auf dem Trampolin, an das Sicherheitsnetz gelehnt, und rief schluchzend nach seiner Mutter im Haus.

Marianna beobachtete die Frau, die sich in der hell erleuchteten Küche bewegte, und fragte sich, wann sie das

Schreien des Kindes hören würde. Endlich kam sie aus dem Haus, hob das Kind vom Trampolin und trug es die Hintertreppe hinauf. Der kleine Junge drehte sich um und sah zu Mariannas Haus empor, die Haare im Licht ein blonder Heiligenschein.

Marianna hatte die Hoffnung nicht aufgegeben, obwohl alle um sie herum so pessimistisch waren. Und während sie dort im Dunkeln stand und zusah, wie dieses Kind sicher ins Haus getragen wurde, wusste sie, dass es immer noch möglich war, Mutter zu werden.

10

Am Mittwoch war Rachel eine halbe Stunde geschwommen, als sie jemanden ins Wasser springen hörte. Ihr Herz machte einen Satz. Er musste es sein. Er schwamm im Becken unter Wasser an ihr vorüber, in die andere Richtung.

Am tiefen Beckenende hielt sie sich an dem Seil fest, das die Bahnen unterteilte, und schon bald tauchte er neben ihr auf und streckte einen Arm nach der Metallstange aus, die Rückenschwimmer benutzten. Er sog tief Luft ein. »Oh, Scheiße«, keuchte er.

»Alles in Ordnung?«

Ein paar Sekunden lang erwiderte er nichts, sondern nickte nur. Er schob sich die Taucherbrille auf den Kopf. »Ich bin nicht so fit, wie ich dachte.« Er sah sie an und lächelte. »Hallo.« Selbst im Dunkeln sah es nach einem betretenen Lächeln aus. Als wüsste er genau, wie viel sie an ihn gedacht hatte.

»Hallo.« Sie tat die aufflackernde Verlegenheit ab und tauchte unter dem Bahnenseil auf die Stufen zu. Das Wasser war kühl an ihrem Gesicht. Es war egal, ob er glaubte, dass sie mit ihm geflirtet hatte. Es gab Wichtigeres. Ihre Mutter. Die Menschen in Aceh. »Ich habe wieder deine Freitaucherei ausprobiert«, sagte sie, als sie in der Nähe der Leiter auftauchte.

»Wie war's?«

»Friedlich.« Sie hatte sich auf dem Rücken treiben lassen, die Atmung verlangsamt und die Gliedmaßen entspannt, während sie zu den Sternen aufschaute. Dann hatte sie sich zu der Embryohaltung eingerollt, die er ihr gezeigt hatte, und war dort gehangen, hatte den Atem angehalten und auf ihr Herz und das schwappende Wasser gelauscht.

»Du solltest es einmal im Meer ausprobieren, das ist noch besser«, sagte er. »Oh, und danke für die Taucherbrille. Sie sitzt gut.«

»Keine Ursache.« Sie ergriff das Metallgeländer und zog sich aus dem Wasser. Untertags hatte ihre Mutter gesagt, dass sie im Schlaf sterben wolle. »So eine leichte, schmerzlose Art dahinzuscheiden«, hatte sie hinzugefügt.

Rachel hatte genickt. »Ich möchte bei dir sein, wenn es so weit ist, Mum.« Sie war entschlossen, ihre Mutter nicht allein sterben zu lassen, im Gegensatz zu Scotty.

Die Augen ihrer Mutter waren sanft. »Ist das wirklich die letzte Erinnerung, die du an mich haben möchtest?« Rachel wusste, dass Emily mit angesehen hatte, wie ihre eigene Mutter gestorben war. Und sie hatten beide Scotty gesehen.

»Ich möchte bloß bei dir sein.« Sie hatte sich gefragt, ob irgendein Tod schmerzlos war. Würde der Körper nicht auf irgendeine Art protestieren? Erwachten die Menschen nicht vielleicht für den Bruchteil einer Sekunde aufgrund eines jähen Schmerzes oder aus Angst? Es musste doch ein schockierender Augenblick für den Körper sein, wenn er schließlich aufgab.

An der Tribüne zog Rachel sich ihr Kleid an und ging in die Hocke, um sich die Sandalen zuzuschnallen. Sie erinnerte sich an das blasse, verzerrte Gesicht ihres Vaters in den Minuten nach seiner ersten Herzattacke. Sie hatte ihn nie zuvor Schmerzen leiden sehen. Er pflegte sich selbst als Stoiker zu bezeichnen, und sie wusste, dass er viele Kunden in der Apotheke verurteilte. *Simulant* war eines seiner Lieblingswörter und das Schlimmste, was sie sein konnte. Sie fragte sich, was er wirklich davon gehalten hatte, als sich ihre Mutter nach Scottys Tod ins Bett zurückgezogen hatte.

Sie stand auf und schlang sich das Handtuch um den Hals. Ihr Vater hatte ihr in diesem Schwimmbad das Schwimmen beigebracht. Sie waren immer sonntagmorgens herspaziert, und er hatte sie am tiefen Ende gehalten und auf den Rand zugestoßen.

Die Oberfläche des Schwimmbeckens war glatt, der Arzt befand sich irgendwo darunter. Als sie die Wiese zum Zaun überquerte, zog Quinn sich aus dem Becken. Er beugte sich vor, die Hände auf die Knie gestützt, und das Wasser tropfte auf den Beton. »Oh. Du gehst?«

Angesichts der Enttäuschung in seiner Stimme durchrieselte sie ein Schauer. »Ja.« Sie blieb stehen.

»Wenn du einen Augenblick wartest, begleite ich dich.« Er richtete sich auf und ging zu seinem Handtuch.

Rachel ging über die Wiese zurück und setzte sich in seiner Nähe auf das warme Holz der Stufe. »Mein Bruder ist ertrunken, als ich zwölf war.«

Er hörte auf, sich die Haare mit dem Handtuch zu trocknen, und blickte auf sie herunter.

Sie hatte nicht vorgehabt, ihn einzuweihen, die Worte

waren ihr einfach entschlüpft. »Eigentlich sollte ich auf ihn aufpassen«, sagte sie.

Er setzte sich neben sie. »Oh. Das ist hart.«

»Ich habe ihn einfach vergessen. Beim Spielen.«

»Wie alt ist er gewesen?«

»Acht.«

Er beugte sich vor auf die Knie und blickte auf den Beton, als würde er ihn eingehend betrachten. »Wie hieß er?«

»Scott. Scotty.« Es schnürte ihr die Kehle zu, und sie sah zu den Feigenbäumen hinüber, die gleichen Bäume, die den Fluss säumten. »Dad hat ihn gefunden.«

Sie hatte sich an dem Seil über den Fluss geschwungen und sauste gerade durch die warme Luft, als sie den Schrei ihres Vaters vernahm. Als sie das raue Seil losließ und fiel, erspähte sie Scotty und seinen Heiligenschein aus Haaren, mit dem Gesicht nach unten im tiefen Wasser in der Nähe der schlammigen Mangroven. Kurz bevor sie ins Wasser fiel, taumelte ihr Vater komplett angezogen in den Fluss, und ihre Mutter kam von der Picknickwiese gerannt. Rachel hatte ein paar Sekunden gebraucht, um aufzutauchen, die Augen in dem sumpfigen Wasser weit aufgerissen.

Quinn sah sie eingehend an. »Bist du jetzt das einzige Kind?«

»Ja. Das bin ich. Weißt du, ob Ertrinken eine friedliche Todesart ist? Was geschieht mit dem Körper?«

»Tja ...« Er drehte sich ganz zu ihr. »In erster Linie erleidet der Körper einen Sauerstoffmangel ... und der bringt das Herz zum Stillstand.«

»Würde es wehtun?«, fragte sie.

Er atmete langsam aus. »Ich ... bin mir nicht sicher.

Wenn man Sauerstoffmangel erleidet, fühlt man sich meist recht verwirrt und träumerisch … Ich habe schon gehört, dass es eine friedliche Art ist zu sterben.«

»Ich ertrage den Gedanken nicht, dass er Angst oder Schmerzen hatte.« Eine vertraute Übelkeit schnürte ihr die Kehle zu.

»Hast du ihn anschließend gesehen?«, fragte er.

Sie nickte. »Er sah aus, als würde er schlafen. Aber er war sehr blass, und seine Lippen waren blau.« Mit anderen sprach sie nicht darüber. Niemals. Seit Jahrzehnten hatte sie auf Gewissheit gewartet, wie Scotty gestorben war, und nun vertraute sie Quinn die schrecklichen Einzelheiten an.

»Dann hat er also friedlich ausgesehen?«, wollte er wissen.

»Ich schätze mal.«

»Ich glaube eigentlich, dass man es bei frisch Verstorbenen am Gesicht ablesen kann, wenn sie Angst hatten.«

»Ich möchte wirklich glauben, dass du recht hast«, meinte sie. »Aber ich fürchte, dass du vor allem versuchst, mich zu trösten.« Sie war sich äußerst bewusst, wie nah sein Arm dem ihren war. Sein fester, lebendiger, beinahe nackter Körper.

»Ja, da hast du recht. Aber es ist auch meine Überzeugung.« Er griff nach seinem T-Shirt. »Deshalb denke ich manchmal über meinen eigenen Tod nach. Damit ich keine Angst habe, wenn er einmal eintritt.«

»Ich glaube nicht, dass Achtjährige über ihren Tod nachdenken. Jedenfalls nicht in diesem Teil der Welt.« Sie war froh, über etwas anderes zu reden.

»Wirklich?« Er zog sich das T-Shirt über den Kopf. »Ich

habe mir in dem Alter schon Gedanken über meinen Tod gemacht.«

»Warum?«

Er antwortete nicht gleich, und sie fragte sich, ob er es bereute, das Gespräch in diese Richtung gelenkt zu haben.

»Vielleicht wurde mir bloß bewusst, was Tod bedeutet und dass er unvermeidlich ist, und ich habe ihn anprobiert«, sagte er. »Und jetzt mache ich mir Gedanken über den Tod anderer.«

»Ja.« Sie stellte sich ihre schlafende Mutter vor.

»Ich kann mir vorstellen, dass es sehr hart gewesen ist. Deinen Bruder auf diese Weise zu verlieren.«

»Ja. Es ist immer da. Es ist einfach überall in mir, immer. Mit den Leuten hier rede ich nicht darüber. Sie wissen alle, dass ich eigentlich auf ihn hätte aufpassen müssen.«

»Aber du warst zwölf. Du warst selbst noch ein Kind.«

Sie zuckte die Schultern.

»Wie war er?«

»Oh ... exzentrisch. Er hatte große Passionen. Gottesanbeterinnen und Heißluftballons und Brotbacken ...« Sie sah Scotty, wie er seine Schüssel mit Brotteig zum Gehen vor den Heizkörper stellte und das Geschirrtuch sorgfältig über die große gelbe Schüssel breitete.

Eine Brise wehte vor ihnen Blätter über den Beton, und auf der Straße wurde ein Motor gedrosselt. In den paar Sekunden, bevor er sich zu ihr beugte, wusste sie, dass es passieren würde, und sie wollte es.

Er küsste selbstsicher, seine warmen Lippen waren muskulös. Als er die Hand in ihren Nacken legte, hämmerte Verlangen durch ihren Körper. Sie beugte sich zu ihm, und er zog sie ein paar Herzschläge lang eng an sich, dann wich er zurück. »Tut mir leid.« Er erhob sich. »Das hätte ich nicht tun sollen.« Er lächelte sie an, ein schiefes, flüchtiges Lächeln.

»Dann vergessen wir am besten, dass es jemals passiert ist«, meinte sie.

»Ja.«

Die Intimität ihres Kusses und ihrer Unterhaltung löste sich von einer Sekunde auf die andere in Nichts auf. Er war lediglich ein Fremder, der seine Shorts anzog und sich ein Handtuch über die Schulter warf. Sie wünschte, sie hätte diesem Fremden nicht ihre zerbrechlichen, geheimen Ängste über Scottys Tod anvertraut.

Er neigte den Kopf in Richtung Zaun. »Sollen wir gehen?«

Wie töricht sie war. Würde sie sich an den letzten Tagen im Leben ihrer Mutter von einer Teenagerschwärmerei für einen verheirateten Mann ablenken lassen? Sie wollte vor ihm weglaufen, über die Wiese, die Straße entlang, den ganzen Weg nach Hause.

Am Zaun hielt er das klaffende Loch im Draht auf. »Alles in Ordnung?«

»Es ist keine große Sache. Vergiss es.« Ihre Schritte knirschten über den Kies auf dem Parkplatz. »Hast du viele andere Frauen geküsst, seit du verheiratet bist?«

»Nein«, erwiderte er. »Habe ich nicht.« Er sah sie nicht an.

Sie bogen in den Trampelpfad ein, und sie passte sich seinen langen Schritten an. Ihr Magen war hohl. Auf den Tennisplätzen auf der anderen Straßenseite erloschen die Lichter mit einem dumpfen Geräusch.

11

Er wollte nicht aufwachen.

»Quinn.« Ihr warmer Körper schmiegte sich an seinen Rücken. »Es ist fast fünf.«

Er fühlte sich, als hätte er sich gerade erst ins Bett gelegt. Seine Arme und Beine summten vor Erschöpfung, und er brachte nicht die Energie auf, etwas zu sagen. Marianna rollte sich von ihm weg und stand auf. Sie zog die Schlafzimmertür halb hinter sich zu.

Quinn drehte sich auf den Rücken und lauschte dem Geklapper in der Küche. Ihm drehte sich der Magen um. Auf der ganzen Rückfahrt nach Brisbane, nach einem langen, anstrengenden Tag, hatte er hin und her gewendet, wie er Marianna erzählen könnte, dass er Rachel geküsst hatte. Doch schon während er die Worte in Gedanken einstudiert hatte, war ihm klar gewesen, dass er es ihr nicht beichten würde. Er konnte sich ihren Gesichtsausdruck vorstellen und die Art, wie ihr Körper zusammensacken würde. Und wozu es ihr erzählen, wenn es nie wieder passieren würde?

Bei seiner Rückkehr hatte sie geschlafen, und er war neben sie ins Bett geschlüpft, ohne das Essen anzurühren, das sie für ihn in den Kühlschrank gestellt hatte. Dann hatte er dort gelegen und eine geschlagene Stunde oder noch länger versucht einzuschlafen. Seine Gedanken gerieten auf Abwege und spielten immer wieder den Kuss ab und erinnerten sich an Rachels angedeutetes Lächeln, das ihr den Anschein verlieh, als fände sie alles um sich herum amüsant. Er hatte das Licht an seinem Handy eingeschaltet, um die neben ihm liegende Marianna zu betrachten. Seine Ehefrau. Selbst noch beim Anblick von Mariannas schlafendem Gesicht hallte der aufregende Kuss in ihm nach.

Er stand auf, zog seine Badeshorts über und ging hinaus auf den Gang, tief beschämt, wie berechenbar er war: Probleme in der Ehe, und der Mann wendet sich der erstbesten Frau zu, die Interesse an ihm bekundet.

Marianna kam auf ihn zu, nackt, eine Kühltasche in der Hand. »Bist du so weit?« Sie stellte die Kühltasche neben einen Plastikbehälter mit Essen, den sie am vergangenen Abend vorbereitet haben musste. In dem Behälter lag eine Packung mit seinen Lieblings-Kaffeebohnen, und er spürte ein jähes Aufkeimen von Liebe und Schuldgefühlen.

»Ich bin fast wach«, sagte er.

Sie sah ihm einen Moment tief in die Augen. Er errötete und fragte sich, ob sie etwas merkte. Doch ihre Augen waren weich, und sie streichelte ihn am Arm. »Wenn du willst, kann ich fahren.«

»Danke.«

Sie ging im Schlafzimmer umher, zog sich ein Kleid über den Kopf und machte rasch das Bett, bevor sie den Reißverschluss der Reisetasche zumachte. Er nahm die Kühltasche und folgte ihr hinaus auf die dunkle Veranda. Die Stadt leuchtete in der Ferne.

Bei längeren Autofahrten brachen sie immer im Morgengrauen auf. So war es Tradition in ihrer Familie. Sie behauptete, es fühle sich nicht wie ein Abenteuer an, wenn man nach Sonnenaufgang losfahre. Die Straßen waren leer, und innerhalb weniger Minuten brausten sie am dunklen Fluss entlang in Richtung Süden, aus der Stadt hinaus. Mit jeder Sekunde, die verstrich, ohne dass er ihr von dem Kuss erzählte, kam es ihm vor, als würde sich der Abstand zwischen ihnen vergrößern. Erschrocken stellte er fest, wie schnell die Kluft wuchs, und gleichzeitig verspürte er eine Art Hochgefühl, fast Furcht, als würde er eine Achterbahn hinabsausen. Er fragte sich, ob sich seine Mutter auch so gefühlt hatte.

Da ergriff Marianna das Wort. »Dad hat gestern Abend angerufen, um uns vorzuwarnen, der Tank in Diggers ist fast leer.«

»Okay. Also kein Duschen?«

»Oder richtig kurz.« Sie verrutschte die Hände auf dem Lenkrad. Ihr Auto war das einzige Fahrzeug weit und breit, das einzige Auto auf der ganzen Welt. »Andrew hat mich gestern wegen der Testresultate angerufen.«

»Die Karyotyp-Ergebnisse des Babys?«

»Ja.«

»Okay.« Warum hatte sie ihm nicht Bescheid gegeben? »Und?«

»Es war ein Mädchen.« Marianna schaltete den Temporegler ein. »Und es hatte Trisomie 15.«

Er seufzte. »Tja, was für eine Erleichterung.«

»Inwiefern?«

Er wählte seine Worte mit Bedacht. »Weil es dann einen

Grund für die Fehlgeburt gibt. Das Baby hätte … es niemals geschafft.«

Ihre Stimme klang traurig. »Eine Erleichterung wäre es, wenn unser Baby gesund auf die Welt gekommen wäre.«

»Hey«, sagte er. »Kannst du bitte an den Rand fahren? Lass uns diese Unterhaltung nicht bei 120 Stundenkilometern führen.«

Sie bremste ab und bog auf den schmalen Standstreifen, ließ aber den Motor laufen. Ihre Stirn sank auf das Lenkrad.

Er legte ihr die Hand auf den warmen Rücken, allerdings behutsam, als würde er jemanden mit einer gebrochenen Rippe berühren. »Was hat Andrew über Trisomie 15 gesagt?«

»Nicht viel. Er denkt, dass es keine altersbedingte Trisomie ist. Und sie sich wohl nicht wiederholen wird.«

»Oh, Darling. Es tut mir so leid.« Soweit er sich erinnern konnte, war ein Mensch mit Trisomie 15 nicht lebensfähig. Er streichelte Marianna über den Rücken. »Ich wünschte, ich wüsste, wie ich dich trösten könnte.«

Sie hob den Kopf vom Lenkrad und blickte geradeaus. »Ich glaube nicht, dass es irgendeine Art Trost gibt.« Sie warf ihm ein zittriges Lächeln zu. »Leider.«

»Manchmal frage ich mich …« Sobald er den Satz begonnen hatte, wünschte er, er könnte ihn zurücknehmen, doch Marianna wartete darauf, dass er ihn beendete. Er nahm die Hand von ihrem Rücken. »… ob du überhaupt getröstet werden willst. Als ob … du denkst, das könnte die Bedeutung der Babys schmälern.«

Sie schwieg. »Vielleicht hast du recht«, sagte sie dann

mit angespannter Stimme. »Ich habe das Gefühl, als würde ich überhaupt nichts mehr wissen.« Sie holte tief Luft. »Was hältst du von einer Eizellspende?«

»Eine Eizellspende?« Ihn überkam ein mulmiges Gefühl.

Sie nickte. »Ich meine, in einem halben Jahr.«

Ein Lastwagen schoss an ihnen vorbei und ließ ihr Auto vibrieren. »Darüber habe ich mir eigentlich keine Gedanken gemacht.« Er gab sich Mühe, ruhig zu klingen. »Du hast es bisher nie erwähnt.«

»Ich weiß, aber es muss dir doch sicherlich auch schon in den Sinn gekommen sein? Es könnte unsere einzige Chance sein, Eltern zu werden. Wenn meine Eizellen das Problem sein sollten, dann könnte es mit den Eizellen einer anderen Frau klappen.«

Sie ließ ihre Stimme unbeschwert klingen, aber er hörte die Anspannung heraus. *Mist.* Sie würden beide noch verrückt werden, sie mussten einfach aufhören. »Marianna …« Er sprach sanft. »Ich brauche nicht nur eine Pause von dem Versuch, ein Baby zu bekommen, sondern auch von all der Planerei und den Gesprächen, der Recherche …«

»Aber wenn es die Fehlgeburten sind, die dich derart mitnehmen, dann wäre eine Eizellspende die Lösung.« Es gelang ihr nicht, das Zittern in ihrer Stimme zu unterdrücken.

Er legte den Arm um sie, und sie umarmten sich unbeholfen über den Schaltknüppel hinweg. »Ich werde darüber nachdenken, versprochen«, sagte er. »Aber bitte zwing mich nicht, ständig sagen zu müssen, dass ich ein halbes Jahr Pause brauche. Bitte.«

»Okay. Okay.« Sie entzog sich ihm. »Aber du weißt, dass

nicht alles wie von Zauberhand wieder wie früher sein wird? Nur weil wir es nicht mehr versuchen. Oder darüber reden oder was auch immer …«

»Das weiß ich.« Doch er vermisste ihr altes Leben, da hatte sie recht. Hätten sie sich vor vier Jahren nicht entschlossen, ein Baby zu bekommen, hätten sie immer noch jenes Leben und nicht das hier.

Sie lächelte ihn traurig an. »Jetzt verstehe ich diese verrückten Frauen, die Babys aus Kinderwagen klauen.« Sie bog vom Standstreifen zurück auf die Straße, und Quinn lehnte sich in seinem Sitz zurück. Er versuchte, sich vorzustellen, ein Baby mit den Eizellen einer anderen Frau zu bekommen. Wessen Eizellen? Die einer Fremden? Er schloss die Augen und konzentrierte sich auf das rhythmische Geräusch der Räder auf der Straße.

Als er aufwachte, stand die Sonne hoch am Himmel, und die Straße schlängelte sich an grünen Pferdekoppeln und Zuckerrohrfeldern vorbei. »Wie lange habe ich geschlafen?«

»Zwei Stunden.« Ihre Augen waren auf die Straße geheftet.

Draußen erhaschte er einen flüchtigen Blick auf den breiten, langsam dahinfließenden Fluss. Die Klimaanlage war zu kalt eingestellt, und er klappte die Lüftungsschlitze zu. »Soll ich fahren?«

»Nein. Alles bestens.« Sie erreichten den Randbezirk einer Zuckerfabrikstadt, und Marianna drosselte das Tempo. Quinn kurbelte sein Fenster herunter, und die heiße, schwere Süße strömte in den Wagen.

»Ich muss nur eben tanken.« Bei der nächsten Tankstelle

bog sie ab und stellte den Motor aus. Das Gespräch über eine Eizellspende hing noch zwischen ihnen in der Luft.

Er übernahm das Tanken, während sie in den Kiosk ging und sich in der Schlange an der Kasse anstellte. Sie hob die Arme und band sich mit einem Haargummi einen Pferdeschwanz – etwas, das er schon tausend Mal, vielleicht sogar mehrere Tausend Mal gesehen haben musste, eine so vertraute, ihm ans Herz gewachsene Geste – und er erinnerte sich an den Moment, als sie den Entschluss gefasst hatten, ein Baby zu bekommen. Wenige Monate, nachdem sie nach Brisbane gezogen waren, hatten sie auf der Veranda gesessen und entschieden, es sei endlich an der Zeit, eine Familie zu gründen. Damals hatten sie sich ausgelassen angegrinst. Dieser Augenblick, diese Entscheidung hatte sie hierhergeführt, an diesen schrecklichen Punkt.

Sie kehrte zum Auto zurück. »Mum hat angerufen, während du geschlafen hast. Dad und sie wollen am Wochenende herkommen.« Sie zog die Tür zu und reichte ihm ein Eis am Stiel. »Tut mir leid.«

»Oh.« Mariannas Eltern waren die Letzten, mit denen er das Wochenende verbringen wollte, insbesondere ihr Vater. Sie wohnten in Brisbane nur ein paar Vororte von ihnen entfernt, und er sah sie ohnehin schon häufiger als ihm lieb war.

»Ich weiß«, sagte sie. »Eigentlich habe ich auch keine Lust. Aber es ist ihr Haus.« Sie fuhr zurück auf die Straße, einhändig lenkend, da sie ihr Eis lutschte.

»Wird schon werden«, erwiderte er.

Kurz darauf bogen sie vom Highway ab und befanden sich im Nationalpark. Sie fuhren schweigend weiter, und er erinnerte sich, dass sie einmal, kurz nachdem sie zusammengekommen waren, genau in der gleichen Zuckerfabrikstadt haltgemacht hatten. Sie waren von Sydney nach Brisbane gefahren, damit er ihre Eltern kennenlernte. Damals hatten sie am Fluss ein Nickerchen gemacht. Und als sie wieder aufwachten, waren sie in das trübe Wasser gesprungen und hatten sich mit der Strömung flussabwärts treiben lassen, bevor sie in ihren Badeklamotten durch die Stadt zurückspaziert waren. Marianna hatte damals so ein unbekümmertes Selbstvertrauen an sich gehabt. Er streckte den Arm aus und streichelte ihr Bein, ihre Haut war kühl von der Klimaanlage. Sie legte ihre Hand kurz auf seine. Dann erreichte die Schotterstraße eine Hügelkuppe, und der Ozean tauchte hinter der Heidelandschaft an der Küste auf. »Schau dir das an«, sagte er.

Das erste Mal, als Marianna ihn hierher, nach Diggers, mitgenommen hatte, hatte ihn beim Anblick dieses riesigen, einladenden blauen Streifens ein köstlicher Schauer durchzuckt. Behutsam manövrierte sie den Wagen über die Bodenschwelle am Eingang des Dorfes, dann fuhren sie langsam die schmale Straße hinauf, an den Asbesthütten und kargen, sandigen Gärten vorbei. Sie bog in die Einfahrt des leicht verschachtelten, zweistöckigen Ferienhauses ihrer Eltern und stieg aus.

Quinn saß einen Moment da, während die salzige Luft und das Geräusch der Wellen durch die offene Autotür strömten. Marianna streckte sich auf der Veranda nach dem Schlüssel, der an einem Pfosten hing, und ihr Kleid rutschte ihr bis zu den Oberschenkeln. Er wünschte, er könnte sie einfach wieder so halten wie früher, als sie nachmittags im

Bett gelegen hatten, die Beine eng umschlungen, ihr Atem im Gleichklang, Händchen haltend. Vielleicht war er es, der getröstet werden wollte.

12

Sand schwebte träge vom Meeresboden hoch. Er trieb mit dem Gesicht nach unten, seine Arme und Beine hingen herab. Die Taucherbrille, die Rachel ihm geschenkt hatte, beschlug, trotzdem sah er einen Schwarm winziger silberner Fische vorbeiflitzen. Er liebte es, einfach im Wasser zu treiben und sich der Strömung zu überlassen, während die Fische an ihm vorbeischwammen, als gehörte er dorthin.

Die Strömung war stärker, als er angenommen hatte, und zog ihn zum Ende der Landzunge aufs offene Meer hinaus, aber er wusste, dass sie bald nachlassen würde.

Er hob den Kopf und schob die Taucherbrille hoch. Drüben auf der Landspitze erschien eine winzige Marianna auf dem Balkon im ersten Stock und hängte einen Teppich oder eine Decke über die Brüstung.

Er wusste, dass sie bald wieder über eine Eizellspende reden mussten. Für ihn hatte die Begeisterung, ein Baby zu bekommen, in der Vorstellung gelegen, dass sie beide einen neuen Menschen zeugen würden, jemanden mit der DNS von ihnen beiden, ein Sinnbild ihrer Liebe.

Der Wagen von Mariannas Eltern hielt vor dem Haus. Ihr Vater sprang aus dem Audi und die Treppenstufen zur Haustür hinauf. Brian trug bestimmt eine perfekt gebügelte kurze Hose aus grobem Leinen, dazu Segelschuhe, und hatte Werkzeug mitgebracht, um Dinge rund ums Haus zu reparieren. In Mariannas Kindheit hatte er das Haus während ihres alljährlichen Australienurlaubs gebaut. Anscheinend war es Mariannas Aufgabe gewesen, ihm das Werkzeug zu reichen und Tee zu kochen. Die Handschrift des alten Mannes war überall im Haus zu erkennen, in den Initialen, die in den Betonboden im Bad geritzt waren, den Türen, die sich zur falschen Seite hin öffneten, und den Notizen, die er an die Wände aus astigem Kiefernholz gepinnt hatte: *Kurz duschen! Licht ausschalten!!! Gasflaschen vor Abreise Überprüfen!* Selbst Ausrüstungsgegenstände der anderen Familienmitglieder – Angelruten, platte Fußbälle, verblichene Schwimmwesten – schienen im Grunde eher ihm als Marianna oder ihrer Mutter zu gehören.

Die Strömung sog Quinn um die Landspitze herum, und das Wasser wurde kühler. Als ein kleiner Hai an ihm vorbeiglitt, tauchte Quinn ab. Er schwamm dem Tier hinterher und trat fest mit den Schwimmflossen, um mit ihm mitzuhalten. Der Hai verschwand genau in dem Moment, als Quinn den Punkt erreichte, an dem das Schwimmen keine Anstrengung mehr war. Ihn überkam dieses magische Gefühl, in die Tiefe zu sinken. Er erinnerte sich an das erste Mal, als er es als Junge erlebt hatte. Damals war er dem trägen Auf und Ab von Toms neuen Schwimmflossen gefolgt, während sie auf der Suche nach einem Tintenfisch, den sie zuvor erspäht hatten, hinabgetaucht waren. Mit einem Mal war er in Richtung Meeresboden geschwebt, als hätte sich die Beschaffenheit des Wassers verändert oder die Moleküle selbst hätten sich irgendwie umgewandelt, und er schwamm mühelos, genauso, wie er es sich immer bei Fischen vorgestellt hatte.

Der kleine Hai drehte ab und glitt dicht an Quinn vorbei, der nun ebenfalls umkehrte, die Wasseroberfläche durchbrach und einen tiefen Lungenzug tat. Er hatte die Landzunge jetzt ganz umrundet und war weit draußen am benachbarten Strand. Er musste an Rachels Bruder denken, wie er Wasser eingeatmet hatte, und malte sich den Schock aus, kaltes Wasser in die Luftröhre zu bekommen. Er wünschte, er hätte bessere Worte gefunden, um sie davon zu überzeugen, dass sie keine Schuld am Tod ihres Bruders traf. Vor seinem geistigen Auge stellte er sie sich vor: ein schlaksiges Mädchen in nassen Badesachen, das neben seinem ertrunkenen Bruder stand, während Erwachsene in panischer Verzweiflung versuchten, ihn wiederzubeleben. Quinn hoffte, jemand dort hatte über so viel Menschenverstand verfügt, um zu ihr zu gehen und sie zu halten.

Er schwamm, den Kopf nach unten, auf das Ufer zu und wartete auf eine Welle, die ihn mitriss. Er ließ sich von einem Brecher an Land spülen, streifte seine Schwimmflossen ab und gestattete sich einen Moment lang, an den Kuss zu denken. Bedenkenlos hatte sie sich an ihn geschmiegt, mit Lippen, die sich leicht öffneten, und Händen, die an seinem Rücken herabglitten.

Er trottete den weichen Sandstrand hinauf, und die Sonne brannte auf sein Gesicht. Seine Fußspuren waren die einzigen weit und breit. Er trat gegen den Sand. Wie närrisch von ihm, Rachel geküsst, diesem Wahnsinn nachgegeben zu haben! Das hatte ihm in seinem jetzigen Leben gerade noch gefehlt … Niemals hätte er es zulassen dürfen. Er würde sich bei ihr entschuldigen müssen, die Sache zwischen ihnen klären und dafür sorgen, dass er nie wieder mit ihr allein war.

13

Von der Küche aus lauschte Marianna dem Gelächter am Esstisch. Ihr Vater und Quinn betranken sich. Wie üblich waren ihre Eltern mit einem Dutzend Weinflaschen aufgekreuzt.

Eigentlich hatte sie angenommen, dass sich Quinn gegen die Vorstellung einer Eizellspende sperren würde, aber er hatte geklungen, als stünde er der Sache offen gegenüber. Sie musste ihm nur sein halbes Jahr Zeit geben. Also würde sie den Mund halten und so tun, als würde sie nicht jede verdammte Sekunde eines jeden einzelnen Tages daran denken.

Während sie zum Ofen ging, schallte erneut Gelächter aus dem Esszimmer. Ihre Mutter erschien in der Küchentür. »Wie läuft's hier, Darling?«

Marianna war noch keine Minute mit ihrer Mutter allein gewesen. Während sie den Fisch und das Gemüse für die Paella zubereiteten, war ihr Vater in der Küche herumgeschwirrt, um in den Schränken nach abgelaufenen Konserven zu suchen und Kakerlakenfallen aufzustellen.

Marianna wollte ihrer Mutter von den Testergebnissen erzählen. Am Abend zuvor hatte sie Trisomie 15 im Internet recherchiert und gelesen, dass die meisten Babys im Mutterleib starben. Dann war sie auf Fotos von herzzerreißenden, missgestalteten kleinen Gesichtern gestoßen. Sie hatte sich durch eine Reihe von Bildern eines tot geborenen Mädchens geklickt, dessen trauriges, aufgedunsenes Gesicht und zusammengerollter Körper von sämtlichen Seiten fotografiert worden waren.

»Fertig.« Marianna öffnete den Ofen und zog das Blech heraus. Die Oberfläche der Omelette surprise war kein bisschen gebräunt, aber das kümmerte sie nicht.

»Noch etwas, das hinübergebracht werden muss?« Ihre Mutter stellte ihr Weinglas auf den Tisch und schraubte den Deckel eines Olivenglases zu.

»Die Schale mit Beeren, danke, Mum.« Marianna trug die Servierplatte zum Esstisch. »Also, tut mir leid, aber der Kühlschrank ist nicht kalt genug, und der Ofen ist nicht heiß genug.«

Ihr Vater schob Weingläser und Flaschen und Schüsseln voller Muschelschalen beiseite, um Platz zu schaffen. »Fantastisch, Darling!«

Sie stellte die Servierplatte ab, begoss die Baiserhülle mit Brandy und entzündete ihn mit einem Streichholz. Während sie dastand und die blaue, flackernd verglimmende Flamme betrachtete, streichelte ihr Quinn über den Rücken und ließ die Hand zu ihrem Hintern gleiten.

Vielleicht hatte er recht, dass sie nicht getröstet werden wollte. Der einzige Trost wäre, wenn er dasselbe wie sie fühlen würde, und das wünschte sie ihm nicht. Sie war zur Landzunge hinausspaziert, während er am Strand war. Beim Anblick eines alten Mannes und seines dürren Hundes, die schwankend die Straße entlangschlurften, hatte sie Tränen vergossen. Im Laufe ihrer letzten Schwangerschaft hatte sie oft geweint, als hätte sie keinerlei Haut und wäre jeglicher Trauer und Zärtlichkeit um sich herum schutzlos ausgeliefert. Damals hatte sie das Gefühl gehabt, ihr Herz sei ganz offen. Jetzt war es gebrochen.

Sie stieß ein Messer in das blasse Baiser, und Eis quoll heraus. »Esst schnell, es ist sowieso schon mehr Soße als Eis«, sagte sie. Den ersten Teller drückte sie ihrer Mutter in die Hand, die ihn an Mariannas Vater weiterreichte.

Quinn goss sich Wein nach. »Noch jemand? Gail?« Die Flasche schwebte über dem Glas von Mariannas Mutter.

»Nein. Erst einmal nicht, danke.«

»Marianna?«, fragte Quinn. »Mehr Wein?« Er lächelte sie an, seine Nase und Wangen rot, die Haare salzverkrustet.

»Nein, danke.« Marianna teilte weiter aus und setzte sich dann. »Nur damit ihr es wisst, ihr beiden, ich habe kein Berocca dabei.« Sie lächelte.

»Ah-ha!«, sagte ihr Vater. »Aber ich habe irgendwo hier welches.« Sein Stuhl scharrte laut über den Boden, und er verschwand durch den Korridor zum Bad.

»Oh, Dad, komm zurück und iss deinen Nachtisch, bevor er ganz schmilzt.« Sie aß einen Bissen des zu süßen, zu milchigen Desserts.

Sie hörten, wie er den Badezimmerschrank durchwühlte, und schließlich tauchte er mit einem alten Metallröhrchen Berocca auf, das er auf den Esstisch knallte. »Und seht nur, was ich noch gefunden habe!« Er setzte sich und öffnete die andere Faust, in der ein rotes Schweizer Armeemesser lag. »Ich dachte, ich hätte es verloren.« Er wandte sich an Quinn. »Das habe ich schon seit meiner Kindheit. Es ist ein echter

Schatz.« Er klappte das Messer auf und fuhr sich mit der Klinge leicht über den Daumen. »Oh ja. Seht euch das an! Quinn, ich zeige dir das Spiel, das wir immer damit gespielt haben, bis Gail es mir verboten hat. Der Rasen vorne ist wie geschaffen dafür.«

Marianna drehte sich zu Quinn und schüttelte den Kopf.

Hastig aß Brian sein Dessert zu Ende. »Komm schon.« Er griff nach seinem Glas und dem Taschenmesser. »Du musst wissen, wie man Mumble Peg spielt.« Er öffnete die Glastür zum Garten. »Schon bald wirst du der Vater meines Enkelkinds sein, also haben wir keine andere Wahl, als dich feierlich in unseren Kreis aufzunehmen, Quinn.«

Marianna drehte sich auf ihrem Stuhl um. »Was hast du gerade gesagt? Über ein Enkelkind?«

Ihr Vater hielt inne, eine Hand auf dem Türgriff, die Augen weit aufgerissen. »Ach …« Er sah weg.

»Du hast vergessen, dass ich wieder eine Fehlgeburt hatte?«

»Das nächste Baby, mein Schatz. Das habe ich gemeint.« Er lächelte und neigte entschuldigend den Kopf. Dann zeigte er mit dem Taschenmesser auf Quinn. »Komm jetzt.«

Marianna schob ihr Dessert weg. Er konnte die Fehlgeburt nicht vergessen haben, oder doch? Quinn legte die Hand auf Mariannas Oberschenkel. »Alles klar?«, fragte er leise.

Sie zuckte mit den Schultern. Vor ihrem Vater würde sie nicht in Tränen ausbrechen. »Du musst dieses blöde Spiel nicht mitspielen, das weißt du hoffentlich.«

Quinn gab ihr einen Kuss auf die Schläfe und stand auf. »Ich halte ihn dir vom Leib.« Er folgte ihrem Vater zu dem kargen Stück Rasen vor dem Haus. Die zwei Männer bewegten sich in dem fahlen Licht, das durch die Doppeltüren fiel, und warfen Schatten auf den hohen Lattenzaun. Wie ihr Vater so dastand, mit geradem Rücken, in seiner kurzen Hose und dem Polohemd, ein Weinglas in der Hand und Quinn gestenreich seinen Platz zuwies, hatte er immer noch etwas von einem privilegierten Auslandsaustralier an sich. Quinn in seinem zerlumpten T-Shirt und seinen Badeshorts gehorchte mit einem gespielt militärischen Gruß.

Gail erhob sich und umarmte Marianna, die noch am Tisch saß, sodass Mariannas Wange an die Knöpfe ihres Kleides gedrückt wurde. »Geh nicht so hart mit ihm ins Gericht, Darling. Es hat ihn schrecklich mitgenommen, als du uns das letzte Mal angerufen hast.« Sie roch nach Parfüm und saurem Wein.

»Wirklich?« Marianna fragte sich, ob ihre Mutter die Wahrheit wohl ausschmückte oder ob sie als Tochter ihren Vater vielleicht doch nicht so gut kannte. Sie erinnerte sich, als Siti, eines ihrer Hausmädchen in Jakarta, die jüngste Schwester durch Typhus verloren hatte. Mariannas Mutter hatte Siti freigegeben und ihr die Reise in ihr Heimatdorf bezahlt. Doch zwei Wochen später, als das Hausmädchen zurückgekehrt war und sich mit der Arbeit schwertat, hatte sich Mariannas Vater beschwert, Siti nütze die Situation aus. Marianna hatte zu ihrem Vater gehalten, wie es Kinder häufig tun, und sie erinnerte sich, wie sie im Türrahmen zum Esszimmer gestanden und den halbherzigen Eifer beobachtet hatte, mit dem Siti einen Teakholztisch polierte. Heute wünschte Marianna sich, sie hätte damals ihr Mitgefühl ausgedrückt, stattdessen war sie einfach demonstrativ durch das Zimmer in den Garten spaziert. Und hatte Siti bestimmt ihre Missbilligung über deren exzessive Trauer spüren lassen.

Draußen ertönte ein Schrei. Mariannas Vater riss die Arme in einer Siegesgeste hoch.

»O Gott. Sieh sie dir nur an«, sagte Gail. Sie schüttelte den Kopf. Brian schob Quinn ein Stück von sich fort, sodass sie sich nun gegenüberstanden, ein paar Meter voneinander entfernt. Dann, ohne auch nur eine Sekunde zu zögern, schleuderte Brian sein aufgeklapptes Armeemesser in die Erde neben seinen eigenen nackten Fuß. Von Mariannas Platz aus schien es, als hätte er getroffen, aber sie wusste, dass die Klinge genau neben seinen Zehen gelandet war.

Mariannas Mutter sammelte einen Stapel schmutziger Teller vom Tisch ein. »Eine von uns sollte rausgehen und sie ablenken.« Doch sie ging in die Küche.

Marianna nahm die restlichen Teller und Servierplatten und stapelte sie zu einem hohen Turm, denn sie ließ niemals einen einzelnen Teller auf dem Tisch zurück. Inzwischen hatten ihre kleinen Rituale nicht mehr zum Ziel, Glück zu haben, sondern Unglück abzuwenden. Jedenfalls noch größeres Unglück.

In der Küche kratzte Gail die Essensreste in einen Kübel, während sie aus dem Fenster zum Rasen vor dem Haus blickte. »Ich dachte, er hätte aus der Sache mit Gary gelernt.«

In Mariannas Kindheit hatte ihr Vater sämtliche Gäste genötigt, Mumble Peg zu spielen. Nur Kinder unter zwölf waren ausgenommen. Mariannas Tante Pearl warf das

Messer immer absichtlich weit weg von ihrem Fuß und sah Brian finster an, wenn er sich darüber beschwerte. Marianna versuchte jedes Mal, ihr Bestes zu geben. Ihren Fuß traf sie zwar nie, aber aus Angst machte sie sich jedes Mal ein wenig in die Hose. Sie hatten das Spiel nicht mehr gespielt, seit sich ihr Onkel Gary dabei den Fuß durchbohrt und einen Knochen gebrochen hatte.

»Lydia und Pearl kommen definitiv zu Weihnachten mit der ganzen Familie«, sagte ihre Mutter mit klirrenden Armreifen, während sie auf dem Abtropfgestell gespülte Teller stapelte. »Wir werden die Häuser der Phillips' und Mortons mieten.«

»Das wird ein Trubel. Du weißt ja, dass wir zu Quinns Dad fahren?« Marianna verknotete die Plastiktüte mit den Muschelschalen und warf sie in den Mülleimer. »Wir haben erfahren, dass das Baby ein Mädchen gewesen ist.«

»Oh, Darling.« Mit sanftem Blick drehte sich ihre Mutter um.

»Sie hatte ein Chromosomenproblem.«

»Was für ein Problem?« Sie runzelte die Stirn, ihr Mund wie immer so beweglich und ausdrucksstark.

»Ein Extrachromosom. Bringt alles völlig durcheinander.«

Ihre Mutter seufzte. »Oh, das tut mir so leid. Ist es etwas, das sich womöglich wiederholen wird?«

Nein! Nein! Marianna schüttelte bloß den Kopf.

»Darling ...« Ihre Mutter hielt inne. »Du weißt, dass mir nichts mehr am Herzen liegt, als dass du ein Baby bekommst. Aber falls du kein Kind haben solltest, kannst du trotzdem ein erfülltes Leben führen.«

»Oh, Mum.« Sie schloss einen Moment die Augen. Selbst

ihre Mutter glaubte nicht mehr daran, dass es klappen würde.

»Ich mache mir Sorgen um dich.« Ihre Mutter tätschelte Marianna die Schulter.

»Ja.« Sie versuchte zu lächeln. »Ich auch.«

»Komm nach draußen, Marianna!«, rief ihr Vater. »Zeig Quinn, aus welchem Holz du geschnitzt bist.«

Sie ging zur Tür. »Du weißt doch, dass ich es nicht mehr spiele, Dad.«

Ihr Vater drehte sich um, das Armeemesser aufgeklappt, und zeigte mit der Spitze auf sie. »Es ist ein Spiel, Darling. Ein *Spiel*. Komm raus und spiel mit.«

Später im Bett starrte sie zur Decke hoch.

»Wie konnte er vergessen, dass unser Baby gestorben ist?«, sagte sie. »Sein eigenes Enkelkind?«

Quinn roch nach der Garam, die er vor dem Zubettgehen draußen am Klippenrand geraucht hatte. »So ist dein Dad nun mal. Nimmt kaum wahr, was um ihn herum vor sich geht.«

»Du hättest nicht mit ihm spielen müssen. Es ist ein dämliches, gefährliches Spiel.« Im Mondschein, der durch die Glastüren fiel, war ihm anzusehen, wie müde er war, und sie hörte, dass er die Haut um den Daumennagel abzupfte. Zu Hause hinterließ er kleine Blutflecken auf dem Laken.

»Ich wollte einfach nicht, dass sich alles zuspitzt.« Quinn rollte sich ihr zu. Er streichelte ihr den Rücken und ließ die Hand hinab zu ihrem Hintern gleiten. »Komm her.«

»Tut mir leid. Ich bin zu müde.«

Seine Hand rutschte zu ihrer Hüfte, und er malte Kreise auf ihre Haut.

»Warum redest du nicht über das Baby?«, fragte sie. Einen Moment blieb er ihr eine Antwort schuldig, und sie zwang sich, geduldig abzuwarten.

Sein Finger verharrte auf ihrer Hüfte. »Das tue ich doch.« Er klang zittrig.

»Es waren nur zwölf Wochen, aber sie hat existiert.«

Er rollte sich auf den Rücken und rieb sich mit den Händen über das Gesicht. Seine Stimme kam gedämpft. »Ich weiß. Unsere unvollkommene Kleine.«

Sie hörte Tränen in seiner Stimme und verspürte eine Woge des Mitgefühls und eine gewisse Entlastung. Himmel noch mal, sie hasste dieses Bedürfnis, dass andere Menschen den gleichen Schmerz wie sie verspüren sollten. Manchmal, wenn sie eine Schwangere sah, wünschte sie insgeheim, dass diese Frau ihr Baby auch verlor. Dann wüsste die Frau, was Marianna durchmachte.

Er setzte sich auf. »Kommst du mit raus, wenn ich eine auf dem Balkon rauche?«

»Sicher.«

Draußen zündete er sich eine Zigarette an und stützte die Ellbogen auf dem Geländer ab. Sein nackter Körper schimmerte silbern im Mondschein. Sie setzte sich in den knarzenden Stuhl neben ihn.

»Du auch?« Er bot ihr eine der drei Garams an, die er von ihrem Vater geschnorrt hatte.

Sie zögerte. Seit vier Jahren hatte sie keine Zigarette geraucht und fast keinen Tropfen Alkohol getrunken. »Nein.«

Er blies eine Rauchschwade in die warme Luft und blickte hinaus auf den Ozean. Sie erinnerte sich an den Tag, als sie im Alter von etwa acht Jahren die Treppe zu diesem Zimmer hochgestiegen war. Sie waren aus Jakarta hergeflogen, um in dem frisch fertiggestellten Ferienhaus zum ersten Mal Weihnachten zu feiern. Am zweiten Weihnachtsfeiertag war Marianna nach oben zu ihrer Tante Lydia geschlichen, die sich nach dem Mittagessen auf dem Bett ausruhte, demselben Bett, in dem Quinn und Marianna nun schliefen. Lydia war mit Shelly schwanger gewesen und hatte mit einem Kissen zwischen den Knien auf der Seite dagelegen. Ohne ein Wort zu verlieren, hatte Lydia ihr T-Shirt angehoben, und Marianna hatte ihre Hände auf den prallen Bauch ihrer Tante gelegt und auf das sonderbar rutschige Gefühl gewartet, wenn sich das Baby bewegte. Für die achtjährige Marianna war dieses Schwangersein das Selbstverständlichste der Welt gewesen. Die ganze Familie – alle Cousins und Cousinen, Tanten und Onkel – hat über das Baby in Lydias Gebärmutter gesprochen, als sei es ein richtiger Mensch und bereits Teil der Familie.

Quinn aschte seine Zigarette über das Geländer in den Garten unter ihnen ab. »Höchstwahrscheinlich schwebt dir bereits jemand für die Eizellspende vor?«

»Ich dachte, ich könnte Shelly fragen. Sie ist mit der Familienplanung fertig, und Johnno hatte eine Vasektomie.«

Er zog an seiner Zigarette und nickte.

»Ich sollte die Sache zumindest genauer prüfen, bevor die sechsmonatige Pause vorbei ist …«, sagte sie. »Soll ich Shelly mal fragen?«

»Sicher. Frag sie nur.« Er schnippte die Zigarette nach

unten auf den sandigen Rasen und drehte sich mit ausdruckslosem Gesicht zu ihr.

»Willst du ein Baby, Quinn?«

»Oh …« Seine Stimme versagte.

»Du hast tatsächlich schon aufgegeben, nicht wahr?«, fragte sie. »Du glaubst nicht, dass wir jemals eines haben werden.«

»Nicht jeder, der ein Baby will, bekommt auch eines.«

Die Gewissheit, die in seiner Stimme mitschwang, gab ihr das Gefühl, den Boden unter den Füßen zu verlieren, als würde sie in der warmen, salzigen Luft schweben. »Das kannst du bei uns nicht mit Sicherheit wissen, Quinn. Oder?«

»Nein, kann ich nicht.« Er streckte den Arm nach ihr aus, und sie erhob sich und ließ sich von ihm halten und über die Haare streicheln. Sie lehnte das Gesicht an seine warme, vertraute Schulter und dachte an das Baby, das sie im Internet gesehen hatte. Ein kleiner Blutfleck war auf dem Laken darunter gewesen, und Marianna hatte immer wieder über die Mutter nachgedacht, von der das Blut wohl stammen musste. Hatte die Mutter zugesehen, als man ihr Baby fotografiert hatte, oder war sie in einem anderen Zimmer gewesen und wie ein Stein in der Tiefe versunken? Wusste sie, dass sich Fremde wie Marianna – Voyeure, keine Wissenschaftler oder Ärzte – das Gesicht ihrer gerade eben geborenen, gerade eben verstorbenen Tochter ansehen würden? Mariannas Augen hatten sich beim Gedanken an diese Frau mit Tränen gefüllt, trotzdem stand sie wie unter Zwang, diese Seite immer wieder anzuklicken und die Fotos zu betrachten.

Genauso wenig konnte sie Quinn erzählen, dass sie seit dem Anblick dieser Fotos ständig ein Bild von einem leblosen Baby in ihren eigenen Armen vor Augen hatte. Sie lauschte Quinns Herzschlag und fragte sich, ob sie jemals einen Weg zurück in die Normalität finden würde.

14

Als Marianna im Morgenmantel die Treppe nach unten kam, hantierte ihr Vater gerade an der Kaffeemaschine herum. Im Morgenlicht, das durch die Küchenfenster fiel, konnte sie durch seine weißen Haare hindurch bis auf die Kopfhaut sehen.

Er blickte auf. »Kaffee, *Signora?*« Er hatte eine teure italienische Kaffeemaschine für das Haus in Diggers gekauft und machte einen passablen Milchkaffee.

»Nein, danke. Ich trinke Tee.« Sie schaltete den Wasserkocher ein und starrte aus dem Fenster. Am Horizont war ein großes Schiff zu sehen. Ihr Dad gab sich Mühe, also sollte sie sich auch bemühen. Sie drehte sich wieder zu ihm um. »Möchtest du zum Frühstück schwarzen Kokosnussreis, Dad? So, wie Narti ihn immer gemacht hat.«

Er war mit der Kaffeemaschine beschäftigt und zerrieb Kaffeesatz zwischen Daumen und Zeigefinger. »Machst du den oft?«, fragte er.

»Ein paarmal im Jahr. Er ist nie so gut wie ihrer. Aber das Fischcurry bekomme ich mittlerweile hin, glaube ich.« Kinder spielten draußen auf der Wiese Fußball.

»Danke, aber ich bleibe bei Toast. Wir haben einen Laib Sauerteigbrot mitgebracht.«

»Okay.« Sie würde den Kokosnussreis trotzdem zubereiten. Sie hatte zwar weder ein Pandanenblatt noch frische Kokosnussmilch zur Verfügung, aber süß und trostreich wäre er trotzdem. Sie bückte sich, um eine Dose Kokosnussmilch aus dem Schrank zu holen. Über ihr war ein Scharren zu hören, das Geräusch von Quinn, der aus dem Bett aufstand.

»Dad.« Sie hielt die kleine Dose in der Hand und beobachtete, wie er den Kaffee in den Siebträger der Maschine drückte. »Hast du wirklich vergessen, dass unser Baby gestorben ist?«

Er ließ sich Zeit mit dem Kaffee, bevor er wieder aufblickte. »Ich fürchte schon. Es ist mir kurzzeitig entfallen.« Der scharfe Ton in seiner Stimme verriet ihr, dass er einen Kater hatte.

»Aha.«

Er seufzte und lehnte sich mit angespannter Miene an die Arbeitsplatte. »Tut mir leid.« Die Muskeln in seinem Kiefer arbeiteten. »Streng genommen ist es zu diesem Zeitpunkt kein Baby, sondern ein Fötus. Vielleicht wäre es leichter für dich, wenn du es so betrachten würdest.«

Ihr Herz hämmerte, und sie nahm undeutlich das Jubeln der Kinder draußen und Quinns Schritte im ersten Stock wahr. Sie drückte die Dose in ihrer Hand. »Warum sollte das einen Unterschied machen?«

Er legte den Kopf schräg. »Frag Quinn. Er wird bestätigen, dass dem so ist. Ich verstehe, dass es hart für dich ist, Darling, diese Sache mit der künstlichen Befruchtung. Aber du darfst nicht die Perspektive verlieren.«

»Vermutlich kam dir die Unterscheidung zwischen Fötus

und Baby gerade recht, als ihr alles in die Wege geleitet habt, um euer zweites Kind beseitigen zu lassen?« Auf der Stelle bereute sie ihre Worte, denn sie wusste, dass er sie ihrer Mutter brühwarm berichten würde.

»Was?« Seine Miene war bestürzt.

»Mum hat es mir gesagt.«

Er zuckte mit den Schultern, und sein Ton war abweisend. »Das ist unsere Sache.«

»Und unser *Baby* ist unsere Sache.« Der Wasserkocher pfiff und schaltete sich hinter ihr aus. Hätten ihre Eltern das zweite Baby behalten, hätte sie ein Geschwisterchen. Dann wäre es nicht immer zwei gegen eine gewesen.

»Tja, das hast du mehr als deutlich gemacht, Darling.«

»Nenn mich nicht in diesem Tonfall *Darling*.«

»Na schön.« Er drehte sich zu seinem Kaffee zurück.

»Du hast dir immer gewünscht, dass ich anders bin, nicht wahr? Magst du mich überhaupt?« Ihr Magen verkrampfte sich. Es war die Frage, die sie ihm schon immer hatte stellen wollen.

Er wandte sich zu ihr um und ihm war anzusehen, dass er seine Worte sorgfältig wählte. »Mit dir auszukommen ist nicht immer leicht, Marianna. Das war schon in deiner Kindheit so.«

Sie erstarrte, mitten in der Küche, eine Dose vermaledeite Kokosmilch in der Hand, und wartete darauf, dass er fortfuhr.

»Und ja, in gewisser Hinsicht habe ich mir tatsächlich gewünscht, dass du anders bist. Ja. Aber das bedeutet nicht, dass ich dich nicht liebe.«

»Jemanden zu lieben bedeutet, ihn so zu lieben, wie er

ist. Was zum Teufel soll das also heißen: dass du mich liebst?«

»Oh, Marianna!« Seine Stimme war gereizt. Er drehte sich wieder zu seiner Kaffeemaschine um.

Er mochte sie nicht. Und sie mochte ihn nicht. »Weißt du was, Dad? Als Kind hatte ich keine Wahl. Jetzt schon. Und von nun an will ich meine Zeit nicht mehr mit dir verbringen.«

Er warf ihr einen Blick über die Schulter zu. »Wenn du das willst, Marianna.«

»Ja, will ich.« Tränen schnürten ihr die Kehle zu. Da erschien Quinn in seinen pinkfarbenen Boxershorts am Fuß der Treppe, die Haare zerzaust.

Sie sah ihm fest in die Augen. »Es ist Zeit, dass wir nach Hause fahren.«

Quinn blickte zu ihrem Vater und dann wieder zu ihr. »Alles in Ordnung?«

»Ich muss weg von hier.«

Er zögerte, dann nickte er. »Okay, ich packe.«

»Ich mache dir einen Kaffee, Quinn«, sagte ihr Vater.

»Nein danke, Brian.« Quinn verschwand die Treppe hinauf.

Marianna wollte ihm schon folgen, da drehte sie sich zu ihrem Vater zurück. »Wo ist Mum?«

»Oh, du redest wieder mit mir?«

»Wo ist sie?«

»Sie macht einen Spaziergang.« Er öffnete den Kühlschrank und holte die Milch heraus.

»Richte ihr aus, dass ich sie später anrufe.« Sie konnte hören, wie Quinn den Reißverschluss ihrer Reisetasche zuzog.

Ihr Vater schüttelte den Kopf und schloss die Kühlschranktür. »Sei nicht so melodramatisch, Marianna. Das ist genau das, was ich vorhin meinte. Du musst nicht immer gleich überreagieren.«

Sie stellte die Dose auf den Küchentisch und ging die Treppe hinauf. Als sie mit siebzehn ihre Eltern zu Weihnachten in Singapur besucht hatte, wo ihr Vater zu der Zeit arbeitete, war eine Freundin aus dem Internat gestorben. Das Mädchen hatte am ersten Tag der Weihnachtsferien einen Reitunfall auf der Farm seiner Eltern gehabt. Brian hatte sich zwei Wochen später an Mariannas Bett gesetzt und erklärt: »Kleines, du musst härter werden. Zu deinem eigenen Besten. Mit einem so dünnen Fell kannst du nicht durchs Leben gehen.« Sie hatte versucht, härter zu werden. Einmal hatte sie einen Hund gesehen, der von einem Auto angefahren worden war und sich vor Schmerzen krümmte; damals hatte sie sich gezwungen, weiterzugehen und ihn im Straßengraben zurückzulassen. Sie war nach Hause geeilt, um ihrem Vater davon zu berichten. Und der hatte nur gelacht. »Warum erzählst du mir das?«, hatte er gesagt. »Du sonderbares Mädchen. Du hättest jemanden holen sollen, der ihn von seinen Qualen erlöst.« Nächtelang war sie wach gelegen und hatte an den Hund gedacht.

15

Quinn saß in seinem Auto auf dem Krankenhausparkplatz und beobachtete die untergehende Sonne. Schließlich drehte er den Schlüssel im Zündschloss und fuhr hinaus in das abendliche Zwielicht. Am liebsten wäre er dort auf dem Parkplatz geblieben, wo er nicht nachdenken und mit niemandem kommunizieren musste. An der Ampel summte sein Handy. Es war Marianna.

»Hi, Darling«, sagte sie. »Bist du schon unterwegs?« Er hörte Geschirr, das in der Spüle klapperte, und konnte sich bildlich vorstellen, wie sie an der Küchenzeile lehnte, die Schulter hochgezogen, um sich das Telefon ans Ohr zu klemmen.

»Bin gerade auf dem Heimweg.«

»Könntest du mir einen Gefallen tun und Mango füttern? Ich wollte es mittags machen und habe es vergessen. Tut mir leid.«

»Ja. Klar.« Er beschleunigte auf der Kreuzung.

»Danke. Bis gleich.«

Der Verkehr ging nur stockend voran, und es dauerte zwanzig Minuten, bis er das gelbe Holzhaus ihrer Eltern mit dem gepflegten, subtropischen Garten erreicht hatte. Mango, die Katze, kam auf Quinn zu und rieb sich an seinen Beinen. Er schaltete das Licht an und holte den versteckten Schlüssel. In der Garage öffnete er eine Dose Katzenfutter und kratzte die Fischpampe in die Katzenschüssel.

Während das Tier fraß, stieß Quinn das Tor zum Pool auf, trat über einen Häufchen Katzenkot und schnallte seinen Gürtel auf. Das große ovale Schwimmbecken glitzerte im Abendlicht. Er warf seine Kleidung auf die warmen Pflastersteine, machte einen Hechtsprung und ließ sich sinken, bis er auf dem Boden des Beckens saß, die Augen auf die unruhige silbrige Oberfläche gerichtet. Er erinnerte sich, wie er neben Rachel geschwommen war, an jenem Abend, als er ihr das Freischwimmen beigebracht hatte, der dunkle Umriss ihres Körpers, der neben ihm durch das Wasser trieb. Es war ihm gelungen, sie den Großteil des Tages aus seinem Kopf zu verbannen, aber wenn sie sich doch in seine Gedanken geschlichen hatte, schockierte ihn jedes Mal der Schauer aus Hitze und Verlangen, der ihn dann überfiel.

Er glitt an die Oberfläche und ließ sich auf dem Rücken treiben. Palmwedel raschelten im Garten, und Mangos Glöckchen klingelte, während sie am Beckenrand entlangschlich. Quinn konzentrierte sich auf seine Atemzüge, von denen jeder ein kleines bisschen mehr Leben bedeutete. Das war der Grund, warum sich das Freitauchen so zeitlos, so ruhig anfühlte. Es gab nichts, woran sich das Verstreichen der Zeit messen ließ.

Er kletterte aus dem Wasser, fand im Pavillon ein Handtuch und schlang es sich um die Taille. Drüben bei der Garage füllte er Mangos Wasserschüssel auf und ging in die Hocke, um die Katze zu streicheln. Als Kind hatte er sich immer eine gewünscht, doch seine Mutter war gegen Katzen allergisch gewesen. Er schaltete das Licht aus, trug seine Kleidung zum Wagen und warf sie auf die Rückbank. Dann fuhr er nach Hause, in Richtung des Regens, der vom Westen her über die Stadt zog.

Erneut gestattete er sich, an den Kuss mit Rachel zu denken, spürte wieder ihre Lippen und ihre Zunge, ihre Haut unter seiner Hand. Während er die mit Blättern übersäten Straßen entlangfuhr, erwog er einen flüchtigen Augenblick lang, das Auto am Straßenrand zu parken und zu masturbieren. Aber dann stellte er sich vor, wie jemand zufällig vorbeikam und sah, dass er, nur mit einem Handtuch bekleidet, fieberhaft in einer Seitenstraße wichste. Was für ein verdammter Idiot er doch war!

Er griff nach dem Handy und rief seinen Vater an.

»Hallo?«

»Hi, Dad.«

»Quinn? Ist alles okay bei dir?« In der Stimme seines Vaters klang ein neuer, besorgter Unterton mit, der Quinn nicht gefiel. »Warte kurz. Ich schalte das Radio leiser.« Sein Vater raschelte im Hintergrund. »So ist's besser. Fährst du gerade? Hört sich an, als wärst du unterwegs.«

Quinn bog auf die Hauptstraße. »Ja, bin ich. Wie geht's dir?«

»Ich bin froh, dass du anrufst.« Quinn hörte, wie sich sein Vater in seinen Ledersessel fallen ließ.

»Warum? Was gibt's?« Vor Quinn schaltete die Ampel auf Rot, und ein spindeldürrer Junge rannte mit einem Gummiwischer und einer Sprühflasche in der Hand auf das erste Auto zu. Er war um die vierzehn. Als der Junge näher kam, nickte Quinn und zeigte auf seine Windschutzscheibe.

»Ich habe beschlossen, zurückzufahren und das Grab deiner Mutter zu besuchen. Im Januar.« Die Stimme seines Vaters dröhnte laut aus den Autolautsprechern.

»Nach Ocean Island?«

»Yep.«

Quinn hatte ihr Grab nie besucht, aber sein Dad hatte ihm ein Foto von einem einfachen Holzkreuz am Ende eines frisch aufgeworfenen Erdhügels zugeschickt. Quinn war beim Anblick dieses Häufchens dunkler Erde schwindelig geworden, er hatte das Foto irgendwo hingesteckt und es danach nie mehr finden können.

»Bist du noch dran, Dad?«

»Ja.« Er klang gereizt. Quinn stellte sich vor, wie er in dem aufgeräumten Wohnzimmer seines Apartments in Kirribilli saß, den *Sydney Morning Herald* gefaltet auf der Armlehne seines Sessels.

»Hältst du eine Reise bei deinem derzeitigen Gesundheitszustand für eine gute Idee?«

Mit der Schwammseite des Gummiwischers schrubbte der Junge die Scheibe. Er beugte sich weit über die Windschutzscheibe, und sein T-Shirt rutschte hoch, sodass sein blasser Bauch zum Vorschein kam. Durch die herunterlaufende Seifenlauge sah Quinn, wie verkniffen das Gesicht des Jungen war.

»Ich bin gesünder als die Hälfte der Menschen, die früher auf der Insel gewohnt haben.«

»Wie willst du dorthin kommen? In einer winzigen Nussschale von Tarawa aus?«

»Mit dem Versorgungsschiff.«

Die Ampel schaltete auf Grün, und die ersten Autos setzten sich in Bewegung. Hinter Quinn ertönte Hupen. Der Junge zog jetzt den Gummiwischer über die Windschutzscheibe, und Quinn fischte ein paar Zwei-Dollar-Münzen aus dem Aschenbecher. »Augenblick, Dad.« Als er dem Jungen die Münzen reichen wollte, fielen sie auf die Straße. Quinn öffnete die Tür, um sie aufzuheben, aber sie rollten davon.

»Tut mir leid«, meinte er. Der Junge konnte sie aufheben, sobald die Autos vorbeigefahren waren. Eine weitere Hupe dröhnte, und Quinn fuhr genau in dem Moment an, in dem der Junge vor den Wagen sprang. Quinn trat auf die Bremse, doch er erwischte den Jungen und schleuderte ihn zu Boden.

»Mist!« Quinn zog die Handbremse und riss die Tür auf.

Der Junge rappelte sich auf und taumelte auf den Bürgersteig. Quinn stieg aus, das Handtuch immer noch um die Hüften geschlungen. »Alles okay?«

Der Junge nickte und rieb sich den Ellbogen.

»Warte mal.« Quinn stieg wieder in den Wagen und fuhr an den Straßenrand. Er griff nach seinem Hemd auf der Rückbank und zog es sich an, während er auf den Jungen zuging. »Wo habe ich dich erwischt?«

»Bloß hier.« Der Junge zeigte auf seine Hüfte.

»Tut es weh? Kannst du richtig gehen?«

»Sie verdammter Idiot! Ich wollte doch nur das Geld aufheben, aber Sie konnten keine fünf Sekunden warten, oder?« Der Junge drehte sich weg. »Idiot.«

»Ich kann dich ins Krankenhaus fahren, wenn du dich durchchecken lassen willst.«

Der Junge lachte. »Soll das ein Scheißwitz sein?« Er machte die Kante des Gummiwischers an seinem schmutzigen T-Shirt sauber.

»Warte.« Quinn ging zum Auto zurück, um seine Brieftasche zu holen. Aber sie war nicht in seiner Hosentasche. Er war völlig aus der Spur, unter Schock. Er könnte dem Jungen tausend Dollar geben. Warum nicht? Es ergab genauso viel Sinn wie alles andere, was um ihn herum geschah. Schließlich fand er seine Brieftasche auf dem Boden, dann sah er sein Handy am Ladegerät. Sein Dad. *Mist.*

»Hier.« Er drückte dem Jungen sein gesamtes Bargeld in die Hand. $150. »Für den Fall, dass du … Wo wohnst du?«

Der Junge faltete rasch das Geld und verstaute es in der Gesäßtasche seiner Shorts. »Geht Sie nichts an.« Er marschierte zum ersten Auto in der Schlange, die an der Ampel hielt, und machte sich über eine neue Windschutzscheibe her.

Sobald die Ampel umschaltete, fädelte sich Quinn wieder in den Verkehr ein und rief erneut seinen Vater an. »Tut mir leid, Dad, ich hatte einen kleinen Unfall.«

»Geht's dir gut? Du hast geflucht, bevor die Verbindung getrennt wurde.«

»Alles in Ordnung.« Nur, dass seine Hände am Lenkrad zitterten.

»Na schön, jedenfalls habe ich mich erkundigt. Sie können uns hinbringen.«

»Uns?«

»Ja.«

»Meinst du dich und mich?«

»Ja, dich und mich. Und Tom, falls er mitkommen will. Ich habe ihn noch nicht gefragt.«

»Oh, Dad.« Quinn bog in seine breite, mit Bäumen gesäumte Straße und hielt in der Einfahrt. Licht schimmerte golden hinter den Vorhängen ihres Schlafzimmers. »Dad, wenn ich für einen Moment in meiner Funktion als Arzt sprechen darf, bin ich mir eigentlich nicht sicher, ob du diese Reise antreten solltest. Rede mit deinem Endokrinologen … Du hast deine Diabetes noch nicht gut genug im Griff. Falls etwas passiert, bist du auf bessere medizinische Hilfe angewiesen, als du dort bekommen kannst.«

Sein Vater schwieg.

»Und es tut mir leid, aber ich kann nicht mitkommen. Sosehr ich dir auch Gesellschaft leisten möchte, im Moment ist mein Platz hier.« Das Licht im Schlafzimmer ging aus.

»Sie hat die Vorstellung einer Insel immer geliebt, weißt du?«, meinte sein Dad. »Von ihrer frühsten Kindheit an. Das ist der einzige Grund, weshalb sie sich bereit erklärt hat, mich zu begleiten.«

»Das habe ich nicht gewusst.«

»Na ja, die Insel war natürlich eine schreckliche Enttäuschung … Geblieben ist sie wegen ihm.«

Ihm. Quinn hatte seinen Vater nie über Tebano sprechen hören, außer das eine Mal, als Quinn im Alter von vierzehn Jahren versehentlich seine Eltern im Gang belauscht hatte. »Herrgott noch mal«, hatte sein Vater gesagt. »Sei einfach diskreter. Gerade habe ich dich mit ihm im Garten gesehen. Ich stelle mich ja blind, aber bitte … wenigstens den Jungen zuliebe, wenn schon nicht meinetwegen.«

»Du kannst auf deinem kleinen Lehnsgut nicht alles kontrollieren«, hatte seine Mutter erwidert. »Das Leben wird auch ohne dich fortdauern und erblühen.«

»Du willst einfach alles. Du bist ein Kind, Bess.«

Beim Abendessen an jenem Tag waren sie einander mit äußerst höflicher Zuvorkommenheit begegnet, und Quinn hatte sich verwundert gefragt, ob er sich das Gespräch nur eingebildet hatte.

Quinn griff nach seiner Kleidung auf der Rückbank. »Wirst du mit deinem Arzt über die Reise reden, Dad?«

»Mache ich. Aber du denkst auch noch mal darüber nach, ja? Ob du nicht doch mitkommst.«

»Okay. Ich denke darüber nach. Ich werde Tom anrufen.«

»Verbündet euch nur nicht gegen mich.«

Quinn lächelte. »Das würde mir im Traum nicht einfallen. Gute Nacht, Dad.«

Im Dunkeln ging er an der Hauswand entlang, um das feuchte Handtuch auf die Wäscheleine zu hängen. Er stand vor der Leine und zog sich seine Unterhose und die Hose an. Dann beobachtete er Marianna, die in der warm erleuchteten Küche herumhantierte. Inmitten all dieses Wahnsinns – Rachel, der verrückten Vorstellung, ein Baby mit den Eizellen einer anderen Frau zu zeugen, seinem Vater, der in einem lecken Kahn auf dem Pazifik herumschippern wollte –, inmitten von all dem musste er unbedingt zu seinem Leben mit Marianna zurückkehren. Zu ihrer gemeinsamen Geschichte. Ihrer Liebe.

Er hob seine Aktentasche auf und erinnerte sich an die Wut in der Stimme seiner Mutter, damals als er ihren Streit mit seinem Vater belauscht hatte. Und er wünschte sich erneut, er hätte ihre Hand halten können, als sie gestorben war. Unzählige Male hatte er sie sich vorgestellt, wie sie auf ihrem Bett aufgebahrt gewesen war, die kurzen braunen Haare ordentlich gekämmt. *Vernünftige Haare,* hatte sie immer gesagt. Und die gerade Nase, die sie ihm zusammen mit den sommersprossigen Armen vermacht hatte. In seiner Kindheit hatte er seine Mittagsruhe immer neben ihr liegend verbracht, und während sie vorlas, hatte er in ihren Sommersprossen nach Sternbildern gesucht. Es war so ruhig in ihrem Zimmer, das Sonnenlicht gedämpft durch die großen Holzfensterläden, und alle paar Minuten das Geräusch einer Seite, die umgeblättert wurde. Es war eine Welt weit weg von der staubigen, ausgedörrten Insel da draußen.

Tom hatte ihm die Nachricht überbracht. Quinn hatte um Mitternacht in der Küche des Reihenhauses gesessen, das er mit anderen bewohnte, und eine Schüssel mit fettigem gebratenem Reis gegessen, als Tom an der Haustür geklopft hatte. Er kannte das Klopfen seines Bruders, den freundlichen Rhythmus, mit dem sie schon damals auf der Insel an ihre Zimmertüren geklopft hatten. Quinn hatte die Tür geöffnet und Tom auf der Veranda vorgefunden. Sein Fahrradhelm baumelte von seiner Hand, und er keuchte hörbar, als hätte er fest in die Pedale getreten.

»Dad hat mich gerade angerufen«, sagte er. »Mum ist gestorben, Quinn.« Er holte tief Luft. »Bloß …« Er rieb sich mit Daumen und Fingern über die Augen. »Kann ich reinkommen?«

Quinn hatte seinen Bruder in die Küche geführt. Es

konnte nicht wahr sein. Er müsste es doch wissen, wenn seine Mutter gestorben wäre. Er hätte es doch gewiss gespürt, wenn sie von ihm gegangen wäre. Tom setzte sich Quinn gegenüber an den Küchentisch. Sein langes Gesicht war blass, und er sah ihrem Vater ähnlicher denn je. »Sie muss morgen beerdigt werden. Du weißt ja, wie es dort ist.« Das graue T-Shirt seines Bruders war fleckig vom Regen, und in seinen kurzen braunen Haaren glitzerten Tropfen.

»Was ist passiert?«, fragte Quinn und stellte seine halb geleerte Schüssel mit Reis zur Seite.

»Doc Walter denkt, es ist ein Aneurysma gewesen. Ganz kurz davor hat sie schreckliche Kopfschmerzen gehabt.«

»Wo ist sie gewesen?« Er wollte sie vor seinem inneren Auge sehen. In ihrem Blumenkleid und Strandschuhen im Garten. Am Rand eines erhöhten Beets sitzend, den Kopf in die Hände gestützt. Und dann, plötzlich, tot.

»Sie ist im Bett gewesen. Hat gelesen.« Tom blickte auf seine großen Hände, die gespreizt auf dem Resopaltisch lagen. »Es ist erst vor knapp zwei Stunden passiert. Dad meinte, sie hätte nach ihm gerufen. Er war bei ihr, als sie gestorben ist.« Tom stand auf, und sein Stuhl kratzte laut über den Boden. »Hast du etwas zu trinken?«

»Im Kühlschrank.«

Tom öffnete die Kühlschranktür. »Hast du ihr geschrieben? Hast du dich mit ihr versöhnt?«

»Nein.«

Tom holte ein Victoria Bitter heraus und fand in der Schublade einen Flaschenöffner. »Wir gehen morgen ins Pub und trinken ihr zu Ehren ein paar Gin Tonics, ja?« Er öffnete die Flasche und nahm einen langen Zug, dann glitt seine warme Hand auf Quinns Schulter. Quinn legte den schwirrenden Kopf auf den Tisch und schloss die Augen.

16

Der Deckel der Teekiste splitterte, als Rachel ihn mit einem Schraubenzieher aufstemmte.

Ihre Mutter saß mit Kissen im Rücken aufrecht im Bett und streckte den schwachen Arm aus, um die Nachttischlampe zurechtzurücken, damit das Licht auf die Kiste mit der gefalteten Kleidung fiel. »Pass auf, Darling, tu dir nicht weh.«

Rachel hob Scottys weinrot-weißes Fußballtrikot hoch, der Stoff steif und kühl in ihren Händen. »Ich kann nicht glauben, dass du all das aufbewahrt hast, Mum.« Sie entdeckte eine blaue Mütze, an die sie sich gut erinnerte.

»Zeig mir, was sonst noch drinnen ist.« Ihre Mutter deutete mit einem Finger auf die Kiste.

Rachel legte die muffigen Kleidungsstücke auf dem Boden ab. Obenauf befand sich ein gelber Strampler mit einem aufgestickten roten Teddybären. Der Stoff fühlte sich an, als würde er gleich in ihren Händen zerfallen.

»Shaney und Beryl haben das alles für mich eingepackt«, sagte ihre Mutter. »Und dann war es einfach leichter, alles in der Garage zu lassen. Du hast diesen kleinen Strampler auch getragen.«

Vom Boden der Kiste holte Rachel eine Fahrradpumpe

und einen Sonnenhut aus Frottee hervor. »Für dich ist es also in Ordnung, wenn ich alles zur Kleiderkiste der Kirche bringe?«

»Ja, falls sie das Zeug wollen.« Ihre Mutter nickte. »Könntest du mir das Heft da geben, mein Schatz?«

Rachel reichte ihr das Übungsheft mit Scottys ordentlicher Kinderschrift auf dem Umschlag: *Mathematik. 3. Klasse.* Ihre Mutter blätterte die Seiten durch, mit denen sich Scotty am Esstisch abgeplagt hatte.

Rachel konnte ihre Mutter nicht ansehen. »Ich habe darüber nachgedacht, wie du dich nach seinem Tod in deinem Zimmer verbarrikadiert hast. Es kam mir vor, als wärst du wochenlang verschwunden gewesen.« Sie wartete, wagte kaum zu atmen, und gab vor, die Kleidung am Boden zu sortieren. Sie lauschte auf ihre Mutter, die in dem Übungsheft blätterte.

»Verschwunden?«

»Bist du mir aus dem Weg gegangen?« Rachel sah auf.

Ihre Mutter beobachtete sie mit dieser schrecklich ausdruckslosen Miene. »Dir aus dem Weg gegangen? Was meinst du?«

Rachel stapelte die Kleidungsstücke wieder in die Kiste. »Mike hat mir gesagt, dass du mir die Schuld an Scottys Tod gegeben hast.«

»Mike hat was? Wann?«

»Stimmt das?«

»Ich habe dir nicht die Schuld gegeben.« Ihre Mutter senkte den Blick und fuhr mit einem zittrigen Finger über eine Seite in Scottys Heft.

Rachels Herz raste. Sie wusste nicht, was sie nun sagen

sollte. Wenn sie sich dieses Gespräch ausgemalt hatte, dann hatte ihre Mutter immer das Wort an sich gerissen und das Gespräch gelenkt.

»Wenn du ein Kind verlierst«, sagte ihre Mutter schließlich, »verlierst du den Verstand.« Sie hielt inne. »Es ist, als würde ein Vakuum innerhalb von Sekunden alles Leben in sich aufsaugen. Unsere ganze Zukunft. Alles, was er geworden wäre, all die Dinge, die wir vielleicht gemeinsam unternommen hätten. Alles fort.«

»Willst du damit sagen, dass du mir *doch* die Schuld gegeben hast? Als du den Verstand verloren hast?«

Ihre Mutter stieß langsam die Luft aus. »Oh, Darling … Wahrscheinlich habe ich es manchmal getan. In meinem Wahn.« Sie sah Rachel direkt an. »Ich habe jedem die Schuld gegeben, der damals dort war. Vor allem mir selbst.« Rachel konnte sehen, dass sie sich zu einem Lächeln zwang. »Du warst ein kleines Mädchen. Dich hat keine Schuld getroffen.«

»Ich hätte auf ihn aufpassen müssen.« Sie sah seinen Leichnam auf dem Gras, das nasse Haar an die Stirn geklebt, und spürte, wie sie eine vertraute Lähmung beschlich.

»Nein. *Wir* hätten auf ihn aufpassen müssen. Ich und dein Dad. Und Gott.« Emily warf das Heft in Richtung Teekiste. »Wer weiß, was aus ihm geworden wäre? Vielleicht ein Arzt oder Wissenschaftler. Ein Lehrer. Wir werden es nie erfahren.«

Rachel bückte sich, um den Rest der Kleidung in die Teekiste zu legen. Die Scheinwerfer eines Autos leuchteten durchs Fenster. Quinn. Das Licht erlosch, und seine Autotür knallte zu.

Rachel drückte den zersplitterten Deckel auf die Sperrholzkiste. »Mum, hör mal. Es tut mir leid, dass ich nicht auf ihn aufgepasst habe. Es tut mir leid, dass ich ihn nicht die ganze Zeit im Auge behalten habe.«

Ihre Mutter schloss die Augen und seufzte. »Es ist, als hätte uns diese Sache heimgesucht … und als hätte sie uns alle gebrochen.«

Rachels Kehle schnürte sich zu.

Selbst durch die parkinsonsche Maske hindurch sah das Gesicht ihrer Mutter gequält aus. »Ich habe versucht, einen Sinn darin zu finden …« Emily stockte der Atem, und sie bedeckte die Augen mit der Hand. »Es war meine Aufgabe, dafür zu sorgen, dass euch beiden nichts passiert, und das habe ich nicht getan. Es tut mir leid, Liebes.«

Rachel nickte. Sie hatte sich danach gesehnt, von ihrer Mutter zu hören, dass sie keinerlei Schuld traf, und hatte sich eine unsägliche Erleichterung vorgestellt. Doch sie empfand nichts. Sie drückte den biegsamen Deckel der Teekiste zu.

Ihre Mutter wischte sich die Tränen weg. »Wie lange kannst du dir noch freinehmen, Darling? Ich will dich nicht ewig hier halten.«

»Ewig?« Rachel lächelte. »Bildest du dir etwa ein, unsterblich zu sein, Mum?«

»O Gott, ich hoffe nicht.«

»Ich habe noch Unmengen an Urlaub abzubummeln«, sagte Rachel. »Alles ist gut.« *Es ist, als hätte uns diese Sache heimgesucht … und als hätte sie uns alle gebrochen.* Rachel beugte sich zu einem staubigen Pappkarton hinunter und öffnete die Laschen. »Willst du den hier auch durchschauen? Ich glaube, darin ist altes Schulzeug.«

Ihre Mutter würdigte den Karton keines Blickes. »Darling, dieses Haus und das Stück Land werden dir finanzielle Sicherheit bescheren. Vor ein paar Jahren habe ich das Land von einem Gutachter schätzen lassen, und es ist überraschend viel wert. Aber sieh zu, dass du das Geld gut anlegst. Wenn es so weit ist, geh zu Mike Bandon in der Stadt. Er wird dir weiterhelfen.«

»Danke, Mum. Mir geht es bereits gut, finanziell gesehen.« Sie stand auf. »Ich bringe das Zeug hier nur rasch zum Wagen.«

»Kannst du mir beim Hinlegen helfen? Ich muss schlafen.«

Nachdem sie ihre Mutter versorgt hatte, trug sie die Kiste hinaus in die Garage. Der Metallstreifen an der einen Seite kratzte ihr den Arm auf. Sie dachte an den Moment vor sechsundzwanzig Jahren, als ihre Mutter endlich das Schlafzimmer verlassen hatte, in einem grünen Baumwollkleid, dünn und blass. Sie war in die Küche gekommen, um sich eine Kanne Tee zu kochen, und hatte so getan, als hätte sie sich nicht wochenlang in ihrem Zimmer verbarrikadiert. An dem Tag ging sie wieder dazu über, zu kochen und zu putzen und Rachels Kleidung zu waschen, genau wie früher. Aber es war nicht mehr dasselbe. Rachel hatte gespürt, dass ihre Mutter die ganze Zeit an ihn dachte, jede einzelne Sekunde. Sie wusste ohne jeden Zweifel, dass ihre Mutter es immer wieder und wieder durchlebte, genau wie Rachel.

Von ihrem Platz in der Garage konnte Rachel direkt in Quinns leeres Wohnzimmer sehen. Seine Aktentasche lag auf dem Tisch neben einer blauen Plastiktüte mit Einkäufen. Er war am Abend zuvor angekommen, und sie hatte dafür gesorgt, dass sie ihm nicht über den Weg lief, obwohl sie seinen Kaffee und seinen Toast am Morgen gerochen hatte.

Sie hatte versucht, den Kuss nicht in Endlosschleife vor ihrem geistigen Auge zu sehen. Aber dadurch hatte der Vorfall nur einen lächerlichen und irgendwie schmutzigen Beigeschmack bekommen. War es die Wahrheit gewesen, als er sagte, er hätte so etwas noch nie zuvor getan? Könnte es vielleicht mehr für ihn gewesen sein als nur eine kurze Ablenkung? Sie wischte sich die staubigen Hände an der kurzen Hose ab. Es war ihr so vertraut, dieses kribbelnde Verlangen nach einem Mann, den sie niemals haben konnte. Wer auch immer behauptet hatte, man müsste ein Muster nur durchschauen, um es zu durchbrechen, war ein Idiot. Der mächtige Sog des Verlangens war so stark wie eh und je. Sie ging zum Haus zurück, den muffigen Geruch von Scottys Kleidung immer noch in der Nase.

17

Quinn schaltete den Wasserkocher an und lehnte sich gegen die hölzerne Arbeitsplatte. Die Gartentür quietschte, und er erstarrte. Jemand klopfte an die Tür.

Bitte, lass es nicht sie sein. Er wusste, dass sie miteinander reden mussten, aber nicht jetzt. Er öffnete die Tür, und da stand sie in einem blauen Rock und einem ärmellosen Hemd auf der obersten Treppenstufe.

»Hi«, sagte er.

»Hallo.« Sie lächelte.

Er hatte vergessen, wie offen ihr Gesicht war, hatte ihren warmen, eindringlichen Blick vergessen. Er ignorierte die Hitze, die sich in seiner Magengegend entzündete, und öffnete die Wettertür, trat jedoch nicht beiseite, um sie hereinzulassen. »Also … Rachel … Ich weiß nicht, ob das eine so gute Idee ist, dass du hier bist.«

Sie nickte. Ihre Füße waren nackt, und sie roch nach Kokosnuss. In seiner Erinnerung war sie kleiner gewesen. »Soll ich gehen?«, fragte sie. Hinter ihm kochte der Wasserkocher und schaltete sich ab.

»Ja. Das wäre wohl das Klügste.« Er atmete tief ein und versuchte, weniger herablassend zu klingen. »Es ist …«

Sie unterbrach ihn. »Ich wollte dich nur etwas fragen. An

dem Abend … im Schwimmbad … dieser Kuss, war das, du weißt schon, nur eine kleine Ablenkung, um deinen Tag aufzupeppen?«

»Oh …« Sein Mund war trocken. »Komm besser herein.« Sie trat ins Haus, und er ließ die Tür zur Straße offen. Er stellte sich neben den Tisch, und sie blieb an der Tür, die Arme vor Verlegenheit verschränkt. Ihr feuchtes Haar war zu einem unordentlichen Knoten hochgesteckt und mit einem Stift fixiert.

»Es … Dich zu küssen, schien an dem Abend eine richtig gute Idee zu sein … und es war wunderbar …«, sagte er. Ein paar nasse Strähnen klebten an ihrem Hals. »Aber es war keine gute Idee … weil ich verheiratet bin. Es tut mir leid, wenn es verwirrend oder … eigenartig war.« Er stammelte wie ein Teenager.

Sie lächelte. »Es war nicht eigenartig.«

Er schluckte. »Hör mal, möchtest du eine Tasse Tee? Ich sehne mich schon den ganzen Nachmittag danach und mache mir gerade eine Kanne.« Er hatte seinen Standpunkt deutlich gemacht. Jetzt wusste sie, woran sie war.

»Ist das dein üblicher Schlummertrunk?« Sie ging auf ihn zu und stellte sich neben ihn an die Arbeitsplatte, wo er Tee in zwei von Bills blauen Tassen goss. »Du hast einen Sonnenbrand«, sagte sie.

»Ja. Ich habe am Wochenende vergessen, mich einzucremen.« Er rieb sich den Nasenflügel und sah auf seine Finger. »Milch?«, fragte er.

»Ein bisschen.« Sie beugte sich vor, um zu beobachten, wie er einen Schuss Milch dazugab. »Das reicht.«

Er lehnte sich wieder gegen die Arbeitsplatte, und sie

stand am Kühlschrank, die Tasse in beiden Händen. »Tut mir leid, dass ich nach einem langen Tag einfach so hier reinplatze«, sagte sie. »Ich musste bloß wissen, woran ich bin.«

Er nickte. »Das verstehe ich.«

»Du verstehst, dass ...?« Sie hob die Augenbrauen.

»Dass du wissen willst, was dieser Kuss bedeutet und was ich denke.«

Sie schloss einen Moment die Augen und atmete ganz langsam ein. »Das ist genau das, was ich wissen will. Und, was denkst du?«

Er starrte auf seinen Tee. »Ich denke, dass ich mich wirklich von dir fernhalten sollte, weil ich dich ... sehr attraktiv finde.« Er hob den Blick. »So etwas passiert eben manchmal im Leben, und wenn es passiert, nimmt man es einfach zur Kenntnis und gibt diesem Drang nicht nach ...« Er plapperte vor sich hin. Dann holte er tief Atem. »Und genau das müssen wir tun.«

Sie schenkte ihm ein reuiges Lächeln und stellte ihre Tasse ab, wobei etwas Tee auf die Arbeitsplatte schwappte.

Er musste dafür sorgen, dass sie von hier verschwand. Warum hatte er ihr nur einen Tee angeboten?

Sie griff nach einem Geschirrtuch und wischte die Platte ab. Ihre Hände zitterten, als sie das Geschirrtuch in der Spüle auswrang.

»Das macht doch nichts. Die Arbeitsplatte hat schon bessere Tage gesehen.« Instinktiv erspürte er, wie groß der Abstand zwischen ihnen war. Er wandte sich ab und drehte die Flamme kleiner, auf der die Nudelsoße köchelte. Eine Nudelsoße, die Marianna für ihn zubereitet und eingefroren und in eine Kühltasche getan hatte, damit er sie mitnehmen konnte.

»Das riecht gut.« Klang ihre Stimme ein wenig kühl?

Er ging in die Knie und holte unter der Arbeitsplatte eine weiße Schüssel heraus. Er blieb in der Hocke sitzen. »Oh, Rachel, es tut mir leid ...«

»Ist schon okay. Ich gehe jetzt.«

Er stand auf und stellte die Schüssel auf die Arbeitsplatte.

Sie schüttete den Rest ihres Tees in die Spüle und sah ihn mit ihrem aufrichtigen, offenen Gesicht an, in dem er lesen konnte wie in einem Buch: ihre Enttäuschung über ihn, ihre Belustigung über diese heikle Situation, ihre Güte, ihre Lebendigkeit. »Du siehst wirklich müde aus«, sagte sie.

Er nickte. »Es waren ein paar lange Tage.«

Sie hielt seinem Blick stand, und er wollte nicht wegsehen. Hinter ihm klapperte der Deckel auf dem Topf. Alles verlangsamte sich, das Blut, das durch seinen Körper floss, die Brise, die durch die Tür wehte, die Autos draußen auf der Straße. Er musste sich dem Sog widersetzen. Dagegen anschwimmen. Er legte den Kopf zurück und starrte zur Decke. »Hast du nicht gesagt, dass du gehen willst? Ich denke, das wäre besser.« Er konnte sie nicht ansehen.

»Ja, ich gehe. Schlaf gut, Quinn.«

Als sie an ihm vorbei zur Tür ging, streckte er die Hand nach ihr aus, fast wie in Zeitlupe, und umfasste ihren Unterarm. In diesem Moment war die Entscheidung ganz einfach: Er wollte sie mehr, als dass er ein treuer Ehemann sein wollte.

Während sie sich schwer atmend küssten, drängte er sie in Richtung Badezimmer, halb zog er sie, halb trug er sie außer Sichtweite der Straße. Sie schmeckte nach Zahnpasta und Tee. Ihr Mund war warm und weich. Es überraschte ihn, wie stark sie war, wie sie seine Oberarme packte und ihn drehte, sodass sein Rücken nun gegen die kühlen Fliesen gepresst war. Großer Gott, er wollte unbedingt mit ihr schlafen. Sie schlang ein Bein um ihn, und er umfasste ihr Knie und öffnete seinen Gürtel und glitt in sie hinein, und sie trieben es gleich dort in Bills Badezimmer.

Anschließend saßen sie auf dem Fliesenboden. Er zog die Hose hoch, und sein Gürtel schnalzte zur Seite und sein Hosenschlitz stand offen, und er stützte den Kopf in die Hände. *Mist. Mist.* Der blendende Sog des Verlangens war verschwunden, hatte sich jäh aufgelöst. Was zum Teufel hatte er getan? Er drehte sich zu ihr und erwartete, dort eine Fremde zu sehen, doch ihr Gesicht war vertraut und freundlich.

»Verflucht noch mal. Was machen wir hier nur?« Er nahm ihre Hand.

Sie drückte seine Finger, ihr Griff war warm. »Keine Ahnung.«

»Alles ist gut. Alles wird gut«, sagte er, ohne es selbst zu glauben.

Der Topf auf dem Herd klapperte, und Stimmen von der Straße wehten durch die offene Eingangstür ins Haus.

Es war Mitternacht, und er lag nun schon seit Stunden wach. Er lag auf dem Rücken, die Decke unten an den Füßen, und sein Magen war verkrampft, während er sich die tief und fest schlafende Marianna in ihrem gemeinsamen Bett vorstellte. Er setzte sich auf und schwang die Beine aus dem Bett. Selbst diese Bewegung fühlte sich fremd an, als gehörten seine Beine nicht mehr ihm.

Er ging zum Fenster und schob es auf. In der Ferne rauschten Autos den Pacific Highway entlang, Richtung Norden nach Brisbane. Jetzt mochten ihn Schuldgefühle plagen, aber er würde sich etwas vormachen, wenn er so tat, als hätte er nicht die Wahl gehabt. Er erinnerte sich genau an diesen Bruchteil einer Sekunde, als er sich entschieden hatte, seinem Verlangen nach Rachel nachzugeben.

Er presste die Stirn gegen die kühle Scheibe und schloss die Augen. Er konnte sich bildlich vorstellen, wie Marianna genau in diesem Moment aussah. Sie schlief nackt, selbst im Winter, auf der Seite, ein Knie angezogen, ihre langen Haare zerzaust auf dem Kissen. Irgendwann mitten in der Nacht würde sie aufstehen, um aufs Klo zu gehen. Genau in diesem Moment war sie vielleicht wach und tappte schläfrig durch ihr dunkles Haus.

18

Rachel klopfte wieder an Kates Eingangstür, doch das Haus lag still da, mit geschlossenen Fenstern und Jalousien, die zum Schutz gegen die Hitze heruntergelassen waren. Sie ging um das Haus herum. Kies knirschte unter ihren Füßen, während die nachmittägliche Hitze von den Ziegeln und dem hohen Metallzaun reflektiert wurde.

Kate war gerade dabei, den Garten um die Terrasse herum zu gießen. Rachel stieg der Geruch von Wasser auf heißer Erde in die Nase. »Hi!«, rief sie.

Lächelnd blickte Kate auf. Sie machte eine rasche Bewegung mit dem Schlauch, und kühles Wasser spritzte über Rachels Arme und Gesicht.

Rachel überquerte den Rasen und gab ihrer Freundin einen Kuss auf die Wange. »Bitte auch die Beine, ja?«

Kate richtete den Schlauch auf sie, und das Wasser floss kühl an Rachels nackten Beinen hinunter ins Gras. Sie ließ sich in einen Stuhl auf der Terrasse sacken und schaute Kate zu, die gelbe Blätter von einem Gardenienbusch zupfte und auf die Erde schnippte. Kate und sie kannten sich seit der zweiten Klasse, und manchmal fragte sie sich, ob sie Kate besser als jeden anderen Menschen kannte.

»Wie geht's deiner Mum?«, fragte Kate.

»Ach, zusehends schlechter. Sie ist zittriger, weniger mobil. Mom will gehen. Sie ist bereit.«

»Bist du bereit?«

»Was soll ich sagen. So bereit, wie man eben sein kann.«

Kate zielte mit dem Schlauch auf einen kleinen Kräutergarten, und der Duft des Basilikums strich durch die Luft. Sie trug eine weiße Baumwollbluse, die sie, wie Rachel sich nun erinnerte, vor vielen Jahren schon an ihr gesehen hatte, als Kate mit ihrem Sohn schwanger gewesen war.

»Du musst mir ins Gewissen reden«, sagte Rachel.

»Ach ja?« Kate lächelte. »Hat das irgendwas mit deiner Mum zu tun? Machst du ihr Ärger, Kleine?«

Sie atmete tief durch. »Ich habe ... ein *Techtelmechtel* mit jemandem, und ich muss aufhören, bevor es mir völlig den Verstand raubt.«

»Okay, wenn's drum geht, dir ins Gewissen zu reden, bist du bei mir richtig.« Sie schwenkte den Schlauch auf ein anderes Gewächs zu. »Er ist verheiratet?«

»Ja.«

»In Sydney?«

»Hier.«

Kate sah Rachel an und lachte. »Du bist erst seit drei Wochen zurück!«

»Ich weiß. Ich weiß. Wir hatten erst ... einmal Sex. Aber ich ...« Ihr wurde klar, dass sie Kate nicht sagen konnte, wie sehr sie sich in ihn verliebt hatte.

Kate seufzte. »Oh, Rach. Mir geht's nicht ums Gewissen, aber eine Affäre ist eine hässliche Sache. Und sie wird eine Schneise der Zerstörung hinterlassen, ob seine Frau es nun herausfindet oder nicht.« Der Schlauch überschwemmte den Kräutergarten. »Womit ich nicht sagen will, dass seine Frau dein Problem ist. Ganz eindeutig ist *er* derjenige, der sich ihr gegenüber schäbig verhält.« Sie sah Rachel aus schmalen Augen an. »Kennst du sie?«

Rachel schüttelte den Kopf.

»Wer ist er?«

Sie schluckte. Das war der Grund, weshalb sie zu Kate gekommen war, um entsetzt ihre eigene Dummheit zu erkennen und sich von diesem heiklen Weg abbringen zu lassen. Allerdings schmerzte Kates Missbilligung mehr, als sie angenommen hatte.

Kate wartete.

»Ich glaube, das sollte ich dir besser nicht sagen«, meinte Rachel. Aber sie musste sich jemandem anvertrauen, musste seinen Namen laut aussprechen.

»Tja, das versteht sich von selbst. Sag es mir trotzdem.« Sie lächelte. »Du weißt schon ... Großes Indianerehrenwort.«

»Der Arzt. Mums neuer Arzt.«

»Der neue, feurige Super-Spezialist?«

»Quinn Davidson. Er ist Allgemeinarzt.« Sie erinnerte sich, wie er feucht und hart in sie eingedrungen war. Und wie er ihr beim Vögeln die ganze Zeit in die Augen gesehen hatte. Was sie getan hatten, konnte man nicht als *miteinander schlafen* bezeichnen. Es war definitiv *vögeln*. Sie fragte sich, ob er seine Frau auch so ansah. Natürlich tat er das. Sie war ja so eine Idiotin!

Kate nickte, warf ihren Hut von sich und hob sich den Schlauch über den Kopf. Das Wasser lief ihr über Kopf und Körper. Sekunden später klebten ihre kurzen blonden Haare an ihrem Schädel und die Baumwollbluse an ihren Brüsten. Kate drehte den Wasserhahn ab und trat in den Schatten der Terrasse, wo sie auf den Fliesen eine Lache hinterließ. »Wenn du willst, dass ich dir sage, dass du dich schlecht benimmst, dann kann ich das gerne tun. Das weißt du. Aber ich mache mir Sorgen um dich. Er ist verheiratet. Mach einfach Schluss, Süße. Mach Schluss.«

Rachel fragte sich, ob sie es auch getan hätte, wenn sie seine Frau kennen würde. Mist, wahrscheinlich schon. Rachel hatte an Bills Pinnwand ein Foto von Bill und Quinn und einer dunkelhaarigen Frau gesehen, alle Mitte zwanzig, wie sie an einer Backsteinmauer lehnten, die Arme umeinander gelegt. Rachel ging davon aus, dass es sich bei der Frau mit dem ruhigen, ovalen Gesicht und den langen dunklen Haaren um Marianna handelte.

Kate strich sich nasse Haare aus der Stirn. »Herrgott, ist das heiß. Lass uns reingehen, zur Klimaanlage.«

Rachel stand auf. »Komm, wir fahren lieber in die Berge und baden in einem Wasserloch.«

»Nein. Ich muss Liam zum Fußballtraining fahren.« Kate zupfte sich die nasse Bluse vom Bauch.

»Bei dieser Hitze?«

Kate zuckte die Schultern. »Wir sollten die Klimaanlage für deine Mum suchen.«

»Okay.«

Gerade als sie durch die Schiebeglastür in die kühle Küche traten, fiel die Haustür krachend ins Schloss, und eine Jugendliche erschien. »Hi, Mum. Hi, Rachel.« Sie schleuderte ihre Tasche auf den Boden. »Korbball fällt aus, ich fahre ins Schwimmbad. Du tropfst auf die Kacheln, Mum!«

»Ja, ich weiß. Ich habe dir die Sonnencreme auf deinen Schminktisch zurückgestellt.«

»Danke.« Jemma öffnete den Kühlschrank und holte eine Flasche Wasser heraus. In ihrer unbefangenen Art glich sie einem Kind, wie sie mit zurückgelegtem Kopf und geschlossenen Augen aus der Flasche trank. Doch sie war kein Kind mehr. Ihre kurze blau karierte Schuluniform – die gleiche, die Rachel und Kate früher getragen hatten – ließ den Großteil ihrer geschmeidigen Oberschenkel sehen. Rachel hasste die Vorstellung, dass die Jungen in der Schule sich am Anblick von Jemmas Körper weideten.

Wasser sickerte an Jemmas Kinn hinab, und sie wischte es mit der Rückseite ihrer Hand weg. »Kann ich mir für heute Abend etwas Geld leihen? Zehn Dollar?«

Kate nickte. »Nimm es dir aus Dads Glas.«

Während Jemma in Kates Schlafzimmer verschwand, fragte Rachel: »Hat sie einen Freund?«

Kate blickte von ihrem Platz hoch, wo sie Zitronensirup in zwei Plastikgläser goss. »Nein.«

»Jedenfalls weißt du von keinem.«

»Das würde ich wissen.« Kate war kurz angebunden, und Rachel bereute, ihr von Quinn erzählt zu haben. Hatte sie sich die Sache wirklich ausreden lassen wollen, oder hatte sie nur seinen Namen laut aussprechen wollen, ohne Klatsch fürchten zu müssen?

Kate holte eine Wasserflasche aus dem Kühlschrank und füllte die Gläser auf. Eines reichte sie Rachel.

»Danke.«

Rachel konnte sich Jemma in ihrem Zimmer vorstellen, wie sie an der Bettkante saß, auf ihrem iPod Musik hörte, die Schuhe abstreifte. Sie war fünfzehn, genauso alt wie Rachel, als sie ihre Unschuld an Sean McGilvray verlor. Rachel fragte sich, wie viel Kate wirklich von dem wusste, was Jemma trieb.

Ihre eigene Mutter war vollkommen blind gewesen. Rachel hatte Sean eines Abends zufällig im Park getroffen, als sie beide im Regen ihre Hunde ausführten. Sean McGilvray war ein Jahr älter als sie, gut aussehend auf eine Blonde-Haare-kantiges-Kinn-Art, und noch dazu Schwimmer. An jenem Abend im Park hatten sie im nebligen Regen am Flussufer gestanden, während ihre Hunde auf der Wiese spielten und tobten. Sean hatte ihr deutlich zu verstehen gegeben, dass er sie wollte. Und so hatte sie keine Viertelstunde, nachdem sie das elterliche Haus verlassen hatte, Sex gehabt – wenn man es denn so nennen wollte –, gegen einen Baum in dem Mangrovenhain gelehnt. Sie erzählte ihm nicht, dass sie noch Jungfrau war, und hoffte, er würde es nicht merken.

Sie erinnerte sich, durch den dunklen Regen nach Hause spaziert zu sein, mit ihrem Hund, der heftig an der Leine zerrte, getragen und gewärmt von Seans Verlangen. Am nächsten Tag in der Schule hatte er sie ganz kurz angelächelt, sie ansonsten aber völlig ignoriert, und sie hatte gebetet, man würde ihr nicht ansehen, dass sie geglaubt hatte, sie würden jetzt miteinander gehen. Am nächsten Abend führte sie ihren Hund wieder im Park Gassi, weil sie hoffte, dass er dort wäre, und dem war auch so. Den Sex an sich genoss sie eigentlich nie sonderlich, aber sie liebte seinen warmen, muskulösen Körper an ihrem und die ungeteilte Aufmerksamkeit, die er ihr schenkte. Er sagte ihr, sie sei wunderschön, und anschließend saßen sie oft am Ufer und hielten Händchen. Er erzählte ihr von der Schlangensammlung seines Vaters, und eines Abends schlichen sie sich heimlich in seine Garage, und er zeigte ihr die Terrarien der Rotbäuchigen Schwarzottern und Braunschlangen, die unter fluoreszierendem Licht zusammengerollt dalagen und nach Sägemehl und Pisse stanken. Sean hatte ihr gezeigt, wie man nachts mit einer Decke über den Zaun des Schwimmbads gelangte, und gemeinsam kletterten sie auf das Blechdach der kleinen Tribüne und sprangen über den Streifen Zement in das tiefe Ende des Schwimmbeckens. Sie hatte sich immer wieder gezwungen zu springen, während die Angst durch ihren Körper pulsierte.

Rachel trank aus dem Glas, das Kate ihr gegeben hatte. Das Wasser schmeckte, als wäre es zu lang im Kühlschrank gewesen. »Wusstest du, dass Sean McGilvrays Dad damals gedroht hat, eine Braunschlange in das Bett von Seans Mutter zu legen?«

»Um Himmels willen!« Kate hob die Augenbrauen. »Wie kommst du jetzt darauf? Hast du ihn etwa getroffen?«

»Nein! Und das will ich auch nicht.«

»Meine Mum hat ihn vergangene Woche gesehen, als er seine Mutter besucht hat. Anscheinend ist er geschieden, und, Zitat meine Mutter: Er sieht ziemlich mitgenommen aus.«

Rachel wollte Sean auf keinen Fall wiedersehen. Sie wollte nicht mit der Nase auf den Beweis gestoßen werden, wie einseitig ihre Beziehungen von jeher gewesen waren. Zumindest hatten sie Kondome benutzt, was mehr war, als man von ihr und Quinn behaupten konnte. Sean hatte sie immer aus seiner Gesäßtasche gezogen und sie Rachel im Dunkeln überziehen lassen. Anschließend verknotete er das Kondom und steckte es in die Plastiktüte, die er für den Hundekot mitgebracht hatte.

»Ich habe ihn damals weiterhin getroffen«, meinte Rachel.

»Wen? Sean? Du meinst, nachdem wir mit ihm geredet haben?«

Rachel nickte. Kate war außer sich vor Wut gewesen, dass er Rachel wie Luft behandelte, und hatte ihn eines Morgens beim Schwimmtraining zur Rede gestellt und ihn gefragt, ob es ihm gefalle, sich mit Rachel im Park zu treffen. Einen Moment lang war ihm das Entsetzen ins Gesicht geschrieben gewesen, dann hatte er es mit einem Lachen abgetan. Rachel hatte aus einigen Meter Entfernung zugesehen, das Handtuch um die Schultern geschlungen. Ihr war flau im Magen, und sie fühlte sich gedemütigt.

Kate leerte ihr Glas. »Warum hast du dich weiterhin mit ihm getroffen? Der Typ war so ein Mistkerl.«

Sie schüttelte den Kopf. »Im Park war er immer nett zu mir. Richtig nett. Ich konnte die Vorstellung nicht ertragen, das aufzugeben.«

Auf dem Heimweg durch die Stadt drehte Rachel die Klimaanlage im Wagen hoch und fragte sich, wie viele Menschen auf der Straße eine Affäre hatten. Wie viele erledigten ihre Besorgungen – gingen einkaufen, plauderten mit dem Metzger, warteten in der Schlange beim Baumarkt –, während sie ihr Geheimnis mit sich herumtrugen? Sie stellte es sich wie einen warmen Flussstein vor, den diese Menschen in ihrer Hemdtasche aufbewahrten, etwas, das sie immer wieder streichelten und berührten, sobald sie einen Moment für sich hatten. Und wie viele Ehefrauen und Ehemänner hegten einen Verdacht, hielten aber still? Wenn sie selbst beruflich verreiste, waren Seitensprünge gang und gäbe: Der Kameramann vögelte mit der Produktionsassistentin, der Tontechniker vögelte mit der Barkeeperin. Eines Nachts in Tel Aviv war sie betrunken im Bett eines verheirateten Produzenten der BBC gelandet, und am nächsten Tag hatten sie sich beide so verhalten, als wäre nichts passiert, und bis zum Mittag hatte sie sich fast eingeredet, dass dem wirklich so war.

Sie war überzeugt, dass ihre Erfahrung mit Sean sie irgendwie empfänglich für verbotenen Sex gemacht hatte. Vergangene Nacht mit Quinn war da die gleiche lodernde Hitze gewesen, diese vertraute, sehnsuchtsvolle Scham, mit jemandem zusammen zu sein, der nicht mit ganzem Herzen ihr gehörte. Sie hatte gehofft, dass er sie bitten würde, über Nacht zu bleiben, damit sie neben ihm in seinem Bett liegen und seinen Körper streicheln konnte. Sie liebte es, wie glatt und straff sich seine Haut unter ihren Fingern anfühlte, als wären seine Zellen prall gefüllt. Doch er hatte ihr eine Schüssel verkochter Spaghetti angeboten, und sie hatten auf dem Wohnzimmerboden gegessen.

»Diese Soße ist unglaublich«, hatte sie gesagt. »Du bist ein echt guter Koch.«

»Ähm … die habe ich nicht selbst gemacht.« Er zögerte. »Ich habe sie von zu Hause mitgebracht. Marianna hat sie vorgekocht.«

»Oh.« Und in dem Moment hatte sie gewusst, dass er sie nicht dort haben wollte, dass er sie aus reiner Höflichkeit gebeten hatte, zu bleiben und mit ihm zu essen. Sie hatte ihre Schüssel auf den Boden gestellt.

Er hatte seine Schüssel ebenfalls abgestellt. »Ich sollte jetzt schlafen gehen. Ich habe morgen einen langen Tag vor mir.« Er hatte sich zu ihr gebeugt und sie kurz, wenn auch zärtlich, auf die Lippen geküsst. »Wir müssen über das hier reden, über …« Er wedelte mit der Hand zwischen ihnen in der Luft. »Aber das kann ich jetzt nicht. Ich brauche erst einen klaren Kopf, und im Moment fühlt es sich an, als würde ich schlafwandeln.«

»Okay. Ja. Gute Nacht.« Sie spürte, was folgen würde. Er würde der Sache zwar ein Ende setzen, aber weiterhin mit ihr flirten. Und sie erkannte – mit einem Gefühl der Erleichterung, das ihr Handeln beinahe schon rechtfertigte –, dass sie mitspielen würde, weil es das Sterben ihrer Mutter ein kleines bisschen erträglicher machte.

Sie parkte vor dem Haus ihrer Mum und holte Kates tragbare Klimaanlage aus dem Kofferraum. Im Haus steckte sie den Kopf ins Schlafzimmer ihrer Mutter, gerade als diese den Telefonhörer auflegte. »Hi, Mum. Ich habe sie.«

»Danke, Darling.« Die Stimme ihrer Mutter war ein Flüstern, und ihr Gesicht war aschfahl.

»Geht's dir gut?« Sie stellte die kastenförmige Klimaanlage ab und ging neben dem Bett ihrer Mutter in die Hocke.

»Nein, nicht gut.«

»Es ist Zeit für deine Pillen. Das wird vielleicht helfen.« Rachel schüttelte die Tabletten aus dem Fläschchen und reichte ihrer Mutter ein Glas Wasser. »Hast du irgendwo Schmerzen? Wo?«

»Ich fühle mich nur grässlich.« Mit geschlossenen Augen schluckte ihre Mutter die Pillen.

»Soll ich einen Krankenwagen rufen?«

»Nein. Nein.« Ihre Stimme wurde kräftiger. »Auf keinen Fall. Er kommt um fünf vorbei. Ich habe ihn angerufen.«

»Jim Stanton?«

»Nein. Er war nicht da. Die Sprechstundenhilfe hat mich zu Dr. Davidson durchgestellt.«

»Oh. Okay. Gut. Ich werde die Klimaanlage aufstellen. Ich bin sicher, dass dir die Hitze nicht gerade guttut.«

Ihre Mutter nickte. »Wie geht es Kate?«

»Ihr geht's gut. Liebe Grüße.« Sie schloss die Klimaanlage an, und bei dem Gedanken, dass Quinn in einer Stunde aufkreuzen würde, spielte ihr Magen verrückt. Sie steckte den Schlauch aus dem Fenster und wischte mit einem Taschentuch über die schmutzigen Lamellen.

»Und ihrer Mum?«, fragte Emily.

»Sie macht nächsten Monat eine Kreuzfahrt. Nach Vanuatu.« Die Klimaanlage summte und spuckte staubige Luft aus. Rachel drehte den Schalter auf zwanzig Grad.

Dann ging sie ins Bad, um sich die Hände zu waschen und einen Waschlappen nass zu machen. Sanft tupfte sie das Gesicht ihrer Mutter ab und fragte sich, ob sie nicht doch einen Krankenwagen rufen sollte. Bis fünf Uhr war es noch eine Stunde. Sie legte behutsam die Hand auf die Stirn ihrer reglosen Mutter.

»Man bringt seine Kinder gesund durch die ersten Jahre, und dann glaubt man, alles wird gut.« Die Augen ihrer Mutter blieben geschlossen. »Ich hätte dort am Ufer sein müssen, um ihn im Blick zu haben. Ich glaube, ein solcher

Verlust ist für eine Mutter am schlimmsten, aber ich weiß, dass du ihn auch verloren hast. Das habe ich sogar schon damals gewusst.«

Rachel faltete den feuchten Waschlappen zu einem Quadrat. »Es tut mir leid, dass ich nicht auf ihn aufgepasst habe, Mum.«

Ihre Mutter schlug die Augen auf. »Jetzt ist es in Ordnung, weil ich bald bei ihm sein werde.«

Aber was war mit all den Jahren, als es nicht in Ordnung war? »Ruh dich jetzt aus, Mum. Ich bin gleich wieder da und schaue nach dir.«

Sie ging zum Spülbecken in der Küche und ließ Wasser in den Krug ihrer Mutter laufen. Jahrelang hatte sie versucht, sich an ihre letzten Worte an Scotty zu erinnern. Sie sah vor sich, wie er sich bis auf die grüne Badehose ausgezogen hatte und über den Rasen zum Fluss gerast war. Aber was hatten sie als Letztes zueinander gesagt? Sie hatte keine Ahnung.

Da ertönte ein Klopfen an der Haustür. Es konnte nicht Quinn sein, denn es war erst vier Uhr. Sie ging in den Flur und erspähte durch das Fenster seinen Kombi, der neben dem Auto ihrer Mum parkte. Sie hatte nicht die geringste Ahnung, wie sie ihm begegnen sollte. Deshalb öffnete sie einfach die Tür.

»Hi«, sagte sie leise, den vollen Wasserkrug in der Hand.

»Hi.« Er trug ein weißes Hemd mit hochgekrempelten Ärmeln, und sein Gesicht glänzte vor Schweiß.

Sie schob die Wettertür auf, und als er ins Haus trat, verspürte sie ein körperliches Verlangen beim Anblick seiner breiten Schultern.

»Ich bin wegen deiner Mum hier«, sagte er leise. »Aber bevor ich sie mir ansehe … Wie geht es dir? Nach gestern Abend?«

Sie nickte. »Alles in Ordnung … Und bei dir?«

»Es ist … ähm …« Er schüttelte den Kopf. »Ich bin irgendwie ganz schön … durcheinander.« Er strich sich mit der Hand über den Nacken. »Weißt du, ich hatte noch nie einen Seitensprung und …«

Seitensprung. Das Wort traf Rachel wie eine Ohrfeige. Sie blickte weg, aus dem Fenster zu den Bäumen, die die Straße säumten. Sie glaubte ihm, er wirkte so verunsichert.

Er holte tief Luft. »Es gibt nichts, was ich lieber täte, als herauszufinden …« Seine Stimme war warm, und er streckte die Hand nach ihr aus, bevor er sie rasch wieder zurückzog. »Oh, Rachel … Ich würde so gern wissen, was sich vielleicht zwischen uns entwickeln würde, aber das *geht* nicht. Verstehst du das? Wir können das nicht wieder tun.«

»Ich weiß.« Eigentlich sollte sie sich auf den Umstand konzentrieren, dass er die Sache zwischen ihnen gerade beendete, das wusste sie. Aber sie hörte nichts weiter als sein Verlangen. Am liebsten wäre sie dort mit ihm auf der heißen, überdachten Veranda ihrer Mutter stehen geblieben, umgeben von Plastikbehältern voller Stoffe und Wolle.

Quinn drückte ihren Unterarm. »Vielen Dank.« Als er seine Hand wegzog und seine Fingerspitzen sanft über ihre Haut strichen, wusste sie, dass es nicht vorbei war.

Er ging den Korridor entlang und in das Zimmer ihrer Mutter. Sie blickte aus dem Fenster auf die Straße, und jede Faser ihres Körpers war durch den tiefen Bass seiner Stimme in Alarmbereitschaft versetzt. Zwei Jungen in Schuluniform fuhren mit dem Fahrrad zum Park, und Rachel dachte, wie wundervoll und trügerisch einfach alles schien. Ein Mann und eine Frau. Sommer in einer Provinzstadt. Sie wusste, es war Begierde, die die Existenz seiner Frau verschwimmen und die Dinge so unkompliziert wirken ließ. Begierde löschte jede Moral aus.

19

Marianna wischte das Whiteboard sauber. Im Laufe der Jahre musste sie diese Zeilen über Gluten und Teig und Backwaren unzählige Male geschrieben haben. Wie viele Kinder würden irgendetwas davon in Erinnerung behalten? Wie viele würden es auch nur im Entferntesten nützlich finden?

Sie durchquerte den Raum, um ein weiteres Fenster zu öffnen, da der Geruch nach verbrannten Tacos immer noch schwer in dem leeren Klassenzimmer hing. Das Handy klingelte in ihrer Handtasche, und sie beeilte sich, ans Telefon zu gehen, für den Fall, dass es Shelly war. Am Tag ihrer Rückkehr von Diggers hatte Marianna ihr eine E-Mail wegen der Eizellspende geschrieben, und Shelly hatte zurückgemailt: *Wow. Das ist 'ne große Sache. Ich rufe dich in ein paar Tagen an, dann sprechen wir darüber.*

Doch es war nicht Shelly. »Hi, Mum.«

»Hi, Darling. Wir sind früher als geplant nach Hause zurückgekommen.«

»Wie war die Fahrt?« Sie blickte aus dem Fenster in den leeren Innenhof.

»Oh, gut. Danke, dass du Mango gefüttert hast. Sie hat sich gefreut, uns zu sehen.«

Im Hintergrund hörte Marianna das gurgelnde Geräusch der Wassersprudler-Maschine ihrer Eltern. Marianna malte sich aus, wie sich ihr Vater ein Glas Sprudelwasser eingoss. Oder wohl eher einen Whisky Soda.

»Dad würde gerne mit dir reden, Süße«, sagte ihre Mutter.

»Nein, Mum.«

Ihre Mutter seufzte. »Schatz.«

»Es tut mir leid, dass du zwischen den Stühlen sitzt, aber ehrlich gesagt weiß ich nicht, wann ich wieder mit ihm reden möchte.« Drei Kinder liefen über den Pausenhof, die riesigen Schulranzen schaukelten auf ihren Rücken hin und her.

»Er ist dein Vater. Was ist mit seinem Geburtstag? Wirst du kommen?«

»Ihr zwei könnt ihn feiern.« Sie fegte etwas geriebenen Käse von der Arbeitsfläche auf den Boden.

»Er ist dir ein guter Dad gewesen.«

»Tja, er ist nicht der Dad, den ich im Moment brauche.«

»Ich hoffe, du wirst *mich* nicht eines Tages einfach aus deinem Leben streichen, nur weil ich irgendeine Kleinigkeit sage, die dir gegen den Strich geht.«

Bei dem Gedanken, ihre Mutter zu verlieren, stieg Angst in ihr auf. Draußen im Gang vor dem Klassenzimmer wurde ein Staubsauger eingeschaltet. »Bei dir ist das doch etwas ganz anderes. Außerdem ging es nicht nur um eine Kleinigkeit, das weißt du. Die Dinge haben sich angestaut. Ich muss jetzt auflegen, Mum. Hier kommt gleich jemand zum Putzen.«

»Na schön.« Sie seufzte. »Pass auf dich auf.«

»Danke, Mum.«

In Mariannas Vorstellung sah sie, wie ihre Mutter auflegte und Brian mit hochgezogenen Augenbrauen entnervt anblickte. Als Marianna klein war, war sie sich der Bewunderung ihres Vaters sicher gewesen. Bei den Cocktailpartys ihrer Eltern hatte sie immer ein hübsches Kleid an und trug vorsichtig ein Tablett mit Vol-au-vents oder Satay-Spießen herum, und ihr Vater tauchte dann an ihrer Seite auf und stellte ihr die russischen oder französischen oder irischen Gäste vor, seine große Hand warm an ihrem Rücken.

Etwa im Alter von sechs Jahren, als sie auf die International School kam, fiel ihr auf, dass er nur im Beisein von Gästen echtes Interesse an ihr bekundete. Sie fing an, in einem kleinen Notizbuch Gelegenheiten aufzulisten, bei denen er von sich aus ein Gespräch mit ihr anfing, doch sie beendete ihr Projekt nach wenigen Wochen, da es so wenig zu schreiben gab.

Sie warf sich die Handtasche über die Schulter, nahm ihren Ordner mit den Unterlagen und schloss das Klassenzimmer hinter sich ab. Der Putzmann mit dem laut dröhnenden Staubsauer auf dem Rücken nickte ihr zu, als sie an ihm vorbeiging. Sie begegnete diesem wettergegerbten, dünnen Mann mehrmals die Woche, wenn er staubsaugte oder Abfalleimer leerte, aber sie hatten nie mehr als ein Nicken gewechselt. Sie kannte weder seinen Namen, noch wusste sie, wie seine Stimme klang. Alles in ihrem Leben wirkte hohl, ihre Beziehungen zu den Menschen um sie herum, ihre engsten Freundschaften, ihre Zukunft. Ihre Hand glitt zu ihrem Bauch, und sie stellte sich die Rundung einer Schwangerschaft vor. Wie würde es sich anfühlen, das Baby einer anderen Frau in sich zu tragen? Shellys und Quinns Baby.

Sie stand an der Seite des Hauses und leerte den Komposteimer, als Quinn in die Einfahrt bog. Das Licht des Bewegungsmelders schaltete sich ein, und sie beobachtete, wie ihr Mann aus dem Auto stieg, das Gesicht abgespannt und ernst. Manchmal dachte sie an die lebenswichtigen, intensiven Gespräche, die er tagtäglich mit seinen Patienten führte, Gespräche, über die er nicht mit Marianna reden durfte. Diese Menschen waren auf ihn angewiesen, und sie wusste nichts von ihnen. Der Hund löste sich von Mariannas Seite und rannte, mit den Klauen über den Zementboden scharrend, auf Quinn zu.

Als Marianna aus der Waschküche in die Küche trat, war Quinn bereits am Tisch, mit dem Rücken zu ihr, und ging die Post durch.

»Hi«, sagte sie und stellte den Komposteimer unter die Spüle.

»Hi.« Er kam auf sie zu, um ihr einen Kuss zu geben. Sein Atem war ein wenig säuerlich. »Wie war dein Tag?« Er setzte eine fröhliche Miene auf.

»Gut. Du siehst aus, als könntest du ein Bier gebrauchen«, sagte sie.

»Stimmt.« Er ließ sich auf einen Küchenstuhl plumpsen und warf die ungeöffnete Post auf den Tisch.

Sie holte ein kühles Bier aus dem Kühlschrank und reichte es ihm. »Harter Tag?«

»Danke. Harte Woche.«

Sie setzte sich neben ihn, spielte mit den Briefen und legte sie zu einem fein säuberlichen Stapel zusammen. Als sie vom Garten hereingekommen war und ihn am Tisch hatte stehen sehen, hatte sich unvermittelt ein seltsamer Stachel der Angst in sie gebohrt, Angst, dass diese ganze Baby-Geschichte schließlich ihr Verderben wäre, das Ende ihrer Beziehung, egal, was sie taten, egal, wie sehr sie sich bemühten, die Situation nicht aus dem Ruder laufen zu lassen. Sie war fast neununddreißig, und wenn sie ihn verlieren würde, wäre ihre Chance auf eine Familie vertan. Ihr Babywunsch hatte sie auf eine Art berechnend und schlau gemacht, die sie selbst erschreckte.

Er streckte den Arm aus und berührte sie oben am Rücken, wo sie kreisrunde blaue Flecken von der Akupunktur hatte. »Warst du beim Schröpfen?«

»Ja. Gestern bei Pam.« Sie stand auf. »Willst du Chips?«

»Gute Idee.« Er sackte auf seinem Stuhl zusammen und trank einen Schluck Bier.

Sie kippte die Chips in eine Schüssel und setzte sich wieder. Auf einmal beugte er sich vor und umarmte sie heftig. Sein Hemd roch nach Auto, nach anderen Orten und anderen Menschen. Als sie sich schließlich aus seiner Umarmung löste, gab sie ihm einen Kuss auf die Wange. »Abendessen?«, fragte sie. Auf einmal hatte sie Heißhunger.

»Ja. Ich bin am Verhungern.«

Sie holte Gemüse aus dem Kühlschrank und schob die Tür mit dem Ellbogen zu. Als sie zum Tisch zurückkam, riss er einen Brief auf, legte ihn dann jedoch beiseite. Er stützte die Ellbogen auf den Tisch und legte den Kopf in die Hände.

20

Die Morgensonne stach durch einen Spalt in den zerschlissenen Rollos und Quinn direkt in die Augen. Er schaute auf die Uhr seines Handys, rollte sich dann aus der Sonne und zog sich die Decke über die Schultern. Draußen herrschte ohrenbetäubender, zwitschernder Vogelgesang.

Gestern Abend hatten sie in diesem schmalen Bett gevögelt, beide schweißgebadet in der Dunkelheit. Rachel hatte an ihm gezerrt und ihre Finger in seine Muskeln gegraben, als wollte sie ihre Form ertasten. Sie hatte ihre Lippen auf seine gelegt und in seinen Mund geatmet. Das war es, woran er sich bei ihr erinnerte, wenn sie getrennt waren, das weiße Rauschen ihres Körpers, der sich an seinen schmiegte, muskulös und sehnig, ihre Kraft.

Zu seiner Bestürzung hatte er sich das Lügen ohne Weiteres angewöhnt. Er hatte immer gedacht, man würde sich kategorisch von der Wahrheit verabschieden. Stattdessen sah er nun, dass es nichts weiter war als ein Wort, das an die Stelle eines anderen glitt.

Es war einen Monat her, seit er und Rachel zum ersten Mal miteinander geschlafen hatten. Am nächsten Tag war er nach Hause zu Marianna gefahren und hatte ihr gegenüber am Esstisch gesessen, während das Gefühl, mit Rachel zusammen gewesen zu sein, seinen ganzen Körper durchflutete und er überzeugt war, es müsste ihm deutlich auf die Stirn geschrieben stehen. Er hatte sich bildlich vorgestellt, wie er es Marianna beichtete und mit wenigen Worten ihr gesamtes Leben ins Chaos stürzte. Doch er hatte es nicht getan. Er hatte sich nichts anmerken lassen und war die Woche darauf nach Corimbi zurückgekehrt, und als Rachel an die Tür klopfte, hatte er sie hereingelassen und ohne ein einziges Wort zu sagen an der Hand ins Schlafzimmer geführt.

Seitdem hatte sie jeden Mittwochabend, wenn er gegen neun Uhr abends bei Bill eintraf, sein Haus durch die Hintertür betreten, und sie hatten im Dunkeln auf dem Boden gesessen, gegen die Couch gelehnt, und hatten Tanqueray Tonic getrunken. Und das Wissen, dass sie gleich miteinander schlafen würden, hatte jedem Wort eine besondere Intensität verliehen.

Er verstand nun, dass er sich selbst immer für einen guten, wenn nicht gar durch und durch guten Menschen gehalten hatte. Als wären seine Moralvorstellungen eine feste Größe, anhand derer sich andere messen ließen. Vielleicht hatten alle dieses Bild von sich. Bis sie etwas taten, das absolut falsch war.

Wenn er mit Rachel zusammen war, ergab alles Sinn. Und wenn er bei Marianna war, gelang es ihm, Rachel zu vergessen, als wäre sie nichts weiter als ein Traum. Nur wenn er allein war und Zeit zum Nachdenken hatte, stiegen Gewissensbisse wie fauliges Treibgut an die Oberfläche. In den Momenten rief er sich ins Gedächtnis, dass alles bald vorbei wäre, dass ihre Mutter sterben und Rachel nach Sydney zurückkehren würde und dieser kurze, rauschhafte Wahn ein Ende hätte.

Er warf die Decke von sich und fand seine Shorts auf dem Boden. Durch das Wohnzimmerfenster sah er Rachel im Garten ihrer Mutter, drüben beim Limettenbaum. Sie war jeden Morgen, bevor es heiß wurde, dort draußen und jätete und goss und schnitt zurück, schaffte Ordnung, während Bills Garten immer weiter verwilderte. Sie bückte sich, um den Baum von unten zu betrachten, und ihre Haare fielen wie ein Vorhang vor ihr Gesicht, sodass es nicht mehr zu sehen war.

Er kochte Kaffee und setzte sich auf die kühle Betontreppe an seiner Hintertür. Rachel tauchte am Zaun auf und kletterte herüber.

»Guten Morgen«, sagte er, als sie ihn küsste und sich neben ihn setzte. Sie hatte sich die Haare zu einem unordentlichen Pferdeschwanz zurückgebunden, und ihre Wangen waren rosig. Er reichte ihr die Tasse und glitt mit der Hand an ihrem warmen Rücken hinab.

Sie trank aus der Tasse. »Ich muss schon sagen, ich warte seit vier Uhr morgens auf deinen Kaffee. Mum hat eine schlechte Nacht gehabt.« Sie hielt die Tasse in beiden Händen und blickte zu den Bergen. Unter ihren kurzen Fingernägeln waren schwarze Ränder von Erde. »Diese Tibouchina wird dir bald die Sicht auf den Steilhang versperren. Ich könnte sie für dich zurückschneiden, wenn du willst.«

»Okay, danke.« Zwei Papageien schossen an ihnen vorbei, ein Aufblitzen von Rot und Grün und Blau. »Wie lange ist sie nachts wach gewesen?«

»Zwischen eins und drei. Aber sie ist die ganze Nacht

unruhig gewesen. Ich habe schließlich bei ihr im Zimmer geschlafen, auf dem Fußboden.« Mit einer Hand wischte sie sich Grassamen von den Waden.

»Ich komme rüber und sehe nach ihr, bevor ich in die Arbeit fahre.«

Seufzend betrachtete sie einen kleinen grünen Grassamen, der an ihrem Finger klebte. »Es fühlt sich an, als wäre sie schon mit einem Bein in dem anderen …« Sie schnippte den Samen weg. »… Reich. Was auch immer das sein mag.« Sie spähte über den Zaun. »Ich wünschte, sie wüsste, wie gut ihr Garten aussieht.« Sie reichte ihm die Tasse. »Tut mir leid, ich habe fast den ganzen Kaffee ausgetrunken.«

Während er den letzten Schluck trank, streichelte sie ihm über den Nacken, die Haut ihrer Finger rauer als früher. In den vier Wochen, seitdem er sie zum ersten Mal nackt gesehen hatte, hatte sie sich verändert. Sie war sonnengebräunt und hatte etwas zugenommen. Ihm gefiel das, ihre vollen Brüste und runderen Schenkel.

Er wünschte, er könnte den ganzen Tag hier neben ihr sitzen, in der Stille und Kühle und dem Grün. Er war es, der mit jedem Bein in einem anderen Reich stand.

Im Haus klingelte sein Handy. Quinn stemmte sich hoch und suchte das Telefon. Es war Marianna. »Hi«, sagte er.

»Guten Morgen.« Sie klang heiter. »Ich habe dich nicht geweckt, oder?«

»Nein. Ich bin wach. Trinke meinen ersten Kaffee.«

Mit einem Quietschen ging die Wettertür auf, und Rachel kam mit der Tasse herein.

»Wie hast du geschlafen?«

»Gut. Und du?« Am liebsten hätte er Rachel den Rücken

zugekehrt, um sich darauf zu konzentrieren, Marianna gegenüber normal zu klingen.

Rachel hob die Augenbrauen. »Marianna«, formte er lautlos mit den Lippen.

»Auch gut«, sagte Marianna. An ihrem Ende der Leitung war das Rascheln von Papier zu hören.

Rachel stellte die Tasse auf das Abtropfgestell. Beim Hinausgehen zog sie die Wettertür sehr vorsichtig hinter sich zu.

»Bill hat gerade angerufen«, fuhr Marianna fort. »Dich konnte er nicht anrufen, weil er aus irgendeinem Grund keine Handys anrufen kann.«

Quinn beobachtete, wie Rachel die Treppe hinunterging, zurück über den Zaun stieg und hinter den Büschen verschwand.

»Er lässt fragen, ob du ein Dokument für ihn finden und es zu seinem Anwalt bringen könntest.« Am anderen Ende der Leitung hörte er die Krallen des Hundes auf den Verandadielen und etwas, das sich nach der Müllabfuhr anhörte. Brisbane schien so unendlich weit weg zu sein.

»Okay.«

»Es ist in seinem Aktenschrank, im Ordner *Haus*. Ein Gutachten zum Schätzwert des Grundstücks.«

In Bills kleinem Arbeitszimmer schob Quinn den Aktenschrank auf. Er fand das Dokument und legte es auf den Tisch. »Gefunden.«

»Der Anwalt ist anscheinend gleich ums Eck vom Ärztezentrum.«

»Ja, ich weiß. Kein Problem.« Quinn strich mit der Hand über das Gutachten. »Und wie hat Bill geklungen?«

»Gut.« Er hörte das Lächeln in ihrer Stimme. »Ein bisschen gestresst.«

»Ich glaube, das mag er.«

»Stimmt. Er meinte, er würde versuchen, dich am Wochenende anzurufen. Hört sich an, als würde er dich unbedingt sprechen wollen.«

»Okay.« Quinn wünschte, diese Affäre mit Rachel fände nicht in Bills Haus statt, in Bills Gästezimmer, unter Verwendung seines Bettzeugs und seiner Handtücher und seines Geschirrs. Und er wünschte, er könnte mit Bill darüber reden. Aber Bill liebte Marianna. An der Uni waren sie ein unzertrennliches Trio gewesen und hatten ihre Freizeit in den Sitzsäcken auf dem schmalen Balkon des Reihenhauses in der Riley Street verbracht, Bier getrunken und Bills CDs angehört.

Nachdem Quinn aufgelegt hatte, kochte er sich einen zweiten Kaffee und trat an den Zaun. Rachel hatte den Sprinkler angestellt, sodass er das Gemüsebeet berieselte. Quinn stand da, trank seinen Kaffee aus und beobachtete das Wasser, das spiralförmig aus dem Sprinkler schoss und an den Salatblättern herabrann.

Keiner von ihnen beiden erwähnte Marianna auch nur mit einer Silbe, wenn sie zusammen waren. Doch sie war immer anwesend, als schwebte sie ganz am Rand seines Blickfelds. Er seufzte und dachte an die Zukunft, wenn Rachel fort wäre und jemand anders nebenan wohnen würde, und er wieder so tun könnte, als wäre er ein anständiger Mensch.

21

In der Pause zwischen zwei Patienten saß er an seinem Schreibtisch. Das Handy zeigte zwei verpasste Anrufe an: einen von seinem Vater und einen von Rachel. Seine Tür wurde aufgerissen. »Quinn?« Jim steckte den Kopf herein. »Alice Mobray ist ins Krankenhaus eingeliefert worden«, sagte er. »Ich bin gerade bei ihr gewesen.«

»Was ist passiert?«

»Sie ist hysterisch.«

»Was für eine nette, moderne Ausdrucksweise, Jim.« Er lächelte, um die Schärfe in seiner Stimme abzumildern.

»Okay.« Der ältere Arzt verzog keine Miene. »Sie ist aufgewühlt. Überreizt.« Er sah Quinn an. »Sie klingt ein bisschen besessen von Ihnen, muss ich sagen.«

»Was meinen Sie?« Quinn wurde flau im Magen. Er hätte sich mehr ins Zeug legen müssen, um Jim zu überreden, sie zu einem Psychiater zu schicken.

»Sie hat die abstruse Vorstellung, dass Sie bei ihr durchs Fenster geschaut haben.«

»Was?«

Jim winkte ab. »Keine Sorge. Ich habe ihr versichert, Sie wären überhaupt nicht in der Stadt gewesen an dem Abend, an dem sie Sie angeblich gesehen hat.«

Quinn seufzte. »Ich sollte heute Nachmittag wohl besser nach ihr sehen. Um sicherzugehen, dass es nicht mit der Schilddrüse zusammenhängt.«

»Schön.« Jim nickte.

»Ist so etwas schon einmal vorgekommen?«

»Nicht, dass ich wüsste. Sie wird sich freuen, Sie zu sehen. Wahrscheinlich ein bisschen zu sehr.« Er drehte sich zum Gehen. »Ich vermute, dass sie wohl in *Ihre* Fenster geschaut hat«, fügte er dann hinzu. »Vielleicht sollten Sie dem guten Bill ein paar Vorhänge kaufen.«

»Ja.« Er hatte bereits Laken aufgehängt, damit Rachel durchs Wohnzimmer gehen konnte, ohne von der gesamten Nachbarschaft gesehen zu werden.

»Wie ich höre, hat Rachel Sie abends ins Schwimmbad mitgenommen.«

Mit klopfendem Herzen senkte Quinn den Blick auf ein paar Unterlagen auf seinem Schreibtisch. »Ich bin ihr dort zufällig begegnet.« Er war ein verdammter Narr, zu glauben, er könnte in einer Kleinstadt damit durchkommen.

Jim strich mit dem Finger über die verschnörkelte Leiste an der Tür. »Die Kleine ist eine echte Wasserratte. Hat wie eine Verrückte trainiert, nachdem ihr Bruder gestorben ist.«

»Wirklich?« Versuchte Jim ihm durch die Blume zu sagen, dass er Bescheid wusste?

Carol tauchte hinter Jim auf. »Ähm, Quinn. Hier sind drei Patienten, die auf Sie warten ...«

»Ja. Ich komme gleich. Danke, Carol.«

Sein Handy klingelte wieder. Es war sein Dad. Er leitete ihn auf seine Mailbox um und ging hinaus, um seinen nächsten Patienten hereinzurufen.

Quinn ging zu Fuß zurück zu Bills Haus, um seinen Wagen zu holen, von dort zum Krankenhaus zu fahren und nach Alice zu sehen. Er bog in eine schmale Gasse ein. Hier war der Schotter mit lilafarbenen Jacarandablüten übersät; manche sahen zerquetscht aus, weil ein Auto über sie gerollt war.

Er fragte sich, wo seine Mutter und Tebano miteinander geschlafen hatten. Im Haus? Bestimmt nicht. Irgendwo unter freiem Himmel, in der vom Phosphatabbau verödeten Buschlandschaft? Er erinnerte sich, an seinem Kinderzimmerfenster gestanden und sie beobachtet zu haben, wie sie gemeinsam im Gemüsegarten werkelten: seine Mutter, die in ihrem Sonnenhut und Baumwollkleid Unkraut jätete, Tebano, der auf seinen Spaten gestützt dastand und sie mit seinem breiten weißen Lächeln ansah. Jeden Morgen verbrachten sie dort zwei Stunden mit Jäten, Gießen und Zurückschneiden. Sie unterhielten sich auf Kiribatisch. Sie hatte die Sprache gleich nach ihrer Ankunft gelernt, hatte Stunden am Küchentisch mit einer Kiribatierin verbracht. Die anderen Ehefrauen eigneten sich die Sprache nach und nach von ihren Hausdienern oder bei nachmittäglichen Teestunden an, oder sie erlernten sie gar nicht.

Tebano war als Gärtner und als eine Art Mädchen für alles eingestellt worden, als sie damals auf die Insel gezogen waren, und Quinn hatte ihn angehimmelt. Er erinnerte sich immer noch an die sanfte Berührung von Tebanos schwieligen Fingern, während er Quinn und Tom zeigte, wie man mit dem Schlauch in die Bewässerungsgräben um die Tomaten- und Paprikapflanzen zielte. Hätte Quinn in diesen frühen Jahren gespürt, dass seine Mutter Tebano liebte, wäre es ihm nur logisch erschienen, denn er liebte Tebano auch. Erst im Alter von dreizehn Jahren, als er sie eines Morgens im Garten beobachtet hatte, war ihm aufgegangen, dass sie ein Liebespaar waren. Tebano hatte sich vorgebeugt und etwas von ihrer Wange gewischt, und seine Mutter hatte ihn mit einer Zärtlichkeit angesehen, die sie seinem Vater nie entgegenbrachte. Anfangs dachte Quinn, es wäre ein schreckliches Geheimnis, das es vor seinem Vater zu verbergen galt. Dann, als es offensichtlich war, dass sein Dad die Affäre tolerierte, war Quinn auf sie alle wütend gewesen.

Er wählte die Nummer seines Dads.

Der hob nach dem ersten Klingeln ab. »Hallo, Sohn. Ich habe dich jetzt im Telefon eingespeichert. Ich weiß, wenn du anrufst.«

»Wie ist es mit deinem Arzt gelaufen?«

»Ja, gut.«

»Ich habe ein paar Anrufe verpasst«, meinte Quinn. »Ich dachte schon, es ist etwas passiert.« Ein Auto tauchte hinter ihm auf, und er trat beiseite, in das trockene Gras.

»Er hat mir das Okay für die Reise gegeben.«

»Wirklich?« Das Auto knirschte langsam an ihm vorbei.

»Ja. Er sagt, ich sei in guter Verfassung.«

»Wie schön. Hey, Dad …« Er stellte sich seinen Vater vor, der in seinem Wohnzimmersessel saß, den Fernseher auf lautlos gestellt. »Warum hast du die Augen vor Mum und Tebano verschlossen?« Blut hämmerte in seinen Ohren. »Vor ihrer Affäre?« Er hatte es noch nie so genannt. »Warum hast du nichts unternommen?«

»Wieso fragst du?«

»Ich weiß, es geht mich nichts an.« Ein Hund wanderte

an den Zäunen hinter den Häusern entlang und blieb alle paar Meter stehen, um das Bein zu heben.

»Ach, nun ja.« Sein Dad klang gelassen. »Irgendwie geht es dich schon etwas an. Immerhin bist du dabei gewesen.« Es musste ihm besser gehen, seine Stimme war fest wie schon lange nicht mehr. »Also der Grund ist, dass ich sie geliebt habe. Was wäre die Alternative gewesen? Hätte ich ihr einen Keuschheitsgürtel anlegen sollen?« Quinn hörte Eis, das in einem Glas klirrte. »Und wir haben eine schöne Zeit gehabt, weißt du, selbst nach ihm.«

»Wirklich?«

»O ja. Ich habe deine Mutter geliebt. Aber es ist nichts, was ich zur Nachahmung empfehlen würde.« Er seufzte. »Was ist los, mein Junge?«

Tränen traten Quinn in die Augen. »Oh, ich musste nur gerade an Mum denken.« Er atmete aus und beobachtete den Hund, der durch einen Spalt im Lattenzaun verschwand. »Und das Leben hier ist ehrlich gesagt gerade etwas kompliziert.«

»Ach. So ist das Leben nun einmal.«

22

Die Nacht war so warm, dass Quinn nicht recht sagen konnte, wo sein Körper endete und die Luft begann. Dieses Gefühl der unscharfen Abgrenzung war entspannend, gleichzeitig aber auch leicht befremdlich. Er zog die Matratze über den Wohnzimmerboden, um die sanfte Brise abzubekommen.

Rachel stand an der Küchenspüle und goss sich ein Glas Wasser ein, ihr langer Körper blass im Licht der Straßenlaterne, das durch das Laken vor dem Fenster sickerte. Sie durchquerte das Zimmer und hielt ihm das Glas hin. »Ich kann mich nicht erinnern, dass es in meiner Kindheit hier so heiß gewesen wäre. Wie warm war es auf der Insel?«

Er trank einen Schluck. Wasser war ein solches Wunder, wenn man Durst hatte. »Heiß und trocken. Und staubig.« Er lag auf der Matratze und rutschte auf die Seite, um ihr Platz zu machen. Sie roch so gut nach Salz und Schweiß.

»Vermisst du die Insel?«, fragte sie, als sie sich neben ihn legte.

»Nein. Aber ich vermisse den Ozean dort.«

Sie hob einen Arm in die Luft, als wollte sie die Brise erhaschen.

»An dem allerersten Abend, als ich dich im Schwimmbad gesehen habe«, sagte er, »habe ich beobachtet, wie du auf die Tribüne geklettert und vom Dach gesprungen bist.«

»Oh, das hast du gesehen?« Sie ließ den Arm sinken und drehte den Kopf in seine Richtung.

»Was sollte das?«

Sie seufzte. »Das habe ich früher gemacht … als Teenager.« Sie lachte. »Es jagt einem richtig Angst ein. Aber hinterher weiß man, dass man am Leben ist.« Sie zuckte mit den Schultern. »Deshalb tue ich es.«

»Du riskierst den Tod?«

»Wahrscheinlich.« Sie zögerte. »Es ist eine schreckliche Vorstellung, das Leben deines Bruders in der Hand gehabt zu haben.« Sie formte eine Schale mit den Händen. »Und es … ihn fallen gelassen zu haben.«

Er legte die Hand um ihre, und sie lagen schweigend da. Er wusste mittlerweile, dass es nichts gab, was er sagen könnte, um sie zu trösten. Unablässig streichelte er mit dem Daumen über ihr Handgelenk und lauschte ihren langsamen Atemzügen und dem Zirpen der Grillen.

Irgendwann musste er eingeschlafen sein, denn als er aufwachte, war sie verschwunden. Sie trat aus dem Schlafzimmer und zog sich im Gehen das Kleid über den Kopf. »Ich muss zurück zu Mum.« Sie ging neben ihm in die Hocke und trank aus dem Glas.

Draußen kletterte ein Opossum über einen Baumstamm auf das Blechdach. Sie stellte das Glas auf den Boden. »Als Kinder glaubten Scotty und ich, die Opossums wären Männer mit Arbeitsstiefeln auf unserem Dach.«

Er setzte sich auf. »Habt ihr euch nicht gefragt, warum mitten in der Nacht Männer dort oben sind?«

»Eigentlich nicht. Es gibt so viele Dinge, die man als Kind nicht versteht.«

Mondlicht fiel auf ihr ernstes Gesicht, und er wünschte, er könnte sie die ganze Nacht hindurch halten, hier auf der Matratze, während die Brise durch die Tür wehte und das Opossum über das Dach trampelte. Er wollte nicht am nächsten Nachmittag nach Brisbane zurück.

»Ich werde am Vormittag ins Tal fahren«, sagte sie. »Mums Mieter auf der Farm sind ausgezogen, und ich muss nach dem Rechten sehen. Shaney wird so lange bei Mum sein.«

»Habt ihr jemals dort gewohnt?«

Sie stand auf und schlüpfte in ihre Flipflops. »Das wollten wir, aber es hat sich nie ergeben.« Sie hielt inne. »Ich sollte lieber nach Mum schauen. Sie weiß, dass etwas anders ist.«

»Was meinst du?«

»In einem klaren Moment heute Morgen hat sie mich gefragt, ob ich so hibbelig bin, weil ich zurück zu meiner Arbeit will.«

»Und was hast du gesagt?«

»Dass ich nirgendwo sein will als an diesem Ort hier. Ich finde es furchtbar, dass sie glaubt, ich wolle nicht bei ihr sein.« Sie seufzte. »Selbst wenn ich an ihrem Bett sitze und ihre Hand halte, spukst du mir dauernd im Kopf herum.«

»Ich weiß. Mir geht es genauso.«

Sie holte Atem. »Ist das hier immer noch eine flüchtige Affäre für dich?«

»Ich weiß nicht, wie ich es bezeichnen würde, aber ich vermute … wenn du zurück nach Sydney gehst, wird dies wohl einfach zu einem verrückten … wundervollen … Augenblick in der Vergangenheit werden.«

Sie griff nach der Wettertür und sprach hastig. »Ich habe nachgedacht. Ich würde hierbleiben, wenn … wenn du sie verlässt. Wenn du mit mir zusammen sein willst, dann würde ich bleiben.«

Etwas rauschte durch seinen Körper und seine Beine, als würden Szenen seines Lebens mit Marianna durch ihn hindurchpeitschen und sich über den Boden ergießen. Ihm stockte der Atem. »Du würdest bleiben?«

»Das möchte ich. Aber du musst entscheiden, was du willst.« Sie öffnete die Hintertür und war verschwunden.

Er legte sich wieder hin. *Du musst entscheiden, was du willst*. Er hatte sich entschieden, sie zu küssen. Sie ins Haus zu lassen an jenem ersten Abend, als sie miteinander geschlafen hatten. Sie immer wieder zu treffen. Marianna nichts zu verraten. Er hatte bereits Dutzende, wenn nicht gar Hunderte kleiner Entscheidungen getroffen, die allesamt seinen Betrug an Marianna verschlimmerten. Bei dem Gedanken wurde ihm übel. Seine Loyalität war, wie er nun erkannte, ins Wanken geraten. Rachel und er vögelten längst nicht mehr, sondern sie machten Liebe. Und jedes Mal, wenn sie miteinander schliefen, wurde die Zukunft weniger klar, und es wurde schmerzhafter, darüber nachzudenken.

23

Sie parkte den Corolla ihrer Mum am Anfang der langen Kiesauffahrt. Die Mieter hatten zwar Steine in die tiefen Fahrrillen geworfen, aber sie wollte es nicht riskieren, stecken zu bleiben. Sie würde einen Planierer und ein paar Ladungen Kies brauchen, oder eine betonierte Auffahrt wie Clarrie nebenan.

Zu Fuß machte sie sich auf den Weg die steile Auffahrt hinauf. Nach dem frühmorgendlichen Regenguss roch alles frisch und feucht. Zu beiden Seiten der unbefestigten Straße war dichter Wald gewachsen, und sie erkannte ein paar der Regenwaldbäume wieder, die ihre Mutter angepflanzt hatte, und deren Wipfel jetzt hoch über das Dickicht aus Lantanasträuchern hinausragten. Auf halbem Weg den Hügel hoch legte sie eine Pause ein. Sie war außer Atem, und ihr war ein wenig schwindelig. Zurzeit schlief sie viel zu wenig.

Sie bückte sich, um ein paar dicke blaue Quandongbeeren einzustecken, die sie ihrer Mum mitbringen wollte. Früher war Emily ein oder zwei Nachmittage die Woche mit Rachel und Scotty hier herausgefahren. Sie hatten oben geparkt und waren nach unten zum Wasserloch gestapft, wo Emily in Plastikfolie eingewickelten Kuchen und eine Flasche mit Limonade auspackte und sie auf den Felsen saßen und picknickten, während die Kinder allmählich ein Kleidungsstück nach dem anderen ausgezogen hatten. Rachel hatte es geliebt, sich in dem Wasserloch treiben zu lassen, auf den Lärm der Zikaden zu lauschen und die Bäume und den Himmel zu betrachten. Es war die ganz eigene private Welt der Familie, umgeben von den Bäumen und den Felsen, dem bewaldeten Hügel, der zum Kamm hin anstieg. Emily schwamm in ihrem schwarzen Einteiler quer durch das Wasserloch, die kurzen blonden Locken hoch über das Wasser gehalten. »Wenn wir hier wohnen«, sagte ihre Mutter dann immer, »können wir jeden Tag schwimmen gehen.« Bevor sie rechtzeitig zum Abendessen die kurvenreiche Straße zurück in die Stadt fuhren, setzten sie die Pumpe in Gang und wässerten den Obstgarten.

Rachel bog um eine Kurve der Auffahrt, und die Hütte kam in Sicht. Sie blieb wie angewurzelt stehen. Wie heruntergekommen die Hütte war. Sie sah aus, als würde sie demnächst von ihren hohen Stelzen gleiten. Rachel war seit etwa fünfzehn Jahren nicht mehr hier draußen gewesen, und das Dach war vor Rost ganz braun. Die Farbe der Holzverschalung war vor langer Zeit abgeblättert. Einst hatten ihre Eltern vorgehabt, die Hütte auszubauen. Sie hatten sogar Scottys und Rachels Schlafzimmer hinten auf dem Rasen abgesteckt: große quadratische Zimmer mit Fenstern nach Norden.

Die Mieter hatten einen großen Haufen zusammengefalteter, durchweichter Pappkartons auf dem wuchernden Rasen zurückgelassen. Am Rand des Haufens bemerkte Rachel ein Spielzeugpferd aus Plastik und hob es auf. Es war lilafarben, hatte lächerliche rehbraune Augen und einen verhedderten Nylonschweif. Rachel warf es zurück.

Sie gab sich große Mühe, nicht an Quinn zu denken. Sie war verrückt, sich einzubilden, er würde sich für sie statt für seine Ehe entscheiden. Verrückt wie jede Geliebte im Laufe der Geschichte, schätzte sie. Sie sah zu der abbruchreifen Hütte auf Stelzen empor. Verdammt, sie würde ihn vermissen, mehr, als sie je Karl nach der Trennung vermisst hatte. Sie hatte sich endlich in ihrer Heimatstadt wie sie selbst gefühlt, wie ihr richtiges erwachsenes Ich, und sie wusste, dass es etwas mit Quinn zu tun hatte und damit, wie sie sich fühlte, wenn sie mit ihm zusammen war.

Ein Ruf drang unten vom Hügel zu ihr. Es konnte nur Clarrie sein, der sich einen Weg durch das lange Gras bahnte, während ein Australian Cattle Dog vor ihm hersprang. »Ich werde das Gras mähen«, sagte er, als er sie erreichte. »Dieses Pack war ein hoffnungsloser Fall. Gut, dass deine Mum sie los ist.«

»Hi, Clarrie.« Er war magerer geworden, und seine Gesichtshaut hatte etwas seltsam Gegerbtes, Rötliches, aber ansonsten sah er genauso aus wie früher. Er trug immer noch einen Filzhut und ein zerknittertes grünes Arbeitshemd. Sie kannte ihn schon von jeher. Clarrie war ein alter Freund ihres Vaters, der sich in die Hügel zurückgezogen und ihnen wegen des Grundstücks Bescheid gegeben hatte, als es zum Verkauf anstand. Auf ihn hatte ihre Mum sich all die Jahre verlassen, wenn Mieter wegen eines Problems anriefen. Clarrie konnte alles reparieren.

»Ich habe den Wagen deiner Mum unten gesehen und schon gedacht, sie wäre es vielleicht selbst.« Er bückte sich und streichelte seinem Hund den Kopf. »Wie geht es ihr?«

»Gar nicht gut. Ich hätte beinahe nicht kommen können.«

Er schüttelte den Kopf. »Sag ihr einen lieben Gruß von mir. Sie weiß, dass ich nicht in die Stadt fahre, aber sag ihr bitte einen lieben Gruß.« Er blickte in Richtung des Geräusches eines entfernten Generators, der gerade ansprang, und nickte dann zu dem Berg aus Pappe. »Diesen Müll werde ich dir verbrennen, sobald wir ein paar trockene Tage haben. Braucht bloß einen Spritzer Petroleum.«

»Danke. Wie geht es dir, Clarrie?«

»Mir geht es gut, Liebes.« Er ging auf einen Wasserhahn ganz in der Nähe zu und rief nach seinem Hund. »Komm schon her!« Der Hund leckte Wasser aus Clarries hohler Hand. »Möchtest du vielleicht auf eine Tasse Tee mitkommen?«

»Nein danke. Ich werde mich bloß rasch umsehen. Ich muss zurück zu Mum.«

Er wischte sich die nasse Hand an der Hose ab. »Habt ihr schon neue Mieter gefunden? Ich weiß da vielleicht jemanden. Er würde sich besser darum kümmern als die letzten.«

»Eigentlich spiele ich mit dem Gedanken, selbst hier zu wohnen.« Noch während sie die Worte aussprach, wusste sie es ganz sicher. Was auch immer Quinn entschied, sie würde hier leben. Ihr schwebte ein einfaches Leben vor. Sie würde Gemüse züchten und jeden Tag im Wasserloch schwimmen gehen, wie ihre Mum es ihnen versprochen hatte. Sie würde Arbeit finden, die sie von zu Hause aus erledigen konnte, so was wie das Korrekturlesen, das sie während des Studiums gemacht hatte. Sie brauchte Quinn nicht als Grund, um zu bleiben, dieser Ort war Grund genug. Sie würde sogar den Ponton bauen, den Scotty und sie für das Wasserloch geplant hatten.

»Es ist ein Wunder, dass du es überhaupt so lange in der Stadt ausgehalten hast.« Clarrie verschränkte die Arme. »Dann wirst du es reparieren? Deine Mum wollte kein Geld hineinstecken. Aber es muss wirklich wieder in Schuss gebracht werden.«

»Ja.« Sie drehte sich um und betrachtete die Hütte. »Wirst du mir helfen?«

Er nickte lächelnd. Eine Erinnerung durchzuckte sie, wie er ihrem Vater bei der Arbeit an der Hütte geholfen hatte, wenn sie an den Wochenenden herkamen. Einmal hatte sie bemerkt, wie Clarrie ihres Vaters Unbeholfenheit im Umgang mit der Säge belächelte. Selbst als Elfjährige war ihr nicht verborgen geblieben, dass Clarrie versucht hatte, ihren Vater nicht in seinem Stolz zu verletzen. Während Clarries Rauchpausen leistete Scotty ihm Gesellschaft, und die beiden führten intensive Gespräche über den Riesen-Stachelskink oder Blauzungenskinke.

Clarrie rief seinen Hund bei Fuß. »Wirst du hier also mit … Deine Mum hat gesagt, du hast einen Partner.«

»Nur ich.«

»Na schön.« Clarrie lächelte. »Nachbarin.«

Am liebsten hätte sie ihn umarmt, hatte aber das Gefühl, dass es ihm unrecht wäre.

»Grüß deine Mum. Wir sehen uns dann ja bald wieder, Liebes.« Er drehte sich um und ging die Koppel zurück zu dem Pfad, den er durch das hohe Gras getrampelt hatte. Der Hund lief voraus, ein rot-cremefarbener Streifen.

Sie erklomm die hohen Stufen zur Veranda und betastete die Quandongbeeren in ihrer Tasche. Ihre Mum hatte es geliebt, dass die Hütte so weit oben am Hügel stand und man über die Baumwipfel bis zum Kamm in der Ferne sehen konnte.

Sie würde Quinn gern hinterm Haus noch weiter hoch zu dem anderen Kamm führen, von dem man bis zum Ozean sehen konnte. Früher hatten Scotty und sie dort Lagerfeuer angezündet und Buschbrot gebacken. Sie würde Quinn zum Schwimmen in den Bach mitnehmen, und sie würden sich auf den warmen grauen Felsblöcken ausstrecken, um sich von der Sonne trocknen zu lassen. Was sie am Morgen gesagt hatte, war nicht geplant gewesen – sie hatte vorgehabt, bis nach dem Tod ihrer Mutter zu warten –, und es war ihr einfach so unbeholfen herausgerutscht. Sie hatte seine überraschte Miene gesehen. Doch angesichts ihrer Gefühle konnte sie nicht weitermachen, ohne die geringste Ahnung zu haben, wie er empfand.

Sie öffnete die Tür und trat in die Küche. Die Sperrholzbänke waren schmierig und mit Mäusekot gesprenkelt. Unter dem Dach ertönte ein dumpfer Knall, und Staub rieselte an der Deckenleuchte herunter.

Die Vorstellung, ihn und ihre Mutter gleichzeitig zu verlieren, war schrecklich, und sie hatte Angst vor dem, was vor ihr lag. Diese kleine Hütte auf dem Land ihrer Familie war der einzige Ort, an dem sie sich vorstellen konnte, das alles durchzustehen.

24

Quinn klopfte an der Haustür und ließ die Hand einen Augenblick auf der von der aufgeheizten Sonne heißen Holztür liegen. Die Straße lag ruhig da. Alle waren vor der Hitze in die Häuser geflohen, abgesehen von ein paar Kindern, die unten am Fluss schrien.

Mit dem Schuh stieß er an einen Haufen Blaubeeren auf der obersten Stufe, und zwei rollten in den Garten. Jedes Mal, wenn er an Rachels Worte dachte – dass sie bliebe –, war ihm vor Aufregung ganz flau im Magen.

Rachel machte die Tür auf, als er gerade die Hand hob, um erneut zu klopfen. »Oh, gut, du bist es.« Ihre Stimme war gedämpft. »Ich hatte schon Angst, Shaney wäre zurückgekommen.«

Er trat ein. »Wie geht es deiner Mum?«

Sie schüttelte den Kopf, und Tränen traten in ihre Augen. Er ließ die Tasche fallen und umarmte sie, dort an der geöffneten Tür, sodass es jeder sehen konnte. Sie hielt ihn fest umklammert, und er atmete den leicht chlorigen Zitrusduft ihrer Haare ein.

Sie ergriff seine Hand. »Komm rein.«

Im Zimmer ihrer Mutter waren die Vorhänge zugezogen, und Emily lag hochgelagert in dem speziellen Pflegebett, die Augen geschlossen und den Mund verzerrt. Ihr Atem klang laut und mühsam. Es roch nach Raumspray und ein wenig nach Urin.

Rachel durchquerte das Zimmer, um die Klimaanlage zu verstellen, und Quinn zog einen Stuhl dicht ans Bett und nahm Emilys kühle, leichte Hand in seine. Der Weg, der vor ihr lag, war vorherbestimmt, und was an seinem Ende auf sie wartete, war sicherer als bei jeder Geburt.

»Emily. Ich bin es, Quinn Davidson. Ich bin hergekommen, um eine Weile bei Ihnen zu sitzen.« Der Atemrhythmus beim Sterben war so heftig, unwillkürlich musste er an all die automatischen, geräuschlosen Atemzüge im Laufe eines Lebens denken.

Rachel setzte sich behutsam auf die Bettkante ihrer Mutter und legte ihr die Hand aufs Bein, das unter der Baumwolldecke wie ein Zweig wirkte.

»Möchtest du, dass ich heute Nacht bleibe?«, fragte er.

Sie nickte. »Bitte.«

Er hielt Emilys knochige Hand, die Finger lang und elegant wie Rachels, der goldene Ehering locker. Er dachte an alles, was diese Hände getan hatten. Sie hatten Rachel als Baby gebadet, hatten ihr die Haare gebürstet, sie zu Bett gebracht und zugedeckt. Diese Hände hatten ihren ertrunkenen Sohn gehalten und anschließend weitergemacht. Und bald schon wären sie fort. Er hoffte, dass sein Vater die Hand seiner Mutter gehalten hatte, als sie starb. Aber er fragte sich auch, ob sie nicht die großen, warmen, von der Arbeit gezeichneten Hände Tebanos vorgezogen hätte.

Zwei Stunden später ging er nach draußen vors Haus, um Marianna anzurufen. Die Schatten des Nachmittags lagen über dem Gartenweg und der Straße. Es dauerte lange, bis sie an den Apparat ging. »Hallo?«

»Hi, Schatz. Ich werde heute in Corimbi übernachten. Der Wagen spielt verrückt, und ich will wirklich nicht riskieren, auf der Heimfahrt liegen zu bleiben.«

»Oh … Okay.« Im Hintergrund lief das Radio.

»Der NRMA weiß auch nicht, was damit los ist.« Vor seinem geistigen Auge konnte er den Pannendienst tatsächlich bei seinem Auto parken sehen. »In der Nähe gibt es einen Kfz-Mechaniker, und ich werde gleich morgen früh dort vorbeischauen.«

»Er hat samstags geöffnet?«

»Hat der NRMA-Typ gesagt.« Die Lügen gingen ihm leicht von der Zunge.

»Okay. Dann halt mich auf dem Laufenden. Denk dran, dass wir morgen bei Pete und Fay zum Mittagessen eingeladen sind.«

»Oh, Mist. Das hatte ich vergessen. Hoffentlich schaffe ich es, bis dahin zurück zu sein.« Eine Nachbarin, die ein paar Häuser weiter wohnte, fuhr vorbei und winkte Quinn zu. Er winkte zurück.

»Tja, ruf mich morgen früh an, wenn du in der Werkstatt gewesen bist.«

Um Mitternacht schmiegte er sich von hinten an Rachel, die auf einer Matratze am Boden döste. Er streichelte ihren Arm.

Sie regte sich und setzte sich halb auf. »Ist sie okay?«

»Unverändert. Es ist Mitternacht.«

Sie sackte zurück und blickte zur Decke empor. »Wohin, glaubst du, kommen wir?«

»Wenn wir sterben?«

»Mhm.«

»Tja … Ich mag die Vorstellung, dass unsere Energie weiterexistiert, in anderer Form. Ich kann mir nicht vorstellen, dass sie einfach verschwindet.«

»Vielleicht ist Scottys Energie ins Wasser gegangen. In die Gezeiten.« Sie drehte sich zu ihm um und berührte sein Gesicht. »Danke, dass du geblieben bist.«

»Ich bin froh, dass ich es getan habe. Sollen wir deiner Mum ein frisches Hemd anziehen? Sie ist ziemlich verschwitzt.«

Gemeinsam zogen sie Emily das Nachthemd aus, indem sie ihre steifen, dünnen Glieder behutsam durch die Ärmel manövrierten. Das Raumspray konnte den sauren, leicht fauligen Geruch im Zimmer nicht überdecken.

Er ging ins Badezimmer, wrang einen Waschlappen in warmem Wasser aus und gab ihn Rachel, die zärtlich das fahle Gesicht ihrer Mutter abwischte. Sie drehte sich zu Quinn um. »Leg dich schlafen. Ich wecke dich, falls ich dich brauche.«

Er lag da, betrachtete Rachels Gesicht im Kerzenschein und ließ zu, dass er in Gedanken das Gespräch mit Marianna führte, in dem er ihr sagen werde, er habe sich in eine andere Frau verliebt und werde sie verlassen. Er konnte sich vorstellen, die Worte zu sagen, aber über diesen Punkt hinaus reichte seine Einbildungskraft einfach nicht.

Es fühlte sich an, als hätte er nur ein paar Minuten

geschlafen, als Rachel ihn wach rüttelte. »Sie ist gestorben.« Sie kniete neben ihm auf der Matratze. Ihre Stimme war ruhig. »Ich habe gewartet und gewartet, dass der nächste Atemzug kommt, aber er kam nicht.«

Sie saßen zu beiden Seiten von Emilys Bett in der frühen Morgendämmerung, jeder hielt eine immer noch warme Hand. Endlich war Emilys Gesicht weicher geworden, die Maske der parkinsonschen Krankheit war verschwunden.

Nachdem der Bestatter Emilys Leiche fortgebracht hatte, und während Beryl in der Küche noch eine Kanne Tee kochte, saßen Quinn und Rachel auf der kühlen Hintertreppe. Er betrachtete die ordentlichen Gemüsereihen und den gemähten, üppigen Rasen. Eine Ode an ihre Mutter. »Sie ist friedlich gestorben, weißt du?«

Rachel nickte. »Ich weiß. Gott sei Dank.«

Jemand kam knirschend die Gasse zum Park entlang. »Ich habe mich entschieden, auf unserem Grundstück zu leben«, sagte sie. »Oben im Tal.«

Sein Herz tat einen Sprung.

»Wenn du nicht mit mir zusammen sein willst, Quinn, dann … Ich komme gut allein zurecht. Ich bin daran gewöhnt, mein eigenes Ding zu machen. Aber du musst dich entscheiden. So kann ich nicht weiterleben.« Sie drehte sich zu ihm, und er spürte, wie sein Leben mit Marianna verblasste.

»Ja. Ich will dich«, sagte er. Bloß diese Worte laut auszusprechen setzte Dinge in Bewegung, und er spürte bereits den qualvollen Schmerz des Moments, wenn er Marianna die Wahrheit eröffnen würde. Er griff nach Rachels Hand.

»Ich will das hier, ich will uns.« Diese Wahrheit war etwas Festes.

Zum ersten Mal seit Monaten verspürte er die selige Erleichterung der Gewissheit. Und der Ehrlichkeit.

25

Er konnte noch nicht hineingehen. Er saß auf der obersten Stufe, den Hund zu Füßen, und sah in Richtung Stadt. Auf der Rückfahrt nach Brisbane hatte er die Worte so oft laut ausgesprochen, dass sie keine Bedeutung mehr hatten. *Ich habe mich in eine andere verliebt.*

Der Geruch von gekochtem Essen, was auch immer Marianna zum Abendessen zubereitete, drang zu ihm nach draußen, und die Kinder nebenan kreischten auf ihrem Trampolin. Er stand auf, mit pochendem Herzen, und steckte den Schlüssel ins Schloss. Die Diele war düster, und beim Eintreten hörte er das Rascheln von Kleidung. Marianna stand in der Schlafzimmertür, bloß zwei Meter entfernt. Wusste sie, dass er zehn Minuten lang auf der Veranda gesessen hatte?

»Hallo.« Sie klang zurückhaltend.

Seine Augen gewöhnten sich an das trübe Licht, und er sah, dass ihre Haare wild zerzaust waren. Sie trug ein langes dunkles Kleid.

»Hi.« Er ließ die Tasche fallen, sein Herz pochte heftig. Sie kam langsam, träumerisch auf ihn zu und reichte ihm etwas Kleines und Hartes. War es ein Stift? Ein Thermometer? Er betastete es und streckte die Hand nach dem Lichtschalter aus, fand ihn jedoch nicht. Sein Magen verkrampfte sich. Was ging hier vor sich? Wusste sie bereits Bescheid?

Da fanden seine Finger ein kleines Fenster an dem Plastikstäbchen. Es war ein Schwangerschaftstest.

Sie trat dicht an ihn heran. Ihre Haare strichen an seiner Wange entlang, und sie umarmte ihn. »Ich bin schwanger.« Ihre Stimme bebte. »Sie ist zurückgekehrt. Unser Baby ist wieder da. Und diesmal bleibt sie.«

Er umfasste das kleine Plastikröhrchen fester und streichelte ihr mit zitternder Hand über die Haare.

TEIL 2

26

Jedes Mal, wenn Quinn am Mill Ridge entlang nach Hause fuhr, wartete er auf den Moment, wenn der Berg in Sicht kam, gezackt und blau in der diesigen Ferne. Dieser Pfropfen eines erloschenen Vulkans war schon seit Millionen Jahren da gewesen und würde noch lange nach Quinns Tod da sein.

Leute aus dem Süden fanden die Landschaft manchmal melodramatisch und schwülstig, aber Quinn liebte die dreieckigen Berge, das unglaublich grüne Gras und die fleischigen Pflanzen im Garten, die alle paar Wochen zurückgeschnitten werden mussten.

Er lenkte den Subaru die mit Schlaglöchern übersäte Auffahrt entlang. Gleich neben dem Weg wuchsen Bäume, und in der Luft hing Rauch. Selbst jetzt, Ende November, betrieben sie den Holzofen. Oben in den Hügeln war es zwei Grad kühler.

Die Küche in der Hütte lag ruhig und warm da. Auf dem Herd kochte etwas, und auf dem Tisch befanden sich eine offene Flasche Rotwein und verstreut herumliegende Filzstifte. Aus dem Wohnzimmer drang Gemurmel. »Hallo!«, rief er und schloss die Tür hinter sich.

»Hi!«, rief Rachel.

»Daddy!« Ned rannte durch die Tür und schlang Quinn die Arme um die Taille. Der Junge trug eine knallrote Kappe, und auf seinen Wangen klebten silberne Sternen-Sticker.

Quinn hob ihn hoch und küsste seinen warmen Kopf. »Hallo, Nudel.«

»Wir haben Hähnchen-Cacciatore zum Abendessen gekocht.« Ned lächelte, und die Sticker glitzerten. »Wir hoffen, dass es der echt laute Hahn ist.«

Rachel erschien in der Tür, die Haare hochgesteckt und die Wangen rosig. »Ich habe den Knilch beinahe den ganzen Tag vor sich hinkochen lassen, also wehe, er ist noch zäh.« Sie lehnte sich mit der Schulter an den Türrahmen, ein Glas Wein in der Hand.

»Auf jeden Fall riecht es gut«, sagte Quinn. »Hat der hier die Hinrichtung mit angesehen?«

Sie durchquerte das Zimmer und küsste ihn. Ihre Lippen waren warm und schmeckten nach Wein. »Er hat darauf bestanden.« Sie hob die Augenbrauen. »Ich habe keinen Grund gesehen, warum nicht.«

Ned tippte an Quinns Wange. »Daddy! Ich wollte, dass er herumrennt, als sein Kopf ab war, aber er hat bloß so gemacht.« Er sackte mit geschlossenen Augen und offen hängendem Mund gegen Quinns Brust.

Quinn rieb in kreisenden Bewegungen über Neds Rücken. »Und hat sein Kopf auf dem Hackklotz nicht komisch ausgesehen?«

Ned richtete sich auf. »Es hat unglaublich ausgesehen! Meinst du, Menschen würden herumlaufen, wenn man ihnen den Kopf abgehackt hat?«

»Nein. Ganz bestimmt nicht.«

Ned sah enttäuscht aus. Er war viel weniger zimperlich, als Quinn es gewesen war. Selbst als Teenager hatte Quinn nicht mit ansehen können, wie Tebano einen Hahn köpfte.

Rachel nahm ein Weinglas vom offenen Regal und schenkte Quinn etwas Rotwein ein. »Ist das die Post?«

Quinn schob die Umschläge über den Tisch und nahm mit Ned auf dem Schoß Platz. Er deutete auf die Zeichnung vor ihnen. »Was ist das, Nudel?«

Ned setzte zu einer langwierigen Erklärung an, aber Quinn registrierte die Wörter kaum. Mit zärtlichem Blick folgte er nur dem kleinen, lila und grün beschmierten Finger seines Sohnes, der leicht über das Papier fuhr.

Quinn liebte dieses Leben. Liebte die lässige Art, mit der Rachel ihm das Glas Wein reichte und sich dann umdrehte, um in dem Topf auf dem Herd umzurühren. Die friedliche Küche. Das am Ofen aufgeschichtete, gehackte Holz. Der weite Busch um sie herum. Und das Wissen, dass viele solcher Tage vor ihnen lagen.

Rachel setzte sich und öffnete Briefe, indem sie heftig an den Umschlägen riss. »Eine Karte von Mike und Heather«, sagte sie und stellte sie auf dem Tisch auf. »Sie wollen wissen, ob sie kurz vor Weihnachten zu Besuch kommen können.« Sie sah Quinn bedeutungsvoll an. »Dir ist doch klar, dass eine gewisse junge Person felsenfest davon ausgeht, dass du am 25. Dezember hier sein wirst?«

»Ach ja?« Quinn blickte auf Ned, der sorgfältig ein grünes Auto zeichnete. »Das sieht nach einem tiefer gelegten Wagen aus, Neddy. Der hätte auf unserer Auffahrt aber ganz schöne Probleme.«

»Er ist für eine Rennbahn«, murmelte Ned.

Rachel steckte Filzstifte in das Federmäppchen.

»Mummy! Räum sie nicht weg!« Ned streckte die Hand aus.

Sie schob das Federmäppchen über den Tisch. »Also, der 25.?«, wandte sie sich an Quinn.

»Lass es uns später besprechen, ja? Ist noch was von dem Camembert übrig?«

»Nein. Es gibt meinen Käse oder den Cheddar, den du gekauft hast.« Sie schenkte ihm ein Lächeln. »Wir werden Daddy schon noch zu unserem Käse bekehren, nicht wahr, Ned? Er wird uns noch anflehen, dass wir ihn machen.«

»Mmm. Darauf würde ich nicht wetten.« Quinn erhob sich und setzte Ned auf dem Stuhl ab. Er wünschte, sie würde nicht verschlüsselt vor Ned sprechen. Im Moment wollte er noch nicht einmal über Weihnachten nachdenken, nicht nach einem derart vollen Tag, nicht, wenn er sich so gut fühlte.

Er machte den Kühlschrank auf und hörte, wie Rachel weiter Post aufriss. »Wir werden anfangen müssen, unsere Weihnachtskarten zu basteln, Ned.«

Seine Zufriedenheit verebbte allmählich. Er griff nach dem Cheddar, den Rachel in ein Geschirrtuch gewickelt hatte. »Sind noch Gewürzgurken übrig?«

»Yep. In der Tür.«

Er setzte sich wieder an den Tisch und schnitt ein Stück Cheddar ab. Ned beugte sich über seine Zeichnung und malte eifrig einen Streifen blauen Himmel. Im Ofen bewegte sich ein Holzscheit. »Wie läuft es mit den Korrekturarbeiten?«, erkundigte sich Quinn.

»Langsam.« Rachel nahm den Käsewürfel, den er auf ein Messer gespießt hinhielt. »Heute war Shaneys Beerdigung.«

»O Gott, es tut mir leid! Das habe ich vergessen.« Er schüttelte den Kopf. *Mist.* »Wie war es?« Auf dem Weg zum Krankenhaus war er sogar an der Kirche vorbeigefahren, und ihm waren die vielen Autos aufgefallen. Nicht, dass er hätte aufkreuzen können. Er war Shaney einmal begegnet, auf Emilys Beerdigung. Eine bodenständige, gut aussehende Frau mit den gleichen hohen Wangenknochen wie Emily und Rachel.

Rachel kaute langsam auf dem Käse herum, den Blick auf Neds Zeichnung gerichtet. »Es war ... Beryl ist die Einzige, die aus der Generation noch übrig ist. Ich habe es wirklich gespürt, diese ... Wachablösung.« Sie schien mehr sagen zu wollen, hob aber mit dem Finger einen Käsekrümel auf und steckte ihn sich in den Mund. Er wusste, wie sehr sie Shaney geliebt hatte.

»Die Pumpe hat nun doch den Geist aufgegeben«, meinte sie. »Ich habe eine Onga gekauft. Teuer, aber hoffentlich wird sie länger halten.«

»Was heißt denn teuer bei einer Pumpe?«

»Fast ein Riese.«

Er nickte und versuchte, den versalzenen Käse nicht hinunterzuschlingen. Sein Mittagessen stand immer noch im Kühlschrank bei der Arbeit. »Auf dem Farmkonto sollte reichlich Geld sein.«

»Ja.«

Ned blickte auf. »Sie war ganz vorne im Sarg. Aber bloß ihr Körper. Nicht ihre Seele.«

Quinn neigte den Kopf zu seinem Sohn. »Hat sich das komisch angefühlt?«

»Es war in Ordnung. Wie lange noch bis zum Hähnchen-Cacciatore, Mummy?« Ned schob das Blatt Papier über den Tisch zu Quinn. »Das ist für dich. Um es in deiner Praxis aufzuhängen.«

»Danke.« DADDY und NED stand da in großen blauen Buchstaben, und neben dem Rennwagen befand sich ein Weihnachtsbaum mit einem Stern an der Spitze.

»Essen ist jederzeit fertig«, sagte Rachel. »Quinn?«

»Ich bin am Verhungern. Gehen wir deine Hände waschen, Ned.« Als Quinn sich umdrehte, um den Käse in den Kühlschrank zurückzuräumen, sah er, wie Ned vom Stuhl rutschte. Der Junge stieß mit dem Gesicht an den Tisch und hielt sich die Hände vor den Mund, die Augen weit aufgerissen. Das Blut lief ihm schon zwischen den Fingern hindurch. Quinn hob ihn hoch, während Ned, die tränennassen Augen starr auf seinen Vater gerichtet, ein schrilles Schreien ausstieß.

»Okay. Lass mich mal sehen.« Mit der freien Hand zog Quinn behutsam Neds Hände vom Mund. Helles Blut strömte Neds Kinn hinunter und auf Quinns weißes Hemd. Es war zu viel Blut, als dass Quinn auf Anhieb die Wunde hätte finden können. Er bewegte den Kopf, um Ned in die Augen zu sehen. »Atme langsam durch die Nase ein, Schatz.« Er machte es vor. »Ich setz dich jetzt auf Mummys Schoß.«

Er bückte sich nach seiner Tasche und suchte nach seinem Otoskop. Als er sich wieder aufrichtete, fiel sein Blick auf die rot-grüne Papiergirlande über dem Türrahmen und einen laienhaft ausgeschnittenen, mit Tesafilm an die Wand geklebten Weihnachtsbaum. *Mist.* Weihnachten. »Mach den Mund auf, Darling. Lass Daddy einen Blick hineinwerfen.«

Ned hörte zu weinen auf und atmete schluchzend.

Rachel drückte ihm die Lippen auf den Kopf. »Gut so«, murmelte sie. »Gut so.«

Quinn leuchtete in Neds Mund, der vor Blut und Speichel rosafarben glänzte. Behutsam hob er die Oberlippe. Von Neds Lippenbändchen quoll Blut hervor. »Da ist eine kleine Wunde. Es wird schon besser. Drück die Finger gleich hier unter die Nase.«

Er legte die eigenen Finger über Neds und hielt dann mit der anderen Hand seinen Kopf, jenes warme Rund, das seit dem Tag seiner Geburt so perfekt in seine Hand passte. Er wusste, dass Ned ihn nicht weniger lieben würde, wenn er an Weihnachten nicht da war, und die Hingabe seines Jungen traf ihn mitten ins Herz.

Er kletterte neben ihr ins Bett, und sie rutschte ein Stück zur Seite und fädelte ihre Beine zwischen seine. Ihre Haut war warm und trocken.

Ihr Bett stand in einer Nische, an drei Seiten von Fenstern umgeben, sodass Quinn immer das Gefühl hatte, als trieben sie in einem Meer aus Bäumen, einem Meer, das bis zur Spitze des Hügels und darüber hinaus ins nächste Tal reichte.

»Wie fühlst du dich? Nach der Beerdigung?«, fragte er.

»Eigentlich okay. Nichts könnte je so schrecklich sein wie Mums Beerdigung.«

»Ja, klar.« Er nickte. »Also, Weihnachten …«

Rachel drehte sich zu ihm, und ihn erreichte ein warmer Lufthauch vom Bett, der nach ihr roch. »Es ist der Kindergarten«, erklärte sie. »Weihnachten ist da ein Riesenthema, und das hat sich bei ihm total festgesetzt. Es ist eine richtig fixe Idee geworden.«

»Wie denn genau? Eine fixe religiöse Weihnachts-Idee?«, fragte er.

»Nein, eher eine fixe romantische Weihnachtsmann-Idee.« Seufzend schmiegte sie sich näher an ihn. Quinn fand es so angenehm, wie ihre Glieder und Kanten an ihn passten. »Er hat beschlossen, dass er einen Weihnachtsbaum mit einem Stern oben will und dass wir alle an Weihnachten die Geschenke unter dem Baum auspacken sollen.«

»Das hat er gesagt?«

»Ich weiß.«

»Ich wette, all dieser sentimentale Weihnachtskram wäre ihm erspart geblieben, wenn er dieses Jahr in die Grundschule gekommen wäre.«

Sie seufzte. »Lass uns nicht wieder damit anfangen. Er wird in ein paar Monaten in die Schule für Große gehen.« Ihre Stimme war leise. »Weißt du, erst habe ich angefangen, mir Geschichten auszudenken, um ihm zu erklären, warum du zu Weihnachten wieder nicht da sein wirst. Und dann habe ich mir gedacht, nein, das ist deine Aufgabe.«

Hitze wallte in seiner Brust und seinem Gesicht auf. »Ja. Ich kann das machen.«

Sie erwiderte nichts, und das Schweigen zog sich in die Länge. Die Eukalyptusbäume draußen rauschten, und er wünschte, er wäre im Freien inmitten ihrer unerschütterlichen silbrigen Stämme.

»Hör mal.« Sie lehnte sich von ihm weg und stützte sich auf einen Ellbogen. »Ich muss wissen, ob Ned immer an zweiter Stelle kommen wird.«

»Das tut er nicht.« Er streckte den Arm nach der Nachttischlampe aus, aber sie packte seine Hand.

Ihr Gesicht war nah, aber er konnte sie kaum erkennen. »Ach, komm schon, Quinn«, meinte sie. »Die beiden stehen seit jeher an erster Stelle.«

Er entzog ihr die Hand und fand den Lichtschalter. »Das ist ungerecht.«

Sie kniff die Augen im Licht zusammen und zog die Decke hoch. »Ich sehe ihm zu, wie er seine Papierweihnachtsbäume bastelt und sich Pläne für Weihnachten erträumt, und er ist so aufgeregt … und ich kann nur an die Lügen denken. Dieses Haus ist voller Lügen, und ich habe Angst, dass sie ihn vergiften.«

Quinn seufzte und presste sich die Finger fest auf die Augen. Er wollte ihr sagen, dass überall Lügen seien, dass die Gesellschaft auf Lügen aufgebaut sei, und dass Ned die hingebungsvolle Liebe von zwei Elternteilen besitze, und das sei mehr, als viele Kinder hätten. »Er wird von gar nichts vergiftet«, meinte er und nahm die Finger von den Augen.

»Moment mal. Er ist ständig von Lügen umgeben. Er fragt, wann du nach Hause kommst und was du machst, und ich muss sagen, dass du in Brisbane arbeitest.«

»Was auch stimmt.«

»Er fragt, warum du nicht die ganze Zeit zu Hause wohnst, wie Corys Dad. Und egal, was für eine Geschichte wir uns als Erklärung einfallen lassen, er wird sie immer wieder hören wollen. Und ich werde sie ihm erzählen müssen …

immer wieder.« Sie seufzte. »Und wenn wir ihm eines Tages die Wahrheit sagen, wie wird das für ihn sein? Zu wissen, dass wir gelogen haben?«

Quinns Herz schlug rasend schnell. »Das klingt, als ob du das Gefühl hast, dass ich dich da reingezogen habe.«

»Nein. Ich habe es selbst auch gewollt.« Sie wandte sich ihm zu. »Irgendwie habe ich es geschafft, mir einzureden, dass wir es hinkriegen würden. Aber …«, sie zuckte die Schultern, »… er hat keine Ahnung, dass er eine Schwester und einen Großvater hat … Und wenn ich bedenke, was wir ihm über Ehrlichkeit beibringen, könnte ich verzweifeln.«

»Warum fängst du jetzt davon an?«

»Shaneys Beerdigung hat mir zu denken gegeben …«

»Was willst du eigentlich, Rachel?« Er hörte die Schärfe in seiner Stimme, und er wusste, dass es unfair war.

»Ich möchte, dass die Dinge offen daliegen. Ich hätte vor langer Zeit darauf bestehen sollen. Sag mir, *wann* genau du dir gedacht hast, es ihm zu sagen?«

»Oh, Rachel. Ich weiß es nicht.« Er knipste das Licht aus und legte sich wieder hin. Es fühlte sich nicht mehr wie das Bett an, in das er vor ein paar Minuten gestiegen war.

»Ich weiß nicht, ob du gesehen hast, wie er dich heute Abend angeschaut hat, als du seinen Mund untersucht hast?« Ihre Stimme wurde weicher. »Ich habe beobachtet, wie er dir zugesehen hat. Er war ganz ohne Scheu. Mich sieht er nicht mehr so an. Er vertraut dir vollständig, weißt du? Er würde dir sein Leben anvertrauen.«

In Quinns Augen traten Tränen, und er war froh um die Dunkelheit. »Und ich würde alles für ihn tun. Ich würde mein Leben für ihn hingeben.«

»Dann tu es. Schenke deinem Jungen die Wahrheit.«

»Du weißt, was das bedeutet.«

»Ich weiß, was du glaubst, was es bedeutet, aber ich bin nicht überzeugt, dass Marianna es deshalb unbedingt herausfinden wird.«

»Vielleicht nicht sofort.«

»Und ich kann einfach nicht glauben, dass sie dir Adie vorenthalten würde. Ich meine ... wirklich?« Rachel drehte sich, sodass sie ihm den Rücken zukehrte. »Ich möchte, dass Ned bei dir zur Abwechslung einmal an erster Stelle kommt.« Ihre Stimme war kühl. »Du weißt, dass wir Weihnachten mit Bill verbringen werden, wenn du nicht hier bist.«

»Was ist das? Eine Drohung? Komm schon ...« Er streckte die Hand nach ihr aus.

Sie schüttelte seine Hand ab. »Du willst doch bestimmt nicht, dass wir es allein feiern? Weihnachten?«

»Nein.«

»Du wirst es mit Marianna und Adie verbringen.«

Er streckte wieder die Hand nach ihr aus, nach einer Versicherung, dass sie immer noch am gleichen Strang zogen. Ein paar Augenblicke reagierte sie nicht, dann drehte sie sich um, ertastete sein Gesicht mit den Händen und küsste ihn leidenschaftlich. Sie schwang sich auf ihn, und sie vögelten leise. Er packte sie an den Hüften, aber er war nicht bei der Sache, war sich der Bäume draußen bewusster als seines Körpers. Sie kam schnell und atmete scharf aus, aber bei Quinn war es noch lange nicht so weit. Er suchte in Gedanken nach einem Bild und dachte daran, wie er sie gegen Bills Badezimmerwand gevögelt hatte, das Gefühl, als er zum ersten Mal in sie eingedrungen war. Dann stellte er sich vor, wie sie und Bill miteinander vögelten, was sie auch getan hatten, das wusste er, und er kam auf der Stelle. Sie rollte von ihm herunter, und sie lagen schweigend da.

Der Wind war stärker geworden, und Quinn lag nun schon seit mindestens einer Stunde da, döste ein und erwachte dann wieder, weil Rachel sich bewegte oder wegen eines Zweigs, der auf das Dach fiel. Er mochte das Gefühl nicht, derart in den Schlaf zu sinken und wieder aufzutauchen. Er erinnerte sich daran, wie er am Boden eines der großen Auslegerkanus vor der Insel geschlafen hatte, während Tebano und sein Sohn gefischt hatten. Quinn war etwa acht Jahre alt gewesen, und die Bewegung des Bootes weckte ihn und schläferte ihn gleichzeitig wieder ein. Er hatte sich aufsetzen und mit ihnen fischen wollen, doch er konnte die Augen nicht offen halten, und seine Gliedmaßen waren wie gelähmt. Er machte sich Sorgen, dass sich Tebano und sein Sohn über ihn lustig machten, doch jedes Mal, wenn er aufwachte, schauten sie nur aufs Meer und unterhielten sich leise auf Kiribatisch. Es dauerte ein paar Jahre, bis er begriff, dass Tebanos Besuch bei ihm zu Hause, um ihn zum Fischen mitzunehmen, nichts mit Quinn zu tun gehabt hatte.

Ned schrie im Schlaf auf, eine Reihe gebrabbelter Wörter. Quinn schlüpfte aus dem Bett und schaltete das Licht im Flur ein. Ned hatte die Arme über den Kopf geworfen, und sein Gesicht war die glatte, reine Maske des Schlafes. Auf dem Kopfkissenbezug befand sich ein kleiner Blutfleck, und seine Oberlippe war geschwollen und blutunterlaufen. Quinn kniete sich an das Bett und wusste, dass Rachel unrecht hatte. Dieser Junge, der in seinem Bett schlief, die Atmung gleichmäßig und ruhig, wurde von nichts vergiftet.

Er schob Ned zur Seite und legte sich neben ihn. Wenn sie es Ned sagten, dann würde Ned es jemandem erzählen, einem Freund oder einer Lehrerin, und schon bald würde das Gerücht den Highway entlangwandern. Wie lange würde es dauern? Tage? Wochen? Ein paar Monate? Und dann würde er seine Tochter verlieren, und seine Tochter würde ihn verlieren. Daran bestand nicht der geringste Zweifel.

27

Mit gespannter Miene drückte Adie das Ohr an die Schlafzimmerwand. »Ich kann sie hören. Hör du mal, Mama.« Sie tippte mit dem Finger an die Bretter.

Marianna ging in die Knie und legte ein Ohr an das kühle Holz. Adies Gesicht lag bloß ein paar Zentimeter von ihrem entfernt. Aus der Hohlwand drangen Gekrabbel und ein leises Quieken. Marianna stellte sich kleine blinde Mäusebabys vor, die sich in einem stinkenden Nest an ihre Mutter schmiegten.

Adies Gesicht verzog sich zu einem Lächeln. »Hast du sie gehört?« Sie verlagerte das Gewicht zurück auf die Fersen. »Daddy sagt, vielleicht machen wir die Wand auf und holen sie heraus.«

»Das hat er nicht gesagt, oder?« Tatsächlich hielt Marianna es für gut möglich, dass Quinn versprochen hatte, ein Loch in die Wand zu sägen.

Adie rückte ihr Schlafanzugoberteil zurecht. »Mhm. Hat er.« Sie lächelte. »Sie hören uns übrigens reden. Aber sie haben Angst vor uns. Wir sind wie Tyrannosaurus Rexe für sie.« Sie presste wieder ein Ohr an die Wand.

Marianna tat so, als würde sie auf die Mäuse lauschen, dabei betrachtete sie in Wirklichkeit Adies Gesicht, den Farbfleck in ihren grünen Augen und ihren Mund, der im einen Moment fest und beinahe gespitzt aussehen und im nächsten sinnlich lächeln konnte. Einen Augenblick sah Marianna das Frauengesicht, das sich dereinst entwickeln würde.

Adie betrachtete sie mit zusammengekniffenen Augen. »Was schaust du dir an?«

»Dich. Dein hübsches Gesicht. Sie quieken immer noch vor sich hin, nicht wahr?«

Adie nickte lächelnd.

Adie anzusehen war anfangs so gewesen, als würde sie sich im Spiegel betrachten, denn das Gesicht ihres Babys schien ihr so vertraut. Sie fragte sich, ob andere Frauen auch den Irrtum begingen zu glauben, ihr Baby wäre ein Teil von ihnen. Als Adie erst ein paar Wochen alt war, hatte Marianna versucht, es Quinn zu erklären, und er hatte belustigt ausgesehen.

»Ich *weiß*, dass sie ein anderer Mensch ist«, hatte Marianna gesagt. »Es ist bloß ein Gefühl.«

»Vielleicht hat es mit der Evolution zu tun?«, meinte er. »Damit man das Baby beschützt.«

»Vielleicht.«

Für Marianna war es, als hätte ihr heftiger Wunsch dazu geführt, dass ihr eigenes Fleisch und Blut in diesem Wesen Gestalt annahm. Gesagt hätte sie es niemandem, aber ein Teil von ihr hatte wahrhaftig das Gefühl gehabt, dass Adie ihr Besitz war. Als ihre Tochter dann heranwuchs, hatte Marianna erkannt, dass Adie ein ganzes, ihr unbekanntes Leben, losgelöst von dem ihrer Mutter, besaß: ihre Gedanken, all die Dinge, die sie tat, wenn sie allein war, die geflüsterten Selbstgespräche, die sie führte.

Auf der Veranda erklang ein lautes Geräusch. Adie nahm mit erwartungsvoller Miene das Ohr von der Wand. »Ist das Daddy?«

»Nein. Noch zwei Nächte, dann ist er wieder zu Hause. Wahrscheinlich ist es Lucy, die Hündin.«

Marianna war es leid, Quinn zu bitten, mit der Arbeit in Corimbi aufzuhören. Sie wusste, dass er es im Nachhinein bereuen würde, diese kostbaren frühen Jahre mit Adie verpasst zu haben.

»Bettzeit, Missy«, sagte Marianna. »Die Mäuse müssen auch schlafen.«

»Ich glaube nicht, dass sie viel schlafen. Ich höre sie in der Nacht herumlaufen.« Adies kurze Haare standen nach ihrem letzten Versuch, sich selbst die Haare zu schneiden, über den Ohren in Büscheln ab. Marianna hatte es aufgegeben, sie zum Friseur zu bringen, um nachbessern zu lassen.

»Ich wette, dass sie herumlaufen. Ab ins Bett, Schatz.«

Sie zog die Decke bis an Adies Kinn und steckte sie an den Seiten fest. Adie schloss die Augen und drehte sich auf die Seite, den Daumen im Mund. Marianna saß an der Bettkante und streichelte die Schulter ihrer Tochter. Wenn Adie gebadet und warm war, in einem sauberen Schlafanzug und sauberer Bettwäsche, geschützt in ihrem soliden, wetterfesten Haus, quoll Mariannas Herz vor Zufriedenheit über. Bevor sie Adie bekommen hatte, hatte sie Menschen verurteilt, die sagten, dass sie ihre Kinder am meisten liebten, wenn diese schliefen. Jetzt wusste sie, was sie meinten, und fragte sich, ob es daran lag, dass ein schlafendes Kind – so ganz bar seiner Handlungsfähigkeit und seines Willens – wieder wie der Besitz der Eltern war.

»Gute Nacht, Darling. Schlaf gut.« Sie küsste Adies Stirn und ging durch den Flur zur Küche. Wieder drang ein kratzendes Geräusch von draußen herein, und die Verandabeleuchtung mit Bewegungsmelder schaltete sich klickend ein.

Sie öffnete leise die Haustür. Der Garten war erhellt, die großen Frangipaniblätter bewegten sich in der Brise. Ihr Herz machte einen Satz, als sie am Fuß der Treppe einen Mann erblickte, dann erkannte sie, dass es Quinns Dad war. »Evan!«

Er drehte sich lächelnd zu ihr hoch. »Oh. Hi, Marianna.« Entschuldigend hob er die Hände. »Ich habe bloß einen Brief für Adie vorbeigebracht. Ich wollte dich nicht stören.«

»Einen Brief?«

Mit einem verlegenen Lächeln stieg er wieder die Treppe hoch. »Wir haben einen Briefkasten. Wir hinterlassen einander Nachrichten.« Er deutete auf eine kleine Holzkiste auf der anderen Seite eines Verandapfostens, die Marianna noch nie aufgefallen war. Sie war weiß gestrichen und hatte an der Seite einen Schlitz.

Er erreichte den Treppenkopf. »Ich habe ihn für sie gemacht. Eigentlich soll es ein Geheimnis vor dir und Quinn sein, aber ich glaube, Quinn hat ihn bemerkt.«

Marianna lächelte. »Bist du den ganzen Weg hergelaufen?«

Er nickte. »Ich wollte, dass sie ihn morgen bekommt, weil in der Vorschule doch Spiontag oder so etwas ist. Ich kann ihn dir zeigen, wenn du willst, aber er ist in Geheimcode geschrieben. Bilder und ein paar vereinbarte Wörter.«

»Warum kommst du nicht rein?« Ein Windstoß ließ die Blätter und Äste um sie herum rascheln.

»Ist schon gut. Du hast bestimmt zu tun.«

»Komm und trink etwas. Iss mit mir zu Abend.« Er war noch nie einfach so abends aufgetaucht, und sie fragte sich, ob etwas nicht stimmte. Die Vorstellung, ihn eine Stunde lang zu Fuß zu seinem Apartment am Fluss gehen zu lassen, gefiel ihr nicht. Der Hund kam um die Ecke getapst und ließ sich mit wedelndem Schwanz neben Marianna nieder.

Er zögerte. »Okay, danke. Gern.«

Er trat sorgfältig die Ledersandalen auf der Fußmatte ab, und Marianna verkniff es sich, zu sagen, dass es nicht nötig sei. Sie ging hinter ihm den Flur entlang und schloss Adies Tür.

In der Küche holte sie Gemüse aus dem Kühlschrank und fing an, eine Zwiebel für eine asiatische Pfanne zu schneiden. »Warum gießt du uns nicht etwas zu trinken ein?«, fragte sie.

»Ja, ja. Was darf es denn sein, Madam?« Er faltete die Hände.

»Ein Glas von dem Weißwein aus der Kühlschranktür, bitte. Wir haben auch Bier, Gin …«

»Ich nehme Wein.«

Sie beobachtete ihn, wie er vorsichtig den Wein einschenkte, und fragte sich, ob Quinn so als alter Mann aussehen würde: drahtig, markantes Gesicht, mit einem weißen Haarschopf. Quinn hatte ihr erzählt, dass sein Vater ein strenger Inselverwalter gewesen sei, von den meisten Arbeitern respektiert, aber nicht gemocht. Vielleicht war diese Strenge zusammen mit dem Posten verschwunden oder jetzt gut verborgen. Sie erblickte lediglich einen etwas reservierten alten Mann, der an den meisten Wochenenden zu ihnen zum Essen kam und stets eine Weinflasche und Blumen mitbrachte.

Er reichte ihr ein Glas. »Prost!«, sagte sie. »Vielleicht könntest du Adies Zeug ans andere Tischende schieben und zwei Sets für uns hinlegen?«

Methodisch schichtete er Adies Zeichnungen und Bücher auf einer Seite des Küchentisches zu einem Stapel auf.

Marianna goss Öl in den Wok und drehte sich dann wieder zu ihm zurück. »Evan, hoffentlich ist das jetzt nicht zu dreist, aber … bist du manchmal einsam in deiner Wohnung?«

Er lächelte, eine Schachtel mit Buntstiften in der Hand. »Glaubst du, dass ich deshalb heute Abend hergekommen bin?«

»Ich möchte auf keinen Fall, dass du einsam bist.«

»Es ist alles relativ, findest du nicht?« Er legte die Schachtel auf den Tisch und drückte auf den Deckel, bis er zuschnappte. »Ich bin einsamer gewesen, als ich in einem Haushalt voller Leute lebte.«

»Wirklich?«

Er nickte. »Zum Beispiel, als Bess mit Tebano angebandelt hat. Wenn man die Art von Einsamkeit erlebt hat, verblasst im Grunde alles andere.«

»Tebano?« Sie nahm den Wok vom Herd, bevor das Öl zu rauchen anfing.

Er zog einen Stuhl hervor und setzte sich. »Du weißt schon, ihr Liebhaber. Auf der Insel.«

»Oh.« Sie errötete. Sie hatte keine Ahnung, wovon er sprach.

Er musterte sie einen Augenblick, während er am Stiel seines Weinglases herumspielte. »Ich dachte, Quinn hätte dir davon erzählt. Aber vielleicht wollte er es einfach nur vergessen.«

Sie schüttelte den Kopf. »Er hat mir nicht davon erzählt.«

»Wie dem auch sei, die Nachricht habe ich nicht hergebracht, weil ich einsam bin ... oder zumindest nicht einsamer als sonst. Ich weiß nur, dass Adie morgen gleich als Erstes in dem Kasten nachsehen wird.« Lächelnd deutete er auf das Schneidebrett voll geschnipseltem Gemüse. »Kann ich dir irgendwie behilflich sein?«

»Du könntest die Fischsoße aus dem Kühlschrank holen.« Sie wandte sich wieder dem Wok zu. »Oberstes Fach rechts.« Als sie sich kennengelernt hatten, hatte Quinn ein wenig von der Insel gesprochen und ihr vom Baden im Meer und den gespenstischen spitzen Türmen erzählt, die nach dem Phosphatabbau übrig waren. Dass seine Mutter eine Affäre gehabt hatte, hatte er allerdings mit keinem Wort erwähnt.

Evan stellte die Flasche mit der Soße auf die Arbeitsfläche. »Würdest du normalerweise nur für dich eine Chinapfanne machen?«

»Tja, gewöhnlich esse ich mit Adie, aber heute hat sie so früh Abend gegessen.« Die Zwiebeln brutzelten, als sie mit dem Öl in Berührung kamen. »Warum bleibst du nicht über Nacht, dann sieht Adie dich am Morgen? Das fände sie toll.«

Er betrachtete sie mit dem Anflug eines Lächelns und nickte dann. »Danke. Ich würde sie gern sehen.«

»Gut.« Sie schob mit ihrem Metallspachtel Gemüse im Wok herum. »Ich hätte gern noch etwas Wein, wenn es dir nichts ausmacht.«

Später lag sie im Bett und wünschte sich, sie hätte nach dieser Tebano-Geschichte gefragt, doch es war ihr peinlich gewesen, dass Quinn ihr nichts erzählt hatte. Schämte er sich vielleicht? Oder war es, wie Evan sagte: keine Sache, an die er sich erinnern wollte? Der Wind blies über die Veranda und fegte knallend einen Gegenstand gegen das Haus. Sie kletterte aus dem Bett und holte auf der Veranda Adies Plastikstuhl zurück und klemmte ihn hinter dem Rattantisch fest. Im Gästezimmer schimmerte Licht durch die Vorhänge, und sie stellte sich vor, wie Evan in Quinns grünem T-Shirt aufrecht im Bett saß und Adies Buch über Drachen las. Wie unmöglich es gewesen wäre, so eine entspannte, angenehme Mahlzeit mit ihrem eigenen Vater zu genießen. Sie hatte ihren Vater seit sechs Jahren nicht mehr gesehen, auch wenn sie ihn bei Anrufen ihrer Mutter manchmal im Hintergrund hörte. Ihre Mum kam immer noch jeden Freitag nach dem Tennis zum Mittagessen vorbei, und um drei Uhr spazierten sie gemeinsam den Hügel hinunter, um Adie von der Schule abzuholen. Gelegentlich nahm Gail Adie mit nach Hause, sodass Adie ihren Großvater zwar kannte, aber sie redete nie von ihm und freute sich immer viel mehr darauf, Evan zu sehen.

Marianna wusste, dass sich ihre Mutter nach einer Annäherung sehnte, aber wenigstens versuchte sie nicht mehr, sie einzufädeln. Marianna vermisste ihren Vater überhaupt nicht, sie wünschte sich bloß, sie hätte einen anderen Vater gehabt. Doch ein anderer Vater hätte eine andere Tochter gezeugt. Auf gewisse Weise musste sie die Tochter ihres Vaters sein, nicht wahr? Schließlich trug sie seine DNS in sich.

28

Als Quinn die Praxistür öffnete, balancierte Carol gerade auf einem Stuhl und hängte silbernes Lametta über den Empfangstisch. Auf dem Boden quoll diverse Weihnachtsdekoration aus einem Pappkarton: Plastikweihnachtsmänner und Weihnachtskugeln; Letztere hatte er Carol in den vergangenen fünf Jahren jeden November aufhängen und im Januar wieder abnehmen sehen.

Sie kletterte in einer Wolke aus süßlichem Parfüm herunter. »Wer hätte das gedacht?«, meinte sie. »Jim spendiert dieses Jahr einen echten Weihnachtsbaum.« Sie trat zurück und betrachtete ihr Werk. Dann senkte sie die Stimme. »Muss beim Pferderennen gewonnen haben.«

Die Türklingel hinter ihnen bimmelte. Die erste Patientin. Carol sah Quinn mit hochgezogenen Augenbrauen an und blickte ihm dann über die Schulter. Ihre Stimme wurde zuckersüß. »Guten Morgen, Ellen. Nehmen Sie Platz, meine Liebe.«

In der Kleinküche stellte Quinn seine Lunchbox mit zähem Hähnchenfleisch neben den Behälter mit Mariannas Curry von gestern. Carol hatte einen Stechpalmenzweig aus Plastik mit Tesafilm über die Mikrowelle geklebt, und Quinn dachte an Neds rot-grüne Papierkette, die zu Hause über der Tür hing. Er stellte sich vor, wie die kleinen Finger seines Sohnes das Papier zurechtschnitten und die Enden zusammenklebten. Etwas am Anblick von Neds Fingern – so klein, so zart, so entschlossen beim Erlernen von Erwachsenenaufgaben – versetzte ihm einen Stich ins Herz.

Am Morgen hatte er Ned früh geweckt, gleich bei Sonnenaufgang, und sie waren den Pfad zum Bach hinuntergegangen und von einem Felsen zum nächsten bis zum Ninth Crossing gesprungen. Wie gewöhnlich war Ned vorangegangen und hatte sich immer wieder grinsend zu seinem Vater umgeschaut, während sich seine nackten Füße an den glatten Felsen klammerten. Sie hatten kaum geredet, der plätschernde Bach und der morgendliche Vogelgesang hatten eine angenehme Geräuschkulisse um sie herum gebildet. Quinn hatte über Rachels Worte nachgedacht – dass Ned alles für Quinn täte – und auf einmal unwillkürlich einen Augenblick reglos innehalten müssen. Während er so auf einem kühlen grauen Felsen stand, hatte ihn eine nagende Angst beschlichen. Ned hatte klein und verletzlich ausgesehen, wie er so einen riesigen Felsblock vor ihnen hinaufgeklettert war, und Quinn war ihm nachgeeilt.

Die Möglichkeit, seine Kinder zu verlieren, hatte er ständig im Hinterkopf. Er war kein bisschen auf die alles verschlingende, furchterregende Liebe vorbereitet gewesen, die er für sie empfand. Er wusste, dass jeder Vater sie auf die eine oder andere Weise empfand, dieses grenzenlose Gefühl, aber nach der vergangenen Nacht fühlte sich seine Beziehung zu ihnen sogar noch prekärer an.

Von dem Augenblick an, als Adie geboren wurde, hatte Quinn befürchtet, sie zu verlieren. Natürlich hatte er immer gewusst, dass eines Tages alles herauskäme, dass er sich nur so viel Zeit wie möglich mit ihr erkauft hatte. Dass er Erinnerungen für sie schuf, Erinnerungen daran, mit ihrem Vater zusammenzuleben, Teil einer Familie zu sein. Er wusste, dass Marianna fähig wäre, seinen Kontakt zu Adie zu unterbinden, oder es ihm zumindest schwermachen würde, seine Tochter zu sehen. Er hatte mit angesehen, wie sie trotz der Versöhnungsversuche ihrer Mutter an ihrem Zorn auf ihren Vater festhielt.

Sein Handy klingelte in der Tasche, als er die Kühlschranktür schloss. Es war Marianna. »Hi«, sagte er. Sie rief ihn fast nie in der Arbeit an.

»Hi. Ähm, ich wollte dir bloß Bescheid geben, dass dein Vater gestern Abend hier aufgetaucht ist.« Sie sprach leise.

»Wirklich? Geht es ihm gut?«

»Er sagt Ja. Aber ich frage mich, ob er einsam ist.«

»Ja, klar.« Er erinnerte sich daran, wie sein Dad aufrecht in dem glänzenden Apartment gesessen hatte, das Quinn für ihn in Brisbane gefunden hatte, nachdem sein Dad entschieden hatte, dass er nicht noch einen Winter in Sydney durchstehen könnte. Quinn wusste, dass er ihn öfter besuchen sollte. »Ich rufe ihn mittags an.«

»Tja, er ist immer noch hier. Er ist über Nacht geblieben. Sie machen irgendetwas mit dem Morsealphabet im Wohnzimmer.«

»Mädchen-Spion und Großvater-Spion?« Quinn lächelte.

»Genau.«

»Danke, dass du dich um ihn kümmerst.«

»Ach ja. Adie findet es toll, wenn er hier ist. Ich habe ihr von der Vorschule freigegeben. Sie besteht darauf, dass wir

Nationalen Spiontag haben … aber ich glaube, das hat sie sich ausgedacht …« Ihre Stimme verlor sich. »Ich will dich nicht aufhalten.«

»Grüß Dad und Adie von mir.«

»Tschüss.«

Jedes Mal, wenn Quinns Dad zu Besuch war, spielte er stundenlang mit Adie, skizzierte Pläne für ein neues Stockwerk des Baumhauses oder hob hinten im Garten eine Grube aus. Rachel hatte recht, es war verrückt, dass Ned seinen Großvater noch nicht kennengelernt hatte.

Es klingelte wieder an der Eingangstür der Praxis, und im Wartezimmer hustete jemand trocken. Quinn nahm die Stechpalme über der Mikrowelle ab und warf sie in den Müll.

Ellen Clark mied seinen Blick. Sie war drei Mal in der Sprechstunde bei ihm gewesen, und gewöhnlich hatte sie eine nüchterne, direkte Art. Diese Art hatte sie wohl im Laufe der Jahre entwickelt, um neugierige Fremde, die ihren Sohn mit angewiderter Faszination anstarrten, zum Wegsehen zu zwingen.

Heute war sie allein gekommen. Er breitete ihre Untersuchungsergebnisse auf dem Schreibtisch aus. »Tja, ich konnte keine Ursache für Ihre Erschöpfung finden.« Er blickte auf. »Im Grunde habe ich alles, was sich testen lässt, ausgeschlossen.«

Sie nickte und sah aus dem Fenster. Ihr majestätisches Profil war ihm bisher noch nie aufgefallen.

»Wie geht es Ihnen heute?«

Sie drehte sich zu ihm und schüttelte den Kopf. »Unverändert. Ich kann kaum einen Fuß vor den anderen setzen.«

Quinn mochte diese Frau. Er mochte es, wie sie mit ihrem Sohn umging: gütig und warmherzig und sachlich. Einmal hatte er sie im Supermarkt gesehen und war stehen geblieben, um zu beobachten, wie sie Noel alles mit starker, klarer Stimme erklärte. Sie setzte ihrem Sohn auseinander, warum sie eine Nudelmarke kaufte und nicht die andere und was sie zum Abendessen plante. Ein andermal hatte er mitbekommen, wie sie beim Kühlregal tanzte, die Ellbogen hin und her schwang und auf und nieder hüpfte, als Teil einer Geschichte, die sie ihm gerade erzählte. Sie hatte Quinn gesagt, dass Noel – der jetzt fünfundzwanzig war – einiges von dem verstehe, was sie sage, auch wenn die Ärzte in Brisbane, die sie konsultiert habe, anscheinend nicht glaubten, dass er überhaupt viel verstehe.

»Und es hat sich sonst nichts geändert, seitdem Sie das letzte Mal hier waren?«, fragte er. »Gewicht? Appetit? Irgendwelche Schwindelgefühle? Schmerzen ... oder Stimmungsschwankungen?«

Bei ihrem Anblick kam ihm das Wort »sauber« in den Sinn. Sauber und aufgeräumt. Er konnte sie sich als junge Frau vorstellen, wie sie mit rosigen Wangen auf der Farm ihrer Eltern draußen im Westen auf Pferden geritten war.

Sie schüttelte den Kopf. »Nein. Nichts Neues.«

Von Rachel hatte er gehört, dass Noels Hirnschaden auf ein ärztliches Versäumnis zurückzuführen war. Jim Stanton hatte eine Hirnhautentzündung nicht diagnostiziert, als Noel eine Woche alt gewesen war. Angeblich hatte Jim zwar seinen Fehler eingeräumt und sich entschuldigt, aber Ellen hatte ihm nie verziehen.

»Sich um Noel zu kümmern muss erschöpfend sein«, sagte Quinn.

Sie nickte, und er konnte sich vorstellen, dass sie dachte: *Um das herauszufinden, brauche ich Sie nicht zu bezahlen, Herr Doktor.*

Jim ging mit dröhnender Stimme an der Tür vorbei. »Gleich am Ende des Korridors. Genau.«

»Sie kümmern sich nun schon seit fünfundzwanzig Jahren fabelhaft um Noel«, meinte Quinn. »Jeder würde diese Last spüren. Es wäre ungewöhnlich, sich unter den Umständen *nicht* erschöpft zu fühlen.«

Stille Tränen fielen in Ellen Clarks Schoß, dunkle Flecken auf ihrer Jeans. Quinn widerstand dem Drang, aufzustehen und ihr eine Hand auf die Schulter zu legen. Er saß schweigend da und ließ sie weinen. Sie sah aus dem Fenster, und die Tränen liefen ihr ungehemmt über das Gesicht.

»Wir müssen Ihnen mehr Unterstützung verschaffen«, sagte er. »Vielleicht ein zeitweiliger Pflegeaufenthalt für …«

Sie schüttelte den Kopf. »Nein. Keine zeitweilige Pflege. Das erträgt er nicht.«

»Sie werden ihm nichts nützen, wenn Sie im Krankenhaus landen, Ellen.«

Sie trat ans Fenster und sah in den Garten. Auf ihrem Gesicht spiegelte sich absolute, unbefangene Trauer wider. Quinn wusste, dass er noch nie solche Trauer empfunden hatte. Die Willkürlichkeit eines Schicksalsschlags – egal ob es einen von sich aus ereilte oder man die Fehler anderer zu spüren bekam – bedeutete auch, dass man nichts tun konnte, um es zu vermeiden. Alles Wissen, alle Angst, alle Schutzvorkehrungen waren vergeblich.

»Ich werde anregen, dass Ihr Hausarzt sich um Krisenbeistand für Sie kümmert.« Sollte er sie einfach reden und weinen lassen? Er fragte sich, ob sie sich je bei anderen ausweinte. Er wollte nicht auf seine Armbanduhr sehen, wusste aber, dass er fast eine Stunde hintendran war. »Ich werde jetzt bei Ihrem Hausarzt anrufen, um einen Termin zu vereinbaren.« Er wählte die Nummer auf dem Briefkopf der Überweisung.

Ellen drehte sich zu ihm. Da hinter ihr die Sonne schien, konnte er nur ihre schattenhafte Gestalt erkennen: breite Schultern und ein Heiligenschein aus gekräuselten hellen Haaren. »Haben Sie Kinder, Herr Doktor?«

»Ja.«

»Wie viele?«

Er zögerte. Normalerweise sagte er *eines*. »Ein Mädchen und einen Jungen.«

»Sind sie gesund?« Sie verharrte reglos.

Ihm wurde mulmig zumute. Warum hatte er ihr gesagt, dass er zwei Kinder hatte? Er hatte die furchterregende Vorstellung einer undichten Stelle zwischen seinen beiden Leben, eines Rinnsals, das eine Dammmauer hinablief. »Ja. Sie sind gesund«, antwortete er.

»Sie haben Glück. Sie und Ihre Frau.«

»Ich weiß.«

Im Hörer erklang eine schrille Stimme. Der Hausarzt. Er hielt ihn sich ans Ohr. »Oh, hallo. Hier spricht Quinn Davidson …«

Durch das Fenster im Korridor beobachtete er, wie Ellen Clark in ihren weißen Wagen mit Allradantrieb stieg. Sie warf einen Blick nach oben, und er fragte sich, ob sie ihn sehen konnte, wie er zu ihr nach unten blickte. Bei ihrem Aufbruch war da etwas an ihr zu spüren gewesen, Enttäuschung oder etwas, das sie für sich behielt.

Er griff nach der nächsten Akte, die auf dem Empfangstisch für ihn bereitlag, und wartete, bis sich der alte Mann mit einem zitternden Grinsen aus seinem Stuhl gestemmt hatte. Während der Mann den langen Korridor neben ihm entlangschlurfte, stellte sich Quinn die Prozession kranker Menschen vor, die im Laufe der Jahre in dieses weitläufige Holzgebäude gekommen waren. Tausende Menschen, in denen es von Krankheiten wimmelte: Bakterien, Viren, mutierende Zellen, versagende Organe.

Die Menschen hielten Krankheit gern für etwas Anomales. Aber sic war überall, leise und alles durchdringend. Sie war da, wenn Leute die Straße entlanggingen, ihre Kinder von der Schule abholten und im Supermarkt Schlange standen. Wenn man so viele Menschen sah, die früh verstarben oder an einer chronischen Krankheit litten, war es am leichtesten, Krankheit als etwas Normales zu akzeptieren.

29

Das Wasserloch war immer erschreckend kalt. Das Wasser sickerte von den Hügeln herunter, durch das abgefallene Laub und die rote Erde, und fühlte sich selbst im Hochsommer an, als hätte es nie mehr als siebzehn oder achtzehn Grad.

Rachel machte einen Kopfsprung und tauchte auf der anderen Seite wieder auf, neben dem Ponton, wo das Wasser am tiefsten war. Während sich ihr Körper an die Kälte gewöhnte, trat sie Wasser und beobachtete Ned, der sich an dem schmalen Felsstrand langsam aus dem T-Shirt schälte, ganz gebannt von irgendeinem Aspekt des Ausziehens.

Am Morgen war sie allein im Bett aufgewacht, die Decke fest um sich verschlungen. Sie war aufgestanden und hatte damit gerechnet, Quinn beim Kaffeetrinken auf der Veranda vorzufinden. Stattdessen befand sich eine lange spiralförmige Orangenschale auf dem Küchentisch und eine Nachricht in Neds großen Buchstaben: BACH MIT DADDY. BUSSI

Sie hatte im Schein der Morgensonne auf der Veranda gestanden, hatte in Richtung des Baches geschaut und hatte sich längst nicht mehr so selbstsicher gefühlt wie am vergangenen Abend. Jetzt wünschte sie sich lediglich, genau die richtige Kombination aus Wörtern zu finden, um Quinn davon überzeugen zu können, dass sie es Ned auf der Stelle sagen mussten.

Quinn und Ned waren kurz vor halb acht unterhalb des Hauses aus dem Busch gekommen, nachdem Rachel Brei gegessen und die Hühner gefüttert und sich durch ein paar weitere Seiten des Buches über Leuchttürme gequält hatte, das sie Korrektur las. Das Gejohle der beiden war schon lange zu hören, bevor sie aus den Bäumen traten, Stöcke schwingend und mit Grassamen übersät. Quinn musste sich beeilen, in die Arbeit zu kommen, und hatte sie zum Abschied flüchtig geküsst und ihr ein Lächeln geschenkt, das mehr nach einer Grimasse aussah.

Am Wasserloch ließ Ned jetzt sein T-Shirt zu Boden fallen und stürzte sich ins Wasser. Er paddelte grinsend auf sie zu, die schulterlangen Haare hingen in nassen Strähnen an ihm herunter. *Mein Junge,* dachte sie. *Mein Junge.* Er war ein Punkt überwältigender Lebenskraft und Dynamik in der Landschaft, als würde alles um ihn herum – die Felsblöcke und der Fluss und der Wald, der zu dem Kamm in der Ferne hin anstieg – trübe und gedämpft werden, angesichts des spritzenden und paddelnden Jungen vor ihr.

»Ich glaube, es ist hier«, sagte er, als er näher kam und sich auf die hölzerne Plattform des kleinen Pontons hochzog.

»Vielleicht versteckt es sich.«

»Wie lange kann ein Schnabeltier den Atem anhalten?«, wollte Ned wissen.

»Ziemlich lange. Und weil es einen Bau hat, kann es zum Verschnaufen dort hinein, wenn Menschen herumschwimmen.«

»Oh.« Er stellte sich breitbeinig auf den Ponton und sah sich in dem großen Wasserloch um. »Wart's nur ab. Es wird ein paar Luftblasen geben.«

Als sie mit Ned schwanger gewesen war, hatte sie über den Übergang nachgedacht, wenn Babys aufhörten, Fruchtwasser einzuatmen, und stattdessen Luft atmeten, so ein wundersamer und mythischer Moment. Und natürlich hatte sie an Scotty zurückgedacht, der den Übergang in umgekehrter Richtung durchgemacht hatte. Sie stellte sich gern vor, dass in seiner Lunge genau in dem letzten Moment, als er Flusswasser inhalierte, die glückselige Erinnerung an ein- und ausströmendes Fruchtwasser aufgestiegen war.

Ned seufzte. »Kein Schnabeltier heute.«

»Heute nicht.«

Ned ließ sich wieder ins Wasser gleiten, und sein Arm strich an ihrem vorbei, eine ganz kurze, seidige Berührung. Früher hatte er sich an ihrem Rücken festgehalten, während sie in dem Wasserloch hin und her geschwommen war, und sie vermisste seinen kleinen warmen Körper, der auf ihr herumrutschte.

Er schwamm zu dem umgestürzten Baum hinüber und kletterte auf den Stamm, der aus dem Wasser ragte und auf dem Hochufer ruhte. Er nutzte die Äste als Halt für die Füße, kletterte den Stamm hinauf und betastete die Felswand auf der anderen Seite des Wasserloches.

»Gibt es im Himmel Schnabeltiere?«

»Ich glaube schon. Ja, Schnabeltiere kommen bestimmt in den Himmel.«

»Wie Tante Shaney und Grandma.«

»Stimmt.«

Er sprang ins Wasser, dass es nur so spritzte, und paddelte die Felswand entlang, in den tiefen Schatten, wo er etwas in einer kleinen Nische verborgen hielt, die er in die Wand gegraben hatte. »Willst du wissen, was ich diesmal verstecke?«, rief er.

»Ja!« Sie wusste, dass er dort bereits einen wertlosen silbernen Anhänger, den sie ihm gegeben hatte, sowie Plastikfiguren und Holzperlen gebunkert hatte.

»Kacka.« Er strahlte. »In Klarsichtfolie eingewickelten Beutelmarderkot.«

»Wirklich?«

»Ich hatte ihn beim Schwimmen die ganze Zeit in der Hand. Clarrie hat ihn mir gegeben. Er glaubt, dass ich ganz bald einen Marder zu Gesicht bekommen werde. Er wird mich nachts mit rausnehmen.«

»Kann ich mitkommen?«

Ned wich ihrem Blick aus und fummelte an der Nische herum. Es war wohl unvermeidlich, dass sich Ned von ihr entfernte und auf Männer zubewegte. Er freute sich jedes Mal riesig, wenn er allein zu Clarrie durfte, während sie ihren Yogakurs in der Stadt besuchte oder mit Kate etwas trinken ging.

Sie fragte sich, ob das typisch für Jungen war oder ob sich Mariannas Mädchen genauso von ihrer Mutter entfernen würde. *Mariannas Mädchen.* Vor Jahren hatte sie gelernt, Quinn nicht nach seinem Leben mit Adie und Marianna zu befragen. Sie konnte die Vorstellung nicht gebrauchen, wie er in dem ach-so-reizenden Queenslanderhaus auf dem Hügel wohnte, Mariannas Feinschmeckeressen verspeiste und mit Adie spielte. Wie sie nebeneinander schliefen. Sex hatten.

Sie beobachtete, wie Ned an einem Farn zog, der in der Felswand wuchs, und sorgte sich, dass er sich genauso ausgeschlossen fühlen würde wie sie, wenn er eines Tages die Wahrheit erfuhr. Dabei war genau das doch die Wahrheit über Neds Leben, oder nicht? Dieses deformierte Leben, in das Rachel ihn geboren hatte. Sie wünschte, er hätte von Anfang an Bescheid gewusst. Im Nachhinein war ihr klar, dass sie nach dem Tod ihrer Mutter kein Rückgrat mehr gehabt hatte, als hätte die Gegenwart ihrer Mutter sie irgendwie dafür gerüstet, der Welt die Stirn zu bieten. Wie lägen die Dinge jetzt, wenn sie ihrem Impuls gefolgt wäre, es Marianna zu sagen, als sie sich das eine Mal begegnet waren?

Ned kam mit blassen Lippen und Wangen zu ihr zurückgeschwommen.

»Komm schon. Zeit, nach Hause zu gehen«, sagte sie. Keiner von beiden erwähnte je die Kälte. »Warum schwimmst du nicht Freistil zurück?«

Ned bahnte sich rudernd einen Weg zum Felsenstrand, seine Arme gruben sich ins Wasser und von seinen Beinen stoben Tropfen hoch in die Luft.

Rachel stellte ihn auf einen sonnigen Felsen und rieb ihn mit dem Handtuch trocken, während er träumerisch in den Busch starrte. »Tante Shaney sieht Grandma bestimmt da oben«, sagte er.

»Ja, mittlerweile haben sie sich bestimmt gefunden.«

Rachels Magen verkrampfte sich noch weiter. Gestern Nachmittag nach Shaneys Beerdigung hatten Rachel und

Beryl im Schatten des Feigenbaums in Beryls Garten hinter dem Haus gestanden und den Kindern beim Cricketspielen zugesehen. Im Haus trank ihre Familie Bier und Wein und verspeiste Essen, das die Nachbarn vorbeigebracht hatten. Ned war auf die Cricketpartie zugerast, war auf und ab gesprungen und hatte in seiner Kleinjungenstimme gerufen. »Ich bin gut im Fast Bowling! Lasst mich mal!« Angus, sein schlaksiger älterer Cousin zweiten Grades, hatte Ned lächelnd den Ball zugeworfen.

Rachel sah Ned so, wie sie glaubte, dass Beryl es tat: dürr, die feinen braunen Haare bis über die Schultern, Kratzer an den sonnengebräunten Armen. Er hatte etwas von einem Tier an sich. Geschmeidig und wachsam. Nach dem Bowling stand Ned neben Andy, einem weiteren Cousin zweiten Grades, und Andy hatte sich zu ihm gebeugt, um ihm etwas zu sagen. Zwar standen die beiden mit dem Rücken zu den Frauen, aber Rachel erhaschte einen Blick auf Neds verwirrte Miene und ging auf die Jungen zu.

»Aber wie heißt er?«, hörte sie den älteren Jungen mit freundlicher und warmherziger Stimme fragen, eine Hand auf Neds Schulter.

Ned hüpfte auf der Stelle, den Blick auf das Mädchen gerichtet, das sich zum Bowling fertig machte. »Quinn«, sagte er und duckte sich unter Andys Hand hervor.

»Aber er wohnt nicht die ganze Zeit über bei euch, oder?«, meinte Andy. »Wo ist er die restliche Zeit?«

»Hey!«, sagte Rachel. »Andy!«

Beryl marschierte an ihr vorüber und packte Andy am Arm. Sie deutete mit dem Finger ins Haus und sagte: »Geh deiner Mum mit den Getränken helfen.« Als der Junge sich an ihr vorbeischob, versetzte sie ihm einen Klaps auf die Backe.

Er duckte sich und drehte sich um. »Ich bin kein kleines Kind. Du kannst mich nicht mehr schlagen, Grandma.« Er starrte sie wütend an und schlenderte dann zum Haus.

Ned sah dem Jungen mit reglosem Gesicht nach. Rachel kniete sich neben ihn. »Alles in Ordnung?«

Er nickte und rannte los, um zu versuchen, den Ball zu fangen, und Rachel kehrte zu dem Feigenbaum zurück.

»Wirst du zulassen, dass er es von einem Teenager erfährt?«, hatte Beryl mit rotem Gesicht gesagt. »Denn genau das wird passieren, Liebes.«

Rachel trocknete Ned fertig ab und zog ihm das T-Shirt über den Kopf. »Ich kann das selbst«, sagte er und schob ihre Hände weg. »Ist heute Kindergartentag?«

»Heute nicht. Erst wieder am Montag.«

Als sie gemeinsam den Hügel hinaufgingen, trug Rachel ihre Handtücher, und Ned schlug mit einem Stock nach dem Gras. Sie wartete, während er in die Hocke ging und etwas auf dem Pfad betrachtete. Die Sonne wärmte ihr den Rücken, und von dem Pflanzendickicht um sie herum stieg Dampf auf. Sie betrachtete seine nackten Füße und den kleinen feuchten Kopf, der tief geneigt war, und spürte dabei die schreckliche Last all dessen, was Quinn und sie ihm vorenthielten.

Ned reichte ihr eine Handvoll gefederter Grashalme. Er bewegte einen Halm hin und zurück, sodass das flauschige Köpfchen nickte. Sie ging neben ihm in die Hocke. »Fütterst du die Hühner, wenn wir zurück sind?«, fragte sie. »Ich wette, sie hätten gern etwas von dem Gras.«

Er berührte sie am Arm, seine Finger waren so leicht, dass sie sie kaum spürte. »Haben die Küken es gesehen, als wir ihrem Daddy den Kopf abgehackt haben?«

»Ich glaube nicht. Machst du dir Sorgen, sie könnten traurig sein?«

Er nickte.

Am liebsten hätte sie ihn gehalten, wusste aber, dass er sich ihr entwinden würde. Es erfüllte sie mit so etwas wie Schamgefühl, wie sehr sie sich danach sehnte, dass er sie umarmte, wie er es früher immer getan hatte.

»Ich glaube nicht, dass er ihr Daddy gewesen ist«, meinte sie. »Er war noch ein Teenager. Zu jung, um ein Daddy zu sein. Vielleicht ist er ihr Cousin gewesen.« Sie hatte nicht die leiseste Ahnung, wann Hähne geschlechtsreif wurden. Wahrscheinlich, sobald sie krähen konnten – der evolutionäre Imperativ fleißig bei der Arbeit –, und der Hahn hatte verdammt gut gekräht.

Ned blickte auf den kleinen Strauß Gräser in seiner Faust. Er öffnete die Hand und ließ das Gras zu Boden fallen. »Kommt mein Daddy heute Abend nach Hause?«

»Ja.«

Er nickte. »Gut.« Er stand auf und rannte weg von ihr, den schmalen Pfad hinauf. »Ich habe Hunger!«, rief er.

Sie gab sich große Mühe, nicht auf Quinns Kommen und Gehen zu achten. Doch Ned tat es. Während ihres gesamten Alltags, ihrer Mahlzeiten und Spiele und des Schwimmens und der Spaziergänge herrschte immer das Gefühl, dass er auf Quinn wartete.

Sie ging ihm nach, und die Hütte kam in Sicht. Sie hatte etwas von einer Kinderzeichnung: eine Eingangstür zwischen zwei Fenstern, ein dreieckiges Dach und ein Schornstein aus Backstein. Das Dach über ihrem und Neds Kopf. Sie überquerte den Rasen zum Hühnerstall, wo Ned ein Huhn vom Eingang verscheuchte und im Innern verschwand. Quinn wäre entsetzt, wenn er wüsste, dass sie mehr als einmal mit dem Gedanken gespielt hatte, Marianna anzurufen. Ihre Nummer stand unter M. Davidson im Telefonbuch. Wie seltsam es war, dass Marianna einen derart großen Einfluss auf Rachels Leben ausübte, aber nicht zweimal hinsehen würde, wenn Rachel auf der Straße an ihr vorüberginge.

Ned kniete mit gerunzelter Stirn vor einem Nistkasten, in jeder Hand ein Ei. »Sie lässt mich wieder nicht an die Eier.«

»Sie ist in Brütlaune, nicht wahr? Aber im Moment wollen wir keine Küken mehr.« Rachel griff unter das Huhn, das mit empörtem Federgeflattere an ihr vorbeihuschte.

»Noch zwei.« Rachel reichte Ned die Eier.

Er hielt sich eines an die Wange. »So warm.«

Reue war etwas, das Rachel nur allzu vertraut war. Besonders Reue über etwas unwiederbringlich Verlorenes. Doch dass sie Ned nicht die Wahrheit gesagt hatte, ließ sich wiedergutmachen. Sie konnte ihrem Jungen einfach die Fakten erzählen. Sie musste nicht – sie *würde* nicht – auf Quinns Erlaubnis warten.

Sie folgte Ned durch die Tür des Hühnerstalls und über den Rasen. Ihr Junge wiegte behutsam vier cremefarbene Eier in den Händen.

Am liebsten hätte Rachel es auf die Hormone geschoben. Sie hätte es gern auf ihren verzweifelten Wunsch geschoben, einen Vater für ihr Kind zu haben. Aber in Wirklichkeit hatte sie genau gewusst, was sie tat. Ein paar Monate lang hatte sie sich sogar selbst vorgemacht, die Auserwählte zu sein, weil sie im Gegensatz zu Marianna diejenige von ihnen beiden war, die von der anderen wusste.

Ihr war auf der Beerdigung ihrer Mutter klar geworden, dass sie schwanger war. Während sie in der ersten Kirchenbank auf den Beginn des Gottesdienstes gewartet und versucht hatte, nicht an die Leiche ihrer Mutter in dem Sarg ein paar Meter vor ihr zu denken, war ihr Speichel in den Mund geschossen. Es war eine unpersönliche Art von Übelkeit, anders als alles, was sie bisher erlebt hatte. Sie war aufgestanden und den mit Teppich ausgelegten Mittelgang entlanggehastet, ohne auf die Gesichter zu achten, die sich ihr zukehrten. In einer hinteren Bank hatte sie Quinn erblickt und gehofft, es nach draußen auf den Rasen zu schaffen, bevor sie sich übergab. Sie hatte sich gerade in dem Augenblick, als ihr Magen sich verkrampft hatte und ihr klare Flüssigkeit aus Mund und Nase geschossen war, auf das warme Gras niedergekniet, dieses gesegnete warme Gras. Während sie sich würgend nach vorne beugte, wusste sie ohne den geringsten Zweifel, dass sie schwanger war.

Shaney war zu ihr nach draußen gekommen. Ihre dicken Knie in hellbrauner Strumpfhose waren ins Gras gesunken, als sie sich neben Rachel gekniet hatte. Sie legte Rachel die Hand auf den Rücken. Dann tauchte Quinn auf. Keiner von ihnen sagte etwas. Drinnen setzte die Orgel zu einem Kirchenlied an. Rachel nahm das gefaltete Taschentuch, das Shaney ihr anbot, und glaubte, dass Shaney und Quinn es doch gewiss merken würden, aber sie schienen davon auszugehen, dass es sich um Trauer handelte, die da auf höchst emotionale Weise aus ihr hervorquoll.

Später am Abend, nach der Totenwache, war sie seitlich um Quinns Haus gegangen und hatte ihn auf der Hintertreppe vorgefunden, ohne Hemd und ein Bier in der Hand.

Er stand auf und breitete die Arme aus. »Komm her. Wie geht es dir?«

Sie drückte das Gesicht an seine vertraute warme Brust und nickte nur. Wie konnte sie erklären, dass das Bild von der Leiche ihrer Mutter im Sarg, mit der darauf lastenden Erde, irgendwie auf eine verrückte Art, mit der Vorstellung des winzigen Babys verschmolzen war, das sich tief und unerreichbar in ihrem eigenen Körper befand?

Er streichelte ihren Rücken. »Wie ist es bei Beryl gewesen?«

Sie zuckte die Schultern und fing zu weinen an, und er hielt sie fest. In den Tagen nach dem Tod ihrer Mutter hatte sie sich danach gesehnt, bei ihm zu sein, aber er war in Brisbane gewesen.

»Ich brauche einen Schluck Wasser«, sagte sie, als ihr Weinen nachließ.

»Ich hole dir welches. Setz dich.« Er machte Anstalten, ins Haus zu gehen.

»Warte«, sagte sie. Der Augenblick zog sich in die Länge: sein erwartungsvolles Gesicht, ihr bebender Körper. »Ich bekomme ein Baby. Ich habe gerade einen Test gemacht.«

Kurzzeitig war sein Gesicht reglos, dann machte sich Bestürzung breit. Er schloss die Augen und legte den Kopf zurück.

Sie sackte auf der Stufe zusammen. Über ihr hatte er die

Hände vors Gesicht geschlagen. Er hatte es Marianna noch nicht gesagt, so viel war klar. Sie war so eine Närrin, zu glauben, dieses Baby, dieses wunderbare Baby, wäre die Bestätigung ihrer Entscheidung, zusammenzubleiben.

Er setzte sich neben sie, und seine Stimme war leise. »Oh, Darling.« Sie wartete darauf, dass er mehr sagte. Das Schweigen lastete schwer auf ihnen. Er holte Luft. »Marianna ist auch schwanger.«

»Was?«

»Hey.« Seine Stimme zitterte, und er griff nach ihrer Hand.

Sie entwand ihm die Hand. Ansehen konnte sie ihn nicht. »Wann hast du es erfahren? Wie schwanger ist sie?« Sie richtete den Blick auf die blauen Hügel.

»Ungefähr sieben Wochen.«

»Und wann wolltest du es mir sagen?«

»Ich habe es Dienstagabend erfahren. An dem Tag, an dem deine Mum gestorben ist.«

»Dann hast du ihr nicht von uns erzählt?«

»Nein.« Er ergriff ihre Hand, und sie zog sie nicht fort, weil sie es einfach nicht ertrug, nach nebenan zu gehen, in das leere Haus, das noch nach ihrer Mutter roch.

»Und jetzt wirst du es ihr nicht sagen.«

»Ich kann nicht. Nicht jetzt.« Er legte ihr die Hände ans Gesicht. »Komm her.«

Sie wandte sich von seinen Händen ab. »Und wann wolltest du es mir sagen?«

»Wenn du sie kennen würdest und wenn du wüsstest, was sie durchgemacht hat …«

»Dann wirst du was tun …? Warten, bis sie das Baby

bekommen hat? Und es ihr dann sagen? Das ist noch schlimmer.«

»*Falls* sie das Baby bekommt«, sagte er. »Sie hat vier Fehlgeburten hinter sich.«

Sie sah zu den Hügeln und stellte sich vor, allein mit dem Baby in der Hütte zu leben. Ihre Mutter tot. »Ich finde, du musst entscheiden, was du wirklich willst. *Wen* du willst.«

Er nahm wieder ihr Gesicht in die Hände. »Komm her.« Seine warmen, vertrauten Hände hielten ihre Wangen, und er küsste sie mit jener Zärtlichkeit, an die sie sich so gewöhnt hatte, auf die sie sich verließ. »Es ist eine unglaubliche Vorstellung, dass du unser Baby unter dem Herzen trägst.« Seine Augen waren sanft. »Es ist wunderbar.«

»Ja.« Sie erinnerte sich an die Familienfeier, als ihre Mutter verkündet hatte, schwanger zu sein, mit dem Baby, das Scotty werden sollte. Ihr Vater hatte Cidre eingekauft, und sie hatten zu dritt in der Küche gestanden und mit den besten Weingläsern auf das Baby angestoßen. Und jetzt war Rachel die Einzige, die noch übrig war. Sie musste sich hinlegen, die Augen schließen, einschlafen.

Er legte die Hand auf ihren Bauch. »Willst du immer noch in das Tal ziehen, auf die Farm?«

Sie nickte und legte die Hand über seine. »Ich weiß, was ich machen werde, Quinn. Aber was wirst *du* machen?«

»Ich werde es ihr sagen, Rachel«, erwiderte er mit angespannter Stimme. »Ich weiß bloß nicht, wann der richtige Zeitpunkt ist. Hast du gegessen? Hast du etwas zu Mittag gegessen?«

Sie schüttelte den Kopf und ließ sich ins Haus führen.

30

Quinn manövrierte den Subaru vorsichtig durch die tiefe Fahrrinne, die sein Auto jedes Mal aufzuschlitzen drohte. Fast jedes Jahr wurde die Einfahrt irgendwann unpassierbar. Dann mussten sie ihre Autos unten lassen, bis der Planierer aus der Stadt kam. In stillschweigender Übereinkunft – so schien ihm – sorgten sie dafür, dass das Haus nicht zu leicht erreichbar wurde.

Er mochte das Gefühl, einen Schritt von der Stadt und den Menschen dort entfernt zu sein, das Gefühl, dass sie drei genau so leben konnten, wie sie wollten. Wenn er es schaffte, kam er an den Nachmittagen, die er in Corimbi war, früh aus der Arbeit. Sobald er zu Hause war, machten sie zu dritt einen Spaziergang durch den Busch. Sie wurden dreckig und schwammen nackt im Bach und ließen Ned zu lang aufbleiben, weil sie selbst erfundene Brettspiele spielten. Quinn mochte sich mehr, wenn er bei Rachel war, als wäre er hier eher das, was er als sein echtes, unkompliziertes Ich betrachtete, das Ich, das er, wie er sich erinnerte, mit etwa neun Jahren gewesen war.

Als Quinn den Wagen zum Stehen brachte, erschien Ned auf der Veranda oben an der Treppe. Er schwenkte die Arme durch die Luft und begrüßte Quinn per Winkeralphabet mit einem *Hallo,* bevor er mit rudernden Gliedmaßen in die Luft sprang. Er landete schwer auf dem Gras und grinste seinem Vater zu.

Quinn schaltete den Motor aus und schnallte sich los, um ebenfalls Winkersignale aussenden zu können, wobei er mit den Händen am Wagendach und an der Windschutzscheibe anstieß.

Ned warf einen Stock in Quinns Richtung und sauste die Treppe hoch und um die Ecke der Veranda.

Quinn saß einen Augenblick da, während der Motor leise vor sich hinknackte. Nur wenn er in Rachels Bett wach lag, nachdem sie eingeschlafen war, konnte er sein Leben von außen betrachten. Manchmal sah er einen Mann, der in einer unmöglichen Situation sein Bestes gab und beiden Frauen und beiden Kindern seine Liebe und Unterstützung zukommen ließ. In dunklen Momenten sah er einen Mann, der aus seiner Feigheit heraus einen Albtraum erschaffen hatte, einen Mann, der wild um sich schlug, ruderlos, und jeden um sich herum verletzte.

Er stemmte sich aus dem Wagen und ging auf Ned zu, der die Treppe heruntergeeilt kam, einen Tomahawk in der rechten Hand.

»Ich bin der große Anzünder«, sagte Ned. »Mummy hat mir beigebracht, wie man Feuer macht.«

»Aber du tust es nur, wenn einer von uns dabei ist, klar? Deine Finger sind sehr kostbar.«

Ned schob seine freie Hand in Quinns. »Können wir jetzt gehen?« Seine kleinen Finger fühlten sich staubig und trocken an.

»Lass mich die Tasche reinbringen und Mummy begrüßen,

bevor sie losmuss.« Er wollte ihr sagen, dass sie recht hatte, dass sie Ned von Marianna und Adie erzählen sollten.

»Daddy, würde ich einen elektrischen Schock kriegen, wenn ich den Aal im Wasserloch anfasse?«

»Ich glaube nicht. Leg den Tomahawk weg, ja? Ich glaube nicht, dass es diese Zitteraale bei uns in Australien gibt. Ich glaube, unser Aal würde sich bloß schleimig anfühlen.«

»Oh.« Ned lehnte den Tomahawk an die Wand und rannte durch die Tür. Rachel saß am Küchentisch und schrieb, ohne bei Quinns Eintreten aufzublicken. Ned goss sich an der Spüle ein Glas Wasser ein.

Quinn legte die Hand auf Neds Kopf. »Zieh dir doch die Stiefel an, dann gehen wir los.«

»Bei Mummy muss ich im Busch keine Stiefel tragen.«

»Aber du gehst mit mir spazieren.«

Er trank von dem Glas und sah mit großen Augen zu seinem Vater auf. »Aber Mummy sagt, ich muss nicht.«

Rachel sprach, ohne den Blick zu heben. »Zieh dir die Stiefel an, Ned.« Sie klang müde.

Mit einem Seufzen wirbelte Ned herum. Quinn sah ihm nach, wie er durch die Tür und um die Veranda zur anderen Seite des Hauses stampfte.

Als er sich wieder umdrehte, betrachtete Rachel ihn ernst. Ihm fiel auf, wie rosig ihr Gesicht aussah. Er wusste noch, dass sie während der Schwangerschaft so ausgesehen hatte. Sie konnte doch nicht schwanger sein, oder?

Er stellte seine Tasche auf einem Stuhl ab. »Hi.«

Sie schloss das Buch und schenkte ihm ein angedeutetes Lächeln.

»Was schreibst du da?«, fragte Quinn.

»Ach, eigentlich nichts.« Sie schob das Buch von sich. »Wie war dein Tag?« Ihr Gesicht glänzte. War es immer so, und er hatte es nicht bemerkt, oder hatte sich etwas verändert?

»Wir müssen reden, nicht wahr?«, meinte er.

Sie nickte und lächelte erneut matt. Man sah ihr die Anstrengung an, die es sie kostete, und das beunruhigte ihn mehr als alles andere. Er trat hinter sie und legte ihr die Hände auf die Schultern. Ihre Haare waren feucht, und sie roch nach der Zitronenmyrte-Seife, die sie ein paarmal im Jahr selbst kochte.

»Beryl weiß Bescheid«, sagte sie. »Sie weiß alles. Shaney hat es gewusst, und Kate weiß Bescheid …« Mit ausdruckslosem Tonfall ging sie eine Liste von Menschen durch. Es klang, als würde sie immer weiter Namen aufzählen.

Er ließ die Hände sinken und trat zurück. *Verdammt!* Warum hatte sie ihm das nie gesagt? Wie viele Leute wussten Bescheid?

Sie drehte sich auf ihrem Stuhl um. »Und die Welt ist nicht untergegangen. Deine Frau hat nichts erfahren. Ich bin mir sicher, dass etliche Leute aus der Gegend zwei und zwei zusammengezählt haben.«

»Daddy?« Ned stand im Türrahmen. »Die Sonne wird bald untergehen. Es wird dunkel. Bitte.«

»Du hast deine Stiefel noch nicht an«, erwiderte Quinn. »Mach schon. Und ein Hemd. Wir können Taschenlampen mitnehmen.«

»Klasse!« Ned rannte durch den Flur zu seinem Zimmer.

»Wann hast du es Beryl und Shaney erzählt?« Er versuchte, leise zu sprechen, damit Ned nichts hörte. »Ich fasse es nicht, dass du das getan hast, ohne es mir zu sagen.«

Aus dem Schlafzimmer kam ein Krachen. Sie sahen beide in den Flur. »Alles okay!«, rief Ned.

»Sie wussten es vom Beginn meiner Schwangerschaft an«, antwortete Rachel.

Noch ein Krachen. Rachel stand auf und nahm Quinns Gesicht in die Hände. Er roch ihren Atem, sauber und mit Kräuterduft. »Hör mal«, meinte sie. »Ich sage dir nicht, was du zu tun hast. Du musst gar nichts tun. Ich sage dir nur, wie ich zu leben gewillt bin. Oder wie ich *nicht* zu leben gewillt bin.« Sie flüsterte, das Gesicht dicht an seinem. »Und ich bin nicht gewillt, meinen Sohn weiterhin anzulügen.« Sie ließ die Hände von seinem Gesicht sinken. »Ich möchte, dass wir es ihm gemeinsam sagen. Und zwar bald.«

»Okay.« Er atmete durch. »Ja. Du hast recht. Sagen wir es ihm …«

Ihr traten Tränen in die Augen. »Das hört sich ja auf einmal ganz anders an.«

»Tja … du hast recht, er muss Bescheid wissen.« Er ging zu Neds Tür. Was würde er tun, wenn Ned seinen Großvater kennenlernen wollte? Ihm war übel.

Ned kämpfte mit seinen Lederstiefeln und schien Quinns Blick zu meiden. Hatte er etwas von ihrem Gespräch gehört? Quinn hatte es immer gehasst, seine Eltern beim Streiten zu belauschen.

»Hey, Kollege«, sagte er. »Hast du deine Taschenlampe?«

Ned nickte und krabbelte auf Händen und Knien zum Schrank. Rachel trat ins Zimmer, ging an Quinn vorbei und bückte sich zu Ned. »Tschüss, Darling. Ich komme rein und sehe nach dir, wenn ich von Kate zurück bin.«

Ned reckte das Gesicht zu einem Kuss und zog sich dann das T-Shirt an, das er aus einer Schublade geangelt hatte.

An der Tür zögerte Rachel. »Ist es in Ordnung, wenn ich deinen Wagen nehme? Pru hat angerufen, um mir zu sagen, dass sie gestern hinter mir gefahren ist und meine Bremslichter beide nicht funktionieren.«

Er nickte. »Sicher.«

»Danke.« Sie streckte die Hand aus und berührte Quinn leicht am Arm. »Bis später.«

Er sah ihr nach, wie sie durch den Flur verschwand. Ihr Gang war schlaksig und unbeholfen. Er wusste, dass es Heuchelei wäre, böse auf sie zu sein, weil sie ihn angelogen hatte. War Marianna die Einzige, die nicht gelogen hatte?

»Ich bin fertig, Daddy.« Ned präsentierte sich Quinn und stellte den Gurt seiner Kopfleuchte ein. »Du hast immer noch deine Arbeitsschuhe an!«

Die Bäume wuchsen dicht beieinander, und ihr Blätterdach schirmte das letzte Dämmerlicht ab. Quinn folgte Ned den steilen, schmalen Pfad hinauf, und ihre Kopfleuchten erhellten die silbrigen Stämme der Ghost Gums. Wie tröstlich Quinn die Bäume fand. Die Holzfäller hatten sie vor hundert Jahren verschont, weil diese kleine Ecke des Berges, die auf allen Seiten von Wildbächen und Spalten umgeben war, einfach zu steil und schlecht erreichbar war.

Ned blieb stehen, um mit seiner Lampe in einen Baum direkt über ihnen zu leuchten. Ein rotes Augenpaar funkelte.

»Neee. Bloß ein Opossum«, erklärte er seinem Vater. »Ich kann seinen Schwanz sehen.« Der Junge kletterte weiter. Quinn dachte an Rachel und die etwas distanzierte Art, wie sie mit ihm geredet hatte. Er blieb stehen. Angst durchzuckte seine Eingeweide. *Mist.* Vielleicht waren es Ned und Rachel, die er am Ende verlieren würde.

Ned war wieder stehen geblieben und gab Quinn ein Zeichen, still zu sein. Quinn ging neben ihm in die Hocke, legte die Hand auf Neds schlanken, verschwitzten Rücken und spähte in den dunklen Busch.

»Da drinnen ist eine Schlange«, flüsterte Ned.

»Woran erkennst du das?« Quinn erhob sich.

»Ich kann sie hören.«

»Ich nicht.« Quinn hörte nur den letzten Vogelgesang des Tages.

Ned nickte, das Gesicht zur Hälfte von Quinns Lampe erleuchtet. »Sie kann uns nicht hören, aber sie spürt unsere Wärme.«

»Woher weißt du das?«, fragte Quinn.

»Mummy hat es mir gesagt.«

Mittlerweile war Rachel auf Kates Geburtstagsfeier eingetroffen, wo Kate Bescheid wusste, und Gott weiß, wer sonst noch. Sogar Clarrie wusste es. Vielleicht hatten die Neuigkeiten längst Brisbane erreicht. Sein Herz schlug schneller. Dass eines Tages alles herauskommen musste, hatte er immer gewusst. Er hatte einfach so viele Jahre wie möglich mit Adie gewollt, ehe alles in die Brüche ging.

Ned bückte sich, um etwas von dem Pfad aufzuheben, und warf es dann in den Busch. »Clarrie hat mir ein bisschen Beutelmarderkot gegeben. In manchen Gegenden nennen die Leute ein bisschen Tierkot *Köter,* hast du das gewusst?« Er lachte.

»Weiß er sicher, dass es Beutelmarderkot ist?«

»Ja.«

Ned kannte diese Gegend auf die gleiche Art, wie Quinn früher die Insel gekannt hatte. Quinn und Tom hatten ihre Fahrräder immer neben die Straße geworfen und waren auf der Suche nach Kriegsrelikten, die die Japaner zurückgelassen hatten, durch den struppigen Busch gestreift. Letztlich landeten sie immer bei den aufgegebenen Minen, wo man das Phosphat abgebaut hatte, sodass hohe Korallentürme übrig geblieben waren, die viermal so groß wie Quinn waren. Einmal hatte er seinen Vater gefragt, wie viel Insel noch unter dem abgebauten Bereich übrig sei. »Wahrscheinlich nicht allzu viel«, hatte sein Vater geantwortet. Im Bett hatte sich Quinn immer vorgestellt, wie der Abbau und die unablässigen Wellen an der Insel fraßen, bis sie einstürzte und auseinanderbrach und alles in der Tiefe versank: die Häuser und Radlader und Brechmaschinen und der Klub und die Tennisplätze. Es wäre so leicht für seinen Vater gewesen, Quinn zu versichern, dass die Insel ein solides Fundament besaß.

»Clarrie hat ein Buch mit Köterfotos.«

»Ich glaube, es heißt *Kötel,* Nudel, nicht *Köter*. Bist du eigentlich oft bei Clarrie?«

»Es heißt ganz bestimmt *Köter,* Daddy.«

»Jeden Tag?«, fragte Quinn.

»Ich weiß nicht.« Wich Ned ihm aus? »Manchmal.«

Quinn hatte sich nie sonderlich für Clarrie erwärmen können. Der alte Mann prahlte gern damit, wie autark er sei, dass er das Tal seit zehn Jahren nicht verlassen habe. Allerdings erwähnte er nie, dass ihm andere, beispielsweise Rachel, Dinge aus der Stadt besorgten: tütenweise Nägel, Zucker und Streichhölzer. Clarrie hatte Quinn auch etwa fünfmal erzählt, er habe keinen Arzt mehr aufgesucht, seit er sich vor vierzig Jahren bei der Navy unentschuldigt von der Truppe entfernt habe.

»Nicht da lang, Daddy!«, rief Ned seinem Vater zu. Quinn hatte den Pfad zwischen den Felsen verfehlt. Er kletterte die letzten fünfzig Meter der felsigen Steigung hinab zu der Stelle, wo Ned stand, die Hände in die Hüften stemmte und den Blick über das Tal schweifen ließ. Früher hatte Quinn Rachel für leichtsinnig gehalten, weil sie Ned allein im Busch mit all den darin lebenden Schlangen herumstreifen ließ, doch jedes Mal, wenn er mit Ned in den Wald ging, sah er einen Jungen voller Selbstvertrauen und Neugierde. Wenn Ned ein Risiko einging, war es stets sorgfältig kalkuliert. Rachel hatte Quinn einmal gesagt, sie habe beschlossen, den Busch und seine Tiere als wohlwollende Hüter ihres Jungen zu betrachten, und dass sie den Verdacht hege, die größte Gefahr für Ned gehe von Quinn und ihr aus.

Quinn und Ned überquerten das große Felsplateau, das sie »Riesenfels« nannten. Es hatte die Größe und Form eines olympischen Schwimmbeckens und befand sich gleich unterhalb des Hügelkamms.

Sie saßen auf dem warmen, sonnenbeheizten Felsen neben den Überresten des Lagerfeuers, das sie vor zwei Wochen veranstaltet hatten, und Ned rutschte zwischen Quinns Beinen nach hinten und lehnte sich an ihn. Ned kuschelte sich auf eine Art an ihn, wie Adie es nie tat. Sie schmiegte sich zwar immer wieder an Quinn, aber nach einer Minute rückte sie wieder weg, selbst im Schlaf. Ned war heiß und verschwitzt und roch, als könnte er ein Bad vertragen. Quinn zog ihn eng an sich. Der Busch um sie herum wurde ruhig, die Vögel verstummten, und ein paar nachtaktive Tiere begannen umherzuhuschen. Eine Eule flatterte vorbei und verschwand in der Dunkelheit des Busches. Quinn spürte die bewaldeten Täler und Kämme, die sich meilenweit erstreckten. Der Himmel über ihnen war mit Sternen übersät.

»Der Große Wagen.« Ned zeichnete ihn mit dem Finger in der Luft nach. Es war das erste Sternbild, das Quinns Mutter ihm gezeigt hatte. »Warum kennt Mummy die Sterne nicht?«, wollte Ned wissen.

»Ihre Mum oder ihr Dad haben es ihr wohl nicht beigebracht.« Quinn fand die Linien von Pegasus und Andromeda. Er strich über Neds Haare. »Ich möchte dir etwas Wichtiges sagen, Neddy.«

Ned deutete mit dem Finger. »Ist das der Stier?«

»Hör mal, Schatz ... Du und ich und Mummy, wir sind doch eine Familie, nicht wahr?«

»Ja.«

»Tja. Daddy hat noch eine Familie. In Brisbane.«

Ned erstarrte in Quinns Schoß. Dann wand er sich, um Quinn ansehen zu können. Mit dem Finger deutete er immer noch, als fahre er in der Luft neben Quinns Schulter ein Sternbild nach. Quinn konnte Ned nicht in die Augen sehen, und er bereute es, dieses Gespräch im Dunkeln zu führen. Er stellte sich Ned als Mann vor, der sich an diesen Augenblick auf dem Riesenfelsen erinnerte. Vielleicht würde er sich eher an das Gefühl erinnern als an die genauen Wörter. Quinn musste weitermachen, und er sprach in weichem Tonfall, als würde das Gesagte dadurch abgemildert. »Ich habe eine kleine Tochter namens Adie. Sie ist genauso alt wie du.«

Quinn wartete darauf, dass Ned etwas sagte, und das Rascheln eines Strauchs in der Brise wirkte unglaublich laut. Ned wand sich, sodass er Quinn wieder den Rücken zukehrte. »Du hast eine kleine Tochter?«

»Ja.«

»Wo?«

»In Brisbane. Ich sehe sie an den Tagen, an denen ich nicht hier bin.«

»Da ist Orion.« Ned blickte nach oben.

»Ja.«

»Wie heißt sie?«

»Adie.« Um sie herum setzte Grillengezirpe ein.

»Bist du auch ihr Daddy?«

»Ja.« Er legte Ned die Hand seitlich an den Kopf. Was empfand der Junge gerade? Quinns eigenes Herz klopfte. Als er dieses Gespräch begonnen hatte, hatte es sich richtig angefühlt. Da diese ganze Situation von ihm verschuldet war, schien er dafür verantwortlich zu sein, es Ned zu sagen, und dieser Ort, an dem sie so viel Zeit miteinander verbracht hatten, schien der richtige zu sein. Jetzt wünschte er, er hätte an sich gehalten und gewartet, bis Rachel auch da war.

Ned setzte sich vor, sodass sein Rücken nicht mehr Quinns Brust berührte. »Wie viele Sterne hat Orion?«

»Ich weiß es nicht.« Quinn schlang die Arme um Neds kleinen Körper. In dem leichten Beben unter seinen Händen spürte er das gewaltige Ausmaß dessen, was er soeben gesagt hatte. Quinn lehnte das Gesicht dicht an Neds Ohr. »Du weißt doch, dass nichts davon an meiner Liebe zu dir etwas ändert. Ich liebe dich bis hin zu Orion und wieder zurück.«

Ned nickte. »Okay. Ich habe Hunger.« Er stand auf.

Als sie das letzte steile Stück den Wald hinunter auf das erleuchtete Haus zugingen, ergriff Ned wieder das Wort. »Wann kommt Mummy nach Hause?«

»Wenn du schläfst.«

Als sie den letzten, ebenen Abschnitt erreichten, rannte Ned los. »Mach langsamer, Kollege!«, rief Quinn. Er eilte ihm nach, geriet dann ins Straucheln und fiel auf den feuchten Boden. Ned kam zurück und stand neben ihm in der Dunkelheit. Quinn rappelte sich wieder hoch und legte die Hand auf Neds feinknöchrige Schulter. »Wünschst du dir, dass deine Mum hier wäre?«

»Ja.« Ned überquerte den Rasen und stieg die Treppe hoch. Er ließ sich auf die Veranda plumpsen, um sich die Stiefel aufzuschnüren.

Quinn zog seine Stiefel aus und ging neben seinem Sohn in die Knie. »Es tut mir leid, dass ich dir bisher noch nicht von ihnen erzählt habe.«

Ned stand auf. »Was gibt es zum Abendessen?« Er nahm die Kopfleuchte ab.

»Wie wäre es mit einem Omelette?«

Ned schüttelte den Kopf. »Nein. Mummy und ich hatten zum Mittagessen Eier.« Er öffnete die Wettertür. »Wie alt ist sie?«, fragte er, ohne zu Quinn zurückzublicken.

»Genauso alt wie du. Fünf.«

Später ließ Quinn ein Bad einlaufen und streckte die Hand aus, um Ned in die Wanne zu helfen, aber der Junge kletterte allein hinein. Quinn drehte die Hähne zu und reichte Ned seinen lilafarbenen Waschlappen. Neds Gesicht hatte etwas Blasses, Ausdrucksloses, und Quinn drehte sich der Magen um. Dann setzte Ned sich auf, die Augen weit aufgerissen. »Ich habe mein Taschenmesser am Riesenfelsen gelassen.« Er stand auf, und das Badewasser lief ihm die Beine hinunter. »Wir müssen es holen gehen!«

Quinn packte Ned an den Oberarmen, als dieser versuchte, aus der Wanne zu steigen. »Jetzt nicht. Es ist zu spät. Wir gehen morgen früh. Es wird immer noch dort sein.«

Ned heulte auf. »Neiiin!« Er versuchte, sich Quinns Griff zu entwinden. »Wir müssen es jetzt holen gehen. Lass mich los!«

»Ich weiß, dass du es holen willst. Aber ich werde dich jetzt nicht dort hinaufgehen lassen. Es ist zu dunkel und zu spät.«

»Lass mich los. Ich will aber gehen. Ich brauche dich nicht dazu. Ich gehe immer allein dort hinauf.« Er sackte in die Wanne zurück.

Quinn streichelte Neds Rücken. Es war falsch gewesen, es Ned zu erzählen, ohne dass Rachel dabei war. »Möchtest du nach dem Baden die Sterne angucken?«

Mit niedergeschlagenen Augen schüttelte Ned den Kopf.

»Okay, lass uns Haare waschen, Nudel.« Quinn streckte die Hand nach einem Stück von Rachels Seife aus.

Ned schüttelte den Kopf. Er sprach so leise, dass Quinn ihn kaum verstand. »Keine Seife. Die macht mir die Haare kaputt.«

»Wer hat dir denn das erzählt?« Quinn schäumte die Seife in den Händen auf.

»Clarrie.«

»Mummys Seife ist sehr sanft. Die wird deinen Haaren nicht schaden.«

Ned blickte nach unten auf das Badewasser. »Ich will meine Haare nicht kaputt machen«, flüsterte er. Er weinte.

»Okay. Dann lassen wir die Seife weg, wenn du nicht möchtest.« Quinn spülte sich die Hände ab und goss mithilfe eines kleinen Plastikbechers Wasser über Neds Haare. Während er neben dieser flachen Badewanne hockte, die von den Mineralien im Wasser rostfarben angelaufen war, und sich um seinen Jungen kümmerte, überkam ihn Niedergeschlagenheit. Neds Kummer war nur ein kleiner Teil des ganzen verfluchten Schlamassels. Da waren noch Rachel und Adie, und da war Marianna. Und sein Vater. Quinns Brust zog sich kurzzeitig zusammen, sodass er nicht atmen konnte. Es gab kein Entrinnen. Im Moment konnte er nur die kleinen Dinge tun. Ned aus der Badewanne holen. Ihn abtrocknen. Ihm den Schlafanzug anziehen.

Quinn breitete eine Decke auf dem feuchten Gras vor dem Haus aus, und sie legten sich beide hin. Ned legte den Kopf zurück und betrachtete den Nachthimmel. »Machst du das hier mit dem Mädchen?«

»Nein. Das hier ist nur für dich und mich.« Quinn strich Ned über das feuchte Haar, und der Junge entspannte sich und schmiegte sich enger an seinen Vater. In der Ferne brummte ein Auto einen Hügel hinauf. Quinn wollte, dass Ned im Bett war und schlief, bevor Rachel nach Hause kam.

»Ist das der Skorpion?«, fragte Ned und hob den Arm.

»Du meinst, gleich über der Spitze des Hügels? Ich glaube schon.« Er drückte die Lippen auf Neds feuchten Kopf. Ned ließ den Arm sinken, und schon bald spürte Quinn, wie sein kleiner Körper zuckend einschlief.

Quinns Mutter hatte früher immer mit seiner Hand die Sternbilder nachgefahren. Sie lagen nebeneinander auf Bastmatten auf dem Rasen, und sie nannte ihm die englischen und kiribatischen Namen der Sternbilder. Selbst als Kind war er schon davon ausgegangen, dass Tebano ihr die heimischen Mythen über die Sterne beigebracht hatte.

Als Quinn siebzehn war und sich auf die Universität vorbereitete, hatte er sich eines Tages mit Jackie Shaw am Klubhaus getroffen. Sie saßen im Schatten, tranken Limonade, und sie erzählte ihm, man habe seine Mutter und Tebano küssend unten am Strand gesehen. Lachend erklärte Jackie ihm, dass die beiden damit anscheinend ein ungeschriebenes Inselgesetz gebrochen hätten, sich auf diese Weise in der Öffentlichkeit zu küssen. Bei Quinns Heimkehr unterhielt sich Tebanos Ehefrau, die bei einer anderen australischen Familie als Dienstmädchen arbeitete, auf der Veranda mit Quinns Mutter.

Als seine Mutter ins Haus zurückkehrte, hatte sie Quinns Wut in seinem Gesicht gelesen und hatte versucht, mit ihm zu reden. »Es geht dich nichts an, Quinn«, hatte sie schließlich gesagt. »Du brauchst dir deswegen nicht den Kopf zu zerbrechen.«

»Jeder hat euch gesehen. Du führst es auch noch stolz vor.«

»Das ist eine Sache zwischen deinem Vater und mir.«

Er schüttelte den Kopf. »Nein, ist es nicht. Du hättest mal sehen sollen, wie die Leute mich eben im Klub angesehen haben. Ich kann dir das nicht verzeihen.«

»Darling.« Sie hatte sich aufgerichtet. »Es tut mir leid, dass es schwer für dich ist, aber es ist nicht deine Sache, zu verzeihen oder auch nicht.«

Er war in Schweigen verfallen und wollte nicht mehr mit ihr reden. Sie ließ sich jedoch nicht beirren und half ihm, für die Universität zu packen. Sie strickte ihm eine Mütze für den Winter. »Du wirst bestimmt mit dem Fahrrad herumfahren wie dein Bruder«, meinte sie. An seinem letzten Abend auf Ocean Island hatte er an seinem Schlafzimmerfenster gestanden und sie beobachtet, wie sie draußen im Garten saß. Die Dunkelheit brach herein, und er konnte sie nicht mehr sehen, bloß den winzigen glühenden Punkt ihrer Zigarette. Geckos krabbelten in seinem dunklen Schlafzimmer herum, und er hörte Musik, die vom Klub her drang. Draußen auf dem Wasser schaukelten Lichter auf und ab. Ein paar Inselbewohner waren in Kanus draußen und fingen mithilfe von Fackeln und Netzen fliegende Fische. Quinn betrachtete die Lichter und fragte sich, ob seine Mutter darauf wartete, dass er sich zu ihr gesellte. Wenn sie ihn gebeten hätte, hätte er sich vielleicht zu ihr gesetzt; und dort draußen, wo sie so viele Stunden miteinander verbracht hatten, hätten sie vielleicht irgendwie wieder zueinandergefunden. Doch sie saß bloß da in der Dunkelheit und rauchte eine Zigarette nach der anderen, und schließlich war Quinn zu Bett gegangen.

31

Rachel konnte erraten, was als Nächstes kommen würde.

»Wie ist es zu wissen, dass er bei ihr ist … wenn er nicht bei dir ist?« Kelli beugte sich vor und nahm sich eine Olive aus der Schüssel auf dem Couchtisch.

»Möchtest du hören, wie es ist zu wissen, dass er auch mit ihr vögelt?«, fragte Rachel.

Kelli riss lachend die Augen auf. »Tja … eigentlich schon.« Sie sah in Richtung Küche, wo die anderen Kates Geburtstagskuchen dekorierten. Rachel hatte den Verdacht, dass sie ebenfalls über Quinn und sie sprachen. Und wahrscheinlich Quinn verurteilten. Und Rachel dafür verurteilten, dass sie die Art Frau war, die sich einen Ehemann unter den Nagel riss. Der schlimmste Albtraum einer jeden Ehefrau.

»Tja, wenn er bei mir ist, ist er *nicht* bei ihr.« Dass Quinn immer noch mit Marianna schlief, konnte Rachel größtenteils verdrängen, wie eine merkwürdige Form von Amnesie. Oder Verleugnung.

Bei ihrer Ankunft bei Kate war sie den Betonweg entlanggekommen und stehen geblieben, um auf die Frauen zu lauschen, die in dem hässlichen Backsteinhaus lachten. Der Streit mit Quinn saß ihr immer noch in den Gliedern. Sie war erleichtert, dass er gewillt war, es Ned zu erzählen, aber wütend, dass sie nicht schon früher darauf bestanden hatte, und zwar nicht nur um Neds willen. Warum war sie so feige gewesen?

Schluss mit den Lügen, hatte sie auf dem Weg die Stufen hinauf zu Kate gedacht. Die letzten fünf Jahre über hatte sie es einfach vermieden, über Quinn zu sprechen. Wenn sie anderen Müttern beim Babyschwimmen oder am Spielplatz begegnet war, hatte sie einfach keinen Partner erwähnt, und es überraschte sie, wie selten die Leute nachfragten. Die Menschen waren mit ihrem eigenen Leben beschäftigt.

Kurz nachdem sie auf Kates Party aufgekreuzt war, erkundigte sich eine Frau, der sie noch nie zuvor begegnet war, ob sie Familie habe. Also erwähnte sie Ned und nannte Quinn. Die Frau lächelte und erkundigte sich, ob er der Arzt in der Stadt sei, dann fragte sie, ob Rachel in Brisbane wohne. Sie wusste offensichtlich, dass er verheiratet war. Also erzählte Rachel es ihr. *Schluss mit den Lügen.* Sie stellte sich vor, wie sich die Neuigkeiten in den folgenden Wochen in der Stadt ausbreiten würden, und sie hasste den Gedanken, dass erneut über sie geklatscht werden würde. Gott sei Dank gab es die Hügel. Gott sei Dank gab es den verlässlichen, unerschütterlichen Clarrie.

»Also ...« Kelli lächelte. Sie schien zu glauben, dass Rachel die Unterhaltung genoss. »Meinst du, dass er bei ihr ein anderer Mensch ist als bei dir?«

»Oh.« Rachel seufzte. Kelli machte ihr im Grunde nichts aus. Sie war ein bisschen bescheuert, war aber immer freundlich gewesen, wenn sie einander bei Kate über den Weg liefen.

Und eine Zeit lang hatten ihre Kinder zusammen Zirkuskurse besucht. Kellis Tochter war ein paar Monate älter als Ned. Rachel leerte ihr Champagnerglas. »Ob er ein anderer Mensch ist?«, meinte sie. »Das bezweifle ich, aber woher soll ich das wissen?« Sie wandte sich an Kate, die sich neben ihr auf die Couch fallen ließ. »Wie geht es dem Geburtstagskind?«

»Klasse. Noch Champagner?« Kate schenkte Rachel nach, während die anderen vier Frauen mit einem Kuchen voller sprudelnder Wunderkerzen aus der Küche hereinströmten. Nachdem sie *Happy Birthday* gesungen hatten, spürte Rachel wieder Kellis Blick auf sich.

»Also, Rachel … Ich gehe einmal davon aus, dass es nicht allseits bekannt ist?« Sie nahm einen Teller mit Kuchen von Kate entgegen. »Ich meine … sie … weiß nichts.«

»Nein. Tut sie nicht.« Rachel wandte sich Kate zu, die sich gerade Sahne von den Fingern leckte, und flehte sie stumm an, das Thema zu wechseln.

»Was ist die Geheimzutat, Izzy? Zimt?«, fragte Kate und reichte Rachel einen Teller mit Kuchen.

Rachel wusste, dass es verkehrt war, wenn diese Frauen jetzt Bescheid wussten, und Marianna nicht. Wer waren diese Frauen überhaupt? Kate war die Einzige, die Rachel etwas bedeutete.

Sie war Marianna einmal begegnet, kurz nachdem die neuen Eigentümer von Emilys Haus den Kaufvertrag unterzeichnet hatten. Quinn hatte sie gewarnt, dass Marianna käme, und Rachel hatte vom Wintergarten ihrer Mutter aus beobachtet, wie sie in ihrem schwarzen Peugeot vorfuhr.

Marianna war herrlich schwanger gewesen, nur zwei drei Wochen weiter als Rachel, aber mit viel größerem Bauch. Und sie war viel schöner, als Rachel gedacht hatte, mit dichtem schwarzem Haar und einem altmodischen, ovalen Gesicht. Sie war viel schöner als Rachel.

Marianna hatte sich unbeholfen nach dem geheimen Schlüssel gebückt, den Rachel auch immer benutzte, und dann rief sie Quinn in der Arbeit an, um ihm ihre Ankunft zu melden. Rachel versuchte, nicht hinzuhören, aber Mariannas Stimme drang durch das offene Fenster laut zu ihr, und ihr herzlicher, scherzender Ton ließ Rachel dort erstarren, wo sie kniete, um die Handtücher ihrer Mutter in Pappkartons zu falten. Sie wollte, dass die beiden eine verdrossene, ernste Beziehung führten.

Nachdem Rachel die letzten Decken ihrer Mutter eingepackt hatte, war sie hinaus zur Wäscheleine gegangen, um die Babysachen hereinzuholen. Sie nahm die winzigen Strampelanzüge und Spucktücher und Mützchen ab, die Shaney und Kate ihr geschenkt hatten. Nebenan war es still, und köstlicher Essensgeruch drang herüber.

Rachel balancierte gerade eben den Wäschekorb auf der Hüfte und befand sich auf dem Weg ins Haus, als eine Frauenstimme über den Zaun erklang. »Dinge zu tragen wird so unglaublich schwierig, nicht wahr?«

Da war sie, stand lächelnd am Zaun, ein Glas Orangensaft in der einen Hand, die andere Hand auf dem Bauch. Ihre Gesichtszüge waren so gleichmäßig und so befriedigend angeordnet, dass Rachel sich vorstellte, ihr Gesicht würde perfekt in eines dieser Dreiecke passen, das laut irgendeines Mathematikers Schönheit definierte.

Rachel hatte die Schultern gezuckt. »Ich finde das Abwaschen am schwierigsten. Wenn man versucht, die Spüle zu erreichen.«

»O ja! Wie lange dauert es bei Ihnen noch?«

»Ungefähr acht Wochen.«

»Bei mir sind es noch sechs.«

Ich weiß, dachte Rachel.

Marianna hatte den Blick auf das Glas in ihrer Hand gesenkt. »Je näher der Geburtstermin rückt, desto öfter ertappe ich mich bei dem Gedanken, wie außergewöhnlich es ist, einen anderen Menschen in meinem Körper heranwachsen zu lassen. Und dann muss ich wieder daran denken, wie verdammt gewöhnlich und alltäglich es andererseits ist.«

»Genauso hat meine Mutter es beschrieben.«

»Wirklich? Ich glaube, ich habe es Quinn geklaut. Sie müssen Quinn kennen. Er ist irgendwo da drinnen, eben von der Arbeit nach Hause gekommen.« Sie neigte den Kopf, als versuchte sie, ihn zu erspähen.

Bitte bloß nicht herrufen, dachte Rachel. Sie fragte sich, ob er sie von einem Fenster aus beobachtete.

»Vielleicht hat Quinn es von meiner Mutter.« Rachel sprach seinen Namen zu laut aus. Aber sie wollte wenigstens auf eine kleine Art Anspruch auf ihn erheben. »Sie ist seine Patientin gewesen.«

»Tja, sie hat recht.« Marianna hatte so ein herzliches Lächeln.

»Sie ist ziemlich weise gewesen.«

»Lebt sie nicht mehr?«

»Nein. Sie ist kurz nachdem ich schwanger geworden bin verstorben.«

»Das tut mir leid.«

Rachel verlagerte das Gewicht des Wäschekorbs auf ihrer Hüfte. »Wissen Sie, ob Ihr Baby ein Junge oder ein Mädchen ist?«, fragte sie. Sie wusste bereits, dass Marianna beim Ultraschall gebeten hatte, es nicht zu erfahren.

»Nein. Und Sie?«

»Wir bekommen einen Jungen. Wir spielen mit dem Gedanken, ihn Ned zu nennen.« *Wir,* dachte sie. *Wir. Das sind übrigens ich und Ihr Ehemann.* Sie hasste die Animosität, die in ihr aufstieg. Marianna war nicht ihre Feindin.

Marianna trank ihren Orangensaft aus. »Manche Frauen sagen, sie können es kaum erwarten, dass es vorbei ist. Dass es sich anfühlt, als hätte etwas von ihrem Körper Besitz ergriffen, aber ich liebe es.« Sie schüttelte die letzten Tropfen Saft ins Gras.

»Ja.« Rachel hatte niemandem von ihrer Angst erzählt, dass sie sich nach der Geburt des Babys ausgehöhlt fühlen würde oder, schlimmer noch, dass sie sich wie früher fühlen würde, mit einem Körper, der lediglich praktisch und funktionell war. Und hier stand Marianna vor ihr und empfand genauso. Sie streckte die Hand nach Mariannas Arm aus. *Es gibt da etwas, das Sie wissen müssen,* würde sie sagen. *Es ist ungerecht, dass ich es weiß, und Sie nicht.*

Doch Marianna ergriff Rachels Hand und schüttelte sie. »Ich heiße Marianna. Freut mich, Ihre Bekanntschaft zu machen.« Ihre Finger waren warm.

»Rachel.« Sie hatte Mariannas Hand den Bruchteil einer Sekunde zu lang gehalten, und die andere Frau zog sie zurück und ging ins Haus.

Kate ließ die Gabel in den Kuchen sinken. »Oh, kommt schon. Hat keine von euch was mit einem verheirateten Mann gehabt?«

»Sicher, sicher«, sagte Kelli. »An der Uni. Es ist nur ...« Sie winkte ab. »Nicht so wichtig. Der Kuchen ist großartig, Izzy!« Und in dem flüchtigen Lächeln, das Kelli Rachel zuwarf, schwang Mitleid mit.

Noch während Rachel den Mund öffnete, wusste sie, dass sie von dem Champagner ein wenig angesäuselt war und besser nichts sagen sollte. »Glaubst du, ich hätte es schwer gehabt? Dass ich bloß einen halben Mann abbekomme?«

Kelli schüttelte mit vollem Mund den Kopf. »Nein.«

Jane – Kates Freundin aus dem Fußballverein – mischte sich ein. »Oh Gott, ich könnte es nicht ertragen!«

»Und wenn es die einzige Möglichkeit wäre, um mit dem Mann zusammen zu sein, den man liebt?«, fragte Rachel.

Jane reckte das Kinn. »Ich würde niemanden lieben, der so falsch ist.« Sie sah wie die Art Mädchen aus, die in der Schule im Debattierklub gewesen war. Bestimmt war sie die hübsche blonde Teamkapitänin gewesen, die kühl lächelte, während sie die Argumente ihres Gegenübers auseinandernahm.

»Dein Ehemann lügt also nie, Jane?«, versetzte Rachel.

»Es gibt solche Lügen und solche.« Janes Stimme war ausdruckslos, und sie lehnte sich in ihrem Sitz zurück. »Kleine Lügen und große Lügen.«

Die Atmosphäre in dem Zimmer hatte sich verändert. Rachel spürte, dass sich Kate neben ihr versteifte, und sie wusste, es wäre am besten, zu lächeln und sich mehr

Kuchen in den Mund reinzustopfen, damit sie nicht so viel redete. Aber sie sprach weiter. »Woher bist du dir so sicher, dass dir dein Ehemann keine großen Lügen auftischt? Ich würde jede Wette eingehen, dass Quinns Frau sagen würde, dass er ihr noch nie eine große Lüge aufgetischt hat. Was macht dich so sicher, dass es bei dir anders ist als bei ihr?«

Jane sah weg.

Rachel wusste, dass sie zu weit gegangen war. Im Zimmer herrschte Schweigen. Das Kreischen von der DVD, die Kates Kinder im Fernsehzimmer anschauten, drang überdeutlich zu ihnen. Dann fragte jemand Jane nach dem gebrochenen Arm ihrer Tochter, und Rachel lehnte sich mit glühenden Wangen in die Couch zurück. Sie sah Kate nicht an.

Später machte sie den Abwasch, während Izzy abtrocknete. Izzy nahm ein Champagnerglas entgegen und sprach leise. »Ich bemitleide dich kein bisschen. Ehrlich gesagt, würde es mir ganz gut in den Kram passen, einen Teilzeit-Ehemann zu haben.«

Izzy hatte ihren Freund aus der Schule geheiratet. An seinen Namen konnte sich Rachel nicht erinnern, aber sie wusste, dass er Installateur geworden war. Behutsam stellte Izzy das Glas auf den Tisch. »Aber ich hatte Mitleid mit dir, als dein Bruder ums Leben gekommen ist.«

»Oh, wirklich?« War das alles, was Rachel je für diese Menschen sein würde, das Mädchen, dessen Bruder ertrunken war, und neuerdings die Geliebte, die sich ewig etwas vormachte?

Izzy nickte. Sie sah Rachel immer noch nicht an. »Deine

Eltern hätten den Leuten niemals erzählen dürfen, dass du auf ihn aufpassen solltest. Ich wollte dir das schon damals sagen.«

»Ich *sollte* aber auf ihn aufpassen. *Ich* habe es den Leuten erzählt.« Sie versuchte, ihrer Stimme einen abschließenden, resoluten Klang zu geben. Sie drehte den Warmwasserhahn weit auf und ließ die Spüle von dem heftigen Wasserstrom mit Schaum füllen.

Izzy war auch Schwimmerin gewesen, eine Schmetterlingsschwimmerin mit starken Schultern, die nach jeder Trainingsstunde zwei Packungen Salt-and-Vinegar-Chips aß.

»Aber würdest du dein zwölfjähriges Kind bitten, auf einen Siebenjährigen aufzupassen, während die beiden im Fluss schwimmen? In dem Fluss?« Izzy deutete mit dem Finger zum Fenster. »Ich jedenfalls nicht.«

»Oh … vielleicht würde ich es.« Sie hatte die Worte ihrer Mutter unzählige Male im Kopf abgespielt. *Du passt auf deinen Bruder auf, nicht wahr, Rachel.* Es war keine Frage gewesen. Ihre Mutter hatte neben dem Auto gestanden. Sie trug ihr weißes Neckholderkleid und einen Strohhut. In den Händen hielt sie ein Tablett mit kleinen Schinken-Käse-Quiches, die sie für das Kirchenpicknick gemacht hatte. Rachel hatte den Augenblick so oft im Kopf ablaufen lassen, dass sie sich fragte, ob die Erinnerung sich vielleicht mit der Zeit verändert hatte, wie Worte, die man bei stiller Post von Kind zu Kind durch die Runde schickte. Sie fragte sich, ob ihre Mutter in dem Moment, als Scottys Herz zu schlagen aufgehört hatte, etwas gespürt hatte. Hatte sich ihre Gebärmutter wegen ihres Jungen zusammengezogen, während ihre Mutter das Tablett mit Quiches herumreichte?

Rachel zog den Stöpsel aus der Spüle und drehte sich zu Izzy um. »Er ist acht gewesen. Nicht sieben.« Falls Ned etwas zustoßen sollte, wusste Rachel ganz sicher, dass sie sterben würde. Sie verstand jetzt, warum sich ihre Mutter in ihr Zimmer zurückgezogen hatte, und fragte sich, wie es kam, dass sie nicht für immer dort geblieben war. Wasser tropfte von Rachels nassen Händen auf den Boden. »Wie alt sind deine Kinder?«

»Shane ist dreizehn, die Zwillinge sind elf und Amy ist neun.«

Rachel dachte an Izzys vier Kinder, die sicher zu Hause im Bett lagen. »Halt deinen Ehemann fest. Wenn du ihn liebst. Glaub mir, einen Teilzeit-Mann willst du nicht.«

Rachel lenkte das Auto in die Stuart Street auf Shaneys Haus zu, da fiel ihr wieder ein, dass Shaney tot war. Als sie anhielt, fing es an zu regnen. Nachdem Ned auf der Welt gewesen war, war Shaney ein-, zweimal die Woche mit einem Thunfisch-Nudelauflauf und diversen Babysachen vorbeigekommen, die sie bei ihrer ehrenamtlichen Arbeit in einem gemeinnützigen Gebrauchtwarenladen bekommen hatte. Shaney saß dann auf der Veranda, wiegte Ned und summte ihm Wiegenlieder vor, während Rachel duschte oder ein Nickerchen auf dem Liegesofa machte. Und wenigstens einmal die Woche pflegte Rachel in die Stadt zu Shaney zu fahren und Ned dort zu lassen, während sie einkaufen und ins Schwimmbad ging. Sie hatte Quinn gesagt, Shaney habe ohne Widerrede die Erklärung akzeptiert, auf die sie beide sich geeinigt hätten, nämlich dass Karl Neds Vater sei. Karl, der nachlässige, abwesende Vater. Der arme verleumdete Karl. Gelegentlich fragte sie sich, wo Karl jetzt war und ob er Kinder bekommen hatte.

Sie wendete den Wagen, fuhr quer durch die Stadt und parkte vor Bills Haus. Die neuen Eigentümer im Haus ihrer Mutter, ein junges Paar, hatten einen dichten, subtropischen Garten angepflanzt. Rachel konnte die Haustür kaum erkennen und war froh, dass es so anders aussah. Wie sie sich wünschte, ihre Mutter hätte Ned kennenlernen können. Shaney hatte versucht, Rachel dazu zu überreden, in ihr Gästezimmer zu ziehen, aber Rachel wusste, dass die Hügel der richtige Ort für sie und Ned waren. Dort draußen bewegte sie sich im Tempo der Natur und folgte dem einfachen Tagesrhythmus ihres Babys, während die Sonne langsam über sie hinwegzog und die Bäume rauschten. Es war wie ein Gegenmittel nach all den Jahren des Herumfliegens quer durch das Land, immer adrenalingetrieben und auf der Flucht vor dem, was Scotty zugestoßen war.

Bei Bill brannte Licht. Er war vor einem Monat aus Übersee zurückgekommen. Rachel klopfte an seine Tür. Da drangen Stimmen aus dem Garten hinter dem Haus.

Bill riss die Tür auf. »Rachel! Komm rein!« Er trug ein weißes Baumwollhemd mit einem Rotweinfleck auf der linken Brust.

»Aber du hast Besuch.«

»Egal, komm rein.« Er winkte ihr lächelnd. »Wir sind hinten im Garten. Schnapp dir ein Glas.«

»Ach, weißt du, lieber nicht.« Sie packte ihn am Arm.

»Ich wollte dir bloß sagen, dass ich es den Leuten jetzt sage. Wegen Quinn.«

Er drehte sich zu ihr um, und sein Gesicht hatte das trunkene Glänzen verloren.

»Oh. Okay.«

»Ich hätte es schon vor einer Ewigkeit tun sollen.«

Draußen erscholl lautes Gelächter. »Bill!«, schrie jemand. »Wo ist der verfluchte Shiraz?«

Eine Frau mit kurzen blonden Haaren erschien im Türrahmen. »Oh, hallo! Noch ein Gast?« Es sah aus, als würden sie schon eine Weile trinken.

»Ach nein«, erwiderte Rachel. »Ich bin auf dem Nachhauseweg.« Die Frau drehte sich schon wieder um, nachdem sie sich eine Flasche vom Tisch gegriffen hatte.

»Du erzählst es also den Leuten ...« Er trat dicht an sie heran und steckte ihr eine Haarsträhne hinters Ohr. Er roch nach Rotwein und etwas Süßem. »Erzählst du es Marianna?«

»Das ist seine Aufgabe.«

»Theoretisch.« Er trat zurück. »Aber genau genommen hätte er es ihr vor fünf oder sechs Jahren sagen sollen.«

»Warum erzählst du es ihr nicht? Du bist mit ihr befreundet.«

Er lächelte traurig. »Das war ich einmal.« Bill sah über ihre Schulter aus dem Fenster und seufzte. Er durchquerte das Zimmer und ließ sich auf die rote Chaiselongue plumpsen, und sie setzte sich neben ihn. Er wischte sich mit den Händen übers Gesicht. »Zum Teufel mit ihm. Zum Teufel mit ihm, weil er es ihr nicht gesagt hat.«

Sie lehnte sich zurück an das Sofa, dasselbe Sofa, auf

dem Quinn und sie viele Male gesessen hatten und wo Bill und sie miteinander geschlafen hatten.

Bill ließ die Hände sinken. »Was für ein Schlamassel, hm?«

»Ja. Es tut mir leid, dass du da mit reingezogen worden bist.«

Er nickte. »Mir auch.«

»Ich gehe jetzt. Ich wollte dir bloß Bescheid geben.«

Er streichelte ihren Arm. Seine Stimme war leise. »Tschüss.«

Auf dem Weg nach draußen sah Rachel durch die Tür in Quinns altes Zimmer, als könnte es das letzte Mal sein, dass sie es zu Gesicht bekam. Die Reispapierjalousien, der blaue Webteppich und das schmale Bett. Das Bett, in dem Ned gezeugt worden war.

Was sie den Frauen bei Kate zu Hause erzählt hatte, stimmte: Sie liebte Quinn. Sie liebte es, im Bett zu liegen und leise zu reden, wenn sie beide mitten in der Nacht aufwachten. Sie liebte es, ihm beim Spielen mit Ned zuzusehen. Zwischen ihnen war es immer angenehm und entspannt und sanft gewesen. Aber hatte sie auf ihrer Suche nach einem sanften Mann am Ende einfach einen Schwächling abbekommen?

Zwar traf sie sich jedes Mal mit Bill, wenn er wieder in der Stadt war, aber sie hatten nur ein einziges Mal miteinander geschlafen. Es passierte, als Quinn mit Marianna und Adie in Disneyland war, als die Kinder zwei Jahre alt waren.

Rachel war mit Tomaten und einem Bund Basilikum bei Bill zu Hause aufgekreuzt. Mit einem scheuen Lächeln hatte er sie hereingebeten. Wenn sie ihn sah, überraschte es sie jedes Mal wieder, wie schmächtig er war, zwar groß, aber sehr schlank und mit kleinen, behutsamen Händen. Quinn hatte einmal gesagt, er hätte Chirurg werden sollen. Bill wirkte so, wie sie sich einen englischen Gelehrten vorstellte: Die Haare fielen ihm wild ins Gesicht, und er hatte altmodisch galante Umgangsformen. An dem Tag hatte er aus Seilen eine Schaukel für Ned gebaut. Der Junge war unter dem Mangobaum hin- und hergeschwungen, hatte auf den sich verdüsternden Himmel gedeutet und »Fledermaus! Fledermaus!« gerufen.

Bill war gewillt gewesen, ihre Fragen über Quinn zu beantworten, und schließlich fing er an, ihr von Marianna zu erzählen, als hätte er gewusst, dass sie eigentlich aus diesem Grund vorbeigekommen war. Während er Steaks grillte, erzählte er ihr, dass Marianna an der Uni die Frau gewesen sei, mit der die Männer ins Bett gewollt und der die Frauen nachgeeifert hätten. Er beschrieb, wie er Marianna eines Tages beim Frisieren und Schminken zugesehen habe und ihm klar geworden sei, dass sie eine halbe Stunde brauchte, um ihren natürlichen Look zu erzielen. Rachel fragte nicht, ob Bill mit ihr geschlafen habe, aber es hörte sich so an.

Es war spät gewesen, als Bill einen schlafenden Ned ins Haus getragen und ihn behutsam auf Quinns Bett gelegt hatte. Rachel beobachtete, wie er Neds Haare glatt strich. »Möchtest du Kinder haben?«, flüsterte sie.

Er hatte sich aufgerichtet. »Ja.« Dann ließ er den Blick durch das Zimmer schweifen und deutete auf die paar Hemden von Quinn, die immer noch an dem Kleiderständer hingen. »Weißt du, im Grunde hat er mir keine Wahl gelassen. Er hat mir von dir erzählt und mich dann angefleht, es nicht Marianna zu erzählen … Ich wünschte, er hätte mich nicht gezwungen, ihm ein Alibi zu verschaffen.«

»Hast du ihm gesagt, wie sauer du auf ihn bist?«

»Ja, das hab ich.« Und er hatte ihren Rücken berührt, um sie vor sich aus dem Zimmer zu führen. Mehr brauchte es nicht, lediglich diese einzige Berührung nackter Haut.

Sie hatte erwartet, dass er sanft küssen würde, aber er war gewaltsam, seine Zunge war aufdringlich. Sie war an die Art gewöhnt, wie Quinn küsste. Während sie auf dem Sofa miteinander schliefen, war ihr klar, dass Quinn sie und Marianna ständig miteinander vergleichen musste.

»Tja, ich schätze mal, das war unvermeidlich«, hatte Bill hinterher gesagt.

Sie hatte nicht gewusst, was sie erwidern sollte. Dachte er, sie wäre deswegen vorbeigekommen? »Ich bin mir allerdings nicht sicher, ob es eine gute Idee war.«

Er hatte traurig gelächelt. »Nein, wahrscheinlich nicht. Aber nicht das Schlimmste, was hätte passieren können.«

Sie hatte es Quinn gleich nach seiner Rückkehr aus den Staaten erzählt und gedacht, sie würde vielleicht eine gewisse Befriedigung empfinden, es ihm heimgezahlt zu haben, aber sie war nur traurig gewesen und in Tränen ausgebrochen. Quinn hatte zwar entsetzt ausgesehen, aber wie er ihr gesagt hatte, während er sie hielt: Er hatte kein Recht, Treue zu verlangen.

Sie fuhr ein wenig zu schnell, das wusste sie. Doch sie liebte die Art, wie Quinns Wagen auf der frisch geteerten Straße dahinglitt, und die Luft durch das Fenster strömte.

Lügen war etwas Schrittweises. Wenn man die Entscheidung traf, in einer Angelegenheit zu lügen, wurde es viel leichter, auch bei etwas anderem zu lügen. Und dann bei allem.

Am Tag von Neds Geburt hatte sie in dem schwach erhellten Wohnzimmer der Hütte gesessen, das Neugeborene an der Brust. Sie beide befanden sich im Mittelpunkt des Universums, um sie herum die Schutthalde der Geburt: ein Bündel blutiger Handtücher, die Tücher, die die Hebamme ihr auf den Rücken gelegt hatte, und die Brotschüssel, in der die Plazenta dunkel glänzend lag. Und um diesen Mittelpunkt kreisten die Wände und die Decke, das Blechdach, das Tal, das Land, der Planet, das Universum.

Quinn und die Hebamme waren in der Küche gewesen, um etwas zu essen zuzubereiten, während Rachel Ned dabei zusah, wie er zum ersten Mal draußen in der Welt einschlief, während sein feuchter rosafarbener Mund von ihrer Brustwarze abglitt.

Die Stimme der Hebamme war laut. »Sind Sie Krankenpfleger? Sie verfügen offensichtlich über medizinisches Wissen.« Teller klirrten, die Kühlschranktür ging zu, und Quinn sagte etwas Undeutliches.

»Oh. Ach so!« Jenny hatte gelacht. »Ja, ich glaube sogar, dass ich Sie schon einmal im Krankenhaus gesehen habe. Ich habe dort ein paar Schichten gearbeitet.«

Quinn murmelte etwas.

»Ah! Tut mir leid. Da habe ich etwas verwechselt. Ich dachte, sie wären Rachels Partner.«

Eine bleierne Kälte packte Rachel. Gerade eben hatte Quinn sie Jenny gegenüber verleugnet. Was hatte er gesagt? Dass er ein Freund war? Ihr Bruder? Als sie Jenny zum ersten

Mal gesehen hatte, war sie der Frage nach dem Kindsvater ausgewichen – wie von Quinn und ihr vereinbart –, doch da das Baby nun hier war, wirkte es wie ein schrecklicher Verrat, dass Quinn so tat, als wäre er nicht der Vater.

Als die lächelnde Hebamme mit einer Scheibe Toast und einer Tasse Tee ins Zimmer zurückkehrte, hätte Rachel etwas sagen können, aber sie nahm nur den Teller entgegen und balancierte ihn auf dem Kissen neben sich, während sie Ned auf einen Arm nahm. Indem Rachel nichts gesagt hatte, hatte sie auch gelogen. Es war der Anfang der Lügen, die auch Rachel Ned jeden einzelnen Tag erzählt hatte.

Als Ned zwei Wochen alt war, war Quinn eines Abends mit Einkaufstüten eingetroffen. Rachel saß im dunklen Wohnzimmer auf der Couch und stillte. »Warum schaltest du kein Licht an?«, fragte er.

»Weil er jedes Mal aufwacht, wenn ich mich bewege. Kannst du mir bitte ein Glas Wasser bringen?«

Er knipste eine Lampe an und brachte ihr Wasser. »Hast du es ihr gesagt?«, fragte sie.

Er setzte sich neben sie. »Ich kann es einfach nicht. Ich weiß, dass es beschissen für dich ist. Aber ich kann es einfach nicht.«

Ned erwachte und sperrte den Mund auf, während er hektisch nach der Brust suchte. Sie legte ihn an die Brustwarze an. »Du hast gesagt, dass du es tun würdest.«

Quinn streichelte Neds nacktes Bein, das aus der Wolldecke gerutscht war. »Ich sehe Adie an, während sie schläft, und ich ertrage es nicht, dass ich mein kleines Mädchen verliere oder dass sie mich verliert … Könntest du dir vorstellen, Ned zu verlassen?«

»Hattest du je vor, es ihr zu sagen? Jemals?«

»Ja. Das hatte ich.«

Sie war zu müde gewesen, um ihren Zorn richtig zu spüren. »Ich sollte dir sagen, dass du gehen musst, dass ich dieses halbherzige Arrangement nicht möchte. Aber ich will jemanden, mit dem ich mir das hier teilen kann. Ich möchte, dass du hier bist ... Ich möchte eine Familie.« Sie hatte auf ihr gemeinsames Baby gestarrt, dessen kleine Kiefer sich beim Stillen bewegten, die Augen selig geschlossen.

Der Regen setzte wieder ein, und Rachel schloss das Fenster und schaltete die Scheibenwischer ein. Sie verspürte ein flaues Gefühl im Magen, wenn sie sich vorstellte, wie sie es Ned erzählte. Sie hatte es nicht geschafft, die Mutter zu sein, die sie sein wollte. Es blieb nur zu hoffen, dass er es gut verkraften würde, wenn sie die Sache ganz nüchtern behandelte.

Als sie am Fifth Crossing den Bach überquerte, blitzte etwas in ihrem peripheren Gesichtsfeld auf, und sie riss das Lenkrad herum. Während sie von der Straße abkam, knallte ein Tier gegen den Wagen. Einen Augenblick lang befand sie sich in der Luft, der Gurt hielt sie fest im Sitz, und der Motor heulte auf, während ihr Fuß weiter auf das Gaspedal drückte. *Das war's,* dachte sie. Dann explodierte alles, und sie wurde heftig vom Airbag gerammt.

Als sie das Bewusstsein wiedererlangte, dröhnte das Geräusch des Aufpralls immer noch in ihren Ohren, und sie betastete sich das Gesicht. *Mist, das tut weh!* Da war das Geräusch von fließendem Wasser, laut und nah. Befand sie sich neben dem Bach? Mit zitternden Händen öffnete sie den Gurt und tastete nach dem Türgriff.

Die Wagentür schwang auf, und im nächsten Moment begriff sie, dass sich der Wagen auf Felsblöcken im Bach befand, und die Scheinwerfer in das schnell fließende Wasser leuchteten. Als sie sich an den Rand des Sitzes schob, durchzuckten sie an der Seite höllische Schmerzen, und sie schrie auf, als sie in das einen Meter hohe, kalte, schnell dahinströmende Wasser plumpste. Sie watete vom Auto zum schilfigen Ufer und kletterte unter Schmerzensschreien zur Straße hoch, indem sie sich an jungen Bäumen und Grasbüscheln festklammerte. Oben kroch sie auf die Straße. Der Regen trommelte ihr sanft auf den Rücken.

Ein paar Meter weiter lag ein Wallaby auf dem Boden. Der Regen wusch bereits die Blutlache weg, die sich an seinem Kopf gebildet hatte.

Zu Fuß machte sie sich auf den Nachhauseweg, und schon bald wurden die Schmerzen in ihren Rippen schier unerträglich. Sie musste eine Pause einlegen und sich ausruhen. Vor ihrem geistigen Auge sah sie die Autoscheinwerfer, die ins Wasser leuchteten, und sie wusste, dass sie hätte sterben können. Was wäre dann mit Ned passiert? In seiner Erinnerung wäre Rachel dann ein Mensch, der ihn belogen hatte.

Ihr kam ein Science-Fiction-Buch in den Sinn, das sie als Teenager gelesen hatte. Die Hauptfigur konnte zwischen Fäden hin und her springen, die für die unterschiedlichen Richtungen standen, in die sich ihr Leben hätte entwickeln können. Früher träumte Rachel davon, dass sie den Faden fand, in dem Scotty noch am Leben war, oder den Faden, in dem statt seiner Rachel ertrunken war.

Und wenn sie jetzt den Weg zu dem Faden finden könnte,

in dem sie sich geweigert hatte, die Hebamme zu belügen? Und wenn sie gesagt hätte: *Er sieht Quinn ähnlich, finden Sie nicht?* Welches Leben fände sie dort vor?

32

Als er hörte, wie die Küchentür aufgerissen wurde, lag er gerade im Bett und las. Er las immer wieder dieselbe Seite, während er darauf lauschte, wie sie sich in der Küche ein Glas Wasser holte und in Neds Zimmer ging, dann ins Badezimmer, wo sie eine Ewigkeit das Wasser laufen ließ.

Als sie in der Tür zum Schlafzimmer auftauchte, war sie bis auf die Unterhose entkleidet und hielt sich ein blutiges Taschentuch an die Stirn gedrückt. Sie stand sehr gerade da. »Ich fürchte, ich habe dein Auto geschrottet.«

Er schwang sich aus dem Bett. »Alles in Ordnung?« Er streckte die Hand nach dem blutigen Taschentuch aus.

»Ja.« Sie roch nach Alkohol. »Wirklich.«

»Lass mich mal sehen.«

Sie schloss die Augen. Eine tiefe Wunde durchschnitt die Augenbraue, und Rachel zuckte zusammen, als er ihre Augenhöhle abtastete. »Es ist bloß eine Gewebeverletzung, glaube ich«, meinte er. Er nahm ihr das Taschentuch aus der Hand, um Blut von ihrer Augenbraue zu tupfen.

Ihre Atmung ging flach. Als er ihre Rippen berührte, nickte sie, und ihr traten Tränen in die Augen. »Tut weh.«

»Auf einer Skala von eins bis zehn?«, fragte er.

»Sieben. Acht.«

»Hast du sonst noch irgendwo Schmerzen?«

»Nein.«

»Du hast dir also den Kopf angestoßen?« Er strich ihr mit den Fingern über die Wange.

»Ich schätze mal. Oder mir ist etwas gegen den Kopf geknallt. Ich hatte überall Pulver von dem Airbag.«

»Bist du ohnmächtig geworden?«

»Vielleicht. Eine Sekunde lang.«

»Warum setzt du dich nicht?«

Er half ihr, vorsichtig die Wand hinunterzugleiten. Ihre nassen Haare hinterließen eine glänzende Spur. »Ich habe in der Nähe des Fifth Crossing ein Wallaby angefahren und dabei die Kontrolle über den Wagen verloren. Bin im Bach gelandet.«

»Du bist die Böschung runter in den Bach? Ach du heilige Scheiße, Rachel!« Das Auto wäre ein Totalschaden. Er setzte sich neben sie auf den Boden.

»Ich bin zu schnell gefahren.«

»Wie bist du nach Hause gekommen?«

»Zu Fuß.«

»Ich muss Wundschlussstreifen auf die Wunde machen. Sie ist tief.« Er machte Anstalten aufzustehen.

»Lass es eine Minute gut sein, ja?« Sie schloss die Augen.

Er musste ihr von Ned erzählen. Je länger er es bleiben ließ, desto schwieriger würde es werden.

»Das mit dem Auto tut mir leid«, sagte sie mit immer noch geschlossenen Augen.

»Es ist nur ein Auto.«

Sie öffnete die Augen und wandte sich ihm zu. »Wenn ich gestorben wäre, was wäre dann mit Ned geschehen?«

»Ich hätte mich um ihn gekümmert.« An ihrem Haaransatz befanden sich drei kleine, tiefe Wunden. Er berührte ihre Stirn mit den Fingerspitzen. Ihre Haut war feucht und kühl.

»Wo?«

»Wohl hier.«

»Und wenn Marianna etwas zustoßen sollte? Würde Adie dann bei uns leben?«

»Ja. Ich schätze schon.«

Einen Moment lang schwieg sie. »Bist du anders, wenn du bei ihr bist?«

»Ja.«

»Inwiefern?«, flüsterte sie.

»Hier bin ich glücklicher.«

»Warum?«

»Ich bin einfach mit dir zusammen glücklicher.«

»Aber warum?«

Seine Kehle schnürte sich zu. »Weil du bist, wer du bist, und weil ich bin, wer ich bin, wenn ich bei dir bin.«

»Liegt es nur daran, dass du dich hier nicht verstellen musst?«

»Es ist nicht nur das. Du bist … Es ist leichter, mit dir zusammen zu sein. Ich komme mir mehr wie ich selbst vor.«

Sie lehnte den Kopf an seine Schulter.

Er holte Atem. »Rachel?« Ihm wurde flau im Magen. »Ich habe es Ned gesagt.«

Erst tat sie nichts, als dauerte es, bis die Worte zu ihr durchdrangen und Sinn ergaben. Sie hob den Kopf. »Das von ihnen?«

»Ja.«

Sie rutschte ein Stück von ihm fort. »Aber wir haben uns darauf geeinigt, es ihm gemeinsam zu sagen! Nein, Quinn!«

»Es ist mir einfach herausgerutscht. Es tut mir leid.« Doch eine Sache wusste er mittlerweile: Einen Moment der Entscheidung gab es immer. »Es tut mir leid. Ich hätte warten sollen.«

»Was hat er gesagt?« Ihr Mund verzog sich, und Tränen schossen ihr aus den Augen. »Ich wollte dabei sein.«

»Er hat mir ein paar Fragen gestellt. Wie alt Adie ist. Wo sie wohnt.«

»Hast du es bloß getan, um mich an meinen Platz zu verweisen? Um mir ins Gedächtnis zu rufen, wer das Sagen hat?«

»Es tut mir leid, ich hätte auf dich warten sollen. Ich hatte bloß das Gefühl, dass es *mein* Fehler gewesen ist, *meine* große Lüge, und dass ich es ihm sagen sollte …«

»Was genau hast du ihm gesagt? Wie hast du es formuliert?«

Sein Gesicht rötete sich. »Ich kann mich nicht mehr an den genauen Wortlaut erinnern. Ich habe ihm bloß gesagt, dass ich noch eine Familie habe und dass es nichts daran ändert, wie sehr ich ihn liebe.«

Aus der Wunde sickerte ihr Blut ins Auge, und sie wischte es mit der Hand weg. »Ich fasse es nicht, dass du das getan hast!« Sie stand auf, sog scharf die Luft ein und ging zur Tür. »Du triffst nicht mehr alle Entscheidungen.« Sie war wütend. »Du kontrollierst den Informationsfluss nicht. Weder hier noch in deinem anderen Haus.«

»Was ist das? Eine Drohung? Ned weiß Bescheid, und

das ist es, was du gewollt hast. Marianna und Adie sind nicht deine Sache.«

»Du hattest nie vor, es ihr zu sagen. *Nie*. Das begreife ich jetzt.«

»Das glaubst du doch nicht wirklich?«

»Doch.«

»Hör mal«, sagte er. »Ich habe auf den Moment *gewartet*, um es ihr zu sagen. Und dann ist Adie gekommen.« Sein Herz quoll über bei der Erinnerung an Adies verschrumpeltes Säuglingsgesicht und den feinen dunklen Haarschopf. Die erste halbe Stunde nach Mariannas Kaiserschnitt waren da nur er und Adie gewesen, während Marianna genäht wurde. Er hatte sein kleines Mädchen gehalten, und es blickte mit diesen Augen zu ihm auf, und alles änderte sich, all seine Vorsätze, es Marianna zu sagen, all seine Entschlossenheit, ehrlich zu sein. »Kannst du dir vorstellen, dein neugeborenes Kind zu verlassen? Hättest du das tun können? Ned verlassen? Ich konnte es einfach nicht.«

»Bei dir hört es sich an, als wäre es um Adie gegangen. Aber wir wissen beide, dass es um dich gegangen ist.« Sie verschwand den Flur entlang in Neds Zimmer.

Er legte sich wieder ins Bett. Rachels Bett. Rachels Haus. Er wusste noch, wie er auf Adie in der rosa-blau-karierten Krankenhausdecke geblickt und gedacht hatte, dass er es nicht ertragen würde, seine Tochter in dem Glauben aufwachsen zu lassen, er hätte sie im Stich gelassen, sobald er sie zu Gesicht bekommen hatte.

Du kontrollierst den Informationsfluss nicht. Weder hier noch in deinem anderen Haus. Er würde es Marianna sagen müssen, bevor Rachel es tat.

33

Quinn war gerade beim Zähneputzen, als Ned in seinem blauen Baumwollschlafanzug ins Badezimmer geschlurft kam. »Hi, Daddy.« Der Junge stellte sich zum Pinkeln vor die Toilette.

»Hey!« Er zerzauste Ned mit der freien Hand die Haare. »Wie hast du geschlafen?«

Der Junge nickte und schüttelte seinen Penis in Richtung der Kloschüssel. Dabei sah er zu Quinn empor und riss die Augen auf. »Hast du Mummys Gesicht gesehen?«

»Ja. Sieht ziemlich schlimm aus, was?«

Ned streckte die Zunge heraus. »Es sieht eklig aus.« Er bemerkte Quinns Kamm und griff danach. »Kannst du mir die Haare schneiden? Ich will sie kurz wie du.«

»Ich bin nicht sonderlich gut im Haareschneiden. Aber ich bringe dich zum Friseur, wenn du sie wie meine geschnitten haben willst.«

»Daddy bringt mich zum Friseur«, sagte Ned zu Rachel, die mit einem Glas Wasser im Türrahmen erschien. Der Bluterguss auf ihrem Gesicht war größer, als Quinn erwartet hatte, und reichte von ihrem Haaransatz bis zum Mund. Ihr linkes Auge war zugeschwollen. Die Wunde klaffte.

»Oh. Wenn du unbedingt willst.« Ohne Quinn eines

Blickes zu würdigen, ließ sie sich unter Schmerzen auf die Toilette sinken. Ned suchte in einer der Badezimmerschubladen auf Quinns Seite herum.

»Hey, lass mich die Wunde säubern und Wundschlussstreifen draufkleben«, sagte Quinn. »Es wird höchste Zeit.«

Sie schüttelte den Kopf. »Nein. Ich setze dich bei der Arbeit ab und fahre dann ins Krankenhaus.« Sie benutzte Klopapier und betätigte die Spülung, weiterhin Quinns Blick ausweichend.

»Lass es mich machen, Rach. Ich habe das in fünf Minuten erledigt. Möglicherweise verheilt es sonst nicht richtig, es ist ohnehin schon reichlich spät.«

Sie sah zu Ned hinüber, der an einem ihrer Haargummis herumspielte, aber offensichtlich zuhörte.

»Na schön«, meinte sie mit verkniffenen Lippen. »Danke.«

Rachel zuckte nicht zusammen, als er mit der Betadine-Lösung um die Wunde herumtupfte. Sie schloss das unversehrte Auge und saß völlig reglos in dem Quadrat aus Sonnenschein, der durch das Küchenfenster drang. Ihr Atem ging flach.

Er untersuchte die Wunde, während er darauf wartete, dass die Betadine-Lösung trocknete. Es war ein tiefer Schnitt mit sauberen Kanten. Er kannte ihr Gesicht so gut, liebte es so sehr, ihre Wangenknochen und die hohe Stirn, die sauberen, asketischen Flächen. Er legte die Fingerspitzen an ihre unverletzte Wange. »Es tut mir leid«, flüsterte er, aber sie reagierte nicht.

»Was machst du als Nächstes?« Ned kletterte neben Quinn auf den Küchentisch. Er aß eine Banane.

»Ich werde die hier draufmachen.« Er hielt die Wundschlussstreifen hoch.

Ned hatte sich die Haare hochgebunden, sodass ein Büschel oben von seinem Kopf abstand. Seine Wangen wölbten sich voller Banane.

Rachel behielt die Augen geschlossen, während Quinn das Papier von dem ersten Streifen abzog. Ned betrachtete die Verletzung seiner Mutter mit gerunzelter Stirn.

»Ned hat heute Morgen darum gebeten, sich ein Foto von deiner anderen Familie ansehen zu können«, sagte Rachel.

»Natürlich.« Er lächelte Ned zu. »Ich werde dir ein Foto geben, Nudel.«

Ned sprach mit vollem Mund. »Und du wirst ihnen eine Foto von mir geben?«

»Ja.« Als Quinn um fünf Uhr morgens aufgewacht war, hatte er Rachel und Ned in Neds Zimmer murmeln hören. Er war wieder eingedöst, und als er später erneut aufwachte, redeten sie immer noch. Ned wirkte heute Morgen ruhiger, und er fragte sich, was Rachel gesagt hatte. Quinn berührte ihre Augenbraue leicht. »Heb dein Kinn ein wenig.«

Rachel legte den Kopf zurück. »Daddy hat ihnen noch nicht von dir und mir erzählt.«

»Sie wissen nichts von mir?« Ned beugte sich vor, um seinem Vater in die Augen zu sehen.

Quinn warf Ned einen Blick zu. »Nein. Noch nicht.« Im Schlafzimmer klingelte sein Handy. Er drückte die Wundränder zusammen. »Ist das okay?«

»Ja. Mach einfach«, sagte sie.

Er zog den ersten Streifen darüber, und Rachel zuckte zusammen. Ned schob sich über den Tisch, dicht an Quinn heran. »Du wirst doch immer noch hier wohnen, nicht wahr, Daddy?« Bei seinen Worten sah der Junge Rachel an, nicht Quinn.

»Ja, Nudel«, antwortete Quinn.

Rachel sagte nichts, und Quinns Kehle schnürte sich zusammen.

Quinn legte den zweiten Wundschlussstreifen auf dem Tisch ab. »Komm her.« Er nahm Ned in die Arme. »Alles wird so bleiben, wie es ist, mein Junge. Ich werde hier sein. Du wirst hier sein. Mummy wird hier sein. Du und ich, wir werden zum Riesenfelsen hochsteigen.« Quinn zog ihn näher an sich. »Alles ist genau wie immer, und ich liebe dich.« Ned roch nach Schlaf und Banane, und in Quinns Augen brannten Tränen.

Neds Stimme war gedämpft. »Und was ist mit Weihnachten?«

»Ich hoffe, dass ich hier sein kann.«

Ned lehnte sich zurück, um ihn anzusehen. »Gib ihnen das Foto von mir mit Clarries Pythonschlange.«

»Okay.«

Ned wand sich aus Quinns Armen auf den Boden und stellte sich in die Tür zur Veranda. »Können wir nach dem Frühstück zu Clarrie gehen, Mum? Vielleicht sind seine Skinke geschlüpft.«

»Wir können ihn besuchen, wenn wir deinen Dad zur Arbeit gefahren haben«, erwiderte Rachel.

»Okay.« Ned verschwand durch die Tür, und Quinn hörte, dass er Zweige auseinanderbrach und im Holzschuppen aufschichtete. Sie verfügten bereits über einen Vorrat an Anzündholz, der für viele Jahre reichen würde.

Quinn wusch sich erneut die Hände an der Spüle und beugte sich über Rachel, um den zweiten Streifen anzubringen. Er konnte ihr Blut riechen und direkt in ihren Körper sehen, das weiche, entblößte Fleisch. Er hoffte, dass dieser kleine Akt des Heilens vielleicht dabei helfen würde, sie beide wieder zusammenzubringen.

»Dein Gesicht muss trocken bleiben.« Er warf die Papierstreifen in den Abfall. »Wirst du deine Bremslichter reparieren lassen, wenn du in der Stadt bist?«

Sie nickte.

»Ich rufe bei der Versicherung an«, erklärte er. »Und beim Abschleppdienst.« Er hoffte, dass nicht die ganze Nacht lang Öl und Benzin aus dem Wagen in den Bach gelaufen waren.

Sie sah ihn mit dem guten Auge an und sprach im Flüsterton. »Du hast Ned nicht gebeten, es geheim zu halten, oder?«

»Nein. Habe ich nicht.« Er hielt inne. »Bitte, wirst du die Sache mit Marianna und Adie mir überlassen?«

Sie schloss das Auge. »Warum sollte ich glauben, dass du es ihr sagen wirst? Nach allem.« Eine Träne quoll zwischen ihren Wimpern hervor, und sie wischte sie mit der Handfläche fort. »Ich habe heute Morgen mit Nudel im Bett gelegen, habe ihm beim Schlafen zugesehen und mich gefragt, ob die Lügen am Ende weniger ihn als uns vergiftet haben. Dich und mich. Vielleicht haben wir unsere Familie auf allzu unsicherem Fundament gegründet, vielleicht werden wir uns nie wirklich davon erholen können.«

»Du willst ...« Er konnte kaum sprechen. »Du willst, dass ich ausziehe?«

»Nein. Oh, ich weiß nicht … Es ist alles so verkehrt gelaufen.« Sie sah ihn direkt an und versuchte zu lächeln, fing aber zu weinen an, und ihr armes, zerschundenes Gesicht verzog sich. Sie unterdrückte das Schluchzen. »Das Weinen tut weh.« Er setzte sich neben sie, und sie ließ zu, dass er den Arm um sie legte. Genau in diesem Moment erschien Ned im Türrahmen.

34

Er bog mit dem Mietwagen in die Einfahrt ein. Marianna und Adie waren im Garten vor dem Haus und wuschen den Hund, der dicht am Boden kauerte, die Ohren angelegt. Quinns Dad stand an der Treppe und spähte zum Wagen, als Quinn anhielt.

Die späte Nachmittagssonne tauchte die Szene in ein intensives, kontrastarmes Licht, und Quinn sah alles wie auf einer Fotografie, zeitlos erstarrt: Marianna mit dem Wasserschlauch, die Haare offen, und Adie, die den Hund am Halsband gepackt hielt und zu Quinn herübergrinste.

Marianna winkte. Es sah nicht aus, als hätte Rachel sie angerufen. Er hatte schon damit gerechnet, in die Einfahrt einzubiegen und feststellen zu müssen, dass sie fort waren.

»Hallo, Daddyyyy!« Adie rannte über das Gras auf ihn zu. Sie grinste und hob die Schultern, als hätte sie ein Geheimnis, das sie kaum für sich behalten konnte. Sie sprang in seine Arme und schlang ihm die Beine um die Taille. Sein Mädchen. Ihre starken, dünnen Arme um seinen Hals zu spüren verschärfte den Verlustschmerz noch. Sie brachte den Mund an sein Ohr. »Ich habe eine Mäusefamilie in der Wand.«

»Echt? Wie sind die denn da reingekommen?« Er drückte

die Wange seitlich an ihren warmen Kopf. *Bleib hier, bleib hier,* wollte er sagen.

»Neuer Wagen, Darling?«, rief Marianna. »Verkleinerst du dich?« Sie trat von der Labradorhündin zurück. »Sie wird sich gleich schütteln! Pass auf, Evan!« Der Hund schüttelte sich, und Wasser spritzte in alle Richtungen, dann lief er davon und rollte auf dem Gras herum.

»Daddy.« Adie legte ihm die feuchten Hände an die Wangen. »Die Mäuse haben eine Tür.« Ihre Augen weiteten sich. »Unter dem Haus.«

Er lachte. »Wahrscheinlich haben sie das.« Er sah zu seinem Vater hinüber. »Hey, Dad! Schön, dich zu sehen.«

»Hi, Quinn.« Sein Vater setzte die Shampooflasche in seinen Händen vorsichtig auf eine Stufe und wischte sich die Finger an den Shorts ab.

Marianna stellte den Schlauch ab. »Was ist mit dem Wagen?«

»Das hier ist ein Mietwagen. Ich erzähle es dir später.« Sie küssten sich, und Quinn drückte ihren Arm. Er war sich nicht sicher, wie lange er ihren Arm halten sollte, als ob ihre zukünftige Entfremdung bereits zurück in die Gegenwart sickerte.

Adie packte ihn am Hemd. »Ich habe Mummy gesagt, dass du sie für mich aus der Wand holen wirst.«

»Die Mäuse? Wirklich?«

»Komm mit, dann zeig ich's dir. Danach können wir uns unter den Rasensprenger legen. Ich habe ihn schon aufgebaut.« Er griff nach seiner Tasche und folgte ihr zum Haus. Sein Dad war die Treppe hinaufgestiegen und bückte sich steif, um Teller und Schüsseln von einer Decke auf der

Veranda aufzuheben. Sie hatten ein Picknick mit Schokoladen-Cupcakes und Erdbeeren mit Sahne veranstaltet.

Sein Dad blickte mit einem Lächeln auf. »Sie hat mich verwöhnt.« Eine Erdbeere kullerte aus der Schüssel auf die Verandabretter. »Ich gehe nach dem Abendessen nach Hause, nur für den Fall, dass du dich fragst, ob ich vielleicht eingezogen bin.«

»Bleib, so lang du willst, Dad. Du bist hier immer willkommen.«

Marianna rief die Treppe hinauf. »Adie, kannst du bitte Grandpa helfen, die Teller und das Essen reinzubringen?« Sie trug ein nasses Handtuch um die Hausecke in Richtung Waschküche.

Adie nahm ihrem Großvater die Schüssel mit den Erdbeeren ab. »Ich bin gleich wieder da, Daddy.«

Quinn stellte die Tasche ab und griff nach einem Schokoladen-Cupcake auf dem Teller in der Hand seines Vaters. »Wie geht es dir?«

Sein Vater nickte. »Eigentlich gut. Sie hat dir wahrscheinlich gesagt, dass ich schrecklich einsam bin.« Er lächelte.

»Bist du das?«

»Nein.« Er sah in den Garten zu dem Hund, der auf dem Rasen herumrollte. »Mittwoch war der Todestag deiner Mutter. Ich hätte es beinahe vergessen.« Er sah wieder zu Quinn zurück. »Denkst du noch daran?«

»Nein.« Er antwortete mit vollem Mund. »Ich glaube, ein Teil von mir stellt sich vor, dass sie immer noch irgendwo lebendig ist.«

Sein Vater hob die Augenbrauen. »Wirklich? Du hättest mit mir zurückfahren sollen, dann hättest du ihr Grab gesehen.« Er rückte die Cupcakes auf dem Teller zurecht. »Ich fürchte, ich habe ein wenig aus der Schule geplaudert.«

»Was meinst du?«

Adie kam durch den Korridor auf sie zugetrampelt.

»Ich habe Tebano erwähnt.«

»Warum?« Quinns Herz pochte.

»Das hat sich einfach im Gespräch ergeben. Ich dachte, du hättest ihr von der Geschichte erzählt. Tut mir leid.« Er zuckte die Schultern.

Adie erschien an Quinns Seite. »Daddy. Bist du so weit?«

»Ja, Süße.« Er wollte fragen, warum um alles in der Welt sein Vater Tebanos Namen erwähnt hatte, ließ sich jedoch von Adie durch den Flur führen.

»Wir können ein kleines Loch in die Wand machen, nicht wahr?«, fragte sie.

Quinn ließ seine Tasche an der Tür zum Arbeitszimmer fallen. »Ich weiß nicht recht, ob die Mäuse gestört werden wollen, Süße.« Quinns Mutter war gestorben, bevor er Marianna begegnete, und ihr von der Affäre seiner Mutter zu erzählen hätte bedeutet, über den Bruch mit seiner Mutter zu sprechen, und er brachte es einfach nicht über sich, das jemandem zu erklären. Es war schwer, zu sagen, ob sein Vater wusste, was vor Quinns Abreise nach Sydney zwischen ihm und seiner Mutter vorgefallen war.

Er folgte Adie in ihr Zimmer. Es war in ein gewaltiges Spielhaus verwandelt worden: Zwischen Fenstern und Türknauf waren Seile gespannt, über denen Decken hingen. In der Mitte, unter einem Baldachin aus Decken, befand sich ein Nest aus Steppdecken und Kissen, zwischen denen Trinkflaschen und durchsichtige Behälter mit Keksen und geschnittenem Obst verstreut lagen. Er ließ sich auf Hände und Knie nieder und folgte Adie durch das Spielhaus zur Wand.

»Sie leben hier drinnen.« Sie klopfte behutsam auf die Nut- und Federbretter und sah flehend zu ihm auf. »Wir können sie rausholen, nicht wahr?«

»Oh, Süße. Wir können doch kein Loch in die Wand sägen.«

Sie runzelte die Stirn. »Ich will sie wirklich sehen.«

»Es tut mir leid.« Er beugte sich vor, um sie auf den Kopf zu küssen, aber sie entwand sich und rannte durch den Flur auf die Veranda, wo er sie mit ihrem Großvater reden hörte. Als er den Blick senkte, sah er, dass er immer noch den Cupcake in der Hand hielt.

Marianna zog sich die durchnässte Hose und das T-Shirt aus. Quinn legte den Cupcake auf den Toilettentisch und klappte die Klobrille zum Pinkeln hoch. »Danke, dass du dich um Dad gekümmert hast«, sagte er, betätigte dann die Spülung und setzte sich auf den Klodeckel. Seifenblasen glitten Mariannas Körper hinunter, und er wusste, wie glatt sich ihre Haut anfühlen würde. Er stellte sich vor, nie wieder mit ihr zu schlafen, dass ihre ganze sexuelle Geschichte zum Stillstand käme.

Sie lächelte ihm durch die Glasscheibe zu. »Alles in Ordnung?«

Er nickte. »Müde.« Er roch ihr Shampoo. Seit er sie kannte, hatte sie das gleiche benutzt. Er erinnerte sich daran, wie er in ihrer Wohnung geduscht hatte, als sie einander kennenlernten, und wie er sich damit die Haare gewaschen hatte, und an das aufregende Gefühl, ihren Duft den ganzen Tag dicht bei sich zu haben. Alles an ihr war aufregend und geheimnisvoll gewesen: die Gesichtscremes, die sie benutzte, die Bücher auf ihrem Nachttisch, ihre im Schrank aufgereihten Schuhe, der würzig-milchige Chai, den sie sich jeden Nachmittag zubereitete.

»Was ist denn nun mit dem Wagen passiert?«

»Ich habe einen Unfall gebaut. Keinen schlimmen, aber das Auto hat einen Totalschaden.« Früher war ihm das Lügen leichtgefallen, war ihm beinahe ohne nachzudenken über die Lippen gegangen. Jetzt war es, als würde ein Teil von ihm in der Nähe der Decke schweben und die falschen Worte aus seinem Mund herausfallen sehen. *Klonk, klonk.*

»Was ist passiert?«

Durchs Fenster sah er Adie und seinen Dad im Garten, die etwas an die Baumhausleiter banden. »Das Auto ist von der Straße abgekommen.« Er brachte sich dazu, sie anzusehen. Er stellte sich bildlich vor, wie er fuhr und von der Straße abkam. »Und ist über eine Uferbefestigung gefahren und in eine Art … kleinen … Bach, und anscheinend ist es total im Eimer, das Chassis ist im Eimer.« Er schnitt eine Grimasse. »Der Vorteil ist, dass ich ein neues Auto bekomme. In ein bis drei Wochen.« Er lächelte Marianna an, die die Hähne zudrehte und zurücklächelte. Sie vertraute ihm. Im Laufe der Jahre musste sie vor ihrem geistigen Auge Bilder von Geschichten erschaffen haben, die er für sie erfunden hatte.

»Bei dir ist also alles in Ordnung?«, erkundigte sie sich. »Hast du dich verletzt?« Sie trat auf die Badematte und gab ihm ein Zeichen, ihr ein Handtuch zu reichen.

»Mir geht's gut. Sieh mal, ehrlich gesagt ist es mir ein bisschen peinlich. Es ist einfach eine Dummheit gewesen.« Er hielt inne. Worauf wartete er? Dass sie sagte, sie würde ihm seinen Bullshit glauben? Er sah auf die grünen Bodenfliesen.

»Solange dir nichts passiert ist.« Sie schlang sich das Handtuch unter den Armen um den Körper. »Dein Dad hat etwas an dem Abend gesagt, als er hier aufgekreuzt ist. Er hat gesagt, deine Mum hätte eine Affäre gehabt.«

»Ja. Hat sie.«

»Du hast es nie erwähnt.« Ihr war anzumerken, dass sie ihre Worte behutsam wählte.

»Weil ich diese Geschichte lieber vergessen würde.« Am liebsten wäre er aus dem Zimmer gegangen, aber er zwang sich, dort auf dem Toilettendeckel sitzen zu bleiben.

Sie beugte sich zum Spiegel und inspizierte etwas an ihrem Kinn. »Wie lange ist die Sache gelaufen?«

»Jahrelang.«

»Was? Zwei Jahre? Zehn Jahre?« Sie sah ihn im Spiegel an.

»Eigentlich weiß ich es nicht. Ich war noch ein Kind. Vielleicht fünf Jahre.«

Sie drehte sich zu ihm um. »Ist keine große Sache. Ich bin mir bloß ein bisschen blöd vorgekommen, weil ich nichts davon wusste. Es muss doch ziemlich wichtig für eure Familie gewesen sein. Jedenfalls für deinen Dad.«

»Ja. Es tut mir leid, dass ich es nicht erwähnt habe. Ich denke nicht sonderlich viel darüber nach.« Er erhob sich und ging zur Tür.

»Möchtest du den mitnehmen?« Lächelnd deutete sie auf den halb aufgegessenen Cupcake.

»Danke.«

Er ging durch den Flur und öffnete den Kühlschrank. Zu sagen, dass er nicht viel über die Affäre seiner Mutter nachdachte, war natürlich auch eine Lüge. Wie viele Male hatte er sich gefragt, ob das, was er tat, irgendeine kaputte, verkorkste Entschuldigung ihr gegenüber war, oder ob er bloß ganz seine Mutter war und es ihm deshalb leichtfiel, sein Ehegelübde zu brechen? Im Laufe der Jahre hatte er sich eingeredet, er versuche lediglich, allen gegenüber das Richtige zu tun, in einer unmöglichen Situation. Aber heute Nachmittag, als er Marianna in die Augen gesehen hatte, war ihm klar gewesen, dass der Moment, das Richtige zu tun, vor vielen, vielen Jahren verstrichen war. Er musste es ihr heute Abend sagen.

Während er eine Bierflasche öffnete, klingelte das Telefon, und Adie rannte zur Konsole, um an den Apparat zu gehen. »Hallo? Hier spricht Adie.« Sie hielt inne. »Okay«, hörte er sie sagen. »Mummy!«, schrie sie dann.

Quinn schloss den Kühlschrank. Konnte es Rachel sein? Würde sie das wirklich tun?

Er hörte Marianna den Flur entlanggehen. »Danke, Süße.«

»Es ist der Reitlehrer«, sagte Adie.

Quinn trank einen großen Schluck Bier und stand am Küchentisch, um die Post durchzugehen. Tom hatte eine Einladung zu seinem fünfzigsten Geburtstag in einem Restaurant in Perth geschickt. Während Quinn die Einladung auf der Suche nach dem Datum überflog, erblickte er einen kleinen Zettel am anderen Ende des Tisches. Eine Kinderzeichnung eines vierbeinigen Tieres und die Wörter *BEUTELMARDER* und *NED*.

Er griff gerade danach, als Marianna mit den Plastikdosen voller Essen aus Adies Zimmer hereingesegelt kam. »Oh, das habe ich in deiner Hosentasche gefunden, als ich die Wäsche gemacht habe.« Sie ließ die Behälter auf den Tisch fallen. »Adie redet schon seit Tagen davon, sich mit dir unter den Rasensprenger zu legen.«

»Okay.« Quinn faltete die Zeichnung an den bereits vorhandenen Falzlinien, die von Ned stammten, und steckte sie sich in die Tasche.

Marianna stand an der Spüle und wusch die Behälter aus. »Du hast am Telefon gesagt, dass Bill das Haus verkauft?«

»Ja. Allerdings ist noch kein Käufer in Sicht.«

Sie drehte den Wasserhahn ab und wandte sich zu ihm um. »Du hast ihnen sechs Jahre gegeben, Quinn. Das reicht. Du verpasst, wie Adie heranwächst.«

»Ich weiß.« Als er sein Bier auf den Tisch stellte, tauchte sein Dad in der Tür auf. Er trug etwas in der Hand, hielt es vom Körper weg, fast wie einen gefährlichen Gegenstand. »Dein Handy klingelt ständig, Sohn.« Er spähte auf das Display. »All diese Leute rufen dich an. Ich dachte, es könnte wichtig sein. Hier heißt es, dass Jim und Rachel dich beide zweimal angerufen haben.«

Quinn stand in seinem Arbeitszimmer und wählte Jims Nummer. Jims Stimme klang gedämpft. »Oh. Danke für den Rückruf. Ellen und Noel Clark haben einen Autounfall gehabt und sind mit dem Hubschrauber ins Mater geflogen worden. Und ich habe angerufen, um zu sehen, ob Sie sich erinnern können, ob sie Medikamente genommen hat, weil ihr Hausarzt im Urlaub ist ...«

»Oh«, sagte Quinn. »Ich glaube nicht ...«

Jim unterbrach ihn. »Aber das ist jetzt egal. Sie ist tot.«

»Oh.« Er setzte sich auf einen Stuhl. »Und Noel?«

»Noch in kritischem Zustand.« Jim war stiller und ausdrucksloser, als Quinn ihn jemals gehört hatte. Er fragte sich, ob Jim an Noels Hirnhautentzündung vor all den Jahren und den schrecklichen Moment dachte, in dem Jim klar geworden war, dass er eine Fehldiagnose gestellt hatte.

Als Quinn auflegte, erschien Adie in ihrem roten Badeanzug in der Tür. »Ich warte schon seit Stunden auf dich, damit wir endlich den Rasensprenger anstellen können, Daddy.«

Er legte sich auf den nassen Rasen neben Adie, und der Rasensprenger fuhr immer wieder über sie hinweg. Ein kleiner Stein oder Stock bohrte sich in seinen nackten Rücken, aber er bewegte sich nicht. Er wollte nur dort neben seinem Mädchen im Schatten des Flammenbaums liegen.

Adie fuhr mit dem Finger über die Narbe an seinem Oberarm. »Hast du als Kind auch unter dem Rasensprenger gelegen?«

»Nein.« Er schlug die Augen auf, um sie anzusehen. »Wir hatten das Meer und das Schwimmbecken beim Klub.«

Sie stemmte sich auf einen Ellbogen und drückte fester mit dem Finger auf die Narbe. »Du hättest genäht werden müssen.« Von ihrer Nasenspitze tropfte Wasser.

»Ja.« Diese Unterhaltung hatten sie schon einmal geführt. Mit neun Jahren hatte er unten am Hafen einen Fahrradunfall gehabt. Adie kannte die Geschichte jeder seiner Narben. Er hatte nicht gedacht, dass sie an den kleinen Besonderheiten seines Körpers interessiert wäre, wie er es an ihren war. Oft genug hatte sie die Finger über die glatte blasse Haut an der Innenseite seines Arms gleiten lassen oder einen Schrei angesichts seines zerquetschten kleinen Zehs ausgestoßen. Der Rasensprenger fuhr über sie hinweg, das *Plitsch Platsch Plitsch Platsch* der Tropfen wie die Berührung ihrer Babyfinger.

»Ist sie sehr krank gewesen?«, fragte Adie. »Diese Patientin, die gestorben ist.«

»Ja. Sie hatte einen Autounfall.« Er hätte Ellen Clark mehr Fragen stellen sollen. Sie hatte Hilfe bei ihm gesucht.

»Oh.« Adie legte sich wieder hin und hob die Beine in die Luft, die Füße voller abgemähter Grashalme. »Mum würde niemals einen Unfall mit unserem Auto bauen.«

»Stimmt.« Er hörte Marianna und Evan in der Küche lachen, dann rief sein Vater durch die Hintertür. »Ich soll euch beiden sagen, dass es in zwanzig Minuten Abendessen gibt!«

»Du liebst mich am meisten, nicht wahr?« Adie lächelte ihn an.

»Was meinst du? Mehr, als ich Grandpa liebe?«

»Nein. Mehr als Mummy.«

Er liebte Adie mehr. Keine Frage. »Ich liebe dich und Mummy auf andere Weise. Ich liebe Mummy wie meine Ehefrau. Ich liebe dich wie meine Tochter.«

Sie verengte die Augen zu Schlitzen.

»Es ist genauso, wie du mich und Mummy liebst«, meinte Quinn. »Die gleiche Menge Liebe, aber andere Liebe.«

»O nein.« Sie schüttelte den Kopf. »*Dich* liebe ich mehr.«

»Ach ja?« Ein verräterisches Glücksgefühl schwellte ihm

die Brust, dann fragte er sich, ob sie es sagte, weil sie die herannahenden seismischen Veränderungen spürte. Versuchte sie, ihn bei sich zu halten?

Sie nickte nüchtern, setzte sich dann auf und betrachtete den Boden hinter sich mit einem Stirnrunzeln. »Ich liege auf einem Stein oder so was.«

»Umarmst du mich?«, fragte Quinn.

Sie kletterte auf seinen Schoß. Lucy die Hündin sackte hechelnd neben ihnen in den Schatten. Quinn streichelte Adies nasse Haare und fragte sich, welche Erinnerungen seine Tochter an sie alle als Familie haben würde. Würde sie sich an diesen Nachmittag unter dem Rasensprenger erinnern? Und was war mit all der Zeit vor ihrem Erinnerungsvermögen, als er sie in den Armen gehalten, sie gebadet, neben ihr gelegen hatte, während sie einschlief? Jene Zeit musste in ihrem Körper gespeichert sein, wenn schon nicht in ihrem Gedächtnis. Er dachte daran, wie seine Mutter unten am Hafen die Hand ausgestreckt hatte, um seinen Arm zu streicheln, und er wünschte, er könnte das Gefühl ihrer Finger auf seiner Haut heraufbeschwören.

Adie wand sich aus seinen Armen auf das nasse Gras.

»Würdest du mir Briefe schreiben, wie du Grandpa schreibst?«, fragte er.

Sie nickte.

»Wenn ich dann wegfahre, zu einer Konferenz oder so etwas, werde ich deine Briefe mitnehmen.«

»Ja. Gute Idee. Aber sie werden in Geheimschrift sein, und du wirst sie entschlüsseln müssen. Es dauert eine Ewigkeit, sie zu schreiben.«

»Okay.«

Während er dort im Gras unter dem Rasensprenger saß, wusste er, dass dies sein letzter Tag in diesem Haus war. Vielleicht sein letzter Tag mit seiner Tochter.

35

Quinn fuhr rückwärts aus der Einfahrt. Auf dem Beifahrersitz betastete sein Dad den Briefumschlag, den Adie ihm in die Hand gedrückt hatte. Als sie den Hügel hinunterfuhren, räusperte sich sein Dad. »Ich sortiere Fotos aus meinen Alben aus. Meinst du, du würdest vielleicht Fotos haben wollen? Da sind welche von dir.«

»Ja, sicher. Willst du sie wirklich weggeben?«

»Ach, ich miste einfach bloß aus. Warte nur, bis du fünfundsiebzig bist. Dann wirst du das Gleiche tun.«

Quinn fragte sich, wo er mit fünfundsiebzig Jahren sein würde. Adie wäre Mitte dreißig. Wie sähe ihre Beziehung aus?

Sein Dad regulierte den Luftstrom aus der Lüftung. »Ich ordne bloß meine Angelegenheiten. Du weißt schon, nachdem ich das Apartment gekauft habe, muss ich ein neues Testament machen und … weil du der Testamentsvollstrecker bist, solltest du wissen, dass ein Teil meines Letzten Willens darin besteht, Tebanos Familie Geld zu schicken.«

»Oh, echt?« Ein Auto mit dröhnender Bassmusik überholte sie.

»Ich habe ihnen seit ihrem Tod jedes Jahr Geld geschickt. Es ist das Familienvermögen deiner Mutter. Sie hätte es so gewollt.«

Dieser Tonfall seines Vaters war Quinn so aus der Kindheit vertraut, dieser extrem sanfte, extrem vernünftige Tonfall, der heftige Emotionen verbarg.

»Sie haben das Geld genommen, um seine Kinder auf die Universität in Fidschi zu schicken. Einer von ihnen ist Arzt geworden.«

»Es ist ehrenwert, das zu tun, Dad.« Quinn schaltete statt des Blinklichts die Scheibenwischer an.

»Ehrenwert? Nein. Ich habe bloß versucht, mir zu überlegen, was deine Mutter gewollt hätte.«

»Tja, aber genau das ist doch ehrenwert, nicht wahr?« Quinn hielt an einer Ampel. Neben ihnen wartete ein Auto voller junger Leute, die rudernd aus den Fenstern winkten.

»Wie dem auch sei«, meinte sein Dad. »Ich wollte, dass du Bescheid weißt, damit du nicht überrascht bist, wenn es so weit ist.«

»Danke. Das kann ich weiterhin erledigen, kein Problem. Wie lange soll er das Geld bekommen?« Die Ampel schaltete auf Grün um, und das Auto neben ihnen donnerte davon.

»Bis er stirbt. Und es gibt jemanden auf der Insel, der mir oder dir Bescheid geben wird.«

»Was? Jemand, der drüben auf Tarawa die Todesanzeigen liest?«

»Einfach jemand, der uns Bescheid geben wird.«

Quinn erinnerte sich an ein Mittagessen an einem Sonntag, nicht lange, bevor er aufs Internat gegangen war, als Tebano an die Esszimmertür gekommen war. Er erschien im Türrahmen in seinem Sonntagsstaat, die Haare nass und nach hinten gekämmt, und er sagte leise ihren Namen. *Bess*. Gewöhnlich nannte er sie vor anderen *Mrs. Davidson*. Sie erhob sich, wobei ihre Serviette zu Boden fiel, und schloss die Tür hinter sich. Quinn und sein Bruder und Vater saßen an dem großen Tisch und aßen schweigend ihren gebackenen Fisch mit Süßkartoffeln, während der eindringliche Tonfall der Unterhaltung im Flur durch die Tür zu ihnen drang.

Beschämt erinnerte sich Quinn daran, was er damals zu seinem Vater gesagt hatte. »Du solltest ihn einfach entlassen, Dad.« Sein Vater hatte ihn nur kurz angeblickt und dann auf seine langsame, methodische Art weitergegessen.

Schließlich trat Quinns Mutter wieder ins Esszimmer, mit roten Augen und einem aufgesetzten strahlenden Lächeln. »Alles gut«, sagte sie und setzte sich, stand aber gleich wieder auf. »Wie wäre es mit Apfelauflauf?« Sie verließ den Raum durch die Tür zur Küche und kehrte nicht mehr wieder. Er hatte nie erfahren, wovon ihr Flurgespräch gehandelt hatte, aber am Abend ging er in der Hoffnung zu Bett, Tebano hätte endlich Schluss gemacht und ihre Familie könnte wieder so leben wie früher. Am nächsten Tag sah er die beiden dann im Garten, und Tebano trat auf sie zu, um ihr etwas zärtlich aus den Haaren zu streichen.

Quinn hielt auf der Straße vor dem nagelneuen Wohnblock seines Vaters an. In der Eingangshalle herrschte ein kaltes weißes Licht.

Er schaltete die Zündung aus. »Ich habe dich deswegen nie wütend erlebt, Dad.«

Er lachte. »Oh, ich bin wütend gewesen. Aber …« Er zuckte die Schultern. »Außer zu kündigen und die Insel zu verlassen, hätte ich nichts tun können. Und wenn ich das getan hätte, wenn ich gekündigt hätte, wäre ich das Risiko eingegangen, dass sie vielleicht mit ihm gegangen wäre. Sie hatte eigenes Geld. Gebraucht hat sie mich nicht.«

»Warum ist sie denn dann geblieben?«

»Du begreifst nicht, dass wir uns trotzdem noch geliebt haben.« Sein Dad machte die Tür auf, und die warme, würzige Brise vom Fluss drang ins Auto.

Ich begreife es sehr wohl, dachte Quinn.

Sein Vater sah in Richtung der Eingangshalle. »Du hast sie eigentlich nur als Mutter gesehen, nicht durch die Augen eines Erwachsenen. Wenn du es getan hättest, hättest du gesehen, was für eine bemerkenswerte Frau sie gewesen ist. So lustig, so voller Leben.« Er sah weg. »Und sie ist mir gegenüber ehrlich gewesen. Immer ehrlich. Vom ersten Moment, in dem sie sich zu ihm hingezogen gefühlt hat, hat sie es mir gesagt. Ich habe immer gewusst, was los war.«

Quinn machte seine Tür auf. »Ich komme mit dir nach oben.«

»Das ist lieb, aber ich schaffe das schon.« Er lächelte. »Ich bin erwachsen.« Er drückte den Arm seines Sohnes und kletterte aus dem Wagen, bevor er die Tür fest hinter sich schloss.

36

Quinn ließ seine Schlüssel auf die Küchenarbeitsplatte fallen und setzte sich an den Tisch. Er wollte noch ein Bier, wusste aber, dass er für das Kommende nüchtern sein musste. Sein Herz hämmerte wild.

Marianna stand an der Spüle und trocknete sich die Hände an einem Handtuch ab. »Alles in Ordnung? Du siehst ein wenig …«

Er sagte das Erste, das ihm in den Sinn kam. »Jim hat erzählt, dass an dem Unfall kein weiteres Fahrzeug beteiligt war.«

Sie runzelte die Stirn. »Woraus sich schließen lässt, dass es Absicht war?«

»Ja.«

Sie lehnte sich an die Arbeitsplatte und faltete das Handtuch zu einem Quadrat. »Ist sie deprimiert gewesen?«

»Ich habe ihren Hausarzt gebeten, Depressionen in Erwägung zu ziehen …«

»Oh, Darling! Es könnte einfach sein, wonach es ausgesehen hat, ein Unfall.«

»Vielleicht.«

»Hast du je Selbstmordgedanken gehabt?«, fragte sie.

Er sah an ihr vorbei, nach draußen in den dunklen Garten,

der kurzzeitig von den Scheinwerfern eines vorüberfahrenden Autos erhellt wurde. »Nein. Nur ganz abstrakt. Etwa, ob ich den Mumm hätte, es durchzuziehen.«

Sie nickte, als hätte sie damit gerechnet. »Ich habe einmal darüber nachgedacht, in Singapur. Kurz bevor ich angefangen habe zu studieren.«

Warum erzählte sie ihm das jetzt? Ausgerechnet heute Abend.

»War etwas Besonderes vorgefallen?«, fragte er.

Sie setzte sich neben ihn auf einen Stuhl. »Ich glaube, mir wurde klar, dass meine Eltern nie wirklich für mich da sein würden. Es war, als Trudy gestorben ist … du weißt schon, ich habe dir davon erzählt.«

»Ja.« Ihre Cousine war als Teenager an Grippe gestorben, während sie Marianna und ihre Familie besucht hatte.

Er hatte das Gefühl, in einem Fluss entlanggetragen zu werden. Seine Entscheidung, es ihr zu sagen, trieb ihn, weshalb er nichts tun konnte, als sich in alles zu ergeben, das da kommen mochte, alles, worüber auch immer sie an diesem Abend reden wollte. Er konnte sich vorstellen, dass es ihre letzte unkomplizierte Unterhaltung werden würde. Auch wenn sie eigentlich durchaus kompliziert war, nur wusste sie das nicht.

Sie strich mit der flachen Hand über die Tischplatte, ihre zarten Finger glitten an einer Fuge im Holz entlang. Es war, als würde er eine Frau beobachten, die er noch nicht kannte, eine schöne, unerreichbare Fremde auf einer Abendgesellschaft.

»Sprichst du je mit Bill über deine Patienten?«, fragte sie. »Redet ihr beim Abendessen über die Arbeit?« Sie griff nach einer gelben Haarspange von Adie und ließ sie aufschnappen.

»Eigentlich nicht.« Er hatte sich erst vor zwei Abenden mit Bill auf ein Bier getroffen, und Bill hatte ihm erzählt, dass er das Haus verkaufen werde und Quinn sich ein anderes Alibi werde suchen müssen. Quinn wusste, dass er zu viel von Bill verlangt hatte, dass es ihrer Freundschaft geschadet hatte.

Marianna befestigte die Spange in ihrem Haar und stand auf. »Ich dachte, dass du das vielleicht tust, ich meine, dich mit ihm besprechen. Wahrscheinlich bräuchtest du das.«

»Er hat noch nie gern über Medizin geredet. Und er ist nicht allzu oft da.«

»Ich mache mir Sorgen um dich, Quinn.«

»Mir geht's gut.«

Sie holte zwei Gläser aus der Anrichte und machte die Tür des Gefrierschranks auf. »Schlummertrunk?« Sie zog die Eiswürfelform aus dem Gefrierschrank.

»Ja, bitte.«

Nachdem sie zwei Gläser Cointreau eingegossen hatte, reichte sie ihm eines. Sie ließ den Cointreau in ihrem Glas herumwirbeln. »Denkst du je an all die Babys, die wir nicht bekommen haben?«, fragte sie. »Nicht die Fehlgeburten, sondern all diese potenziellen Wesen? Jeden Monat, wenn ich meinen Eisprung habe, denke ich, wenn diese Eizelle befruchtet würde, wenn meine Eizellen nicht so uralt wären, könnte es ein Mensch in unserem Leben sein. Stattdessen ist dieses potenzielle Leben für immer verloren.«

»Eizellen sind genauso wenig Menschen, wie individuelle Spermien es sind.«

»Ich denke darüber nach, dass Adie allein zurückbleibt, wenn wir einmal nicht mehr sind.«

Aber das wird sie nicht sein. »Fühlst du dich so als Einzelkind? Allein?«

»Früher schon. Aber jetzt habe ich Adie und dich.« Sie lächelte.

Er schluckte. »Wieder mal die Wissenschaft … Trotzdem, Studien legen nahe, dass Einzelkinder glücklicher sind.«

»Ich traue keiner Studie über eine Sache, die so schwer messbar ist wie Glück«, entgegnete sie.

»Du denkst, Glück ist schwer messbar? Wie wäre es mit dem individuellen Maßstab eines jeden Menschen? Warum sollte der nicht genau sein?« Er fasste es nicht, dass sie dieses Gespräch führten, nur Minuten, bevor er ihre Ehe zerstören würde.

Sie lächelte. »Apropos glücklich, kommst du jetzt ins Bett?«

»Komme gleich.«

In Adies Zimmer stand er in der Nähe der Tür, bis sich seine Augen an die Dunkelheit gewöhnt hatten. Dann kniete er auf dem Läufer neben ihrem Bett nieder. Sie lag auf der Seite, eine Hand mit der Handfläche nach oben neben dem Gesicht auf dem Kopfkissen.

Quinn hatte ihr zugesehen, wie sie ihren ersten Atemzug getan hatte. Ihr kleiner Körper hatte in Andrews Händen geruht, die Haut weiß vor Käseschmiere, der Kopf mit Mariannas Blut verklebt, dann hatte sie die Augen geöffnet und geschrien. Als Quinn Adie in einer Ecke des Operationssaals gehalten hatte und sie zu ihm aufgeblickt hatte, war es gewesen, als hätte sich in Quinn etwas auf Adie eingestellt, wie der Strahl eines Suchscheinwerfers, und wäre seitdem auf sie gerichtet. Er würde diese Verbindung spüren, ganz egal, wohin Marianna sie mitnahm, ganz egal, wie weit weg, aber würde Adie das gleiche Gefühl einer Verbindung zu ihm verspüren? Oder würde sie sich nur im Stich gelassen fühlen? Er strich ihr die Haare von der glatten Stirn, während sie sanfte, gleichmäßige Atemzüge tat.

Marianna las im Bett, gegen einen Berg weißer Kissen gelehnt. Sie blickte kurz auf, als er an die Tür kam, und las dann weiter.

Quinn lehnte sich mit der Schulter an den Türrahmen. Das Schlafzimmer entfernte sich bereits von ihm, als würde er durch das falsche Ende eines Teleskops schauen.

»Ich muss dir etwas sagen.«

»Mmm?« Sie blickte lächelnd auf, den Finger auf der Seite.

»Es ist wichtig.«

Sie machte ein Eselsohr und legte das Buch aufs Bett.

»Als ich damals bei Bill eingezogen bin …« Er schluckte, und ihm fiel auf, dass ihre Haare, die noch vom Duschen feucht waren, einen dunklen nassen Fleck auf dem T-Shirt hinterlassen hatten. »… ich hatte eine Affäre.«

Sie atmete aus, als hätte jemand die Luft aus ihr herausgedrückt.

»Sie heißt Rachel.«

Einen Moment schloss sie die Augen, das Gesicht ausdruckslos.

»Rachel ist schwanger geworden.« Es kam grob heraus,

aber er musste es einfach loswerden. »Sie und ich, wir haben einen Sohn namens Ned. Er ist fünf Jahre alt.«

Sie drehte den Kopf auf unbeholfene Art weg von ihm, als wollte sie nicht, dass er ihr Gesicht sah. Ihre Stimme war heiser. »Du hast einen Sohn?«

»Ja«, erwiderte er im Flüsterton, dann hob er die Stimme. »Ja.«

Sie sah ihn direkt an. Röte stieg ihr ins Gesicht, und sie hatte die Lippen zusammengepresst. Sie ließ das Gesicht in die Hände sinken und sagte immer wieder etwas, das Quinn nicht verstand.

Im nächsten Moment kniete er neben dem Bett. »Es tut mir leid. Es tut mir leid, Marianna.«

Sie drängte sich an ihm vorbei, und kurzzeitig streifte ihr Bein warm das seine. Er folgte ihr auf die Veranda, wo das Licht des Bewegungsmelders mit einem Klicken anging. Sie eilte die Stufen hinunter und über den Rasen zu dem alten Frangipanibaum und stand mit dem Rücken zu Quinn, eine Hand an dem knorrigen Stamm, unzählige cremefarbene, sternförmige Blüten zu ihren Füßen verstreut. Der Hund kam mit rasselndem Halsband um die Ecke getrottet, blieb dann stehen und sah von Marianna zu Quinn.

Sie sprach, ohne sich umzudrehen. Mit lauter, klarer Stimme. »Bist du immer noch mit ihr zusammen? Ich meine, hast du *die ganzen Jahre über* eine Affäre gehabt?«

»Ja.«

Sie drehte sich um und starrte ihn mit offenem Mund an. »Du musst aus dem Haus, Quinn. Jetzt. Geh.«

Er schmiss schubladenweise Kleidung in den großen schwarzen Seesack. Seine Gedanken waren durcheinander, drehten sich. Er war dabei, sein Zuhause zu verlassen, Adie zu verlassen, dieses Leben zu verlassen. Er stopfte Kleidung in den Sack, zog den Reißverschluss zu und hielt durch das Schlafzimmerfenster nach Marianna Ausschau, konnte sie aber nicht entdecken. Er ging an Adies Zimmer vorüber, trat aber nicht ein, weil er Angst hatte, er könnte sie hochheben und heftig drücken und inmitten dieser schrecklichen Szene aufwecken. In der Küche stöpselte er sein Handy vom Ladegerät ab und ließ es in die Tasche gleiten. Er stand mit klopfendem Herzen in dem dämmrigen Zimmer und trank den Rest seines Cointreaus. *Endlich ist es passiert. Es ist soweit.* Das Eis war nicht vollständig geschmolzen, so lange hatte es gedauert, bloß ein paar Minuten.

Mariannas Schritte kamen durch den Flur. Sie betrat die Küche, holte den Cointreau und zog das Eis aus dem Gefrierschrank, goss sich einen Drink ein und setzte sich. Sie sah ihn nicht an. »Wann ist dein Sohn auf die Welt gekommen?« Ihre Stimme war gepresst.

»Am zwölften August. Zwei Wochen nach Adie.« Er wollte sich setzen, hatte aber das Gefühl, kein Anrecht darauf zu haben.

»Bist du bei der Geburt dabei gewesen?«

»Ja.«

»Und dann bist du zu uns nach Hause gekommen ...« Sie gab ein ersticktes Geräusch von sich.

»Ja.«

Sie stand auf, sodass der Stuhl über den Boden scharrte, und kramte in der Schublade ihrer Eichenanrichte herum.

Sie zog eine Zigarettenpackung heraus, die jemand vor ein oder zwei Monaten bei einem Abendessen zurückgelassen hatte. Mit zitternden Händen entfachte sie ein Streichholz. Die Flamme erhellte ihre Augen, die weit aufgerissen waren, als hätte sie Angst. Sie schüttelte das Streichholz aus und stieß Rauch aus. Sie hatte seit Jahren nicht mehr geraucht.

»Und offensichtlich wohnst du bei ihr ... bei ihnen ... wenn du dort bist?«

»Ja.« Die Verandabeleuchtung erlosch mit einem Klicken, und es wurde dunkler im Zimmer.

»Dann steckt Bill also mit dir unter einer Decke.« Sie sackte in ihrem Stuhl zusammen. »Herrgott.«

»Widerwillig. Er hasst mich deswegen.«

»Wer weiß es sonst noch?«

»Ich habe es niemandem außer Bill gesagt.«

»Und Adie?« Sie ließ den Kopf in eine Hand sinken, als wäre er sehr schwer. Sie murmelte etwas.

»Was?«

Sie reagierte nicht.

»Marianna?« Ihr Name ging ihm unbeholfen von der Zunge. Er setzte sich.

Sie sah zu ihm auf. »Wie konntest du durch diese Tür kommen ...«, sie deutete wild mit der Zigarette in Richtung Haustür, »... und so tun, als wäre alles in Ordnung? Als wäre bei uns alles in Ordnung? Als wären wir glücklich? Wie hast du es fertiggebracht?« Sie setzte sich aufrechter hin. Die Stimme versagte ihr. »Wieder und wieder und wieder bist du durch diese Tür gekommen ...«

»Ich weiß es nicht.« Er rieb sich mit den Händen über das Gesicht.

»Dann hast du dort ein Haus?«

»Sie hat ein Haus.«

»Du wohnst gar nicht bei Bill?«

»Nein.«

Sie schüttelte den Kopf.

Es gab nichts mehr zu verbergen. Es gab nichts mehr, wovor er sie abschirmen musste. »Rachel hat jetzt angefangen, es den Leuten zu sagen. Sie … erzählt es herum.«

Sie sah weg und zog an der Zigarette. »Du solltest gehen.« Sie klang erschöpft. »Aber *denk* noch nicht einmal daran, zu ihr nach Hause zu fahren, Quinn.«

Er streckte den Arm über den Tisch aus und legte die Hand in die Nähe von ihrer. »Es tut mir leid, Marianna«, sagte er sanft.

Sie schüttelte den Kopf. »Ich will nicht hören, dass es dir *leidtut.*« Ihre Stimme war leise. »Das sagst du um deinetwillen, nicht um meinetwillen.«

»Ich weiß, dass es …«

Sie fiel ihm ins Wort. »Bitte geh.«

Er schluckte. »Ich möchte, dass wir es Adie gemeinsam sagen.«

Sie schüttelte den Kopf. »Nein.«

»Marianna.« Er beugte sich über den Tisch. »Bitte.«

»Nein.« Sie erhob sich, trat an die Spüle und klopfte die Asche von ihrer Zigarette. »Geh einfach.«

»Bestrafe mich, aber lass es nicht an Adie aus.«

Sie wirbelte herum. »Du willst mir vorschreiben, was das Beste für meine Tochter ist?«

»Sie ist *unsere* Tochter.«

Im Motel musste er die Glocke an der Rezeption läuten. Die Frau, die daraufhin im Bademantel erschien, kam ihm vage bekannt vor. Vielleicht war sie seine Patientin gewesen. In Zimmer 12 machte er sich nicht die Mühe, das Licht einzuschalten, sondern warf nur seinen Seesack hin und legte sich angekleidet aufs Bett. Draußen schlugen Autotüren zu, und jemand lachte. Er dachte an Adie in ihrem Bett zu Hause. Adie, deren Welt von ihrer Achse gestürzt war, während sie schlief.

37

Marianna saß im dunklen Flur auf dem Boden. Die Dielenbretter unter ihr waren solide, aber ihr Körper zitterte, als würden ihre Organe erbeben, sich weigern, das zu verarbeiten, was Quinn eben gesagt hatte.

Wie töricht von ihr, dass sie sich für glücklich gehalten hatte. Sie hatte stets alle um sich herum fröhlich angelächelt und sich insgeheim selbstgefällig zu ihrer schönen Tochter, ihrem reizenden Ehemann, ihrer entzückenden Familie gratuliert. Und Quinn hatte dabeigestanden und ihr zugesehen, wie sie diese kleine Fantasie von ihrem gemeinsamen gesegneten Leben aufführte.

Sie stand auf und ging durch das dunkle Haus zum Telefon in der Küche.

»Hallo?« Bills Stimme klang verschlafen.

»Ich bin's.«

»Marianna?« Sein Bettzeug raschelte.

»Ja.« Sie ließ sich auf die Couch unter dem Küchenfenster fallen.

Er seufzte. »Oh, Marianna.«

Bill war seit Adies Geburt ein halbes Dutzend Mal zum Abendessen gekommen. Er hatte hier an Mariannas Tisch gesessen und ihr Essen verspeist und nichts gesagt.

»Kennst du sie?«, fragte sie.

»Ja.«

»Erzähl mir von ihr.« Das Lämpchen des Geschirrspülers blinkte ihr zu. Er war eingeräumt und angeschaltet worden, als ihr Leben noch heil war. Das letzte Mal, als sie auf dieser Couch gesessen hatte, war ihr Leben noch heil gewesen. Bloß dass es natürlich alles andere als heil gewesen war. Es war so zersplittert und kaputt gewesen, wie es ihr jetzt vorkam, nur im Verborgenen. Sie stellte sich eine zerschundene und blutüberströmte Leiche vor, ein Durcheinander aus Eingeweiden. Das Bild war schockierend, aber in seiner Brutalität auch befriedigend.

»Was weißt du bereits?«, erkundigte sich Bill.

»Ihren Namen.« Sie konnte ihn nicht aussprechen. »Dass sie einen Sohn haben.«

Er atmete durch. Es raschelte wieder. »Okay. Sie wohnt oben in den Hügeln in einem der Täler. Ein großes Anwesen, das an den Nationalpark grenzt.« Er redete schnell. »Früher war sie Journalistin in Sydney, und jetzt erledigt sie Korrekturarbeiten und macht einen auf ... Selbstversorgung.«

»Und vermutlich ist sie clever und witzig und sexy?« Ihr wurde bewusst, dass sie von Bill hören wollte, wer schöner war. O Gott, hatte Quinn sie so weit gebracht?

»Ja«, sagte er leise.

»Er muss ihr Geld geben.« Es war ihr gerade eben in den Sinn gekommen.

»Ich schätze mal. Ich habe nicht nachgefragt. Sie lebt ziemlich einfach.«

»Muss er aber. Sie zieht seinen Sohn groß.«

»Er ist ein liebes Kind.« Er atmete lange aus. »Sie und ich, wir haben miteinander geschlafen. Vor zwei Jahren.«

»*Du* hast sie gevögelt?«

»Ja.«

»Warum erzählst du mir das?« Am liebsten hätte sie das Telefon durchs Zimmer geschleudert. Marianna hatte ein paarmal mit Bill geschlafen, bevor sie Quinn kennengelernt hatte. Während sie dort in der Küche saß, überkam sie das Gefühl, dass hinter den Kulissen seltsame Mächte im Spiel waren, als hätte sie die ganze Sache losgetreten, indem sie mit Bill vögelte. Sie wusste, dass es verrückte Gedanken waren, aber die Dinge waren verrückt.

»Ich weiß nicht«, meinte Bill. »Bloß damit alles offen ausgesprochen ist.«

»Ein bisschen spät für radikale Ehrlichkeit, findest du nicht?«

»Ja.«

Sie zählte das Blinken der Ofenuhr mit. 4:14 Uhr morgens. Blink. Blink. Blink. »Sag mal, wie bringt jemand so etwas fertig? Jahrelang. Hat er völlig den Verstand verloren?«

»Ich glaube nicht, dass er den Verstand verloren hat.«

»Vielleicht hat es mit Respekt zu tun. Er respektiert mich einfach nicht, oder?«

Bill schwieg.

»Und du auch nicht …« Endlich ließ sie ihrem Zorn freien Lauf. »Sonst hättest du es mir gesagt. Zum Teufel mit dir, Bill!«

»Es war nicht meine Sache, sein Geheimnis zu lüften.«

Ihre Stimme wurde lauter und schallte durch das ganze

Haus. »Wer nichts tut und schweigend zusieht, trägt auch Schuld, findest du nicht?«

»Es tut mir leid.« Ihm versagte die Stimme. »Es tut mir wirklich leid. Ich habe immer gehofft, dass er es dir sagen würde. Hättest du es wirklich von mir erfahren wollen?«

»Ja.« Zitternd holte sie Luft. War es möglich, dass sie Adie aufgeweckt hatte? Sie war nicht bereit, ihr gegenüberzutreten. »Ist es einfach so, dass deine Loyalität ihm gegenüber größer ist als deine Loyalität mir gegenüber?«

»Es war *seine* Sache, es dir zu sagen.« Er seufzte. »Ach, Scheiße. Es war nicht meine Aufgabe, ihn vor sich selbst zu retten.«

Bill war also auch wütend auf Quinn. Das war ein Trost und mehr, als sie erwartet hätte. »Es mir zu sagen hätte also bedeutet, ihn vor sich selbst zu retten?«, fragte sie.

»Ja.«

»Und was ist mit mir? Was ist damit, *mich* vor *ihm* zu retten?« Ihr kam ein Frühlingsnachmittag während ihres Abschlussjahres an der Uni in den Sinn. Sie waren zu dritt zum Nielsen Park gefahren und hatten sich auf eine Decke in die Sonne gelegt. Sie hatte zwischen den beiden gelegen, angenehm von Weißwein beschwipst, hatte die Wolken beobachtet, ohne wirklich auf ihr Gespräch zu achten, hatte nur den Klang von Quinns und Bills Stimmen wahrgenommen, in dem Gefühl, ein Wahnsinnsglück zu haben und völlig sicher zu sein.

»Wie heißt sie mit Nachnamen?«, fragte sie. Das erste Licht drang in die Küche, und sie erblickte Quinns zerlumpten Strohhut, den er auf der Anrichte liegen gelassen hatte.

»Gordon. Rachel Gordon.«

»Und wo genau wohnt sie?«

»In der Mill Road. Du wirst doch nicht hinfahren, oder?«

»Warum sollte ich das tun wollen?« Noch während sie es sagte, wurde ihr klar, dass sie hinfahren würde. Sie musste sein anderes Zuhause sehen, in dem er ein ganzes anderes Leben gelebt hatte.

Irgendwo im Haus erklang ein Geräusch. Sie beugte sich auf der Couch vor, um durch die dämmrige Küche zu spähen. »Und sie hat angefangen, es herumzuerzählen?«, fragte sie.

»Anscheinend. Sie hat jahrelang Stillschweigen bewahrt.«

»Wem hat sie es gesagt?«

»Familie und Freunden, schätze ich mal. Das hat sie nicht gesagt.«

»Und deshalb hat er mir reinen Wein eingeschenkt.«

»Ich weiß es nicht.«

Sie legte auf, ohne sich zu verabschieden, und der letzte Rest ihrer Energie versiegte, das letzte Brennen, das sie die ganze Nacht über wach gehalten hatte.

Sie hatte Quinn also überhaupt nicht gekannt. Sie hatte ihn völlig falsch eingeschätzt. Und Bill auch. Würde sie je wieder ihrem Urteil vertrauen können? Sie sank auf die Couch zurück und sah zu, wie draußen die Morgendämmerung hereinbrach und sich die Möbel in dem Zimmer immer deutlicher herausschälten. Adie war die Einzige, die sie noch hatte, der einzige Mensch, den sie wirklich kannte.

Adie setzte sich im Bett auf. »Hast du geweint, Mummy?« Sie warf die Decke von sich.

»Ja.«

»Warum?«

»Ich bin traurig.«

»Warum?« Adie setzte sich aufrechter hin.

»Weil Daddy mir etwas Schlimmes gesagt hat. Er hat mir gesagt, dass er noch eine andere Familie hat.«

Adies Gesicht war leer und verständnislos. Marianna bemerkte einen blauen Filzstiftfleck an ihrer Wange.

»Er hat noch eine Frau und einen kleinen Jungen.« Sie griff nach Adies Hand, deren Finger so weich waren.

Adies Blick glitt zur Seite, dann wieder zurück zu Marianna. »Was meinst du?«

Marianna holte Luft. »Ich weiß. Es ist schwer zu begreifen, nicht wahr? Er hat eine Freundin in Corimbi, und sie haben einen Sohn. Wenn er dort ist, lebt er bei ihnen.«

»Warum?« Adies verwirrtes Gesicht trieb Marianna die Tränen in die Augen.

Marianna schüttelte den Kopf. »Ich weiß es nicht.« Sie konnte ihr schluckaufartiges Schluchzen nicht unterdrücken und schlug sich die Hände vors Gesicht.

»Mummy. Mummy.« Adie glitt dicht neben ihre Mutter, und Marianna streichelte den Arm ihrer Tochter, um ihren eigenen Tränen Einhalt zu gebieten.

»Wo ist Daddy?«, wollte Adie leise wissen.

Marianna holte tief Luft. »Er ist nicht hier. Er hat die Nacht woanders geschlafen.«

»Wo?« War das ein vorwurfsvoller Blick in Adies Augen? »Wohin ist er?«

Was sollte sie sagen? Dass sie ihm gesagt hatte, er solle gehen? Dass sie es vorzöge, ihn nie wiederzusehen? »Selbst wenn er nicht hier wohnt, wirst du ihn immer noch sehen. Mach dir keine Sorgen, du wirst ihn sehen.«

»Wird er denn nicht mehr hier wohnen?«

Marianna schüttelte leicht den Kopf. »Nein, ich glaube nicht, mein Schatz.« Sie wollte, dass Adie die Neuigkeiten ganz genauso empörend fand wie sie. Doch das Mädchen sah nur verängstigt aus.

»Wo ist er? Er hat nicht auf Wiedersehen gesagt.«

»Er wollte dich nicht wecken. Er hat mich gebeten, dir zu sagen, dass er dich liebt und dass er dich bald sehen wird.«

Adie stieg aus dem Bett, ging den Flur entlang und aus dem Haus. Marianna folgte ihr die Stufen hinunter bis zur Einfahrt, wo Adie stand und die menschenleere Straße hinabsah.

38

Er lehnte am Fenster und presste die Nase gegen die kühle Scheibe. Drei Kontaktpunkte brauchten Bergsteiger, um nicht abzustürzen. Füße, Hände und Nase.

Das Handy auf seinem Schreibtisch blinkte, doch er hielt den Blick auf die sich im Wind bewegenden Bäume im Roma Street Parkland gerichtet. Seinen Körper konnte er still halten, aber in seinem Innern befand sich ein schwindelerregender, ekelhafter Brei.

Hatte Marianna es Adie schon gesagt? Er würde sein Mädchen heute sehen, selbst wenn er gegen Mariannas Wunsch das Haus betreten müsste. Er erinnerte sich an Adies warmen, drahtigen Körper, der sich gestern Nachmittag im Garten an ihn gedrückt hatte, ihre Beine um seine Taille, ihr nasser Kopf schwer auf seiner Schulter.

Er setzte sich an den Schreibtisch, um Mariannas Nummer zu wählen.

»Hallo.« Es war der gleiche Plauderton, mit dem sie immer ans Telefon ging.

»Hi. Ich bin's.« Seine Stimme klang heiser. Er räusperte sich.

Sie schwieg. Er erinnerte sich daran, wie letzte Nacht jedes Leben aus Mariannas Gesicht gewichen war.

»Hast du es Adie gesagt?«, fragte er.

»Ja.«

»Wie geht es ihr?«

»Was willst du?« Ihr Tonfall war scharf.

Er schluckte. »Ich muss sie heute sehen. Um ihr alles zu erklären.« An seiner Tür erklang ein zögerliches Klopfen, das er ignorierte.

»Aha.« Im Hintergrund hörte er eine Frauenstimme. Jemand war bei ihnen. Da erkannte er die Stimme. Es war Mariannas Mutter.

Er sprach leise. »Marianna, ich will bloß …«

Sie unterbrach ihn. »Ja. Komm zwischen vier und fünf vorbei.« Sie legte auf.

Sally, die Sprechstundenhilfe, steckte den Kopf durch die Tür und winkte mit einem Blatt Papier. »Gerade eben ist diese Überweisung für Ihre nächste Patientin eingetroffen.« Mit fragender Miene durchquerte sie das Zimmer. Sah er so schlimm aus?

»Danke.« Quinn zwang sich zu einem Lächeln und nahm den Brief entgegen. »Ich muss hier um halb vier weg. Können Sie bitte meine Termine absagen?«

»Kein Problem.«

Früher hatte er sich Sorgen darüber gemacht, die Leute in Brisbane könnten herausfinden, dass er doch kein so anständiger Kerl war. Aber jetzt war es ihm scheißegal, ob Sally es erfuhr. Ihm lag nur an Adie und daran, wie sie sich fühlte.

39

Er bog in die Einfahrt, und Lucy schlich sich mit wedelndem Schwanz an. Da der Wagen von Mariannas Mutter nicht da war, ging er davon aus, dass sie nach Hause gefahren war. Dann erblickte er Marianna, die ihn von der Haustür aus beobachtete, und ihr vertrauter Anblick verschlug ihm den Atem. *Was habe ich getan?*

Als er den Weg entlangging, drang Adies Stimme aus dem Hausinnern. Sie lachte und rief etwas, wiederholte ein Wort, das er nicht verstand.

Quinn kletterte die Stufen zu Marianna hoch. »Hi«, sagte er leise.

Sie starrte ihn mit blasser, regloser Miene an.

»Wie geht's Adie?« Die Bretter knarzten unter seinen Füßen. Das Haus um ihn herum und die Möbelstücke auf der Veranda wirkten wie Dinge, die er in einem Traum gesehen hatte.

»Was glaubst du?«, erwiderte sie. Der Hund ließ sich auf die Bretter zwischen ihnen sinken.

Aus dem Haus drangen eine Männerstimme und Gelächter. »Wer ist das?«, fragte Quinn.

Marianna drehte sich um und rief in den Flur. »Adie, dein Dad ist hier!« Sie wandte sich Quinn zu und atmete durch. »Du hast aus allem eine einzige große Lüge gemacht. Aus unserem ganzen gemeinsamen Leben, unserer Familie.« Sie holte erneut Luft, als wollte sie noch etwas sagen, doch dann lehnte sie sich mit zusammengepressten Lippen zurück, und ihre Augen füllten sich mit Tränen. Sie verschränkte die Arme, und er sah, dass sie ihren Ehering abgenommen hatte.

Sein Herz machte einen Sprung, als Adie hinter ihrer Mutter erschien. Sie trug eine rote Schürze, die voller Mehl war, und hatte sich eine zerdrückte Frangipaniblüte hinters Ohr gesteckt. Sie schenkte ihm ein nervöses Lächeln. »Ich backe Kuchen mit Grandpa.«

»Hi, Schatz. Möchtest du mit mir in den Garten rauskommen?« Er rechnete damit, dass sein Vater jeden Moment in den Flur käme, konnte ihm aber noch nicht gegenübertreten.

Adie nickte und sah zu ihrer Mutter auf, die ihr die Haare zerzauste. »Wir sind in der Küche.«

Quinn bot Adie seine Hand, aber sie blieb auf Distanz. Sie gingen über den weichen Rasen, und Adie deutete auf das Baumhaus.

»Gute Idee«, sagte Quinn.

Sie band sich die Schürze ab und ließ sie ins Gras fallen.

»Dort oben wird eine Brise gehen«, sagte er.

»Ich weiß.«

Ihre nackten, sonnengebräunten Füße umklammerten die Sprossen der Leiter, die sie einmal zu Weihnachten gebaut hatten. Er folgte ihr nach oben, und sie saßen an ihren üblichen Plätzen, Seite an Seite auf der Holzplattform, in Richtung Straße. Adie hatte die Knie umschlungen und sah nach unten zu einer Frau in einem blauen Kleid, die einen Kinderwagen über den Gehweg schob. Er legte den Arm um Adies Schultern, aber sie lehnte sich weg von ihm.

Sie nahm sich die Blüte vom Ohr und untersuchte sie mit zarten, erwachsenen Fingern. Er war nur über Nacht weg gewesen, aber er spürte bereits, wie es in Zukunft sein würde, sie aus der Ferne heranwachsen zu sehen. Sie schleuderte die Blüte nach unten in den Garten.

Er ließ den Arm an ihrem Rücken. »Ich weiß, dass dir Mummy von meiner anderen Familie erzählt hat.«

Sie blickte geradeaus und nickte kaum merklich. Der Wind strich durch die Blätter um sie herum.

»Es tut mir leid, dass ich es dir nicht schon früher gesagt habe. Ich wünschte, ich hätte es getan.«

Sie schwieg.

»Sie heißen Rachel und Ned. Ich möchte, dass du weißt, dass eine andere Familie nichts daran ändert, wie sehr ich dich liebe. Du wirst immer mein geliebtes Mädchen sein.« Er zog sie nahe zu sich. Sie fühlte sich so klein an.

»Mummy hat so viel geweint.« Sie lehnte sich an ihn, sah aber immer noch über die Straße zu der Frau mit dem Kinderwagen. »Sie hat richtig doll geweint, Daddy.«

Quinns Magen drehte sich um. »Und hast du geweint?«

Sie schüttelte den Kopf. »Ein bisschen. Alles okay.«

»Ich weiß, dass dir traurig zumute sein muss, Süße, und ...«

»Alles okay.« Sie schenkte ihm ein flüchtiges Lächeln, sah wieder weg und kaute an einem Fingernagel.

Er fragte sich, ob seine Mutter am Tag seiner Abreise von Ocean Island auch dieses Gefühl verspürt hatte, in einen Abgrund zu stürzen. »Es tut mir leid, mein Schatz«, flüsterte er. Hatte Marianna recht? Waren die Entschuldigungen etwas, das er für sich selbst tat, nicht für die anderen?

»Wo hast du geschlafen?«, fragte sie.

»In einem Motel in der Nähe.«

»Aber warum bist du nicht reingekommen und hast dich verabschiedet?«

»Ich habe mich verabschiedet, aber du hast geschlafen. Wäre es dir lieber, wenn ich dich geweckt hätte?«

Ihre Stimme klang brüchig. »Du bist einfach weg gewesen, als ich aufgewacht bin.«

Sein Herz tat ihm tatsächlich weh. »Oh, Darling!«

Sie rutschte von ihm weg. »Mummy hat gesagt, du wirst nicht mehr hier wohnen.«

»Das stimmt. Aber Mummy und ich werden einen Weg finden, damit ich dich ganz viel sehen kann. Wir werden an den Strand gehen und ins Kino und ins Schwimmbad … und zum Abendessen.« Er hoffte, dass das stimmte.

»Wo wirst du wohnen?« Er konnte sie kaum verstehen.

»Vielleicht werde ich erst einmal bei Grandpa wohnen, wenn ich in Brisbane bin. Und in Corimbi … werde ich bei Rachel und Ned wohnen.«

»Es wird gar nicht so anders sein.« Ihre Stimme klang fester. »Du bist sowieso kaum je hier gewesen …«

»Was?«, erwiderte er, und der Wind peitschte das Wort davon. Das musste sie von Marianna aufgeschnappt haben. Er streichelte ihr über den Kopf und beugte sich vor, um ihre Haare zu küssen. »Ich liebe dich, und es tut mir leid, dass das hier so schwierig ist.«

Sie entwand sich ihm und drehte sich um, um rückwärts die Leiter hinunterzusteigen. »Ich muss den Kuchen aus dem

Ofen holen«, sagte sie. Sie kletterte die ersten beiden Sprossen nach unten. »Wir machen einen Schoko-Himbeer-Kuchen. Eigentlich wollten wir ihn zu deinem Geburtstag backen.«

Er holte Luft. »Das klingt köstlich.«

Sie sah ihn direkt an. »Ich möchte mitkommen und sehen, wo der Junge wohnt. Ich möchte ihn sehen.«

Ihm blieb nur eine Antwort übrig. »Natürlich kannst du mitkommen. Natürlich.«

Er folgte ihr die Leiter hinunter. Sie überquerten den Rasen, gefolgt von dem Hund. Marianna musste sie von drinnen beobachtet haben, denn sie machte die Tür auf und winkte Adie herein. »Der Kuchen kann herausgeholt werden. Grandpa wird dir helfen.«

Marianna sah zu, wie Adie in der Küche verschwand, dann drehte sie sich wieder zu Quinn um. »Ich muss ein paar Dinge wissen«, sagte sie kurz angebunden.

Er folgte ihr die Stufen nach unten in die Garage unter dem Haus, wo sie sich an eine Werkbank lehnte. Er würde alles beantworten, was sie wissen wollte.

»Ist das hier denn gar nicht gut gewesen?« Sie fuhr mit den Händen durch die Luft und wies durch das Garagentor in den Garten hinaus. »Ich und Adie und dieses Leben, das wir uns hier geschaffen haben?« Sie sah ihn mit verengten Augen an. »Es hat dir nicht gereicht?«

»Das hier ist gut gewesen. Das hier ist großartig gewesen. Aber als ich Rachel kennengelernt habe, war die Lage hier nicht so toll. Wir hatten gerade die letzte Fehlgeburt hinter uns …«

»Ja, ich weiß, wann es passiert ist. Das hast du mir bereits gesagt.«

»Mit ihr zusammen zu sein war … eine Flucht von der ganzen Sache mit dem Kinderkriegen. Ich hatte das Gefühl, ich selbst sein zu können.« Blätter wehten in die Garage und wirbelten zwischen ihnen über den Betonboden.

»Also hast du entschieden, eine andere zu vögeln, anstatt zu versuchen, mit mir darüber zu reden? Statt zu versuchen, die Dinge hier zu verbessern?« Sie nahm ihre langen Haare, drehte sie ein und steckte sie sich hinten ins Oberteil.

»Ich wusste nicht, *wie* ich die Dinge verbessern sollte.« Über ihnen war Adie zu hören, die durch das Haus rannte.

»Es ist aber besser geworden, nicht wahr? Nachdem Adie auf der Welt war.«

Er nickte.

Sie presste die Lippen zusammen und sah aus dem Garagentor. »Ich komme mir so blöd vor. Ich dachte, unser Leben wäre so gut.« Sie schlug die Hände vors Gesicht.

»Die Dinge *sind* gut gewesen.«

Sie ließ die Hände sinken. »Und hast du immer noch das Gefühl, bei ihr *mehr du selbst* zu sein?«

Er schluckte. »Du und ich, wir haben Dinge gemeinsam, die ich nie mit Rachel gemeinsam haben kann. Ich weiß, dass ich die Sache verbockt habe, aber nicht einmal das kann unsere Vergangenheit auslöschen … Ich habe nicht aufgehört, dich zu lieben, Marianna.« Er hielt inne. »Ich liebe dich immer noch.«

Ihre Stimme klang erstickt. »Was für eine seltsame Vorstellung von Liebe du hast.« Kopfschüttelnd trat sie zum Garagentor, dann drehte sie sich wieder zu ihm um. »Ich habe Jahre meines Lebens an dich vergeudet.«

Hitze schoss durch seine Adern. Er hatte diesen Albtraum verursacht, hatte der Frau, die er liebte, solche Qualen bereitet.

»Du musst deine restliche Kleidung abholen kommen und den ganzen Scheiß im Arbeitszimmer«, sagte sie.

»Okay. Ja.« Als sie auf die Stufen zuging, rief er ihr hinterher. »Könntest du bitte Dad zu mir schicken?«

Er durchquerte den Garten vor dem Haus und setzte sich auf die Bank unter dem Frangipanibaum. Die ganze Nacht hatte er wach gelegen, während Bilder wie eine unablässige Montage in seinem Kopf kreisten: ihre Hochzeit, Sex, Urlaube, Adies Geburt. Er erinnerte sich an den Titel des Buches, das sie las, als sie einander kennenlernten, die Art, wie sie vor dem Trinken auf ihren Tee blies.

Sein Dad kam vorsichtig die steilen Stufen herunter, einen Teller in der Hand. »Adie lässt dir die hier schicken«, sagte er, als er Quinn erreichte. »Shortbread mit braunem Zucker.« Er reichte Quinn den Teller und setzte sich neben ihn. »Ich werde stündlich dicker bei all diesen Keksen und Schnitten und Kuchen.«

»Ich gehe einmal davon aus, dass Marianna es dir erzählt hat?« Quinn griff nach einem immer noch warmen Gebäckstück. Jemand – Adie oder Marianna – hatte es oben mit der Gabel eingedrückt. Er fuhr mit dem Daumen über die Furchen, die die Zinken hinterlassen hatten.

»Ja. Sie hat es mir erzählt.« Sein Dad sah geradeaus zum Haus.

»Ich wollte nie, dass es passiert. Rachel und Marianna sind gleichzeitig schwanger geworden.«

Sein Vater seufzte. »Was hattest du denn vor?«

»Ich wollte Marianna verlassen.« Er legte das Gebäckstück zurück auf den Teller.

»Oh.« Sein Dad nickte. »Das wäre netter gewesen.«

»Ja.«

Er wandte sich Quinn zu. »Ich habe also einen Enkelsohn?«

»Ja. Ned. Er ist fünf.«

»Erzähl mir von ihm.« Sein Vater lächelte.

Quinn beschrieb Ned und dessen Faible für Beutelmarder. Seine Babyskinke. Den Riesenfelsen. Wie er barfuß von einem Felsblock zum nächsten durch den Bach sprang.

»Wann kann ich ihn kennenlernen?«

»Bald. Ich werde dich hinfahren.«

»Danke.« Die Traurigkeit seines Vaters war offenkundig. Quinn fragte sich, ob er dachte: *Wie die Mutter, so der Sohn.* Doch Quinn wusste, dass er es nicht von ihr hatte. Es musste etwas in ihm sein, irgendein Schalter, den er nicht umlegte.

Sein Dad rieb sich mit den Händen über die Oberschenkel. »Ich habe über dich und deine Mum nachgedacht. Weißt du, sie ist dir nicht böse gewesen wegen des Streits, den ihr beiden vor deiner Abreise hattet. Ich möchte bloß sicherstellen, dass du das weißt.« Sanft legte er eine fleckige Hand auf Quinns Oberschenkel. »Sie hat dich geliebt. Aber das begreifst du, nicht wahr? Jetzt, wo du eigene Kinder hast. Ganz gleich, was sie tun, du liebst sie.«

An dem Tag, an dem Quinn die Insel verließ, hatte sie ihn unten am Hafen fest umarmt. »Ich würde ja *Hals- und Beinbruch* sagen, aber wahrscheinlich ist das für einen Medizinstudenten nicht besonders passend.« Lächelnd streichelte sie seine Wange, und er sah weg. »Trennen wir uns nicht so«, flüsterte sie. Doch er blieb stumm. Im Rückblick erkannte er, dass er einfach nicht genug emotionale Courage aufgebracht hatte. Sie hatte lange die Lippen an seine Stirn gepresst. Wenn er daran dachte, schnürte sich ihm die Kehle zu, denn er wusste jetzt, wie verzweifelt sie sich etwas von ihm zurückgewünscht hatte, ein kleines Zeichen. Doch er war einfach an Bord des Bootes gegangen, das alle Passagiere zu dem großen Marine-Schiff bringen würde. Er stand dort breitbeinig an Deck, während die anderen Leute an der Reling lehnten und plauderten. Das Boot brachte sie zu dem Schiff, und seine Mutter winkte noch, als das Schiff in südwestlicher Richtung nach Australien in See stach.

40

Bei seiner Ankunft war Rachels Haus dunkel und leer. Er war verrückt, den ganzen Weg herzukommen, bloß um dann wieder umzukehren und am nächsten Morgen nach Brisbane zu fahren, aber er wollte Ned sehen, ihn halten. Er knipste das Licht in der Küche an und erblickte einen Haufen Gemüse, das über den Tisch verstreut lag. An den Kartoffeln klebten noch Erdklumpen. Ein halb leeres Glas Milch stand neben der Spüle. Es sah aus, als wären sie eilig aufgebrochen.

Er stellte die Tasche im Schlafzimmer ab. Rachels Schlafzimmer. Das zerwühlte Bettzeug und das Kopfkissen zeigten ihm genau, wo sie nachts gelegen hatte, allein im Bett. Angst flackerte in ihm auf. Er hatte nicht angerufen, um ihr zu sagen, dass er auf dem Weg war. Er hätte es nicht ertragen, wenn sie ihm gesagt hätte, er solle nicht kommen.

Er zog sich die Anzughose und das Hemd aus und ging durch das stille Haus zum Badezimmer. Das große Fenster zum Garten stand offen, und die Geräusche von Grillen und Fröschen hallten in dem gekachelten Raum wider. Im Dunkeln drehte er die Dusche stark auf und trat unter das Wasser, ließ es sich über Kopf und Gesicht strömen. Er vermochte nicht zu sagen, wie lange er schon so dort stand, als er eine leise Stimme hörte. »Daddy?«

»Bist du das, Nudel?«

»Alles in Ordnung?«

»Ja.« Er drehte den Hahn zu und trat auf die feuchte Badematte hinaus. Ned stand in der Tür. Quinn hörte Rachel in der Küche.

Quinn ging tropfend auf der Badematte in die Hocke. »Komm her.« Er streckte die Arme nach Ned aus.

Ned kam langsam auf ihn zu. »Ich bin ganz dreckig. Ich bin reingekommen, um mir die Hände zu waschen.«

Rachel erschien. »Hi.« Sie schaltete das Licht im Flur ein.

»Clarries Skinke sind geschlüpft. Sie sind so groß.« Ned kniff die Augen zusammen und hielt die Finger einen Zentimeter auseinander. Seine Arme waren schlammverkrustet.

»Wow! Das ist ganz schön winzig. Wie viele sind es?« Er zog Ned in die Arme und hielt ihn fest. Der Junge fühlte sich wie ein Vogel an, mit zerbrechlichen Knochen und winzigen Muskeln.

Ned erwiderte die Umarmung, einen dreckigen Arm um Quinns Hals geschlungen. »Du bist ganz nass, Dad.«

Rachel betrat das Badezimmer und bückte sich, um eine gelbe Gummiente vom Boden aufzuheben.

Quinn redete über Neds Kopf hinweg mit ihr. »Ich habe es ihr gesagt.«

»Okay.« Ihre Stimme war leise. Sie seufzte, und er hoffte, dass es vor Erleichterung war. Sie legte die Ente auf den Badewannenrand.

»Es sind sechs Babys.« Ned lehnte sich zurück, um seinen Vater anzusehen. »Clarrie hat gesagt, in der freien Wildbahn würden sie nicht alle überleben.«

Eine Brise raschelte durch den gewaltigen dunklen Busch nur zwanzig Meter vor der Veranda. Quinn lehnte am Geländer und atmete ein paarmal langsam durch.

In Neds Zimmer murmelten und lachten Rachel und Ned, dann kam Rachel mit ihren charakteristischen leisen Schritten durch den Flur. »Möchtest du noch Wein?«, rief sie aus der Küche.

Den ganzen Abend über, jedes Mal, wenn sie nett zu ihm war, durchflutete ihn Dankbarkeit.

»Nein danke«, sagte er und setzte sich auf die durchhängende Couch.

Sie ließ sich neben ihn plumpsen, ein Weinglas in der Hand. »Bill hat heute angerufen.«

»Echt?« *Mist.* Er hätte Bill Bescheid geben sollen.

Rachel nippte an ihrem Wein. »Marianna hat ihn heute vor Morgengrauen angerufen.«

Vor Morgengrauen hatte Quinn wach in dem Motelbett gelegen und noch nicht einmal versucht zu schlafen, während aus dem Nebenzimmer das Geplapper von Nachtfernsehen zu ihm drang. »Was hat Bill noch gesagt?« Warum hatte Bill nicht ihn angerufen?

»Dass er ihr alles gesagt hat, was sie wissen wollte, einschließlich, wo ich wohne.« Sie hob die Füße auf den niedrigen Tisch vor der Couch.

Wo *ich* wohne. »Sie wird nicht herkommen«, sagte er.

»Das glaubt Bill auch.« Sie seufzte. »Er hat gesagt, wir hätten ihn ausgenutzt.«

»Das haben wir.« Er hätte Bill anrufen sollen. Er sollte ihn jetzt anrufen.

»Er will dich nicht sehen.«

»Was meinst du?«

Sie zuckte die Schultern. »Einfach so. Er möchte nicht, dass du dich bei ihm meldest.«

»Oh.« Er legte den Kopf in den Nacken und schloss die Augen.

Rachel rieb ihm den Oberarm. »Wie ist es gewesen? Es Marianna zu erzählen?«

»Schrecklich. Schrecklicher, als ich es mir je hätte vorstellen können.« Er sah wieder einmal ihr Gesicht vor sich, in dem Augenblick, als er es ihr gesagt hatte. »Sie wollte es Adie selbst sagen, und ich konnte nicht mit ihr verhandeln. Ich habe Adie heute Nachmittag gesehen, und sie war … ich hatte das Gefühl, sie steht unter Schock.« Wenn Adie sich doch nur von ihm hätte halten lassen.

»Sie hat also zugelassen, dass du Adie heute Nachmittag sehen konntest?«

War es wirklich erst heute Nachmittag gewesen? »Ja.« Er war benebelt vom Wein. Und so müde.

»Das ist gut, nicht wahr? Du hattest immer Angst, sie würde dir Adie vorenthalten.«

»Aber du begreifst, dass Adie mich verloren hat, nicht wahr? Ihr Leben wird für immer unterteilt sein in *bevor Daddy gegangen ist* und *nachdem Daddy gegangen ist.*«

»Ich weiß.«

»Wenn sie erwachsen sind, werden sie mich dann einfach als Feigling betrachten?« Er griff nach ihrem Glas und trank einen Schluck Wein.

»Ich weiß es nicht.«

»Was denkst du? Bin ich ein Feigling gewesen?« Er war jetzt so sehr von ihrer Meinung abhängig.

»Ich glaube, du hast Angst gehabt.«

»Haben Feiglinge nicht Angst? Ist das nicht eigentlich die Definition?«

»Ich glaube, du hattest Angst, ihr wehzutun. Und ich glaube, du hast das Leben gemocht, das du mit ihr hattest, und den ganzen …« Sie wedelte mit den Händen durch die Luft. »… Schnickschnack, der dazugehörte.«

»Den Schnickschnack?« Wie stellte sich Rachel sein Leben mit Marianna vor?

Sie nahm ihr Weinglas zurück. »Ich glaube, du wolltest einfach alles. Du wolltest uns beide, beide Familien, egal, welchen Preis die Menschen um dich herum dafür zu zahlen hatten.«

Er verspürte eine nervöse Hitze in der Brust. »Also … doch der anmaßende Herr Doktor, dem mehr zusteht als dem Rest der Welt?«

Sie wich seinem Blick aus. »Tja … vielleicht. Ich habe es dir schon einmal gesagt, ich glaube nicht, dass du es nur um Adies willen getan hast. Du hast es auch um deinetwillen getan.«

Er sah auf die Bäume hinaus. Sie klangen sogar wie das Meer. »Ja. Ich habe es geliebt – *liebe* es –, Adies Vater zu sein. Ich wollte dort sein und das haben.«

»Oder vielleicht konntest du einfach nicht handeln, konntest nicht die Entscheidung treffen, die du zu treffen hattest.« Sie wandte sich ihm zu. »Ist es das?«

Ihm war übel. Er wollte, dass sie aufhörte.

Sie sackte gegen die Couch zurück. »Wir müssen jetzt *absolut* ehrlich miteinander sein. Du darfst mir nicht erzählen, was ich deiner Meinung nach hören will. Wenn wir das hier überstehen.«

Wenn wir das hier überstehen. »*Dir* gegenüber bin ich ehrlich gewesen. Marianna habe ich belogen.« *Und Adie. Und Ned.* Allerdings in einem hatte sie recht. Er überlegte immer erst, bevor er etwas sagte, und ging die Möglichkeiten durch, was er sagen könnte. Aber tat das bis zu einem gewissen Grad nicht jeder?

Sie ließ das Kinn sinken und drückte sich die Finger auf die Augen. »Ich habe dieses schreckliche Gefühl, dass du uns einfach immer weiter verleugnen und herunterspielen wirst, wie eine Art Reflex … oder eine Gewohnheit. Weißt du …«, sie holte Luft, »… jedes Mal, wenn du Ned und mich nicht erwähnt hast, hast du uns unser Lebendigsein abgestritten, ja, unsere Existenz.«

»Ich weiß.« Er betrachtete die beiden wie eine andere Welt, einen eigenen Planeten, auf dem er ein und aus ging.

»Ich bitte dich nur, du selbst zu sein und mir alles zu sagen, selbst den beschissenen Kram«, meinte Rachel.

»Okay.« Der Wind wurde stärker, und die Bäume am Rand der Lichtung bewegten sich unruhig.

Als er ins Bett kletterte, schien sie zu schlafen, auf ihrer Seite eingerollt, von ihm abgewandt. Er schmiegte sich an ihren Rücken und griff um ihre Taille. Sie nahm seinen Arm und zog ihn an sich.

Zuerst dachte er, dass sie vielleicht im Schlaf redete oder mit sich selbst, ihre Stimme war so schwach. Dann hörte er das Wort *Scotty*. Er hob den Kopf vom Kissen. »Redest du mit mir?«

Sie räusperte sich, rührte sich aber nicht. »An dem Tag, als ich auf Scotty aufpassen sollte … Ich bin oben auf dem

Baum gewesen und habe einmal zu ihm hinübergesehen.« Sie legte eine lange Pause ein, und Quinn fragte sich, ob sie mit einer Erwiderung rechnete.

»Er hat ein bisschen im tiefen Wasser bei den Mangrovenbäumen herumgeplanscht, gleich bei dem Bootssteg. Es war bloß Planschen, und er hat ein wenig mit den Armen gewunken, und mir ist der Gedanke gekommen, dass er möglicherweise in Schwierigkeiten stecken könnte. Aber ich habe mich extra zu dem Baum zurückgedreht und bin das Seil hochgeklettert. Ich habe bewusst nicht zu ihm hinübergesehen. Und ich bin mir dabei so mächtig vorgekommen. So erwachsen und reif.« Sie war ganz reglos unter seinem Arm. »Es war nicht so, dass ich ihn vergessen hätte. Ich habe ihn ertrinken lassen. Das ist die Wahrheit.«

Er zog sie eng an sich und presste die Nase an ihren Hinterkopf. »Oh, Schatz.« Er streichelte sie, wie er sonst immer seine Kinder streichelte, wieder und wieder. »Rachel.« Er stellte sich die junge Rachel vor, die er nie kennen würde, wie sie an dem Seil schwang, den Kopf von ihrem Bruder abgewandt. Er kannte das Gefühl, das sie beschrieb: voller Rebellentum und Aufsässigkeit gegen das zu sein, wovon man wusste, dass man es tun sollte. »Du warst erst zwölf.«

Sie setzte sich auf. »Kannst du mir das Wasser reichen?«

Er gab ihr das Glas, und sie trank es ganz leer. Sie reichte ihm das leere Glas, glitt wieder unter die Decke und sah zur Decke empor. »Worüber denkst du nach?«, wollte sie mit leiser Stimme wissen.

»Ich bin traurig um deinetwillen. Denke mir, welch schwere Bürde das gewesen sein muss …«

»Du bist nicht um meiner Mum und meines Dads willen traurig?« Ihre Stimme zitterte.

»Herrgott, ja. Ich bin traurig wegen euch allen, und um Scottys willen.« In seine Augen stiegen Tränen bei dem Gedanken an einen kleinen Jungen, nicht viel älter als Ned, der allein und verängstigt gestorben war. »Aber vor allem finde ich es wegen dir traurig. Du warst noch ein Kind. Selbst wenn du dich weggedreht hast, ist es nicht deine Aufgabe gewesen, auf ihn aufzupassen.« Wie überlebten Eltern den Tod eines Kindes? Wie machten sie weiter, wuschen Wäsche und bereiteten Mahlzeiten zu und erschienen zur Arbeit, wenn sie ihr geliebtes Kind nie mehr wieder in den Armen halten würden?

»Vielleicht hätte es nicht meine Aufgabe sein sollen. Aber das ist es nun einmal gewesen. Ich war der eine Mensch, der etwas hätte tun können. Ich hätte dafür sorgen können, dass er lebt und nicht stirbt.« Sie zog sich die Decke höher über die Schultern. »Ich hätte zu Dad hinüberschreien können. Ich hätte ins Wasser springen und zu ihm schwimmen können. Ich hatte drei Minuten.«

»Hast du das sonst noch jemandem erzählt?«

Sie schüttelte den Kopf.

Er strich über ihre Haare. »Hab ein wenig Nachsicht mit dem Kind, das du warst. Man hat dir zu viel abverlangt. Es war die Aufgabe eines Erwachsenen.« Draußen verursachte der Wind ein donnerndes Geräusch wie ein entfernter Zug, und Zweige prasselten aufs Dach.

»Du kapierst es nicht. Es war nicht zu viel. Ich hätte auf ihn aufpassen können. Und ich habe mich *entschieden*, es nicht zu tun.« Sie drehte sich zu ihm um und sah ihm in die

Augen. »Das ist es. Jetzt weißt du alles über mich. Das ist das Schlimmste.« Sie atmete lang und bebend aus und schloss die Augen.

Er hielt sie, während sie einschlief, und er stellte sie sich als Jugendliche vor, die jeden Tag immer wieder den Moment durchging, in dem sie sich von ihrem Bruder weggedreht hatte.

41

Ned schoss den schmalen Pfad auf Rachel zu. »Willst du was abhaben, Mummy?« Lächelnd reichte er ihr eine zerdrückte Mandarinenscheibe.

Er warf die leuchtende Schale ins Gebüsch und rannte den unbefestigten Weg zurück zu seinem Vater. Das T-Shirt, das er sich von Quinn geliehen hatte, flatterte ihm um die Knie.

Quinn hatte sie gehalten, als sie vor dem Morgengrauen aufwachten, und sie wollte ihm sagen, dass das, was sie getan hatte, viel schlimmer als das war, was er getan hatte. *Das ist es. Du weißt das Schlimmste von mir.* Nachdem sie es jetzt jemandem anvertraut hatte, hatte sich augenblicklich Erleichterung eingestellt, aber sie kam sich auch wund und verletzlich vor.

Sie steckte sich die Mandarinenscheibe in den Mund und schluckte den süßen Saft. Ned und Quinn verschwanden um die letzte Ecke des Weges, und sie hörte Ned jubeln. Als das Wasserloch in Sicht kam, sah sie, dass noch ein Baum ins Wasser gefallen war, der dicke helle Stamm ragte über das abschüssige Ufer auf der anderen Seite. Mitten im Wasserloch sprossen Äste und Blätter, die eigentlich nicht dorthin gehörten.

Ned hüpfte auf dem steinigen Strand herum und zog sich die Kleidung aus. »Eine neue Rampe!«, rief er seiner Mutter zu. Sie hatte ihn ein paarmal gefragt, wie es ihm mit der anderen Familie seines Vaters gehe, aber er wollte ganz offensichtlich nicht darüber reden. Er benahm sich, als wäre alles beim Alten, aber er hatte etwas schrecklich Aufgesetztes an sich, als gäbe er sich bei allem besonders viel Mühe.

Sie kletterte die Felsblöcke zu dem kleinen Strand hinunter. Am anderen Ufer war der Wurzelballen des umgestürzten Baumes zu sehen, ein Wirrwarr aus knorrigen, dreckigen Wurzeln.

Quinn zog sich Shorts und T-Shirt aus, hob Neds Kleidungsstücke auf und legte sie auf einen Felsblock. Er hatte abgenommen und sah fast aus wie damals, als sie sich kennenlernten, knabenhafter. Quinn und Ned standen nebeneinander am Rand des Gewässers. »Eins, zwei, drei!«, riefen sie und sprangen los. Sie heulten auf, als sie ins Wasser klatschten, und ihre Stimmen hallten wider.

Rachel stand im Schimmer der ersten Morgensonne. Sie wusste, dass sie glücklich sein sollte, weil Quinn endlich mit ihnen zusammenlebte, weil sie endlich alle die Wahrheit sagten. Aber sie konnte nicht anders, sondern machte sich Sorgen, dass ihrer Beziehung nach dem langen unehrlichen Anfang ein tödlicher Makel anhaftete. Oder vielleicht war es noch schlimmer, vielleicht waren in Wirklichkeit Quinn und sie selbst mit dem Makel behaftet. Sie hatte aufgehört zu zählen, wie oft sie zu dem Moment zurückgekehrt war, als sie von Scotty weggesehen hatte. Sie hatte versucht, die Schritte nachzuverfolgen, die sie zu dem Punkt geführt hatten, an dem sie zwischen Gut und Böse gewählt hatte. Und es war nicht übertrieben, es das Böse zu nennen. Menschen hatten Angst vor dem Wort, aber sie wusste, dass das Böse in jedem steckte. Manche Menschen leisteten ihm nur stärkeren Widerstand.

Sie zog sich aus und stieg in das kalte Wasser. Unter ihren Füßen knirschten Steine. Ned kletterte den frisch umgestürzten Baumstamm hinauf, und Quinn trat Wasser, während er lächelnd zu seinem Sohn aufsah. Rachel sank unter die Oberfläche, die Augen in dem trüben Wasser offen, und schwamm langsam, während ihr die Haare um die Schultern und den Hals wogten und die Wunde über ihrem Auge brannte.

Als sie wieder auftauchte, kam Quinn auf sie zugeschwommen.

Ihre Beine traten unter Wasser, und ihr fiel wieder ein, wie unglaublich aufregend es gewesen war, im städtischen Schwimmbad mit ihm zu schwimmen. Es schien in einem anderen Leben gewesen zu sein.

Er trat Wasser. »Wie geht es dir, nachdem du mir das mit Scotty erzählt hast?«

Sie nickte. »Okay.« Er war der Einzige, dem sie es je gesagt hatte. Beim Anblick seines schönen, müden Gesichts überkamen sie Liebe und Traurigkeit.

Ned rief zu ihnen herüber. »Hey! Hier ist ein Vogelnest.« Er hockte hoch oben auf dem Stamm, sein geschmeidiger Körper war zusammengekauert, während er zu einer Astgabel spähte. »Was meinst du, Mummy, wo sind die Vögel jetzt?«

»Wie groß ist das Nest?«, fragte Rachel. Ned hielt etwas hoch, das nach einer Handvoll Zweige aussah. Zwei Stöckchen segelten herunter und trieben auf dem Wasser.

»Sieht wie ein schlecht gebautes Eulenschwalmnest aus«, meinte Rachel. »Sie sind bestimmt weggeflogen, als der Baum umgestürzt ist.« Das hoffte sie jedenfalls. »Wahrscheinlich sitzen sie gerade irgendwo auf einem Nachbarbaum und beobachten uns.«

Ned drehte sich um und blickte in Richtung der Auffahrt. »Ich hör ein Auto kommen.«

Auch Rachel vernahm jetzt das Geräusch eines Autos, das langsam die Auffahrt hochknirschte.

»Erwartest du jemanden?«, fragte Quinn.

»Nein.« Sie schwamm ans Ufer. Niemand kam um sechs Uhr morgens zu Besuch. Könnte es Marianna sein? Sie an Mariannas Stelle würde wissen wollen, wer diese andere Frau war. Spritzend stieg sie aus dem Wasser und kletterte auf den größten Felsen, sodass sie durch eine Lücke in den Bäumen zum Haus sehen konnte. Clarries Pick-up hielt gerade.

»Es ist Clarrie«, sagte sie. »Ich gehe nach oben.« Quinn kam aus dem Wasser, während sie sich rasch abtrocknete und Kleidung über die feuchte, abgekühlte Haut zog. Sie folgte dem Pfad zum Haus, wo sie Clarrie in der offenen Schuppentür vorfand, ihr den Rücken zugekehrt und die Hände in die Hüften gestemmt. Er trug wie immer Arbeitsshorts, ein Hemd und Stiefel mit Gamaschen.

»Hey, Clarrie!«, rief sie.

Er drehte sich langsam um und lächelte. »Morgen, die Dame.« Er betrachtete die Bäume, die das Haus umgaben, und nickte. »Ihr hattet Glück, dass heute Nacht kein Baum auf euer Haus gestürzt ist. Der Sturm um Mitternacht war heftig.«

»Ein Baum ist ins Wasserloch gekippt.«

»Der Boden hier unten saugt sich richtig voll.« Er klatschte mit einer Hand gegen die andere. »Der Fels hält das Wasser zurück.« Er blickte wieder zu ihrem Haus hoch und rieb die knotigen Hände zusammen. »Tja, ich bin hergekommen, um mir etwas Benzin für meine Kettensäge auszuleihen.« Er öffnete die Beifahrertür seines Pick-ups und holte einen zerbeulten Benzinkanister aus Blech heraus. »Mein Benzintank leckt ...«

»Bedien dich.«

Er klappte den Deckel des Benzinkanisters auf. »In der südöstlichen Ecke sind zwei Bäume auf meinen Zaun gestürzt. Die verfluchten Ziegen sind abgehauen.«

Quinn und Ned tauchten zwischen den Bäumen auf. Ned hockte auf Quinns Rücken und ließ die sonnengebräunten Beine baumeln. Er wand sich herunter, sobald er Clarrie bemerkte, und rannte über den Rasen. »Wie geht es den Skinken?« Er hatte eine Gänsehaut an den Armen, und die nassen Haare hingen ihm in Strähnen über die Schultern.

Clarrie ging mit seinen drahtigen, sonnenverbrannten Beinen in die Hocke. »Willst du heute wieder vorbeikommen und sie dir ansehen?«

»Ja.« Ned nickte mit breitem Grinsen.

Quinn trat neben Rachel. »Hi, Clarrie.«

»Quinn.« Clarrie nickte und sah weg. Quinn gegenüber benahm er sich immer ein wenig linkisch und förmlich. »Früh, um schwimmen zu gehen.« Aus seinem Mund klang es, als wäre es merkwürdig, dass Quinn schwimmen ging, aber völlig normal, wenn Rachel und Ned es taten.

»Ja. Es ist frisch gewesen. Schwimmst du je in deinem Wasserloch?«, fragte Quinn.

Clarrie erhob sich kopfschüttelnd. »Nein. Hast du Urlaub? Du bist sonst doch nie um die Zeit hier.«

»Er ist jetzt die ganze Zeit hier«, sagte Rachel.

»Oh.« Mit einem Nicken sah Clarrie sich um, bloß nicht zu Quinn. »Prima.« Er sah Rachel an. »Tja, das sind gute Neuigkeiten, Liebes.« Clarrie war einer der Ersten gewesen, denen sie es erzählt hatte, sogar noch vor Shaney. Sie hatte es jemandem sagen müssen, der ihr keinen Rat erteilen oder entsetzt sein würde. Clarrie hatte sich das Ganze nur angehört, hatte genickt und seinen Tee getrunken. »Klingt schwierig, Liebes«, hatte er schließlich gesagt. Sie hatte den Eindruck, dass Clarrie zu sehr mit seinem eigenen Schmerz beschäftigt war – einer nie thematisierten Tragödie, die schon Jahre zurücklag –, um andere zu verurteilen.

Clarrie legte eine große Hand auf Neds Kopf. »Hilfst du mir, meinen Kanister zu füllen, junger Mann?«

Ned nickte und hüpfte Clarrie hinterher.

»Lass mich deine Wunde ansehen.« Quinn trat dicht an Rachel heran und betastete ihre Stirn mit sanfter, aber professioneller Hand. »Es sieht okay aus, Ma'am, selbst wenn Sie den Rat Ihres Arztes missachten und Ihre Wunde nicht trocken halten.«

»Oh, ich habe ganz vergessen, dass sie nicht nass werden darf!« Sie wollte nicht, dass seine sanfte Berührung aufhörte, doch er ließ die Hände sinken. Im Schuppen hantierten Clarrie und Ned klappernd herum.

»Ich muss in ein paar Minuten nach Brisbane aufbrechen«, sagte er.

Sie fragte sich, ob er die gleiche furchtbare Ahnung hatte, dass ihre Beziehung auf wackeligen Beinen stand. »Was hättest du getan, wenn sie nicht schwanger geworden wäre?«

Er beobachtete Ned, der gegen den Benzintank klopfte, während Clarrie den Schlauch in den Kanister einführte. »Ich hätte sie verlassen.« Er hielt den Blick auf Ned gerichtet.

»Wirklich?« Sie wollte, dass er sie ansah. »Dann bedeutet dir Adie also mehr als ich?«

»Bitte mich nicht, dich mit Adie zu vergleichen. Oder mit Ned.« Endlich sah er sie an. »Du weißt, wie es ist, die Liebe zu einem Kind … Sie kommen an erster Stelle.«

»Tatsächlich?«

Er berührte ihr Gesicht mit den gleichen sanften Fingern. »Tja, so ist das bei mir.«

42

Im Wagen auf dem Parkplatz wählte er die Nummer, die nicht mehr seine war, und stellte sich vor, wie das Läuten des Telefons laut durch das Haus hallte. Er wusste, dass sie da waren, denn er war auf dem Weg zu seiner Praxis einen Umweg gefahren und hatte einen Blick auf Adie erhascht, die hinten im Garten auf dem Trampolin hüpfte. Marianna musste ihr einen weiteren Tag schulfrei gegeben haben.

Ihre Stimme vom Band ertönte herzlich und munter: *Hallo. Dies ist der Anschluss von Marianna, Quinn und Adie. Bitte hinterlassen Sie uns eine Nachricht.*

»Hi. Adie, hier spricht Daddy, mein Schatz.« Tränen traten ihm in die Augen. Er hätte sich zurechtlegen sollen, was er sagen wollte. »Ich würde wahnsinnig gern mit dir sprechen. Und ich freue mich so darauf, dich bald zu sehen. Ich denke ständig an dich, mein geliebtes Mädchen, und ich schicke dir einen dicken Kuss durch die Telefonleitung.« Er drückte die Aus-Taste und schloss die Augen. Vor seinem geistigen Auge schwebte das schreckliche Bild von Adie und Marianna, die in der Küche saßen und ihm zuhörten, wie er seine Nachricht auf Band sprach.

Er ging über den Parkplatz zum Aufzug. Seine Beine waren schwer. Inzwischen verstand er den Ausdruck *etwas völlig mechanisch zu tun.* Drinnen war nur ein Patient im Wartezimmer, und Sally saß hinter dem Empfangstisch und arbeitete am Computer. Der Raum roch nach dem Lavendelspray, von dem sie behauptete, es unterstütze bei den Patienten das Gefühl, sich in guten Händen zu befinden. Sie blickte auf und lächelte. »Guten Morgen.«

Er trat hinter den Empfangsbereich und setzte sich auf den Stuhl neben sie. »Guten Morgen.«

Sie hörte mit dem Tippen auf. »Ich habe Müsliriegel dabei, falls Sie ein Frühstück brauchen.«

»Ach, danke, aber ich bin satt. Ich muss Ihnen meine neue Adresse geben.«

»Okay. Ich wusste gar nicht, dass Sie umziehen.« Sie griff nach einem Blatt Papier und einem Stift. »Schießen Sie los.«

Er diktierte Rachels Adresse, und sie blickte zu ihm auf. »Sie wohnen jetzt die ganze Zeit über dort?«

Er sprach leise, damit der Patient es nicht hörte. »Marianna und ich sind nicht mehr zusammen.« Es war das erste Mal, dass er die Worte ausgesprochen hatte, und der Schock fuhr ihm durch den ganzen Körper. Er tippte auf das Blatt Papier. »Und hier werde ich fortan wohnen. Mit meiner neuen Partnerin.«

Sie beugte sich vor, um auf das Papier zu kritzeln, und er sah, dass ihr die Röte in den Nacken stieg. »Okay.«

Er holte tief Luft. »Außerdem kann ich es Ihnen genauso gut selbst sagen, denn es wird sich schon bald herumsprechen: Ich habe einen Sohn mit meiner Partnerin.«

»Aha.« Sie hob die Augenbrauen, und der Anflug eines Lächelns umspielte ihren Mund. »Das Leben ist kompliziert, nicht wahr?« Sie klang traurig, und er fragte sich, was in ihrem Leben vor sich gehen mochte. Dann wandte sie sich wieder ihren Tipparbeiten zu. »Vielleicht brauchen Sie doch noch einen von den Müsliriegeln. Es gibt auch welche mit Schokolade drin, sie liegen im Kühlschrank.«

An seinem Schreibtisch griff Quinn nach dem Telefon, um Adie erneut anzurufen, aber noch immer hob niemand ab. In der vergangenen Nacht hatte er geträumt, dass er sie in der Stadt verloren hatte, hektisch durch Gassen und in Geschäfte gelaufen war und ihren Namen gerufen hatte. Er zwang sich dazu, aufzustehen und über den Teppich zu laufen, um seinen ersten Patienten hereinzurufen.

Mittags versuchte er erneut, sie anzurufen. Marianna hatte die Begrüßung geändert und seinen Namen entfernt. Er hinterließ wieder eine Nachricht.

Vielleicht war diese ganze Angelegenheit seine große moralische Prüfung gewesen, und er hatte sie nicht bestanden, weil er Marianna nicht von Anfang an reinen Wein eingeschenkt hatte. In seiner Kindheit hatte ihm seine Mutter von Holländern und Deutschen erzählt, die während des Holocaust Juden bei sich zu Hause Unterschlupf gewährt hatten. Und als Elfjähriger, der abgeschieden auf Ocean Island lebte, war er sich sicher gewesen, dass er eine jüdische Familie beschützen würde, wenn er in die gleiche Lage käme. Wie sicher er sich seiner moralischen Rechtschaffenheit gewesen war!

Er fragte sich, bei welchen Dingen er einen unerschütterlichen moralischen Standpunkt hatte. Mord. Kindesmissbrauch.

Er griff nach seinen Schlüsseln und ging durch den Empfangsbereich nach draußen. Ihm waren die wartenden

Patienten gleichgültig, er musste sich vergewissern, dass es Adie gut ging.

Er parkte am Straßenrand und ging den Gehweg zurück. Unter seiner Anzughose und dem Hemd bildete sich Schweiß, als er in der Sonne stand und durch die dichte Lilly-Pilly-Hecke spähte, die Marianna und er während ihres ersten Frühlings in dem Haus angepflanzt hatten. Seitlich am Haus konnte er gerade so Marianna und Adie erkennen, die das Gemüsebeet gossen. Adie stand ganz reglos da, den Schlauch in der Hand. Er hatte gehofft, dass sie sich umdrehen würde und er ihr Gesicht sehen könnte, aber eine Frau näherte sich auf dem Gehweg und bedachte ihn mit einem seltsamen Blick, wie er so durch die Hecke schaute. Also betrat er den Rasen und ging den Hang hinauf auf Adie und Marianna zu. Seine Schritte waren auf dem weichen, frisch gemähten Rasen nicht zu hören. Er wartete darauf, dass Adie ihn bemerkte, wünschte sich, dass sie sich umdrehen und ihn erblicken würde, doch es war Marianna, die ihn als Erste erblickte. Sie wandte sich ihm zu und schüttelte den Kopf. Da sah ihn Adie, ließ den Schlauch fallen und kam auf ihn zugerannt, blieb dann aber ein paar Meter vor ihm stehen. Sie senkte den Blick auf das Gras.

»Hallo, Adie.« Er ging in die Hocke. »Ich wollte dich sehen. Bloß ganz kurz. Ich vermisse dich so sehr.«

Sie sah auf, die Augen tränenverschleiert. »Wann kommst du zurück und wohnst wieder hier?«

Er schluckte. »Ich bin mir ziemlich sicher, dass ich nicht wieder hier bei dir und Mummy wohnen werde. Aber ich werde dich immer noch sehen. Ich werde immer noch dein Dad sein.«

»Aber warum?«, flüsterte sie.

»Warum ich nicht wieder hier wohnen werde?«

Sie nickte.

»Weil ... weil ich Mummy nicht die Wahrheit über meine andere Familie gesagt habe. Sie ist ziemlich sauer auf mich.«

»Sie ist traurig.« Adies Stimme war nüchtern.

»Vielleicht traurig und sauer.«

Mariannas Stimme war laut und abrupt. »Hör auf, Quinn.« Sie legte die Hand auf Adies Schulter. Unter ihren Fingernägeln war Dreck. »Warum gießt du nicht mit Daddy den Garten zu Ende, bevor er wieder geht? Und während ihr das macht, gehe ich schnell rein und erledige ein paar Dinge in der Küche.« Sie sah Quinn an. »Du hast fünf Minuten. Und glaub bloß nicht, dass du auch nur die leiseste Ahnung hast, wie ich mich fühle.«

Er stand neben Adie, während sie den Schlauch über die Tomaten und welken Salatköpfe schwenkte. In seinem Traum hatte er Mädchen gesehen, die von hinten genau wie Adie aussahen, sich aber mit dem Gesicht einer Fremden zu ihm umgedreht hatten.

»Daddy, wann kann ich mit in dein anderes Haus kommen?« Sie sah zu ihm auf, den Schlauch in der Hand, sodass sich Wasser über seine Anzughose ergoss. Er lenkte den Schlauch zurück in Richtung Garten.

»Bald. Mummy und ich können darüber sprechen und vereinbaren, wann ich dich einmal mitnehme.«

»Ich will heute hinfahren.« Ihre Stimme klang kleinlaut.

»Heute nicht. Aber bald.«

Marianna rief aus dem Haus. »Okay, Adie, Zeit reinzukommen! Wir müssen uns fertig machen, um einkaufen zu gehen.«

Adie stand steif da, als er sie umarmte.

»Tschüss, mein Darling.« Quinn ging von ihr weg, den Hügel hinunter, ohne zurückzusehen. Sein ganzer Körper war wie aus Blei, als gehörte er nicht ihm. Seine Schuhe machten patschende Geräusche, und die durchnässte Hose klatschte gegen seine Schienbeine.

Auf dem Gehweg drehte er sich um. Sie war fort. Der Schlauch lag verlassen auf dem Rasen. Er stieg in den Wagen und saß da, die Hände auf dem heißen Lenkrad. In ihm wirbelte die Angst herum, dass er Adie möglicherweise zum letzten Mal gesehen hatte.

43

Marianna musste feststellen, dass sie immer noch die Tage zählte, bis Quinn am Freitagabend nach Hause käme. Wenn sie sich dabei ertappte, begrüßte sie den heftigen Schmerz beinahe, weil sie sich die meiste Zeit über so taub fühlte.

Adie kauerte vor dem Ofen, ihre Schürze streifte den Boden. »Sie sind fast fertig!«, rief sie ihrer Mutter zu.

»Sind sie golden?« Seit zwei Wochen war Marianna eine Marionette: einkaufen und kochen, plaudern, ja, sogar lachen, die Wäsche machen und bügeln, ihre Gliedmaßen wie ein normaler Mensch bewegen.

»Sie sind ein bisschen golden.« Adie blickte zu ihrer Mutter auf.

Im Ofen lagen die mit der Gabel gefurchten Shortbread-Kekse in ordentlichen Reihen auf einem Blech. »Geben wir ihnen nur noch ein bisschen länger.« Sie streichelte Adies Haare.

Die meisten Leute konnten einfach nicht glauben, dass Marianna tatsächlich keine Ahnung gehabt hatte. Sie dachten, sie müsse sich absichtlich blind gestellt haben. Selbst ihre Mutter hatte gesagt: »Oh, Darling, es muss wohl Hinweise gegeben haben, die wir übersehen haben. Aber wer käme auch auf den Gedanken, danach Ausschau zu halten?«

»Sie sind jetzt fertig. Sieh nur, sie werden schon braun«, meinte Adie.

»Tritt zurück, Süße.« Zuckrig-butterige Hitze wogte aus dem Ofen, und Marianna ließ das Blech mit dem Shortbread auf den Holztisch gleiten.

Seit er weg war, machte Adie ins Bett. Marianna hatte sie in das große Bett geholt, aber Adie war rausgefallen und hatte geweint, weil sie wieder in ihr eigenes Zimmer wollte. Also hatte Marianna den wasserdichten Matratzenschoner für Adies Bett herausgesucht und auf einer Matratze auf dem Boden neben Adie geschlafen. In den meisten Nächten wachte sie auf, weil Adie schluchzend über sie stolperte und sich die durchnässte Schlafanzughose auszog.

Dann gesellte sich Lucy die Hündin auch noch zum Schlafen zu ihnen, sodass Adies Zimmer jetzt sowohl nach Hund als auch Pisse roch.

Heute würde Quinn kommen, um sein erstes Wochenende mit Adie im Haus zu verbringen. Marianna hatte vor, in die Stadt zu fahren und sich ein ruhiges, nichtssagendes Hotelzimmer zu suchen, in dem sie Tag und Nacht im Bett liegen konnte.

Adie stand am Tisch und füllte eine sechseckige Keksdose mit den Marmeladenplätzchen, die sie vorhin gebacken hatten, wobei sie sorgfältig Backpapier zurechtschnitt, um es zwischen die Lagen zu legen. Seit Quinn fort war, hatten Marianna und Adie sich aufs Backen gestürzt: Lamington-Kuchen, Maracujakuchen, Anzac-Kekse. Seelentröster. Und eine stillschweigende Beruhigung, weil sie gemeinsam dieser vertrauten Tätigkeit nachgingen.

Marianna ließ Adie zu Hause bleiben, wenn sie nicht in

die Schule wollte, was an mindestens zwei Tagen der Woche der Fall war. Evan kam alle paar Tage zum Abendessen und bewegte sich voll sanfter Besorgtheit durch das Haus, und Mariannas Mum tauchte zweimal pro Woche auf, um Wäsche zu falten, die Böden zu saugen und kannenweise Tee zu kochen. Nachdem sie anfangs ihr Mitgefühl und ihr Entsetzen zum Ausdruck gebracht hatten, sprach nun keiner von beiden mehr über Quinns Tat. Folglich lebte sie in einer Art Traumwelt, in der niemand über das Vorgefallene redete.

Sie ging jeden Abend spät zu Bett und befolgte immer die gleiche Routine. Sie schaltete den Anrufbeantworter wieder ein und hörte sich die Nachrichten an. Sie sperrte die Haustür und die Hintertüren ab und überprüfte dann jedes Fensterschloss. Ein paar Tage lang hatte sie ihre kleinen Rituale aufgegeben, weil das Schlimmste eingetreten war. Dann wurde ihr klar, dass das Schlimmste wäre, Adie zu verlieren. Also kümmerte sie sich jeden Abend in der immer gleichen Reihenfolge um die Schlösser und Lichter, stieg dann im Dunkeln über Lucy auf die Matratze auf dem Boden, lag inmitten von rosa gestreiftem Bettzeug und lauschte auf Adies regelmäßigen Atem.

Als Adie noch ein Baby gewesen war, hatte Marianna sich gewünscht, dass sie bei ihnen im Bett schlief, aber Quinn hatte sie davon überzeugt, dass es nicht sicher sei, indem er Studien zitierte und Geschichten, die ihm zu Ohren gekommen waren. Also hatte sie Adie in den Babykorb neben ihrem Bett gelegt, nachts immer wieder die Hand ausgestreckt und ihren kleinen eingepuckten Körper berührt. Sie fragte sich, ob Rachel mit ihrem Baby geschlafen hatte, ob sie es zugelassen hatte, dass Quinn es ihr ausredete. Nein. Marianna war die Leichtgläubige, Gefügige.

Bill hatte ihr erzählt, dass Rachel eine Erdmutter sei, die ihre eigenen Nahrungsmittel anbaue und sogar ihre eigene verfluchte Butter herstelle. Am Abend nachdem Quinn gegangen war, war Bill auf Mariannas Türschwelle aufgetaucht, voller Entschuldigungen und Tränen. Sie hatte ihn hereingebeten, allerdings nur, weil er wusste, was sie erfahren wollte. Als er ihr erzählte, wie Rachel und Quinn sich kennengelernt hatten, hatte sie eine Erinnerung durchzuckt: die Schwangere, mit der sie sich damals über Bills Zaun hinweg unterhalten hatte. Das musste Rachel gewesen sein. Marianna versuchte, sich an ihr Gesicht zu erinnern, oder daran, worüber sie gesprochen hatten, doch alles, woran sie sich noch erinnern konnte, waren der gewölbte Bauch der Frau und ihre Wäsche: ein kleiner Stapel ordentlich gefalteter Babysachen.

Sie hatte Bill zu Rachels Familie und ihrem Wohnort befragt, und er hatte bereitwillig Auskunft gegeben. Es kränkte Marianna, dass er allen Ernstes glaubte, ihr all das zu erzählen und einmal gemeinsam zu essen brächte alles wieder in Ordnung. Sie bat ihn nicht zu bleiben, und gegen zwei Uhr nachts ging er wieder. Sie hatte am Schlafzimmerfenster gestanden und beobachtet, wie er rückwärts aus der Einfahrt gefahren war, und es hatte sich angefühlt, als schneide sie sich eine längst abgestorbene Gliedmaße ab.

Adie zog die Schürze aus und hängte sie an die Tür. Sie sprach leise. »Ich möchte Daddy etwas Shortbread mitgeben, damit er es Ned nach Hause mitnehmen kann.«

»Okay«, sagte Marianna. *Nach Hause?* Wie konnte Adie

sich so rasch an die Vorstellung gewöhnen, dass sein Zuhause woanders war? Marianna machte sich daran, Shortbread in eine Tupperdose zu stapeln. »Du kannst ihm die hier für Ned mitgeben.«

»Ich möchte sein anderes Haus sehen«, sagte Adie. Sie stand völlig reglos da, die Hände auf der Stuhllehne.

»Ich weiß. Eines Tages, aber jetzt noch nicht. Es ist zu früh.«

»Zu früh für was?«

»Für mich.«

Adie warf ihrer Mutter einen verdrossenen Blick zu.

»Adie, ich bin noch nicht bereit, sie zu sehen. Es würde mich zu traurig machen.«

»Aber ich will. Daddy hat gesagt, ich darf.«

»Du könntest mit ihm mitfahren, wenn du möchtest. Er könnte dich hinfahren und wieder zurückbringen.« Bei der Vorstellung, Adie allein ins Feindesland ziehen zu lassen, krampfte sich ihr Herz zusammen, und sie bereute das Angebot.

»Nein. Ich möchte, dass du mitkommst.«

»Okay. Irgendwann einmal.« Sie wusste, dass sie eine Art Showleben für Adie erschuf, indem sie all ihre alten Routinen befolgte, auch wenn sich die Routinen jetzt leer anfühlten. Und Teil dieser Show war es offensichtlich, dass sie Adie einmal zu seinem anderen Haus bringen würde.

»Bin ich zuerst auf die Welt gekommen oder er?«

»Du, Darling. Er hat zwei Wochen nach dir Geburtstag.«

Adie nickte. »Können wir bitte das Seil kaufen fahren, von dem Grandpa sagt, dass wir es für den Flaschenzug brauchen?«

»Warum machst du das nicht mit Dad?«

Adie sah enttäuscht aus. Sie flüsterte. »Weil ich es mit dir machen will.«

»Okay. Wir schauen im Baumarkt vorbei.« Nach einem Blick auf die Uhr ließ Marianna den Deckel des Plastikbehälters zuschnappen. »Zieh dir deine Sandalen an.«

Wenn sie sich an Adies Geburt erinnerte – und das tat sie häufig –, dann sah sie das Ereignis wie in einem Film. Sie saß in einem Krankenhausbett und hielt Adie, und die Kamera schwebte in einem objektiven, nostalgischen Abstand, abgesehen von den Momenten, wenn sie Quinns Gesicht heranzoomte. Und wenn das geschah, suchte sie angestrengt nach einem Zeichen. Sie wusste noch, wie er sich bei ihr für das außergewöhnliche Geschenk, ihn zum Vater gemacht zu haben, bedankt hatte, oder wollte sie in ihrer Erinnerung nur, dass er das sagte? Vielleicht waren ihre Erinnerungen genauso erfunden wie das Leben, das zu führen er vorgegeben hatte. Unecht wie ein Filmset.

Einmal hatte sie vor ihrem Haus in Jakarta gesehen, wie ein Straßenhund von einer Schlange gebissen wurde. Knochig und räudig, wie er war, war er neben einem Abflussrohr zu Boden gesunken und hatte sich stundenlang nicht gerührt. Sie hatte ihn für tot gehalten, aber der Chauffeur ihres Vaters hatte gemeint, nein, er versuche nur, das Gift daran zu hindern, sich in seinem Körper zu verteilen. Marianna wusste, ihr Leben mit Quinn durchzugehen und nach all den Hinweisen und Zeichen Ausschau zu halten, die ihr entgangen waren, würde dem Gift nur dabei helfen, sich auszubreiten, aber sie konnte nicht anders.

Als sie mit dem Seil zurückkehrten, stand Quinns neues Auto in der Einfahrt, ein glänzender weißer Subaru. Die Fahrertür war offen.

»Daddy!« Adie machte den Gurt los und versuchte, noch bevor Marianna angehalten hatte, die Wagentür zu öffnen. Adie sauste zu seinem Auto, und er hob sie hoch und umarmte sie.

»Hi!«, rief er Marianna zu. Adie hatte die Beine um seine Taille geschlungen, und ihr Kopf lehnte an seiner Schulter.

»Hi.« Sie sprach in neutralem Tonfall und sah ihn nicht an, als sie an ihm vorüberging. In ihrem Schlafzimmer kniete sie sich auf den Teppich und zog den Reißverschluss ihrer Reisetasche zu. Er erschien im Türrahmen. »Können wir reden?« Er war sonnengebräunt und trug Kleidung, die sie noch nie zuvor gesehen hatte: eine rostfarbene Segeltuchhose und ein hellblaues Hemd. In ihr stieg Groll auf, weil er so gut aussah.

Adie rief aus der Küche. »Daddy, möchtest du ein bisschen Chili in deinem Kakao?«

»Ja bitte, Darling.« Dann wandte er sich wieder an Marianna. »Danke, dass du mich hier bei ihr sein lässt. Das bedeutet mir viel.«

»Ich tue das nicht dir zuliebe.«

Er nickte. »Wie geht es dir?«

Sie sah zu ihm und dann wieder auf ihre Tasche. »Du bist nicht mit mir befreundet, Quinn. Ich werde dir nicht sagen, wie es mir geht.«

»Okay.« Aus den Augenwinkeln sah sie, dass er sich mit einer Hand über das Gesicht fuhr.

»Du kannst diesen Bruch nicht mit ein paar freundlichen

Fragen wiedergutmachen«, sagte sie. »Unsere Beziehung ist unwiederbringlich kaputt.«

»Ich weiß.« Er setzte sich auf den Teppich.

Sie fuhr mit dem Finger über die Plastikzähne des Reißverschlusses. »Eine Affäre kann ich irgendwie noch nachvollziehen, weißt du, ein paarmal vögeln, wenn sich die Gelegenheit bietet.« Das Wort *vögeln* entfuhr ihr mit einer Verbitterung, die sie überraschte. »Aber ... Frauen werden nicht einfach so schwanger. Ich kann nur annehmen, dass ihr keine Kondome benutzt habt?«

Er schloss seufzend die Augen.

»Oh, was denn? Geht mich das etwa nichts an? Dass du ungeschützten Geschlechtsverkehr mit einer Frau hattest, die du kaum kanntest, und dann nach Hause in mein Bett gekommen bist?« Da ihre Hände zitterten, schob sie sie zwischen die Oberschenkel.

Er lehnte sich an die Wand, und ihr fiel etwas Neues an seinem Gesicht auf, eine Art Schlaffheit. Er sah älter aus, trotz der Sonnenbräune. Er starrte zur Decke hoch, und seine Augen wanderten hin und her, als suchte er nach einer Antwort. »Ich habe keine Kondome benutzt. Sie hat die Pille genommen. Und sie hat zweimal vergessen, sie zu nehmen.«

»Verstehe.« Sie betrachtete sein Gesicht und fragte sich, wie sie ihn jemals hatte lieben können, wie sie ihm gegenüber jemals Zärtlichkeit empfunden hatte, je mit ihm hatte schlafen wollen.

»Daddy!«, rief Adie, die den Flur entlangkam. Sie erschien mit zwei Tassen in den Händen. Er stand eilig auf und folgte ihr auf die Veranda.

Marianna nahm ihre Reisetasche und zog die Schlafzimmertür hinter sich zu. Auf der Veranda saßen Adie und Quinn auf dem Rattansofa und blickten in den Garten hinaus.

Marianna kniete sich vor Adie nieder, die ihre Mutter über die Tasse hinweg anlächelte. »Tja, mein Darling«, meinte Marianna. »Ich gehe jetzt. Viel Spaß mit Daddy.« Sie streichelte Adie über das nackte Bein.

Adie wandte sich ihm aufgeregt zu. »Ich habe vergessen, dir zu sagen, dass wir Marmeladenplätzchen gebacken haben!« Adies Augen wirkten ein wenig zu weit aufgerissen, sie wirkte zu fieberhaft, und am liebsten hätte Marianna sie nicht allein gelassen. Aber bleiben konnte sie nicht.

»Können wir gleich welche essen?«, fragte Quinn. »Ich habe Mordshunger.« Er machte ein lächerliches Clownsgesicht, und zu Mariannas Genugtuung sah sie seine Verlegenheit, als Adie nicht reagierte.

Sie umarmte Adie, und die Kraft in den Armen ihres Mädchens überraschte sie. Bei dem Gedanken an ihre eigene Widerstandskraft in dem Alter verspürte sie Hoffnung, dass Adie das Ganze wegstecken würde.

»Tschüss, Mummy.«

»Ich rufe dich heute Abend an.« Sie küsste Adies Wange, die nach Zucker schmeckte.

»Danke«, sagte Quinn und nickte ihr zu.

»Okay«, erwiderte sie und trug ihre Tasche über die Einfahrt zu ihrem Wagen.

Sobald sie die Hauptstraße erreicht hatte, fuhr sie auf die Stadt und ihre unpersönliche Skyline zu. Dann stockte ihr Auto und hustete, und sie warf einen Blick auf die Tankanzeige. *Mist.* Sie fuhr auf den breiten Seitenstreifen. Sie empfand es als Riesenunglück, kein Benzin mehr zu haben, und die Schuld lag ganz allein bei ihr. Während um sie herum die Dämmerung einsetzte und Autos vorbeirasten, saß sie am Steuer ihres Wagens und weinte.

44

Adie hebelte den Deckel von der Keksdose und blickte zu Quinn auf. »Die hier habe ich für dich gemacht. Aber ich habe Mummy nicht gesagt, dass sie für dich sind.«

»Warum hast du es Mummy nicht gesagt?«

Mit einem Schulterzucken lehnte sie sich an sein Bein und steckte einen Finger in einen Klacks glänzender Marmelade. Marianna hatte ihm Marmeladenplätzchen gebacken, als sie sich kennengelernt hatten. In der Küche des Reihenhauses, in dem er mit Bill und drei anderen gewohnt hatte, hatte sie den Teig in einem Topf gemischt. Und nachdem sie die Scheibchen auf einem Ofenblech verteilt hatte, ließ sie mithilfe von zwei Löffeln ordentlich Marmelade auf den Teig tropfen. Er erinnerte sich noch daran, dass sie ihn lächelnd angesehen hatte, wie zur Bestätigung, dass sie ihm eine Vorstellung gab.

Adie reichte ihm ein Marmeladenplätzchen, und er schob es sich in einem Stück in den Mund, eine krümelige Explosion aus Zucker und Butter. Er streichelte Adies Haare. Sie fühlten sich ungewaschen an. »Was möchtest du machen?«, fragte er. »Wir können alles machen, was du willst.«

Sie musterte das halb gegessene Marmeladenplätzchen

in ihren Fingern und sah in Richtung Fenster. »Lass uns mit Lucy Gassi gehen«, sagte sie, und Krümel sprühten aus ihrem Mund.

Sie traten in das gedämpfte Abendlicht hinaus und bogen den Hügel abwärts auf die Geschäfte zu. Ein paar Kinder sausten auf Fahrrädern an ihnen vorüber. Auf ihrem Spaziergang wanderten die beiden immer wieder durch Geruchsschwaden von gegrilltem Fleisch und Zwiebeln. Adies Hand lag schlaff in Quinns, und der Labrador trottete mit hängendem Kopf an der Leine vor ihnen her.

»Lass uns etwas zum Abendessen besorgen. Wie wäre es mit Ravioli vom Italiener?«, schlug Quinn vor.

»Und Karamell-Schoko-Eis?«

»Okay.«

»Mummy hat Ravioli im Gefrierfach.«

»Ich weiß. Die könnt ihr beide ein andermal essen. Sag mal, hast du Grandpa gesehen?«

»Ja, klar. Er kommt zu Besuch. Das ist gut, denn er macht den Abwasch. Außerdem sind wir fast mit dem Flaschenzug fertig, dann können wir echt schwere Sachen ins Baumhaus hochziehen.«

»Was für schwere Sachen denn?«

»Na ja, wir haben da an einen Sessel gedacht. Bloß zum Spaß. Grandpa hat gesagt, das Baumhaus ist stabil genug.«

»Er muss es wissen. Er ist Ingenieur.«

»Wird Mummy sich einen Freund suchen?« Sie sprach schnell.

»Oh. Warum fragst du?«

»Zoe aus der Schule hat mich gefragt.«

»Tja, vielleicht macht Mummy das. Eines Tages.«

Sie nickte, schüttelte ihre Hand frei und ging vor ihm den Hügel abwärts.

Sie bestellten Ravioli in der Pizzeria und gingen dann in den kleinen Supermarkt. Bei den Milchprodukten begegneten sie Jo, einer Mathelehrerin an der Schule, an der Marianna vor Adies Geburt unterrichtet hatte. Bei Quinns Anblick lächelte Jo überrascht, ehe sie den Blick abwandte.

Adie lenkte ihn zur Gefriertruhe, in der sich die Eispackungen stapelten. »Das da.« Sie deutete auf eine Sorte.

»Wird es zu den Marmeladenplätzchen passen?«

»Natürlich!« Sie grinste ihn an, griff nach der Eispackung und verbarg sie hinter dem Rücken.

Als sie an der Kasse anstanden, blickte er auf und sah, dass Jo ihn beobachtete. Sie warf ihm noch einen wütenden Blick zu, ehe sie auf dem Absatz kehrtmachte. Er sah auf Adie hinunter, die etwas in die Eisschicht an der Seite der Eispackung kratzte.

Im Süden unten hatte sich die Sache schnell herumgesprochen. Quinn hatte Jim beiseitegenommen, um es ihm zu sagen. »Ich weiß schon Bescheid«, hatte Jim geantwortet. »Ich habe Penny gesagt, dass es sie nichts angeht, und mich auch nichts.«

Quinn war von einer lächerlichen Dankbarkeit erfüllt gewesen. »Danke.«

Der leiseste Anflug eines Lächelns hatte Jims Mund umspielt. »Sie wissen ja wohl, dass Sie gerade an jedem einzelnen Küchentisch in der ganzen Stadt auseinandergenommen werden?«

»Ja, na ja, das geht vorbei.«

»Stimmt.«

Quinn sah seinen Patienten schon beim Eintreten an, ob sie Bescheid wussten oder nicht. An den ersten paar Tagen schlug sein Herz ein wenig schneller, bevor er den nächsten Patienten hereinrief, doch jetzt dachte er nicht mehr darüber nach. Er sagte sich, dass er bloß ihr Arzt war. Sie hatten keinen Anspruch auf sein Privatleben. Wenn er das Gefühl hatte, dass ein Patient versuchte, seine Missbilligung zu vermitteln, sagte er in Gedanken: *Das geht Sie einen feuchten Kehricht an.* Alice, die Schilddrüsenpatientin, war mit den Worten eingetreten: »Ich habe es gewusst. Ich habe Sie mit ihr gesehen.« Wenigstens hatte sie nicht um den heißen Brei herumgeredet.

Quinn und Adie holten ihre Ravioli ab und trotteten den Hügel hoch. In der einen Hand hatte er die Einkaufstüten und Lucys Leine und in der anderen Adies kleine, klebrige Hand. Adie blieb hin und wieder stehen und steckte einen Finger in das schmelzende Eis.

Sie schloss den Deckel ein weiteres Mal. »Hast du Sex mit ihr?«

Er stellte die Tüten ab und ging neben ihr in die Hocke. »Was?«

»Mit der Mummy von dem Jungen.« Sie versperrten den Weg, und ein Mann mit einem Hund kam auf sie zu. »Ich habe die Hunde der Fletchers beim Sex gesehen. Mummy hat gesagt, Erwachsene machen es auch, wenn sie sich lieben.« Sie sah ihn wieder an, die Augen ein wenig zusammengekniffen.

»Das stimmt.« Ihm schnürte sich die Kehle zu.

»Aber du machst es nicht mehr mit Mummy.«

Er schüttelte den Kopf. »Nein.«

»Wo schläfst du in dem anderen Haus?«

»In einem Schlafzimmer.« Er hob sie auf eine Seite des Gehwegs, damit der Mann mit dem Pudel an ihnen vorüberkam. Lucy zerrte an der Leine, weil sie dem Hund hinterherwollte.

»Bei ihr?« Sie hielt die Eispackung vor der Brust umklammert.

»Ja.«

»Und wo schläft der Junge?«

»In seinem eigenen Zimmer.«

»Wann kann ich zu deinem anderen Haus fahren?«

Er nickte. »Bald.«

Sie lief wieder los, und er stand mühsam mit den Tüten und der Hundeleine auf.

»Hast du dort einen Hund?«, fragte sie, ihm zugewandt.

»Nein.«

»Vermisst du Lucy?« Ihr Gesicht im Licht der Abenddämmerung war niedergeschlagen.

»Ja. Ich vermisse Lucy. Aber längst nicht so sehr, wie ich dich vermisse.« Er griff nach ihrer Hand.

Während sie am Küchentisch ihr Nudelgericht aßen, klingelte das Telefon. Er hob ab. »Ich bin's«, sagte Marianna. »Kannst du mir Adie geben?« Im Hintergrund hörte er einen Fernseher und fragte sich, wohin sie gefahren war.

Er reichte Adie das Telefon und ging, ihr ein Bad einlaufen zu lassen. Er saß auf dem harten Rand der Wanne, während das Wasser hinter ihm sprudelte, und lauschte darauf, wie Adie mit ihrer Mutter lachte.

Er wusch ihr die Haare und nahm einen Becher her, um das Shampoo auszuspülen. Sie kniff die Augen zusammen und saß blass und mit glänzender Haut in dem schaumigen Wasser. Das Haus um sie herum war still und friedlich, und er schöpfte einen letzten Becher Wasser und goss ihn ihr über den Kopf. Da sah er ihren Arm. »Was ist das?«

»Nichts.« Sie legte die Hand darüber.

»Was hast du gemacht?«

Sie schüttelte den Kopf und sah weg.

Er streichelte ihre nasse Schulter. »Darf ich es mir ansehen, Süße? Nachschauen, ob du ein Pflaster brauchst?«

Sie streckte den Arm aus, hielt aber den Kopf weiter weggedreht. Auf der Innenseite ihres Oberarms befand sich eine drei Zentimeter lange, entzündete Wunde, an einem Ende bereits vernarbt und schorfig und in der Mitte frisch blutend.

»Hast du dich viel am Arm gekratzt?« So etwas war ihm schon untergekommen.

Sie erwiderte nichts.

Da kam ihm in den Sinn, dass er sie vorhin hatte kratzen sehen. Beim Abendessen. Auf ihrem Spaziergang. Im Supermarkt. Er schluckte, seine Kehle war wie zugeschnürt. »Tut es weh?«

»Ein bisschen.«

»Ich werde ein Pflaster und etwas Creme draufmachen, sobald du aus der Wanne kommst.«

»Okay.« Sie tauchte unter und ließ Blasen aufsteigen, schien aber zu lange unter Wasser zu bleiben. Er wollte sie schon packen, da tauchte sie wieder auf. Nachdem er sie abgetrocknet hatte, schmierte er antiseptische Creme auf die Wunde und legte einen Verband an.

In ihrem Zimmer wies sie auf die Matratze, die an der Wand lehnte. »Wirst du auf Mummys Bett schlafen?«

»Mummy schläft hier bei dir?«

Sie nickte. »Und Lucy.«

»Ich würde sehr gern hier schlafen. Lucy kann es auch tun, wenn du das möchtest.«

»Okay.« Sie schlüpfte unter die Decke und drehte sich auf die Seite, ihm zu. Er setzte sich auf den Boden und sang ihr das kiribatische Wiegenlied vor, das ihm seine Mutter früher vorgesungen hatte. Wahrscheinlich hatte es ihr Tebano beigebracht.

Als er aufwachte, lag er auf dem Teppich neben Adies Bett, und seine Gliedmaßen waren kühl und steif. Adie hatte sich auf die andere Seite gerollt, und ihr Kopf war vom Kopfkissen gerutscht. Er betrachtete den Verband an ihrem Arm. Blut war in den Mullverband gesickert. Er zog die Decke wieder über ihre Schultern und ging aus dem Zimmer.

Auf der Anrichte stapelte sich Post für ihn. Er ging sie rasch durch und stieß auf einen an ihn adressierten Umschlag in Adies Handschrift. Darin befand sich ein DIN-A4 Blatt Schmierpapier, auf dem immer wieder das Wort *DADDY* in ihrer sorgfältigen Handschrift geschrieben stand, vielleicht hundertmal.

Er goss sich einen Schluck Cointreau ein und nahm sich drei von Mariannas Anzac-Keksen, die immer im Gefrierfach lagen. Er saß an dem Tisch, der früher einmal sein Küchentisch gewesen war, und betrachtete Adies Blatt Papier voller *DADDYs*.

Er schenkte sich Cointreau nach und rief bei seinem Dad an.

»Quinn. Wo bist du? Bei Adie?«

»Ja. Sie schläft.«

»Wie geht es dir?« Sein Vater klang verschlafen. Quinn sah auf die Uhr. Es war fast elf Uhr.

»Tut mir leid, habe ich dich geweckt?«

»Ist schon in Ordnung.«

»Welchen Eindruck macht Adie auf dich, Dad?«

»Oh, ein bisschen zerbrechlich. Aber sie kommt schon klar.«

»Tut sie das? Ich bin mir da nicht so sicher.« Er kehrte die Kekskrümel zu einem kleinen Haufen zusammen.

»Doooch.« Sein Vater zog das Wort in die Länge. »Ich glaube, mit ihr ist alles in Ordnung. Was ist mit dir, Sohn? Wie geht es dir?«

Quinn schloss die Augen, weil ihm die Tränen kamen, und schluckte das aufkommende Schluchzen hinunter.

Als sein Vater endlich weitersprach, klang seine Stimme sanft. »Wir alle begehen Fehler, Quinn. Bist du noch dran?«

Er atmete zitternd ein. »Ja.«

»Ich habe wegen dem, was ich dir angetan habe, immer noch ein schlechtes Gewissen. In den letzten beiden Wochen habe ich oft darüber nachgedacht.«

»Wie meinst du das?« Tränen waren auf Adies Brief gefallen, sodass ein paar DADDYs verschmiert waren.

»Ich wollte, dass deine Mutter bleibt. Es klingt verrückt, aber ich dachte nicht, dass ich ohne sie leben könnte, also war ich bereit, mich unter Wert zu verkaufen. Im gleichen Maße, wie sie mich betrogen hat, habe ich mich selbst betrogen. Und es tut mir leid, weil es nicht gut für dich und Tom gewesen ist. Ich ... ich wollte dir das schon lange einmal sagen.«

»Danke, Dad.«

Nachts wachte Quinn angsterfüllt auf. Wo war er? Dann erblickte er Adie, die über ihm stand. »Hi, Daddy.«

Er streckte die Hand nach ihr aus. »Möchtest du in mein Bett kommen?«

»Ich habe bloß nachgesehen, ob du noch da bist.«

»Ich bin hier. Ich würde dich nicht allein lassen.«

»Wirst du morgen Nacht auch hier sein?«

»Nein. Mummy kommt morgen Nachmittag nach Hause, und sie wird morgen Nacht bei dir sein.«

»Manchmal gehe ich in dein Arbeitszimmer, um dich zu riechen.«

Kurzzeitig konnte er nicht sprechen. »Ich vermisse dich auch«, sagte er. »Ich wünschte, ich hätte etwas, das nach dir riecht.«

»Ich kann dir etwas mitgeben. Keine Sorge.« Sie tätschelte ihm die Wange und kletterte neben ihn ins Bett. Er schmiegte sich an sie und presste die Nase an ihre Haare, die nach Mariannas Shampoo rochen. Sobald sie eingeschlafen war, überprüfte er den Mullverband an ihrem Arm und legte die Hand darüber.

Beim Aufwachen hatte er die Arme immer noch um Adie geschlungen, und Sonnenschein durchflutete das Zimmer. Ihm wurde erst nach ein paar Sekunden bewusst, dass das Laken unter ihnen nass war. Er tastete herum. Adies Schlafanzughose war durchnässt. Sie schlief weiter, ihre dunklen Wimpern bildeten herzzerreißende Halbmonde auf den Wangen. Er schloss die Augen vor dem grellen Sonnenschein.

45

Die Luft, die durch das Wagenfenster hereinströmte, roch nach verfaultem Laub und nasser Erde. Zu Mariannas Überraschung wucherte die Vegetation hier viel wilder, als sie es kannte, und schien alles zu überwältigen. Der Wald wuchs bis zum Rand der schmalen, kurvenreichen Straße und erdrückte sie schier, während sie langsamer fuhr und den Wagen um die nächste Haarnadelkurve lenkte. Je tiefer sie in das Tal vordrangen, desto größer wurden ihre Zweifel, ob es richtig gewesen war, herzukommen.

Im Rückspiegel sah sie Adie, die aus dem Fenster starrte, eine große Keksdose auf dem Schoß. Als Marianna am Wochenende nach Hause gekommen war, hatte Quinn sie beiseitegenommen, in die Waschküche. »Hast du gewusst, dass sie sich kratzt?«, fragte er.

»Was? Was meinst du?« Seine Miene hatte ihr Angst eingejagt.

Er sprach leise. »Sie kratzt sich immer wieder an derselben Stelle.« Er berührte sich am Arm, ganz oben in der Nähe der Achselhöhle. »Bis es blutet. Es ist autoaggressives Verhalten.«

Sie hatte hinter sich gegriffen und die kalte Ecke der Waschmaschine gepackt. »Nein, das ist unmöglich.«

Ein entgegenkommendes Auto betätigte die Lichthupe, und sie fuhr langsamer. Ein fußballgroßer Felsen war von dem steilen Hang auf die Straße gefallen. Sie fuhr um ihn herum. Wieso war ihr dieser Kratzer an Adies Arm entgangen? Wie konnte Quinn mit dem Wissen leben, dass Adie ihr eigenes süßes Fleisch zerschund?

Marianna warf Adie erneut einen Blick zu. Ihr Mädchen spähte aufmerksam aus dem Fenster in dieses fremde Land hinaus, in dem Quinn jetzt lebte. Eine Woge der Angst überkam Marianna. Konnte sie auch Adie an diesen Ort verlieren? Und wenn ihr nichts mehr bliebe? Gerade als sie auf einen sonnigen Kamm fuhren, zitterte ihr Fuß auf dem Gaspedal. Ein Auto, das eine Weile hinter ihr gefahren war, überholte mit aufheulendem Motor.

Marianna räusperte sich. »Wie geht es dir dahinten?«

»Okay.« Marianna konnte sie kaum hören. »Wird Daddy dort sein?«

»Das hoffe ich. Es ist kein Werktag.« Selbst wenn sie nicht dort waren, wollte Marianna das Haus sehen.

Die Straße führte in das nächste Tal hinunter, und sie kamen an etlichen Kieseinfahrten vorüber, die zwischen den Bäumen verschwanden. Da sie sich jetzt in der Nähe befanden, fühlte sie sich leicht, als hielte sie nur der Gurt quer über ihrem Körper. Sie lenkte den Wagen über die nächste Brücke. Das Wasser des Baches stürzte nur ein paar Meter entfernt zwischen Felsblöcken dahin.

»Was ist das da für ein Berg?« Adie deutete auf die fernen lilafarbenen Berge, die durch eine Lücke in den Bäumen zu sehen waren.

»Ich weiß es nicht.« Die kurvenreiche Straße und die

dichte Vegetation hatten ihr die Orientierung genommen. Sie stellte sich vor, wie ihr Auto immer tiefer in den Wald fuhr, ohne Karte oder eine zuverlässige Wegbeschreibung. Sie war sich nicht sicher, ob sie von hier aus wieder nach Hause fände. Sie sollten eine Spur mit Kekskrümeln legen.

Ein Pick-up, der mehr als die Hälfte der Straße einnahm, kam auf sie zugerast und ratterte an ihnen vorbei. Marianna fuhr auf den Kiesseitenstreifen. Sie musste aufs Klo. »Bin gleich wieder da. Warte hier.« Sie stieg aus, eilte in den Busch neben der Straße und ging über ein paar feuchten Blättern in die Hocke. Sie entleerte rasch ihren Darm und verharrte dort einen Augenblick, versuchte, sich zu beruhigen. Dann wischte sie sich mit Taschentüchern aus ihrer Tasche ab und schob mit einer Sandale Blätter und Erde über den Kot.

Sie sah sich: eine bleiche Frau in ihrem guten Seidenrock, die Haare zu einem unordentlichen Pferdeschwanz gebunden, wie sie im feuchten, überwucherten Busch stand. Quinn durfte nicht sehen, wie zerbrechlich sie war.

»Mummy?«, rief Adie aus dem Fenster, die Augen weit aufgerissen.

Sie ließ sich wieder auf dem Fahrersitz nieder und fuhr auf die Straße.

»Jetzt kann es nicht mehr weit sein.« Sie fuhren an einer alten Frau vorbei, die Briefe aus ihrem Briefkasten zog. Die Frau hob die Hand. Marianna spielte mit dem Gedanken, zurückzufahren und sie nach dem Weg zu fragen, aber sie konnte nirgends wenden.

In der Talsohle führte ein Damm über einen schnell dahinfließenden Bach, in dem Felsblöcke verstreut waren. Dann fuhren sie rechts an einer unbefestigten Straße vorbei, und zu spät sah sie das kleine Schild mit der Aufschrift Mill Road. Das war es.

Sie machte kehrt und fuhr die Mill Road hinauf. Neben der Straße verlief ein Bach, und das steile Ufer auf der anderen Seite war von Palmen gesäumt. Staub bedeckte das Unkraut am Straßenrand, und jede zweite Einfahrt war überhaupt nicht ausgeschildert. Dann sah sie den roten Briefkasten, auf dem *R. GORDON* stand, genau wie Bill es beschrieben hatte.

»Ist es das hier?« Adie setzte sich in ihrem Sitz auf und lehnte sich gegen den Gurt.

»Ich glaube schon.« Ihr Fuß zitterte wieder auf dem Fußpedal.

Es war kein Haus in Sicht, bloß eine lange Kiesauffahrt, die den Hügel hoch in einem dichten Wald aus Bäumen und Unterholz verschwand.

Marianna lenkte den Wagen so, dass er über einer der beiden tiefen Furchen fuhr, die die Auffahrt entlangführten, aber das Auto schrammte dennoch über den Boden. Sie hielt und zog die Handbremse an. »Von hier aus müssen wir zu Fuß weiter.« Sie griff nach hinten, um Adie loszugurten, die sofort die Tür aufstieß, rauskletterte und den Blick durch die Gegend schweifen ließ.

Marianna holte ihre Handtasche und die Keksdose und sperrte den Wagen ab. Konnte es sich bei diesem verwitterten Weg tatsächlich um eine Auffahrt handeln? Sonnenschein drang schräg durch die Bäume, und über ihnen hockte ein Elsterntrio auf einem Ast und beobachtete sie. Der

Busch gab Hitze ab, und der Ort fühlte sich verlassen, unbewohnt an. Vielleicht waren sie doch falsch.

Adie ging den Hang hinauf, und ihre Turnschuhe wirbelten kleine Staubwolken auf. Marianna durchzuckte Panik. Was hatte sie getan, Adie herzubringen, ohne Quinn Bescheid zu geben, dass sie kämen? War es bloß ein dummes Rachespielchen, das sie spielte? Sie eilte dem Mädchen hinterher und ergriff seine Hand. Jetzt gab es kein Zurück mehr. »Was hast du in die Dose getan?«, fragte sie.

»Ein bisschen von allem.«

»Gut. Ich wette, Ned wird die Cupcakes mögen.«

Sie gingen weiter, und durch die Bäume kam ein Haus in Sicht: eine alte Holzhütte, die auf Stelzen thronte. Klein und weiß gestrichen. Das hier konnte es doch gewiss nicht sein. Dann erblickte sie sein Auto. Und ihn. Er stand auf der hohen Veranda, ihnen den Rücken zugekehrt, und machte sich an einem Fenster zu schaffen.

Einen Augenblick lang konnte sie nicht atmen, während sie beobachtete, wie er über die Veranda ging, sich bückte, um etwas aufzuheben und die Stufen zum Rasen hinabstieg. Wie lange würde sie noch, schockartig, als geschähe es zum ersten Mal, die schmerzliche Erkenntnis empfinden, dass sie ihn eigentlich nie gekannt hatte? Dass sie die Liebe eigentlich nicht gekannt hatte.

»Daddy!« Adie lief den Hügel hoch.

Er blickte auf und blieb stehen. Selbst aus dieser Entfernung sah sie, wie sich Bestürzung auf seinem Gesicht ausbreitete. Dann eilte er die Stufen herunter auf den breiten, gemähten Rasen.

Marianna blieb stehen. Die Bäume waren zu dicht, zu

groß. Sie stellte die Keksdose ab und versuchte, langsamer zu atmen.

Quinn erreichte Adie, hob sie hoch und trug sie dann hinunter zu der Stelle, wo Marianna stand. »Hallo«, sagte er und sah ihr direkt in die Augen. Er war unrasiert und trug ein zerschlissenes rotes T-Shirt und Badeshorts, die sie ihm auf Hawaii gekauft hatte.

Adie drehte sich in den Armen ihres Vaters, um Marianna anzusehen, und schenkte ihrer Mutter ein zaghaftes Lächeln.

»Adie wollte herkommen und sich ansehen, wo du wohnst«, sagte Marianna.

Adie drehte sich wieder ihrem Vater zu und vergrub das Gesicht an seinem Hals.

»Tja«, sagte Quinn. »Schön, dass ihr da seid.« Doch sein Gesicht war angespannt.

Adie schlang die Beine noch fester um ihren Vater, als eine Tür am Haus knallte und eine Frau an den Kopf der Treppe kam. Sie war schlank und groß und trug eine kurze Hose und ein ärmelloses Hemd. Quinn blickte nicht zum Haus zurück, obwohl Marianna ihm ansah, dass er die Tür gehört hatte. Er neigte den Kopf, um Adie in die Augen zu sehen. »Tja, dann, kann ich dich herumführen, Adie? Es gibt Hühner und eine Kuh …«

Adie sah ausdruckslos zu Rachel.

Rachel kam über den Rasen auf sie zu. Sie war definitiv die Frau, der Marianna vor all den Jahren über den Zaun hinweg begegnet war. Sie war dünn und unscheinbar. Als sie näher kam, sah Marianna einen gelben Bluterguss, der sich von Rachels Augenbraue bis hinunter zu ihrem Kiefer erstreckte. Schlug er sie? *Nein,* dachte sie. Andererseits war mittlerweile alles möglich. Alles.

»Warum kommst du nicht rein und trinkst eine Tasse Tee, Marianna?«, sagte Quinn.

Adie entwand sich seinen Armen, kam auf der Wiese zu stehen, ergriff seine Hand und führte ihn von der herannahenden Rachel fort. »Komm schon, Daddy. Ich will meine Besichtigungstour.«

»Führ du nur Adie herum.« Marianna lächelte Adie an. »Süße, ich warte hier auf dich.« Das Reden kostete so viel Mühe. Sie wollte sich nur in den Schatten legen, auf dem Gras ausgestreckt, und die Augen schließen.

Mit einem Nicken packte Quinn Adie an den Schultern, um sie Rachel zuzudrehen. Rachel lächelte strahlend und ging in die Hocke. Adie lehnte sich von ihr weg an Quinns Bein und sah mit angespannter Miene zu ihrer Mutter.

Marianna ging zu ihnen. »Hallo!«, sagte sie fröhlich zu Rachel. Und sie streckte die Hand aus, als würde sie eine neue Kollegin kennenlernen.

Rachel sah überrascht aus und erhob sich. »Hi.« Sie klang nervös. Sie schüttelte Marianna die Hand. Ihre dünnen Finger waren kräftig, und ihre Handfläche war schwielig. Marianna ließ Rachels Hand sinken und legte die Hand auf Adies sonnenwarmen Kopf.

Adie sah mit großen Augen zu Marianna und Quinn auf. »Wo ist Ned?«, wollte sie wissen.

Rachel drehte sich um und blickte in Richtung eines großen, weitläufigen Gemüsegartens. Sie hatte einen unordentlichen Haarknoten. »Beim Spielen«, sagte Rachel. »Irgendwo da unten.« Sie winkte mit der Hand den Hügel hinunter und drehte sich wieder zu ihnen um. Sie hatte so feine Knochen, dass es sie streng aussehen ließ.

»Wollen wir ihn suchen gehen?«, fragte Quinn.

Adie nickte. Quinn sah Rachel an und zögerte. »Ist es okay, wenn ich mit Adie spazieren gehe?«

Sie nickte und lächelte ihn an. »Ja. Auf jeden Fall.«

Quinn ging auf den Schuppen zu, und Adie hüpfte neben ihm her. Ihre neuen lilafarbenen Turnschuhe hoben sich leuchtend vom Gras ab.

Marianna wollte, dass Adie sich umsah, sie musste sich umsehen, bevor sie um die Ecke des Schuppens verschwanden. Adie drehte sich um und winkte Marianna zu.

Rachels Stimme war leise. »Möchten Sie eine Tasse Tee?«

»Eigentlich nicht.« Sie sah sich um, musterte das Grundstück unverhohlen. In dem höhlenartigen Raum unter dem Haus, zwischen all den Pfeilern, befand sich ein Holzboot, und am Eingang zu dem umzäunten Gemüsegarten stand ein Lehmofen. Sie hob die Keksdose auf. »Hier. Die hat Adie für Ned gemacht. Behalten Sie die Dose. Ich will sie nicht zurück.« Sie hielt sie Rachel entgegen. Adies Stimme drang hinter dem Schuppen hervor.

»Danke.« Rachel blickte auf die Dose, ihr Mund bewegte sich. »Wenn Sie keinen Tee möchten, kommen Sie dann auf die Veranda, um ein Glas Wasser zu trinken?«

»Woher haben Sie den Bluterguss?« Marianna streifte die Schuhe ab. Sie musste ihre Zehen auf dem Erdboden spüren.

Rachel fuhr mit den Fingern über die rote, wulstige Narbe an ihrer Augenbraue. »Autounfall.«

»In den Bach?«

Rachel nickte.

»Sie haben Quinns alten Wagen zu Schrott gefahren? Den silbernen Subaru.«

Rachel sah sie mit diesen dunklen Augen direkt an. »Stimmt.«

Marianna lachte leise auf und schüttelte den Kopf. Vielleicht war alles an ihm Lug und Trug. Vielleicht war er gar nicht auf einer Insel im Pazifik aufgewachsen. Vielleicht war er noch nicht einmal Arzt.

»Hören Sie ...« Rachel schluckte. »Meine Rolle bei der ganzen Sache tut mir leid.« Sie richtete den Blick auf Marianna.

Marianna verschränkte die Arme. »Bill sagt, Sie hätten nichts Falsches getan, außer sich in den falschen Mann zu verlieben.« Sie drehte sich zu dem Schuppen um, hinter dem Adie und Quinn verschwunden waren. »Und er ist übrigens immer noch der falsche Mann. Man kann nicht lügen, wie er es getan hat, und es nicht wieder tun.«

»Tja, jedenfalls tut mir meine Rolle dabei leid.«

»Ich werde doch ein Glas Wasser trinken«, sagte Marianna und folgte Rachel über den Rasen und die lange Treppe hinauf. Rachels nackte Füße traten fest auf jede graue Holzstufe. Es sah aus, als ginge sie viel barfuß. Ihre Füße waren breit und ihre Fersen aufgesprungen. Oben von der hohen Veranda sah Marianna Quinn und Adie, die einem Pfad den Hügel hinunter folgten. Quinn fuhr mit einem Stock durch die Luft, Adie trottete neben ihm her.

Sie trat in das düstere Haus, direkt in eine kleine Küche mit einem großen alten Kooka-Holzofen. An den Wänden hingen Kräuterbünde und grob geflochtener Knoblauch.

Rachel stand an der Spüle und hielt ein Glas unter den langsam laufenden Hahn.

Marianna legte die Hand auf den Tisch. Den Tisch, an dem Quinn so viele Male gesessen haben musste, während er dieses andere Leben führte. »Zu welchem Zeitpunkt haben sie herausgefunden, dass er verheiratet war?«, fragte sie. »Vor oder nach dem Sex?«

Rachel reichte Marianna ein Glas und setzte sich. »Ich habe es gewusst, bevor wir uns auch nur geküsst haben.« Sie senkte den Blick auf ihr eigenes Glas.

»Ach. Und haben Sie davor schon einmal eine Affäre gehabt? Sind Sie es gewohnt, mit den Ehemännern anderer Frauen ins Bett zu steigen?« Mit Genugtuung sah sie Rachel zusammenzucken.

»Nein, habe ich nicht. Und er übrigens auch nicht.«

»Ach, aber Sie sind auch mit Bill in die Kiste gestiegen, nicht wahr? Aber da haben *Sie* vielleicht eher *Quinn* betrogen …?« Der Geruch nach vor sich hinköchelnder Marmelade hing in der Luft, dieser scharfe Geruch, der ihr aus der Küche ihrer Großmutter vertraut war.

»Wissen Sie, wenn Sie mir wehtun wollen, verstehe ich das. Wenn Sie mich anschreien wollen, nur zu.« Rachel erhob sich und stellte den Wasserkessel auf den Gasherd, neben den Marmeladentopf. Sie entfachte ein Streichholz und zündete das Gas an. Marianna betrat den kurzen Flur.

Rachel folgte ihr. »Suchen Sie das Bad?«

»Ich möchte mich umsehen.« Sie standen einander gegenüber. Durch eine offene Tür konnte Marianna in ein unordentliches Kinderzimmer sehen. »Möchten Sie, dass ich um Erlaubnis bitte?«, sagte Marianna. »Fühlt sich das hier ein wenig unhöflich an?«

»Machen Sie nur. Sehen Sie sich um.« Rachel ging wieder in die Küche.

Marianna musste das Schlafzimmer der beiden sehen. Sie ging an einem Badezimmer mit schiefergrauem Boden und einem großen Fenster zum Garten vorbei, dann fand sie ihr Zimmer. Das ungemachte Bett war in einem Erkerfenster verborgen.

Sie betrat das stickige Zimmer. Seine Anziehsachen hingen über einem gelb gestrichenen Stuhl in einer Ecke, das T-Shirt verkehrt herum. Bis vor ein paar Tagen hatte sich sein vertrauter Geruch in ihrem Zimmer gehalten. Wie gut sie gemeinsam geschlafen hatten, sie hatten sich im Einklang bewegt, ihre nackten Gliedmaßen waren nachts sanft aneinander vorbeigeglitten, und sie waren ineinander verschlungen aufgewacht. Sie vermisste ihn. Sie hasste ihn, und sie vermisste ihn.

Der Teekessel in der Küche pfiff, und sie hörte, wie Rachel ihn vom Herd nahm. Sie durchquerte das Zimmer und legte die Hand auf das zerwühlte Laken. War dies seine Bettseite? Hatten sie hier vergangene Nacht miteinander geschlafen? Rachels Schritte kamen wieder den Flur entlang. Marianna machte kehrt, und sie begegneten sich im Türrahmen.

»Wissen Sie«, sagte Rachel. »Es tut mir sehr leid, dass wir Ihnen so furchtbar wehgetan haben. Aber es tut mir nicht leid, dass ich Quinn begegnet bin, und es tut mir nicht leid, dass wir Ned bekommen haben.« Es hörte sich nach einer Rede an, die sie in der Küche vorbereitet hatte. »Sie hätten vor langer Zeit Bescheid wissen sollen, aber es tut mir nicht leid, dass es passiert ist.«

Marianna war das Reden leid. Ihr war heiß und schwindelig, und dieses Haus war völlig unwirklich. Sie sah Rachel an und zuckte die Schultern.

Rachel zuckte ebenfalls die Schultern. »Ich brauche eine Tasse Tee.«

Von der Veranda aus hielt Marianna nach Adie Ausschau, aber der Busch und die glänzenden Koppeln lagen ruhig da. Am Rand zwischen der großen Koppel und dem Wald befanden sich vereinzelte weiß-rosafarbene Bienenstöcke. Ein Junge kam in der Nähe der Bienenstöcke zwischen den Bäumen hervor und bahnte sich einen Weg über die Koppel in Richtung Haus. Er trug etwas auf der Schulter. Er hatte dunkles Haar, und als er näher kam, sah sie, wie sehr er Quinn ähnelte. Und Adie. Unerwarteterweise verspürte sie ihm gegenüber mütterliche Gefühle, aber auch Traurigkeit. Quinn hatte zwei Kinder, und sie nicht.

Der Junge winkte ihr zu, und sie winkte zurück. Sie stieg die steile Treppe hinunter und ging ihm über den Rasen entgegen. Er war sonnengebräunt und barfuß. Seine Haare waren zerzaust, und die Spitzen waren von der Sonne hellbraun gebleicht. Das Ding auf seiner Schulter war der Totenschädel einer Kuh.

»Was ist das?«, erkundigte sie sich.

Er sprach, als würde er sie kennen. »Oh, der ist von einer von Clarries Kühen. Sie ist letztes Jahr beim Kalben gestorben. Das Kalb war zu groß.« Er wiegte den Schädel in den Armen. »Sie mussten das Baby mit einem Seil rausziehen. Es ist auch tot gewesen.« Er fuhr mit dem Finger die knochige Schnauze bis zu der gezackten Spitze hinunter. »Schau mal, wie groß die Löcher für die Nüstern sind?«

»Ja.« Sein Gesicht ähnelte Adies so sehr. Das gleiche spitze Kinn, die gleiche schmale Nase. Mitten auf der Stirn klebte ein roter sternförmiger Sticker.

Er sah sie mit gerunzelter Stirn an. »Hast du schon mal Beutelmarderköter gesehen?«

»Was ist das denn?« Aus den Augenwinkeln sah sie, dass Rachel an der Verandabrüstung lehnte und zu ihnen herunterschaute.

»Die Kacka von Beutelmardern.«

»Oh. Was genau ist ein Beutelmarder? Ist das ein Raubtier?«

Er blinzelte sie an, und sein Gesicht verzog sich zu einem Lächeln. Er klang entzückt. »Weißt du nicht, was ein Beutelmarder ist?«

»Nein.« Sie erwiderte sein Lächeln. Er hatte eine Durchschaubarkeit und Offenheit an sich, die Adie abging. Sie fragte sich, ob er die ganze Zeit über gewusst hatte, dass sein Vater zwei Leben führte.

»Tja«, meinte er. »Ich kann dir ein paar Bilder zeigen. Komm mit.« Er machte sich auf den Weg zum Haus.

Sie rief ihm hinterher. »Weißt du, eigentlich suche ich meine Tochter! Sie ist hier irgendwo.«

Er sah über die Schulter. »Wie heißt sie?«

»Adie.«

»Oh.« Er drehte sich zu ihr um. »Oh. Sie ist hier?«

»Ja. Sie ist bei … eurem Dad.«

»Sie ist bei Daddy?« Er sprach hastig. »Wo?«

»Ich weiß es nicht. Ich glaube, sie sind auf der Suche nach dir.«

Er legte die Hände trichterförmig an den Mund, und seine hohe Stimme erscholl. »Huhuuu!«

Aus der Ferne erklang ein *Huhu*. Dann noch zweimal.

Ned legte den Totenschädel behutsam ins Gras und winkte ihr mit dem ganzen Arm. »Komm mit! Sie sind da unten. Wie heißt du?«

46

Quinn peitschte mit seinem Stock auf das hohe Gras ein und ebnete mit den Stiefeln einen Pfad durch den unkrautüberwucherten Obstgarten. Adie war direkt hinter ihm. »Wie viele Schlangen gibt es denn?«, fragte sie.

»Viele, aber die meisten sind nicht giftig, weißt du … Wir müssen einfach ein bisschen aufpassen.« Er blieb bei einem großen Avocadobaum stehen. »Der hier?«

»Okay.« Sie schlüpfte aus den Turnschuhen, und er hob sie auf den Baum. Sie packte die Rinde mit den Füßen und kletterte souverän nach oben, um sich mit gespreizten Beinen auf einen Ast zu setzen und in dem Obsthain umzusehen. Auf ihrer Besichtigungsrunde hatte sie sich alles sehr aufmerksam angesehen und gelegentlich die Augen zu Schlitzen verengt, als ob sie sich eine wichtige Einzelheit einprägen wollte. Sie kletterte den Baum höher hinauf und griff nach einer Avocado. »Etwas hat die Avocados angefressen.«

»Wahrscheinlich Fledermäuse.« Herrgott, er vermisste sie. Er beobachtete, wie sie den Ast mit starken Fingern packte, und verspürte wieder einmal den Schmerz, ganze Phasen ihres Lebens zu verpassen. Und Angst, wie sie hier hineinpassen würde, in sein anderes Leben, oder ob sie es überhaupt wollen würde.

»Gibt es auch Mangos?«

»Nein. Mandarinen, Orangen ... alle möglichen Zitrusfrüchte, Papayas, Kiwis ...« Er erinnerte sich im Moment nicht daran, welche anderen Obstbäume es noch gab, aber sie schien sowieso nicht hinzuhören. Mit gerecktem Kinn überblickte sie den Obstgarten, eine Avocado in der Hand. Wenn er gewusst hätte, dass sie herkäme, wäre er vielleicht geschickter mit ihr umgegangen, hätte vorsorgen können, damit sie sich wohler fühlte. Warum um alles in der Welt hatte ihn Marianna nicht gewarnt?

Er vernahm ein entferntes *Huhu*. »Das ist Ned«, meinte er und erwiderte das *Huhu* dreimal. »Ich habe ihm gerade gesagt, wo wir sind.« Er hoffte, dass Ned nicht Rachel und Marianna begegnet war.

Adie blickte in die Richtung, aus der Neds Stimme gekommen war, und dann auf die Avocado in ihrer Hand. »Sie ist nicht reif.«

»Nein. Aber du kannst sie mitnehmen. Sie wird zu Hause reifen. Soll ich sie tragen?« Sie ließ die harte Frucht in seine Hand fallen, schwang sich dann nach unten und hing von dem Ast, sodass sie hoch über dem Boden baumelte. Er kam dicht heran, um ihr zu helfen, aber sie trat nach ihm, und ihr Fuß traf seine Brust.

»Nein, nicht«, sagte sie und ließ sich fallen. Sie landete unsanft, fiel in das lange Gras und lag dort einen Augenblick lang auf dem Rücken.

»Ned wird gleich hier sein.« In der Ferne dröhnte ein Rasenmäher oder eine Kettensäge.

Sie ergriff seine Hand und zog sich hoch. »Ich habe Durst.« Sie streifte sich Grassamen von den Shorts.

»Lass uns runter zum Wasserloch gehen. Das Wasser dort kann man trinken.«

»Wird er uns trotzdem finden?« Sie schlüpfte mit den Füßen in ihre Turnschuhe.

»Ja. Komm, wir gehen.« Er wollte, dass Ned und Adie sich an einem Ort trafen, an dem sie etwas machen konnten: spielen oder schwimmen, beschäftigt sein, allerdings nebeneinander, nicht einander gegenüber. Marianna hatte Adie und Rachel gezwungen, einander direkt gegenüberzutreten. Es hätte so viel besser ablaufen können.

Sie erreichten den Pfad. »Du bist hier immer willkommen, weißt du?«, sagte er.

»Aber wenn ich frage, ob ich kommen kann, sagst du immer: *noch nicht.*«

»Du bist hier immer willkommen. Immer.«

»Ich möchte heute hier übernachten, mit dir und Mummy.«

»Oh, Adie …«

»Ich möchte heute übernachten.« Sie blieb stehen, und ihr Mund bebte. »Warum darf Ned bei dir schlafen und ich nicht?«

Er ging auf dem Pfad in die Hocke. »Darling, ich weiß, dass du die Dinge so haben möchtest, wie sie früher waren. Aber die Dinge liegen jetzt anders. Wir werden zwar eine etwas andere Familie haben, aber ganz genauso viel Liebe wie früher.«

»Aber du liebst Mummy nicht mehr. Also ist da nicht genauso viel Liebe.«

»Ich liebe dich so sehr wie eh und je, und Mummy liebt dich so sehr wie eh und je. Hier, klettere auf meinen Rücken.« Er wollte das Wasserloch erreichen, bevor Ned sie einholte.

»Ich laufe mit dir um die Wette. Wenn ich gewinne, darf ich heute übernachten.«

Sie rannten den Pfad entlang und sprangen die groben Stufen hinunter, die Rachel und Ned im Vorjahr gebaut hatten. Sie war vor ihm und sprang leichtfüßig über Steine und Mulden auf dem Pfad. Es überraschte ihn, wie viel Kraft in ihren dürren Beinen steckte. Sie rannten den schmalen, überschatteten Abschnitt des Pfades entlang und dann über die sonnige Lichtung, die die Wallabys immer abgrasten, und zu guter Letzt auf den Felsstrand. Er ließ sie gewinnen.

Sie standen da und betrachteten das ovalförmige Wasserloch. Beide atmeten schwer. Die Bäume warfen Nachmittagsschatten über das Wasser. Sie beugte sich vor, die Hände auf den Knien. »Es ist groß«, keuchte sie.

»Und tief.«

»Huhu!« Ned war ganz in der Nähe.

Quinn drehte sich um und erwiderte den Ruf.

Ned und Marianna tauchten aus dem Busch auf, auf dem holprigeren nördlichen Pfad, der sich durch den Regenwald schlängelte. Ned gestikulierte, während er Marianna etwas erklärte, und blieb wie angewurzelt stehen, als er Quinn und Adie erblickte. Dann marschierte er auf sie zu und stellte sich direkt vor Adie. »Hallo«, sagte er. Der rote Sticker auf seiner Stirn glänzte.

Adie nickte, immer noch schwer atmend. »Hi.«

Sie standen da und sahen einander an, ihre Gesichter so ähnlich, so von Quinn geliebt. Sie waren zweifellos Bruder und Schwester, und bei ihrem Anblick – offen, ernst, einander betrachtend – zerriss es Quinn schier das Herz.

Marianna stand auf dem Pfad, die Hände in den Rocktaschen. Sie winkte Adie zu, die ihr ruckartig, nervös zurückwinkte.

Ned deutete auf das Wasserloch. »Willst du schwimmen gehen?«

Adie nickte. »Okay.« Ein Schweißfilm überzog ihr Gesicht.

Die Zeit verging langsam, während sich Ned aus den Shorts schälte und Adie ihre Schuhe auszog. Auf Quinn wirkte es wie ein erlesener Tanz, den sie füreinander aufführten – keiner von beiden sah den anderen oder die Erwachsenen an –, als wüssten sie nur zu gut, wie bedeutsam dieser Moment war. Ned ließ seine Unterhose an und bückte sich tief, wie ein Krebs, um das Wasserloch zu betrachten.

Adie bückte sich ebenfalls, immer noch in Shorts und Hemd, und folgte seinem Blick. Das Wasser lag reglos und spiegelglatt da, und an der Oberfläche spiegelten sich blasse Baumstämme und grünes Laub. Blätter raschelten, und man hörte das Plätschern des kleinen Wasserfalls, aber abgesehen davon war es ruhig.

»Siehst du die Markierung dort drüben an der Klippe?« Ned deutete auf einen weißen aufgemalten Strich. Er warf ihr einen Blick zu. »Das ist die Markierung für den höchsten Wasserstand.«

Adie sah ihm zu, wie er sich vorwärts ins Wasser stürzte. Sie hob die Schultern bis an die Ohren und sah Quinn mit großen Augen an. »Kommst du mit rein?«

»Ja.« Quinn zog sich das T-Shirt über den Kopf.

Ned schwamm unter heftigem Spritzen zu dem umgestürzten Baum. Als er ihn erreicht hatte und sich an dem Stamm festhielt, rief er zu ihnen herüber. »Hast du ihr gesagt, wie kalt es ist, Dad?«

Quinn nickte ihr lächelnd zu. »Es ist ziemlich kalt.«

»Geh nur rein, wenn du willst, Adie«, sagte Marianna, die sich auf einen Felsblock setzte.

Quinn drehte sich zu ihr um. »Du kannst auch mit reinkommen, wenn du willst.«

»Ich habe keine Schwimmsachen dabei.«

Während er neben Adie kniete, spürte er Mariannas Blick auf ihnen ruhen. Er wollte wissen, was zwischen ihr und Rachel vorgefallen war. Und wo steckte Rachel?

Adie zog sich die Shorts aus, und als sie sich das Hemd über den Kopf zog, erblickte er den Mullverband an ihrem Oberarm.

Er berührte ihren Arm. »Ich glaube nicht, dass du den Verband jetzt brauchst. Kann ich ihn abnehmen?«

Sie nickte. Die Wunde war geschlossen, glänzte aber rosa und sah wund aus. Er suchte rasch nach anderen Verletzungen. Im Vergleich zu Neds Körper war ihrer blass und weich, und sie trug eine mit kleinen blauen Katzen gemusterte Unterhose.

»Schaut her!« Ned zog sich die herunterhängende Unterhose hoch und sprang dann mit einem großen Platschen von dem Baum. Er trat Wasser und sah zu Adie und Quinn herüber.

Quinn schwamm neben Adie her, die auf den Ponton zupaddelte. Sie schwamm nicht so gut wie Ned, und ihre Arme und Beine bewegten sich hektisch unter Wasser. Beim Schwimmen beobachtete sie Ned mit ernstem Blick, und

Quinn merkte, dass ihre intensive Aufmerksamkeit Ned nervös machte. Ned trat Wasser und wartete darauf, dass sie ihn erreichte. Ein Lächeln umzuckte seinen Mund, und er versank im Wasser.

Adie ließ sich ebenfalls unter Wasser gleiten, und sie winkten einander zu, während ihren grinsenden Mündern Blasen entkamen und ihre Haut eine grünliche Farbe annahm.

Quinn schwamm zu dem Baumstamm und beobachtete die beiden, die sich am Rand des Pontons festhielten.

»Hat dein Haus einen Swimmingpool?«, fragte Ned.

»Nein.«

»Wo hast du schwimmen gelernt?«

»Im Pool der Schwimmlehrerin. Mummy bringt mich zum Schwimmunterricht.«

Quinn schaute zu Marianna hinüber, die ihn anstarrte. Er sah weg.

Ned und Adie paddelten mithilfe eines kleinen Surfbretts zu der Nische in der Wand und stöberten dort herum. Quinn schwamm zurück an den Strand. Die Sonne stand tiefer. Es musste später Nachmittag sein. Er trocknete sich mit seinem T-Shirt ab und stellte sich neben Marianna. Die Kinder kletterten immer wieder auf das Surfbrett und kippten lachend ins Wasser um. »Sie haben Spaß zusammen.«

»Ja.«

»Du und Rachel, habt ihr euch unterhalten?«

»Ja.« Sie sah ihn nicht an.

»Ich wünschte, du hättest mir gesagt, dass ihr kommt«, meinte er.

Sie zuckte die Schultern. »Es war ganz spontan. Adie

wollte die ganze Zeit wissen, wo du wohnst.« Sie hielt inne. »Und warum dein Leben hier so viel besser ist als das Leben, das du mit uns hattest.«

»Das sind deine Worte, nicht ihre.«

»Frag sie, Quinn.« Sie sah ihn mit kalten Augen an.

»Sie ist fünf, Marianna. Du kannst mit ihr nicht über uns reden, als wenn sie eine Erwachsene wäre.«

»Du möchtest dir einfach nur zu gern einreden, dass sie das hier alles prima findet. Du bist wie diese Ärzte, die glauben, Babys empfinden keinen Schmerz. Glaubst du wirklich, dass ihr das hier nicht genauso zu schaffen macht wie mir? Sie ist *ihr ganzes Leben lang* angelogen worden.« Sie schüttelte den Kopf. »Kinder begreifen Lügen und Geheimnisse sehr gut. Denk nur an dich mit fünf Jahren.«

Er konnte hören, dass sie den Tränen nahe war. Adie sah zu ihnen herüber, sprang ohne Ned ins Wasser und kam auf den Strand zugepaddelt. Den Kopf hielt sie angestrengt in die Höhe.

»Wenn es ihr solche Probleme bereitet, warum dann heute einfach so hierherkommen, ohne uns Gelegenheit zu geben, Vorbereitungen zu treffen?« Er holte Luft. »Wir müssen an sie denken.«

»Was? An sie denken, wie du es immer getan hast?«

»Ich weiß. Ich weiß.«

»Alle Qualen, die sie jetzt durchmacht, rühren lediglich daher, dass du vor Jahren nicht an sie gedacht hast.«

»Das habe ich sehr wohl. Absolut. Ich wollte, dass sie einen Vater hat.«

Sie spuckte die Worte aus. »Wenn du so unglücklich mit mir warst, warum hast du es dann nicht gesagt? Warum bist du nicht einfach gegangen? Das wäre schwer gewesen, aber wenigstens ehrlich.«

»Ich habe mein Bestes gegeben, Marianna.«

»Wirklich? Das ist dein Bestes gewesen? Du willst mich wohl auf den Arm nehmen!«

»Ich wollte, dass Adie einen Vater hat. Eine Familie.«

»Und das war wichtiger, als dass ich die Wahrheit erfahre?«

»Damals hat es sich so angefühlt.«

»Oh, das ist so ein Bullshit!« Sie senkte die Stimme. »Du *weißt,* dass du es mir hättest sagen sollen.«

»Zu welchem Zeitpunkt denn, Marianna? Du scheinst davon auszugehen, dass es einen absolut klaren Moment gegeben hat, in dem ich es dir hätte sagen sollen, einen moralisch eindeutigen Zeitpunkt …«

»Ja. Das stimmt. Bevor du mit ihr geschlafen hast.«

»Tja, das wäre gewesen, bevor du mit Adie schwanger warst. Wenn ich das getan hätte, hätten wir Adie nicht.«

»Benutze sie nicht, um dein Verhalten zu rechtfertigen.« Sie glitt von dem Felsblock und überquerte die Steine zum Ufer, wo Adie tropfend und zitternd stand.

Adie saß auf Quinns Schultern, und Ned schlenderte neben ihnen her und plapperte darüber, wie er Adie vom Riesenfelsen aus die Sterne zeigen würde. Offensichtlich hatten die beiden Kinder darüber gesprochen, dass sie gemeinsam übernachten würden. Quinn konnte Marianna hinter ihnen gehen hören. Auf keinen Fall konnte er sie im Haus übernachten lassen.

Adie strich mit den Händen durch seine Haare und zappelte auf seinen Schultern herum. Wenn er sich mit Adie wie mit einer Erwachsenen unterhalten würde, was würde er dann sagen? Er würde gestehen, dass er nicht ehrlich gewesen sei, dass er viel zu lange damit gewartet habe, ihr die Wahrheit zu sagen, und dass er schreckliche Angst habe, dass ihr sein Versagen Schaden zugefügt habe. Er würde ihr sagen, dass seine Sorge jetzt, da sie getrennt voneinander lebten, manchmal fast unerträglich werde.

»Riesenfels! Rie-hie-hie-senfels!«, sangen Ned und Adie immer wieder. Sie erreichten den mittlerweile schattigen Rasen vor dem Haus. Von Rachel keine Spur.

»Holen wir dich da mal runter, Adie.« Er streckte die Hände nach oben.

»Nein.«

»Mein Rücken hält das nicht aus, Süße.«

»Nein!« Sie umklammerte seinen Hals mit ihren Oberschenkeln.

Ned hob seinen Kuhschädel auf und trug ihn zu ihnen herüber. »Schau dir mal das hier an, Adie.«

Marianna streichelte Adies Bein. »Es ist an der Zeit, dass wir losfahren, Süße.«

»Nein!«, brüllte sie. »Ihr könnt mich nicht zwingen!« Sie zog heftig an seinen Haaren.

»Aua! Adie, du tust mir weh!« Er griff nach oben, um sie um den Brustkorb zu packen und nach unten zu holen, aber sie entwand sich ihm und fiel. Er verlor das Gleichgewicht, versuchte, sie zu packen, und erwischte eines ihrer Beine, das gerade über seine Schulter rutschte. Sie fielen, und er landete schmerzhaft auf einem Ellbogen, während er versuchte, sie aufzufangen. Sie war ganz mit ihm verschlungen, trat um sich und schrie. »Lass mich los! Lass mich los!« Er versuchte, ihre rudernden Beine und Arme festzuhalten, doch sie schlug immer fester um sich. Sie weinte und schrie, aus ihrer Nase lief Rotze, und ihr Mund war ein Abgrund. Sie krallte sich im Gras fest und schlug immer wieder mit dem Kopf gegen den Boden.

»Aufhören, Adie, aufhören! Das reicht.« Er griff nach ihr.

Sie schien besessen zu sein, schlug sich mit den Händen gegen den Kopf und stieß einen schrecklichen schrillen Klagelaut aus. Er packte sie, um sie daran zu hindern, sich selbst zu schlagen, und sie biss ihn in den Unterarm. Er ließ los und setzte sich zurück auf die Fersen.

Ned sah ihnen mit weit aufgerissenen Augen zu, den Totenschädel in den Armen. Rachel erschien und führte ihn die Treppe hinauf ins Haus, aber er drehte sich immer wieder um, um nach Adie zu sehen.

Marianna legte die Arme um ihre Tochter und hielt sie nur. »Ich weiß. Ich weiß«, sprach sie leise.

Adie schluchzte. An einer Wange hatte sie eine blutige Schramme, und ihr Gesicht war dreckverschmiert. »Ich hasse ihn. Ich hasse euch beide.«

»Und wir lieben dich. Wir werden dich immer lieben.«

Völlig schockiert, setzte Quinn sich ins Gras. Adie sah wie ein Tier aus, das in einer Falle feststeckte. Wovor versuchte sie zu fliehen? Vor diesem Leben, das er ihr aufgezwungen hatte. Wenn sie damit aufgewachsen wäre, dann hätte sie es hingenommen, ganz selbstverständlich, anstatt jetzt diesen Schock zu erleben.

Adie lag über Mariannas Schoß. Sie weinte immer noch, und ihr lief Rotze aus der Nase. Er wollte zu ihr gehen, aber er konnte sich nicht bewegen. Es war allein seine Schuld. Er hatte ihr diese Qualen verursacht. Sie war ein kleines verletztes Tier und ließ sich von Marianna halten und trösten, weil diese verlässlich und ruhig war. Adie vertraute Marianna und nicht Quinn.

Die Sonne verschwand hinter dem Berg, während Marianna den schlaffen Körper ihrer Tochter an sich zog. Er musste an Michelangelos *Pietà* denken, und ihn überkam ein Schauer. Die *Pietà*. Eine Mutter, die ihr Kind in den Armen hielt, und weit und breit kein Vater.

47

Rachel stand neben Ned auf der Veranda. »Komm wieder rein, Nudel. Lass sie in Ruhe.«

Neds Gesicht war bleich. »Was ist mit ihr los?«

»Ich glaube, es ist schwierig für sie zu sehen, wo ihr Daddy jetzt wohnt.«

Sie führte ihn ins Haus. Er stützte sich auf den Tisch und rieb mit dem Finger über einen Fleck auf dem Holz. »Sie hat Erde gegessen.«

»Ich weiß.« Der Anblick von Adies Wutanfall hatte Rachel gleichzeitig mit Entsetzen und Bewunderung erfüllt. Sie wünschte, sie hätte das als Kind tun können. Dann hatte sie einen Blick auf Quinns Miene erhascht und wäre am liebsten zu ihm gegangen, um ihn festzuhalten. Doch Marianna war dort. Es war eine Angelegenheit zwischen Quinn und Marianna und Adie. Rachel durfte sich nicht einmischen.

»Holst du mir bitte die Samen aus dem Kühlschrank?«, bat sie.

Er stand vor dem offenen Kühlschrank und griff schließlich nach dem Glasgefäß mit gerösteten Nüssen und Samen.

Rachel wusch den Salat und trocknete ihn auf einem Geschirrtuch. Draußen hörte sie Stimmen, und sie überquerte die Veranda um nachzusehen. Adie lag in den Armen ihrer

Mutter, und ihre Eltern murmelten etwas, die Köpfe dicht beieinander. Adie würde immer der Leim sein, der sie miteinander verband. Gewusst hatte Rachel das zwar, aber jetzt sah sie es mit eigenen Augen.

Rachel sah Adies trostloses Gesicht, als das Mädchen aufstand. Quinn ergriff die Hand seiner Tochter und ging mit ihr auf das Haus zu, gefolgt von Marianna.

Rachel zog zwei saubere Handtücher aus dem Wäscheschrank, während die Stimmen der Kinder aus dem Badezimmer schallten. »Aber wird der Frosch denn nicht weggespült?«, fragte Adie.

Mariannas Antwort war undeutlich.

»Schau! Schau! Schau dir das an!«, rief Ned gerade, als Rachel Quinn in ihr Schlafzimmer zog.

Rachel machte die Tür zu. »Du hättest mich fragen sollen.«

Er verzog das Gesicht. »Es tut mir leid. Ich wollte nicht, dass Adie auch nur das geringste Zögern spürt. Du hast sie ja gesehen.«

»Ja. Und ich habe dich gesehen, und ich weiß, dass es hart ist. Aber das hier ist mein Zuhause, und ich möchte, dass du mich einbeziehst.« Sie seufzte. »Damals bei Adies Geburt hast du einseitig entschieden, Marianna nichts zu sagen, und so machst du es in einem fort. Das will ich nicht. Ich will miteinbezogen werden.«

»Okay, du hast recht. Es tut mir leid.« Er war blass und hielt sich den Ellbogen.

»Wo sollen sie schlafen?«

»Auf dem Schlafsofa im Wintergarten.« Er blickte in

Richtung des Lärms im Badezimmer. »Und ich werde auf der Couch schlafen.«

Sie starrte ihn an. »Aber dein Bett ist hier.«

»Ich weiß.«

»Ist das für Adie oder für Marianna?«

Er überlegte. »Für beide, schätze ich mal.«

Sie setzte sich auf den Stuhl, auf seine Anziehsachen. »Es ist bloß noch mehr Täuschung. Da drüben, *das* ist dein Bett.«

Er seufzte. »Rachel, bitte. Ich weiß ja, dass es ein Chaos ist, aber ich versuche, es für Adie so schmerzlos wie möglich zu machen.« Sie starrten einander an. Die Kinder kreischten, und aus dem Badezimmer drang lautes Plätschern.

Sie nickte. Dann deutete sie auf seinen Arm. »Hast du dir wehgetan?«

»Ja. Als ich hingefallen bin.«

Ned schrie im Badezimmer.

»Er ist total aufgedreht«, meinte Quinn.

»Ich weiß. Das ist ein weiterer Grund, warum es das Beste gewesen wäre, wenn sie nicht geblieben wären. Er ist völlig manisch und …« Sie atmete tief aus.

»Vielleicht sollte einer von uns bei ihm schlafen.«

Sie hob abwehrend die Hände und stand mit einem Seufzen auf. »Quinn, echt, schlaf doch, wo du willst.« Sie ging am Badezimmer vorbei, wo Marianna neben der Wanne kniete. Die beiden Kinder waren gleich groß mit gleich geformten dunklen, nassen Köpfen. Marianna wirkte wie eine Statue, wie sie so auf den Fliesen kniete, die Ellbogen auf den Wannenrand gestützt.

Rachel hatte nicht damit gerechnet, dass Adies und Mariannas Zerbrechlichkeit sie derart aus der Fassung bringen würde. Sie hatte sich nie gestattet, zu sehr über die Auswirkungen auf die beiden nachzudenken. Selbst Rachels Wunsch, dass die Wahrheit ans Licht käme, hatte nichts mit Marianna zu tun gehabt. Sie machte den Kühlschrank auf und holte die Frittata heraus, die sie mittags nicht gegessen hatten. Vielleicht hatte Marianna recht, dass Quinns Fähigkeit, zu lügen und andere zu übergehen, fest in ihm verankert war. Traf das dann auch auf Rachel zu? Schließlich hatte sie sich dazu entschieden, eine Affäre mit Quinn anzufangen, obwohl sie wusste, dass er verheiratet war. Und wie viele Gelegenheiten hatte sie gehabt, für Klarheit zu sorgen, darauf zu bestehen, dass er die Dinge ans Licht brachte? Sie deckte den Tisch und lehnte dort mit geschlossenen Augen. Hatten sie und Quinn sich deshalb so voneinander angezogen gefühlt, wegen dieser gemeinsamen Fähigkeit, andere zu übergehen?

Marianna trug Ned durch die Küche. Er war in ein rosafarbenes Handtuch gewickelt, aus dem nur sein Gesicht hervorlugte. »Hi, Mummy.«

»Hallo, Nudel«, erwiderte Rachel. Marianna hielt den Blick auf Ned gerichtet, ein steifes Lächeln im Gesicht.

Ned wies auf die Veranda. »Komm, wir wollen uns die Fledermäuse ansehen«, sagte er zu Marianna. Mit der Hüfte schob sie die Wettertür auf.

Mariannas Schönheit war Rachel schon vor Jahren bei ihrer Begegnung am Zaun aufgefallen, aber jetzt bemerkte sie obendrein, dass sich Marianna mit der typischen Leichtigkeit einer von Geburt an schönen Frau bewegte. Rachel sah nach draußen, wo sich Mariannas Silhouette vom Himmel abhob, Ned immer noch in ihren Armen. Die Fledermäuse strömten leise über ihnen dahin, und Rachel verspürte die furchtbare Gewissheit, dass Quinn niemals voll und ganz mit ihr zusammen sein würde. Er teilte sich immer noch zwischen den beiden Familien auf, und jetzt befanden sich seine Frau und seine Tochter bei Rachel zu Hause. Das einfache Glück eines gewöhnlichen Familienlebens würde sie nie kennenlernen.

Rachel goss sich ein Glas Wein ein. Marianna sollte sie eigentlich auch eines anbieten – sie bräuchte es ganz bestimmt –, aber das war Quinns Aufgabe. Es waren seine Gäste.

Adie tauchte in Boxershorts von Quinn auf, die Kordel eng zugebunden. Quinn folgte. »Kann ich etwas fürs Abendessen tun?«, erkundigte er sich bei Rachel.

»Nein. Es ist alles fertig.«

Er nickte und ließ sich von Adie nach draußen auf die Veranda ziehen. Er stand neben Marianna, während Ned auf Fledermäuse deutete und lautes Gequieke von sich gab. Als Rachel Quinn und Marianna so nebeneinander dastehen sah, durchzuckte sie siedend heiß die Angst, dass es zwischen den beiden nicht vorüber war, dass er mit Marianna geschlafen hatte, als er das letzte Mal in Brisbane gewesen war, und dass die Dinge wie zuvor weitergehen könnten, bloß, dass Rachel diejenige wäre, die belogen würde. Passierte das, wenn eine Beziehung auf Unwahrheiten aufgebaut war? Vertrauen war unmöglich.

48

Quinn öffnete die Kühlschranktür und griff nach dem Zitronendressing. Das Glasgefäß war ölig und rutschte ihm beinahe aus den Fingern. Er drehte sich um, nahm ein Geschirrtuch von der Arbeitsplatte und wischte das Glas ab. Er fühlte sich von Marianna beobachtet, die neben der Anrichte an der Wand lehnte. Ihr fiel bestimmt auf, wie gut er sich in dieser Küche auskannte. Wie sehr er hier zu Hause war.

»Möchtest du ein Glas Wein, Marianna?«, fragte er.

Sie nickte und wandte den Kopf, um nach Adie zu sehen, die neben Ned im Flur kniete und einen Finger in ein Loch in der Fußleiste steckte.

Rachel stellte die hölzerne Salatschüssel mit einem dumpfen Geräusch auf den Tisch. »Ned, kommt ihr beide bitte zu Tisch?«

Ned ergriff Adies Arm beim Aufstehen und führte sie zu einem Stuhl. »Hier lang. Du sitzt hier.« Die Haare hingen ihm feucht über die nackten Schultern. »Hast du gewusst, dass ich eine Seilbahn habe? Du weißt schon, so ein Ding, an das man sich hängt, und es saust …«

Adie fiel ihm ins Wort. »Ja? Eine Seilbahn?« Sie drehte sich mit großen Augen zu Quinn um.

»Clarrie hat sie ihm gebaut.« Quinn schenkte Marianna ein Glas Weißwein ein und reichte es ihr. »Okay, ihr beiden. Füllen wir euch Salat auf, bevor er mit Dressing angemacht wird.«

»Wer ist Clarrie?«, fragte Adie.

»Clarrie hat Skinke«, erwiderte Ned.

Rachel ließ mithilfe eines Messers ein Stück Frittata auf Adies Teller gleiten. »Skinke sind Echsen«, erklärte sie lächelnd.

»Das weiß ich«, erwiderte Adie.

Quinn sah kurzzeitig wieder sein Mädchen vor sich, wie es die Finger in die Erde grub und die Stirn gegen den Boden schlug. So fühlte sie sich in ihrem Innern, all die Verzweiflung und der Selbsthass. Eigentlich sollte sie ihn hassen.

Rachel reichte Marianna einen Teller mit Frittata und schob behutsam die Salatschüssel auf sie zu.

Ned redete, den Mund voller Salat. »Babyskinke. Er wird mir einen schenken. Sie sind so groß.« Er hielt die Finger ein paar Zentimeter auseinander.

Quinn setzte sich und trank einen großen Schluck Wein. Hungrig war er nicht.

»Wir können dir eine Seilbahn bauen, Adie«, sagte Marianna. Ihre Stimme war hoch und zittrig.

Adies Gesicht strahlte für einen Moment. »Vom Baumhaus in den Garten hinter dem Haus?«

»Ja.« Marianna nickte. »Der Gartenhelfer kann sie bauen. Steve oder Simon, oder wie er heißt. Grandpa wird sie für dich entwerfen.« Quinn ertrug es kaum, Marianna anzusehen, wie sie dort saß, ein breites Lächeln im Gesicht, und versuchte, die Dinge für ihre Tochter zurechtzubiegen.

Neben Quinn aß Rachel mechanisch, und ihre Gabel und ihr Messer klirrten über den Teller. Sie griff nach der Salatschüssel, nahm etwas von einem Salatblatt und warf es in den Komposteimer hinter sich auf der Arbeitsplatte.

»Kann Ned zu uns nach Hause kommen?«, fragte Adie.

»Sicher.« Marianna tat nicht einmal so, als äße sie.

»Ich schätze, eine Seilbahn würde sich gut an das Baumhaus bauen lassen, Adie«, meinte Quinn. »Du wirst allerdings eine Art Stützpfosten weiter hinten im Garten in der Nähe des Zauns brauchen.«

Marianna sah ihn nicht an. »Bietest du dich an, die Seilbahn zu bauen?«

»Ja. Sicher.«

Marianna trank etwas Wein. »Na schön, dann werde ich Dingsda nicht anrufen.«

»Wirst du etwas Frittata essen, Adie?« Quinn deutete auf die Kartoffel-Kräuter-Fritatta auf ihrem Teller.

Sie stach mit der Gabel nach einer grauen Zwiebel. »Ich mag sie nicht.« Mit dem Finger drückte sie auf eine Kirschtomate. Sie fiel zusammen, und Samen spritzten auf den Tisch.

»Du musst sie nicht essen, Darling«, sagte Marianna.

»Möchtest du stattdessen Joghurt, Adie?«, fragte Rachel.

Adie nickte kaum merklich, den Blick auf den Teller gerichtet.

Quinn lächelte Rachel zu, die die Augenbrauen hochzog. »Eingefrorene Maulbeeren habe ich auch, wenn du magst. Von unserem Baum.«

Adie nickte.

Ned nahm sich ein Stück Gurke aus der Salatschüssel. »Ich möchte auch Joghurt und Beeren, Mum. Bitte.«

Rachel erhob sich, und ihr Stuhl scharrte über den Boden. Quinn war schwindelig. Er sollte mit dem Trinken aufhören und etwas essen.

»Jetzt ist mir klar …« Marianna sah ihn direkt an, die Augen voller Tränen. »Jetzt begreife ich erst wirklich, dass du hier jahrelang gesessen hast, dass du hier richtig gelebt hast. Dein Abendessen an diesem Tisch gegessen … dich unterhalten … als Familie gelebt, während wir bei uns zu Hause waren … ohne etwas zu ahnen.«

Er war auf seinem Stuhl erstarrt, und es gelang ihm gerade einmal zu nicken. Sie nickte ebenfalls, und Tränen quollen aus ihren Augen.

Adie legte die Hand auf das Handgelenk ihrer Mutter. »Mummy?« Adie rutschte auf ihrem Stuhl, bis sie an ihrer Mutter lehnte. Marianna lächelte auf sie hinunter. »Süße. Alles in Ordnung.« Doch immer mehr Tränen liefen ihr über die Wangen, und sie atmete schluchzend. Ned beugte sich vor und sah Marianna mit großen Augen an.

»Es ist in Ordnung.« Marianna wischte sich die Tränen von den Wangen und schob ihren Teller von sich. Rachel stellte Schüsseln mit Joghurt und Beeren vor Ned und Adie.

»Wir haben diesen Joghurt selbst gemacht«, sagte Ned laut und sah Marianna an.

Sie lächelte auf ihn hinunter, während er die Maulbeeren mit dem Teelöffel in den Joghurt rührte. »Er sieht lecker aus«, meinte sie traurig.

Adie steckte einen Finger in den Joghurt und probierte ihn. »Ganz schön sauer.« Sie zog ein Gesicht.

»Tu etwas Honig hinein, wenn du möchtest.« Rachel stellte ein großes Glas Honig auf den Tisch. »Pass bloß auf die Stückchen Bienenwachs auf.« Sie setzte sich wieder und nahm sich mehr Salat.

Adie berührte das Honigglas und blickte zu Quinn auf. Er öffnete es für sie und löffelte Honig in ihre Schüssel.

Ned, der seinen Joghurt zur Hälfte gegessen hatte, sprang von seinem Stuhl. »Willst du das Terrarium sehen, das ich für die Babyskinke vorbereitet habe?«

Adie ließ ihre Schüssel am Tisch zurück und folgte Ned. Ihre Beine sahen in Quinns Boxershorts dünn aus. Aus Neds Zimmer drang das dumpfe Geräusch des Terrariumdeckels.

Marianna schlug die Hände vors Gesicht. »Wir werden nie wieder herkommen.«

»Aber Adie kann allein kommen«, meinte Quinn.

»Sie ist erst fünf.« Sie klang am Boden zerstört.

»Ich bin ihr Vater. Ich kann mich um sie kümmern, ganz gleich, wie alt sie ist.«

Sie ließ die Hände sinken. Ihr Gesicht war erstarrt. »Du willst alles, nicht wahr, Quinn? Du willst mir absolut alles nehmen.«

49

Für Marianna befand sich das Haus zu hoch über dem Boden. Sie hasste die Vorstellung, über so einem riesigen Hohlraum zu schlafen. Sie zog die Decke des Schlafsofas zurück und kletterte hinein. In der Ecke des Wintergartens fummelte Adie an dem Opossumschädel herum, den Ned ihr gegeben hatte. Adie sah über die Schulter zu ihrer Mutter. »Er hat gesagt, dass ich ihn mit nach Hause nehmen kann.«

»Oh, okay.« Marianna wollte den hohläugigen Totenschädel nicht zu Hause haben. Sie wollte überhaupt kein Andenken an diesen Ort.

»Er hat gesagt, ich kann ihn zurückbringen, wenn wir das nächste Mal herkommen.« Sie rieb mit einem Finger über die knochige Stirn des Opossums.

Nach dem Abendessen hatten Marianna und Quinn zusammen das Bett gemacht, während Adie und Ned in der Tür gestanden und zugesehen hatten. Quinn hatte auf Adies Bettseite zwei Handtücher unter das Laken gelegt.

Marianna schüttelte das Kissen unter ihrem Kopf auf. Sie hatte Angst, dass ihr, sobald sie die Augen schloss, so schwindelig werden würde, dass sie sich übergeben müsste. Vielleicht hatte sie zu viel Wein getrunken.

»Mummy?« Adie legte den Opossumschädel auf das Bücherregal und kam durchs Zimmer. Die Boxershorts rutschten ihr über die Hüften.

»Mach das Licht aus und komm ins Bett, Süße.«

Marianna zog Adie eng an sich und versuchte, sich am Körper ihres Mädchens festzuhalten. Es gab nichts Elementareres als ihr eigen Fleisch und Blut.

Adie entwand sich ihr und drehte sich auf den Rücken. »Ist Ned also mein Bruder?«

»Das ist richtig.« Es war so unfassbar, dass Adie mit jemandem, den Marianna nicht kannte, verbunden war, blutsverwandt.

»Wo wird Daddy schlafen?«

Ich weiß es nicht, hätte sie beinahe gesagt, aber sie streichelte Adies Haare und erwiderte: »Wahrscheinlich wird er mit Rachel in einem Bett schlafen.«

Adie war reglos. »Warum will er hier wohnen und nicht mehr bei uns?«

»Oh …«

Adie unterbrach Marianna, als wollte sie die Antwort eigentlich nicht hören. »Ich möchte, dass er zu Hause bei uns wohnt.«

»Das weiß ich, Süße.«

Im Lichtschein aus dem Flur beobachtete sie, wie Adie einschlief, und belauschte Quinn und Rachel beim Abwaschen. Es war unvermeidlich, dass Adie ohne sie hierherkäme, das wusste sie. Marianna wusste genau, dass sich ihr ganzes Leben um Adie drehte. Selbst vor ihrer Schwangerschaft hatte die *Vorstellung* von Adie jeden Moment ihres Lebens erfüllt. Vielleicht hatte es ihr in den Kram gepasst, dass Quinn einen Teil der Zeit fort war, weil es ihre Position als Adies engste Bezugsperson festigte.

Bei der Vorstellung, am nächsten Tag mit Adie nach Hause zu kommen, durch die vertraute Haustür zu gehen, in das Zuhause ihrer Familie, wusste sie, dass sie nicht mehr dort wohnen konnte. Sie ertrug eigentlich noch nicht einmal den Gedanken, in Brisbane zu bleiben.

Marianna rollte auf den Rücken und lauschte dem Rauschen der Bäume draußen. Meilenweit verfluchter Wald um sie herum. Sie hasste es.

Als sie im Dunkeln aufwachte, war Adie verschwunden. Sie schwang sich aus dem Bett und tastete an der Wand entlang nach dem Lichtschalter, fand ihn jedoch nicht. »Adie?« Während sie sich tastend einen Weg durch das Wohnzimmer suchte, stieß sie sich das Schienbein an. »Mist! Adie?«

Die Tür von Quinns und Rachels Zimmer war geschlossen. Konnte Adie da drinnen sein, an Quinn geschmiegt? Sie knipste das Licht in der Küche an und erblickte auf dem Tisch einen Einkaufszettel in Quinns Handschrift: *Käse, Pfefferkörner, Kümmel.* Sie sah mit klopfendem Herzen zur Verandatür. Konnte Adie nach draußen in den gewaltigen dunklen Busch gelaufen sein?

»Mum?« Hinter ihr ertönte Adies leise Stimme. Das Mädchen stand im Flur, seine verschlafenen Augen blinzelten im Licht. Den Opossumschädel trug es unter den Arm geklemmt. »Ich bin aufgestanden, um nach dem Opossum zu schauen, und bin auf dem Fußboden eingeschlafen.«

»Oh, okay.« Sie ging vor Adie in die Knie. »Lass uns wieder zu Bett gehen.«

»Ich möchte nach Hause, Mummy.« Sie verzog das Gesicht und drückte sich den Totenschädel an die Brust.

»Jetzt?«

Adie nickte.

»Okay.« Erleichterung durchströmte Marianna wie ein Wasserschwall. Sie führte Adie zurück durch das dunkle Wohnzimmer, holte ihre Handtasche und zog die Bettdecke mit einer automatischen Geste glatt, die sie am liebsten gleich wieder rückgängig gemacht hätte. Sie legte Adie die Hand an den Rücken. »Na schön, Süße. Gehen wir. Wo sind deine Schuhe? Auf der Veranda?«

Marianna dachte an den dunklen Weg die Auffahrt hinunter zu ihrem Wagen. Sie würde die große gelbe Taschenlampe mitnehmen, die sie auf der Anrichte gesehen hatte.

Adie packte den Schädel noch fester. »Ich muss mich von Daddy verabschieden.«

Marianna konnte ein Stöhnen nicht unterdrücken. »Er schläft bestimmt.«

Adies Stimme war matt. »Ich muss mich verabschieden.«

»Okay.« Es half Marianna, sich vorzustellen, sie befände sich in einem Traum. In einem verfluchten verrückten Traum. Sie hob die Hand und klopfte an Quinns Schlafzimmertür.

Kurz darauf ging die Tür auf, und Quinn stand da und zog sich Boxershorts hoch. Er bedeckte seine Nacktheit vor ihr. Welch Gedanke. »Stimmt was nicht?«, flüsterte er.

»Wir fahren. Adie möchte nach Hause.«

Er trat in den Flur, und während er die Tür zuzog, raschelte hinter ihm Bettzeug. Er ging neben Adie in die Hocke, und seine Knie knackten. Seine Knie knackten immer. »Alles in Ordnung, Süße?« Er streichelte ihre nackten Armе.

Adie schüttelte den Kopf. Sie reichte ihm den Schädel.

»Wie wäre es, wenn ich dich halte?« Quinn legte den Schädel weg und setzte sich auf den Boden. Sie kletterte in seinen Schoß, und er streichelte ihre Haare. »Hey, Kleines«, murmelte er. Marianna setzte sich neben die beiden und lehnte sich an die Wand. Quinns verschlafener Geruch war so vertraut …

Ein paar Minuten später schlief Adie in den Armen ihres Vaters ein, den Kopf an seine Brust gelehnt und die Beine angezogen. Ihr Atem ging regelmäßig und laut in dem schmalen Flur.

»Ich kann im Moment einfach nicht in dem Haus sein, Quinn«, flüsterte Marianna. »Es ist zu schwer. Entweder heißt es, eine Weile wegzufahren, oder, das Haus zu verkaufen. Und ich habe nicht die Energie, um zu verkaufen. Also werden Adie und ich wegfahren.«

»Wohin?« Sie hörte die Angst in seiner Stimme.

»Nach Melbourne. Wir werden bei Shelly und den Kindern wohnen.« Der Einfall war ihr gerade eben in den Sinn gekommen. Sie hatte Shelly noch nicht gefragt.

»Wie lange?«

»Ich weiß es nicht. Ich muss nur einfach weg. Weg von Brisbane, weg von dir. Weg hiervon.« Sie streckte die Hand aus und streichelte Adies nackten Fuß. »Wenigstens für zwei Monate.«

»Zwei Monate sind eine lange Trennung für Adie und mich.« Seine Stimme war gemessen.

»Tja, komm geflogen, dann kannst du sie sehen.«

»Bitte geht nicht.«

Sie schüttelte den Kopf. »Ich bin mir sicher, dass Mum

sich um Lucy kümmern wird. Es sei denn, du möchtest es tun. Und ich möchte wirklich, dass du dein Zeug abholst, während wir fort sind. Räum einfach alles raus, bevor wir zurückkommen.«

Er beugte sich vor, um Adie zu küssen, und verharrte mit dem Gesicht an ihrem.

50

Quinn stand an der Arbeitsplatte und wartete darauf, dass der Wasserkessel kochte, während er auf Adie und Marianna im Badezimmer lauschte und Ned dabei zusah, wie er seinen Toast mit Honig bestrich.

Adie erschien in der Küche, sie trug den Opossumschädel. Ihre Haare waren feucht und standen in alle Richtungen ab. »Hi, Ned.«

Ned schaute zu ihr auf, dann wieder auf seinen Toast.

Quinn trat auf sie zu. »Hallo, Süße.«

Behutsam legte Adie den Schädel auf den Tisch. »Ned, wie groß ist dieses Opossum gewesen? Als es noch gelebt hat?«

Ned zuckte die Schultern. »Weiß nicht.« Er sah sie nicht an und biss von seinem Toast ab.

»Es ist ein ausgewachsenes Opossum gewesen, glaube ich«, meinte Quinn. »Die sind ungefähr so groß.« Er hielt die Hände auseinander. »Möchtest du Toast?«

Ned stand auf, trug seinen Teller in sein Zimmer und schloss die Tür.

Adie betrachtete seine Tür. »Was ist los mit ihm?«

»Ich weiß es nicht. Ich werde gleich zu ihm gehen und mit ihm reden. Möchtest du Toast, bevor ihr losfahrt?«

»Ja.« Sie setzte sich mit heruntergezogenen Mundwinkeln auf einen Stuhl.

Quinn schob zwei Scheiben in den Toaster und ging durch den Flur zu Rachels Zimmer. Sie zog sich gerade Shorts an. »Macht es dir etwas aus, nach Ned zu sehen?«, meinte er. »Er wirkt ziemlich durcheinander und ist jetzt in seinem Zimmer. Ich mache gerade Toast für Adie, bevor sie abfahren.«

»Ich bin in der Nacht wach geworden, und du bist nicht hier gewesen.« Sie band sich die Haare mit einem Gummi zusammen.

»Adie und Marianna wollten in der Nacht abreisen und haben mich geweckt, um sich zu verabschieden. Marianna will mit ihr für eine Weile nach Melbourne fahren.«

»Oh.« Einen Moment lang schloss sie die Augen. Sie sah erschöpft aus. »Das tut mir leid. Ich werde zu Ned gehen.«

Als Quinn in die Küche zurückkehrte, kauerte Marianna gerade neben Adies Stuhl. »… wie du es gestern gewesen bist, nicht? Ich glaube, wir sind alle durch den Wind.«

Quinn holte die Butter aus dem Kühlschrank, während Rachel in Neds Zimmer schlüpfte.

»Ob ich wohl immer noch den Totenschädel mitnehmen darf?«, fragte Adie.

Quinn setzte sich neben sie an den Tisch. »Wenn er sauer ist, hat das nichts mit dir zu tun, Darling. Ich glaube, er ist auf mich sauer.«

»Er will dich nicht teilen.«

»Ja. Da könntest du recht haben.«

Adie nickte und berührte den Schädel. Quinn bestrich ihren Toast mit Butter und Honig.

»Kannst du das Brot einpacken? Ich möchte los.« Marianna sah ihn mit aufgerissenen Augen an. Er wusste, was sie sagen wollte: *Ich muss verdammt noch mal von hier verschwinden. Und zwar jetzt sofort.*

»Ich begleite euch nach unten.« Er wickelte Adies Toast ein und reichte ihn Marianna. »Möchtet ihr etwas Obst oder Wasser?«

Marianna ging nur wortlos nach draußen auf die Veranda.

Adie blickte zu ihm auf. »Wirst du den Totenschädel für mich tragen? Er hat gesagt, dass ich ihn mitnehmen darf.«

»Ja. Mach ich.«

Quinn sah zu, wie Marianna im Rückwärtsgang nach unten auf die Straße fuhr und den Wagen in Richtung Stadt lenkte. Adie winkte aus dem Heckfenster, und er stand dort, bis er das Auto nicht mehr hören konnte. Vögel zwitscherten im Gebüsch hinter ihm, und die Morgensonne drang durch die Bäume nach unten und erhellte den Staub auf der Straße. Normalerweise fand er diese Szenerie friedlich, doch heute war sie bedrückend – die emporragenden Bäume, der Staub, die gnadenlose Geräuschkulisse der Zikaden. Er stellte sich vor, wie das Auto mit seiner Frau und seiner Tochter – seiner Familie – auf den kurvenreichen Straßen in Richtung Stadt fuhr, und jeder Augenblick sie weiter von ihm entfernte. Er fragte sich, wann er sein Mädchen wiedersähe.

Rachel saß oben auf der Treppe und band die Schnürsenkel ihrer Wanderschuhe zu, den schwarzen Rucksack bereits auf dem Rücken. Ned stand auf einer Stufe unter ihr, aß immer noch Toast und wich dem Blick seines Vaters aus.

Rachel lächelte auf Quinn herunter. »Wir gehen zum Riesenfelsen hinauf. Willst du mitkommen?«

»Ja.«

Ned warf die Brotrinde in den Garten. »Du hast sie den Totenschädel mitnehmen lassen. Ich habe euch gehört.«

»Ich dachte, du leihst ihn ihr«, erwiderte Quinn. »Das habe ich dich gestern Abend sagen gehört.«

Ned sprach leise. »Ich habe es mir anders überlegt.«

Quinn streckte die Hand aus, um sanft Neds Schulter zu reiben. »Es tut mir leid. Mir war nicht klar, dass du es dir anders überlegt hattest.«

»Tja, hab ich aber. Du hättest mich fragen sollen.«

»Es tut mir leid, Nudel.«

Ned duckte sich unter Quinns Hand und rannte die Stufen hinunter. »Nenn mich nicht Nudel.«

Quinn sah Rachel an, und sie hob die Augenbrauen, als wollte sie sagen: *Was hast du erwartet?*

Zu dritt stiegen sie hintereinander den steilen Pfad hoch. Ned ging voraus, barfuß, seinen neuen ledernen Messergürtel um die schmalen Hüften geschlungen. Der Wald war kühl und feucht, und kleine Vögel flogen durch das Unterholz.

Quinn sah zu, wie Ned davonhüpfte, die Stufen hinauf zum Riesenfelsen. Vielleicht müssten sie eine Nacht hier oben zelten, nur sie beide.

Oben ging Ned zu der Lagerfeuerstelle, wo Quinn ihm von Adie und Marianna erzählt hatte. Der Junge trat nach einem Kohleklumpen und blickte das Tal hinunter in Richtung des Ozeans, der in der Ferne glitzerte. »Jetzt müssten sie in der Stadt sein.«

»Marianna und Adie?«, fragte Quinn.

Ned nickte. »Warum bist du nicht mit ihr nach Hause gefahren?«

»Mein Zuhause ist jetzt hier.«

Er drehte sich um und sah seinen Vater direkt an. »Das hier ist das Haus von mir und Mummy.« Seine Lippen bildeten eine feste Linie.

»Willst du nicht mehr, dass ich hier wohne?«

Ned zuckte die Schultern. »Nein«, sagte er dann.

»Oh, Ned.« Am liebsten hätte er seinen Jungen berührt, hielt sich aber zurück. »Ich wäre echt traurig, wenn ich nicht hier bei euch wohnen würde. Wir werden immer eine Familie sein, du, ich und Mum.«

Ned ging an den Rand des Felsens, wo dieser senkrecht zum Wald hin abfiel. Rachel folgte ihm, ging neben ihm in die Hocke und sprach leise. Ned nickte, und sie drehten sich um, überquerten den Riesenfelsen und machten sich daran, Zweige und Stöcke zu sammeln.

Quinn saß auf einem Baumstamm an der Lagerfeuerstelle und blickte hinaus auf den Busch. Es stimmte, Rachel und Ned waren hier auf eine Art zu Hause, wie Quinn es nie gewesen war.

Ned legte ein Bündel Zweige auf den Felsen neben Quinn und baute dann ein Tipi aus Anzündholz. Er zog Zündhölzer aus dem wasserdichten Lederbeutel an seinem Gürtel und zündete vorsichtig ein kleines trockenes Grasbüschel an, das er unter das Anzündholz schob. Anscheinend hatte

Clarrie Ned beigebracht, wie man ein Feuer entfachte, und wie man sicherstellte, dass es aus war, bevor man wegging. Rauch wehte Quinn ins Gesicht, während Ned auf allen vieren auf die Flammen blies. Quinn musste das Verlangen unterdrücken, seinen Sohn zu packen und zu halten, wie er es so oft hier auf dem Riesenfelsen getan hatte.

Sobald das Feuer einmal brannte, legte Ned zwei kleine Äste über die Flammen und stand auf. »Wir brauchen noch größere Äste. Baumstämme. Ich möchte ein Signalfeuer machen.«

Quinn stand auf. »Ich helfe dir.«

»Nein, ich mache es«, widersprach Ned und marschierte davon.

Während Quinn neben dem Feuer saß und das Flackern der orangefarbenen Flammen beobachtete, durchschnitt ihn die Erkenntnis seines eigenen Versagens. Jahrelang hatte er sich eingeredet, dass er das Bestmögliche in einer verkorksten Situation tat, aber jetzt wusste er – ohne den geringsten Zweifel –, dass er es versaut hatte, dass er die falschen Entscheidungen getroffen hatte.

Rachel ließ ein paar Äste auf den Felsen fallen. Sie setzte sich neben Quinn auf den Baumstamm, griff nach seiner Hand und drehte sie mit der Innenfläche nach oben, als wolle sie sein Schicksal vorhersagen. Sie strich mit dem Daumen über seine Handfläche. »Alle tun sich schwer, nicht wahr?«

»Ja.« Er sah zu, wie Ned am Ast eines umgestürzten Baumes zerrte.

Sie streichelte weiter seine Handfläche. »Ich bin wirklich … Ich habe das Gefühl, als hätte ich mich verirrt. Alles ist so …« Sie holte Atem. »Ich finde, wir sollten eine Weile getrennt voneinander sein. Um uns neu zu eichen.«

Quinns Magen verkrampfte sich.

»Zeit, um wir selbst sein zu können, wir selbst als Singles …« Sie drückte seine Hand. »Und vielleicht gelingt es uns dann, von Neuem zueinanderzufinden. Weißt du, was ich meine?«

»Eigentlich nicht. Ich weiß nicht, ob es so funktioniert.«

Ned zerrte einen großen Ast über den Felsen auf sie zu.

»Ich glaube nicht, dass wir zusammenbleiben, wenn wir einfach so weitermachen wie bisher«, meinte Rachel. »Unsere Beziehung hat sich auf zu wackeligem Grund entwickelt.« Sie legte seine Hand auf seinen Oberschenkel zurück. »Es ist, als müssten wir uns trennen und dann wieder zusammenkommen und etwas Neues erschaffen. Irgendwo in dem ganzen Chaos habe ich mich selbst verloren …«

»Aber wir haben ein Kind. Wir werden nie wie zwei fremde Singles sein, die zueinanderfinden.« War sie naiv oder weise? Er hatte keine Ahnung. Er wusste nur, dass er drauf und dran war, alle auf einmal zu verlieren.

»Ich klammere mich einfach an diesen Weg, weil ich glaube, es ist unsere einzige Chance. Ansonsten habe ich das Gefühl, dass wir nur immer weiter …«

»Ned braucht im Moment das Gefühl einer richtigen Familie. Er braucht Sicherheit, keine Trennung. Wir sollten für ihn nicht alles noch schlimmer machen, als es ohnehin schon ist. Lass uns um Himmels willen eine Familie aus diesem Schlamassel retten.«

Sie holte tief Luft. »Was Besseres habe ich im Moment nicht zu bieten.«

Seine Brust zog sich zusammen. »Okay. Tja, wenn es das ist, was du brauchst, dann lässt sich das wohl nicht ändern. Ich glaube allerdings ehrlich nicht, dass es das Beste für Ned ist.«

Rachel legte einen Stock ins Feuer nach. »Du könntest dir eine Bleibe in der Stadt suchen. Es sei denn, du würdest bei Bill wohnen?«

»Nein. Nicht bei Bill.«

»Und selbstverständlich wirst du Zeit mit Ned verbringen.«

Ned erreichte sie mit dem großen Ast, den er hinter sich herzog. »Das hier wird so ein riesiges Signalfeuer werden. Sie werden es vom Weltall aus sehen.« Er ging in die Hocke. »Hast du die Sandwichsachen dabei, Mum?«

Sie zog ein Sandwicheisen und vorbereitete, in Papier gewickelte Sandwichs aus ihrem Rucksack und reichte sie Ned.

»Wirst du in Brisbane bei deinem Dad wohnen?«, fragte sie Quinn.

Quinn nickte und erhob dann die Stimme. »Ned, mein Dad will dich unbedingt kennenlernen. Er wird herkommen, und du kannst ihn herumführen.«

Ned, der gerade ein mit Butter beschmiertes Käsesandwich auf das Sandwicheisen legte, blickte auf. Er richtete den Blick auf seine Mutter. »Ich gebe der Kohle noch ein bisschen Zeit.«

»Gute Idee«, erwiderte sie. »Hast du gehört, was dein Dad über deinen Großvater gesagt hat?«

Ned betrachtete das Eisen mit gerunzelter Stirn. »Wo ist er?«

»In Brisbane. Ich kann ihn herbringen. Er möchte dich unbedingt kennenlernen.«

Ned zuckte die Schultern und stocherte mit einem Stock im Feuer herum. Der brennende Rauch stieg Quinn in die Augen.

51

Am Freitagnachmittag stand er an der Tür und fummelte an seinem Schlüsselring herum. Es befanden sich zu viele Schlüssel daran, und die meisten davon konnte er nicht mehr benutzen. Endlich fand er den richtigen.

Die Hündin Lucy wartete gleich bei der Tür mit wedelndem Schwanz. Das Haus roch nach Hund und nach der nassen Wäsche, die er in dem kleinen Badezimmer aufgehängt hatte.

Er stellte seine Tasche ab, holte sich ein Bier aus dem Kühlschrank und sank auf die Couch – seine nagelneue Couch –, Lucy zu seinen Füßen. Durch die Tür sah man auf einen ungleichmäßigen Rasen und einen hochgewachsenen Hibiskusstrauch. In der Nähe auf der Main Arm Road brummte der Verkehr in Richtung Corimbi, und die zwitschernden Vögel in der Nachbarhecke waren gnadenlos fröhlich. Er trank einen großen Schluck kaltes Bier und versuchte, dort auf der Couch zu bleiben, anstatt gleich den Fernseher einzuschalten oder eine Ladung Wäsche zu waschen, etwas, irgendetwas, um das hohle Gefühl in seiner Brust zu überdecken. Die ersten Abende in dem Haus hatte er sich betrunken, aber selbst zwei Flaschen Wein hatten seine Schuldgefühle und seine Fassungslosigkeit nicht besänftigt.

Er griff nach dem Handy und wählte Mariannas Nummer. Vor seinem geistigen Auge sah er, wie sie das Handy aus der Tasche zog und an Adie weiterreichte.

»Bist du's, Daddy?« Adie klang zögerlich.

»Hallo, Süße. Was machst du gerade?« Shellys Kinder lachten und kreischten im Hintergrund.

»Ach, nichts. Verstecken spielen.«

Er rief Adie und Ned jeden Abend an. Adie sagte nie viel, aber manchmal sang sie ihm ein Liedchen vor oder erzählte ihm von Shellys Blumengarten.

Er griff in die Hemdtasche nach der Liste mit Dingen, die er ihr erzählen wollte: Lucys neues Halsband, das Bettzeug, das er für das Bett gekauft hatte, auf dem sie schlafen würde, wenn sie ihn besuchen kam, den Heißluftballon, den er am Morgen bei Tagesanbruch gesehen hatte. Er widerstand dem Klagegesang aus *Es tut mir leid, es tut mir leid, es tut mir leid,* und nach ungefähr fünf Minuten unterbrach sie ihn. »Ich muss los, Daddy«, erklärte sie und legte auf.

Adie und Marianna waren nun schon zwei Wochen in Melbourne, und bei dem einzigen Gespräch, das er mit Marianna geführt hatte, wollte sie sich nicht festlegen, wie lange sie vorhatte wegzubleiben. Er war darauf verfallen, Adie Briefe in einer Art Code zu schicken: kleine Zeichnungen von einem Mann, einem Herz und einem Mädchen. Eine Zeichnung der Hündin Lucy, in der Welpen heranwuchsen.

Er versuchte, sich Mut zu machen, dass die Bande zwischen ihm und Adie stark genug waren, um das hier zu überstehen. Doch die Reserviertheit in ihrer Stimme bereitete ihm jedes Mal Unbehagen.

Er wählte Rachels Nummer, und sie hob nach dem ersten Klingeln ab. »Hi, Quinn.«

»Wie geht es euch?«

»Er reinigt den Skinkkäfig.« Sie hielt inne. »Tut mir leid. Er will noch immer nicht telefonieren. Ich habe ihn darum gebeten, aber …« Bisher war Ned kein einziges Mal ans Telefon gekommen.

»Ist schon in Ordnung. Wie geht es dir?«

»Oh.« Sie seufzte, und er hatte Angst davor, was sie sagen würde. »Wir sind wandern gewesen. Gestern sind wir zum Doughboy gewandert.«

»Das muss den ganzen Tag gedauert haben.«

»Ja. Meine Waden tun höllisch weh.« Sie atmete durch. »Ich muss jetzt los. Clarrie wird heute Abend auf ihn aufpassen, und ich habe bloß noch auf deinen Anruf gewartet.«

Am liebsten hätte er gefragt, was sie vorhatte, aber das ging ihn jetzt nichts an. »Wirst du ihm sagen, dass ich angerufen habe?«

»Oh, das weiß er.« Ihre Stimme klang freundlich. »Tschüss, Quinn.«

Zweimal war Quinn zu ihnen gefahren, aber der Junge war in den Busch gelaufen. Quinn war ihm gefolgt, falls es das war, was der Junge eigentlich wollte, hatte ihn aber natürlich nicht finden können. Es war, als hätte sich der Junge inmitten der Bäume und des dichten Unterholzes in Luft aufgelöst wie ein Geist.

Quinn klickte Lucys Leine fest. Jeden Abend drehten sie die gleiche Runde durch die ebenen Straßen diesseits des Flusses. Und immer standen die Türen und Fenster derselben Häuser offen, sodass Geräusche in den warmen Abend drangen. Er sah Familien, die um den Fernseher saßen, oder jemanden, der am Spülbecken stand und den Abwasch machte. Die Menschen um ihn herum führten ihre Leben, und es war verlockend, sich vorzustellen, dass sie glücklich waren, dass ihr Leben leicht war. Er fragte sich, wie viele von ihnen mit Reue lebten und sich wünschten, etwas anders gemacht zu haben.

Möglicherweise hatte es – wie Marianna gesagt hatte – einen bestimmten Moment gegeben, in dem er es ihr hätte sagen sollen. Er hatte versucht, mit seinem Dad darüber zu sprechen. »Es hat Hunderte, wenn nicht Tausende Momente gegeben, in denen du es ihr hättest sagen können, Quinn«, hatte Evan gesagt. »Du hast sie *alle* verstreichen lassen, nicht nur einen.« Er hasste es, zu wissen, dass er in den Augen seines Vaters falsch gehandelt hatte, dass er es nicht geschafft hatte, den nötigen Mut aufzubringen. Er war nicht mehr der gute Sohn oder der gute Ehemann oder Vater. Und noch nicht einmal ein sonderlich guter Arzt. Wenn er bei seinen Patienten war, musste er sich große Mühe geben, sich auf seine Arbeit zu konzentrieren, anstatt über all die Momente nachzugrübeln, in denen er die Dinge in eine andere Richtung hätte lenken können, Tausende von Momenten, die unwiederbringlich vorbei waren.

Jetzt begriff er, dass jedes Mal, wenn er eine Gelegenheit zur Aussprache hatte verstreichen lassen, es schwerer geworden war, es ihr zu beichten. Als hätte er durch sein Nichtstun eine Art Furche gebildet, eine Wagenspur der Tatenlosigkeit, des Verleugnens. Und je tiefer die Spur wurde, desto schwieriger wurde es, aus dieser Spur auszuscheren.

Nachdem Lucy und er von ihrem Spaziergang zurückgekehrt waren, bereitete er ihnen Abendessen zu. Steak und Salat. Es dauerte etwa eine halbe Stunde, bis er gekocht, gegessen und abgewaschen hatte. Als er das Geschirr weggeräumt hatte, sah die Küche kahl aus. Er hatte drei Gläser, drei Teller, drei Schüsseln. Drei von allem. Für ihn und Adie und Ned. Er hätte Sachen von zu Hause mitnehmen können, aus Brisbane, aber es hafteten keine Erinnerungen an weißem, in China hergestelltem Geschirr und Besteck, billigem Bettzeug und einem blauen Durchschnittssofa. Es war eine deprimierende Erkenntnis, dass er fast das ganze Leben in den Räumlichkeiten anderer verbracht hatte. Dieses neue Zuhause war nichtssagend, fast schon trostlos, was vielleicht eine Art Buße darstellte.

Er erwachte mit einem Bild von Ned vor seinem inneren Auge: Der Junge schlüpfte in den Busch davon, verschwand im dunklen Unterholz. Mit klopfendem Herzen schwang er sich aus dem Bett und zog sich Shorts und das erstbeste T-Shirt an, das er finden konnte. Er hatte Angst, Ned zu verlieren, wenn er nicht bald zu ihm durchdrang, als gäbe es nur ein kleines Zeitfenster, in dem er ihre Beziehung retten konnte.

Um acht Uhr fuhr er bereits aus der Stadt, zwischen den üppigen, sonnenbeschienenen Koppeln hindurch und nach oben in die Hügel. Er fuhr immer schneller auf der kurvenreichen Straße und wurde selbst an den Bachübergängen kaum langsamer. Es hatte geregnet, der Bach war gestiegen und bedeckte den Übergang am Fifth Crossing. Zu beiden Seiten des Wagens spritzte in hohem Bogen Wasser empor.

Als er vor der Hütte hielt, erwartete er, dass Rachel auf

der Veranda erschiene. Er rief, als er die Treppe hochstieg, erhielt aber keine Antwort. Drinnen standen schmutzige Schüsseln neben der Spüle. Sie hatten Obst und Joghurt zum Frühstück gegessen. Rachels Teekanne war noch warm.

Draußen erklang ein Geräusch, und Quinn trat auf die Veranda. Ned stand unten auf dem Rasen und sah zu Quinn hoch. Der Junge war barfuß und hielt einen langen Bambusstock in der Hand. Quinn sagte nichts, weil er Angst hatte, den Bann zu brechen, sondern eilte die Stufen hinab. Ned beobachtete das Herannahen seines Vaters mit schmalen Augen, dann wirbelte er herum und lief in den Busch. Der Bambusstock fiel ins Gras. Der Blick in seinen Augen war nicht spielerisch gewesen, sondern beängstigend erwachsen und distanziert.

Quinn lief den Pfad hinter Ned her und erhaschte im Busch zu seiner Linken einen Blick auf dessen rotes Hemd. Er schrie, seine Stimme war erschreckend laut in dem stillen Wald. »Ich werde dir nicht nachjagen, Ned! Ich werde einfach hier auf dem Pfad sitzen!« Er sank auf den kühlen Boden und saß mit angezogenen Knien da. Statt in Neds Richtung zu sehen, lauschte er nur und gestattete seinem Herzschlag, sich so weit wie möglich zu normalisieren. Das Vogelgeschrei war nicht mehr so laut und aufdringlich wie am frühen Morgen, und im Dickicht neben dem Pfad raschelten Insekten und Eidechsen. Das Blätterdach filterte den Sonnenschein. Es war dämmrig und eng, und er versuchte, sich als Teil des Busches und nicht wie ein Hochstapler zu fühlen. Nach einer Weile, vielleicht zehn Minuten, hörte er von einer Seite ein Rascheln. Es konnte ein Wallaby sein, aber er hoffte, dass es Ned war.

Er begann zu reden. »Leider erinnern wir uns nicht an die ersten paar Jahre unseres Lebens. Du wirst dich also nicht daran erinnern, aber ich habe dich auf deinen ersten Spaziergang in diesem Busch mitgenommen. Du bist vier Tage alt gewesen, und Mummy hat geschlafen, und ich habe dich in eine Decke gewickelt, und wir sind genau den Pfad entlanggegangen, gleich hier, und deine Augen waren so groß, als du genau zu diesen Bäumen hochgeschaut hast, als hättest du gewusst, wie sehr du sie lieben würdest. Und ich habe dich den ganzen Weg zum Riesenfelsen hochgetragen – auch wenn er damals noch nicht Riesenfelsen hieß, denn du hast ihm erst später einen Namen gegeben –, und du und ich, wir haben dort oben unter einem Baum gesessen, und nach einer Weile bist du in meinen Armen eingeschlafen, und ich habe auf dein schönes Gesicht geschaut, und alles auf der Welt hat sich gut angefühlt. Ich habe dich wieder nach unten getragen, durch den Wald, und im Haus, in deinem kleinen Gitterbett, hast du stundenlang geschlafen, Ned. Länger hattest du bis dahin noch nie am Stück geschlafen. Als hättest du nur darauf gewartet, den Wald kennenzulernen, um dich endlich entspannen zu können.«

Quinn hielt inne, um auf Ned zu lauschen oder ihn zu Wort kommen zu lassen, aber da war nichts. Vielleicht führte Quinn ein Selbstgespräch.

»Als Säugling bist du gegen vier Uhr morgens aufgewacht und wolltest gestillt werden. Und Mummy hat dich dann gestillt und ist wieder eingeschlafen, und ich habe dich mit nach draußen genommen, damit wir uns die letzten Sterne vor Sonnenaufgang ansehen konnten. Und ich habe dir ihre Namen genannt, und wir sind dort draußen geblieben, bis du wieder eingeschlafen bist.« Quinn wusste, dass er seine Rolle übertrieb. Er war nur zwei oder drei Nächte die Woche da gewesen. Meistens hatte Rachel allein mit der Situation fertigwerden müssen, in aller Herrgottsfrühe geweckt zu werden. Ihm sank der Mut, als ihm klar wurde, wie sehr es ihm zur Gewohnheit geworden war, diese Verstellung, dieses Umschreiben der Geschichte.

»Ich werde weiterhin jeden Tag herkommen, Ned. Ich habe im Moment auch Ferien. Und wenn du mich nicht sehen möchtest, dann ist das in Ordnung, aber ich werde kommen, und ich werde genau hier sein und auf dem Pfad sitzen.« Er wusste nicht, wie Rachel das fände, aber er konnte ihr schließlich aus dem Weg gehen, wenn ihr das lieber war.

»Möchtest du, dass ich dir noch mehr Geschichten erzähle? Du könntest einen Stock werfen, wenn ja.« Es kam nichts, nur die leisen Buschgeräusche um ihn herum. Vielleicht hatte er seine Chance verpasst, Ned zurückzugewinnen. Da segelte ein Stock durch die Luft und landete vor ihm auf dem Pfad. Quinn grinste und musste sich zwingen, nicht herumzuwirbeln. Er erzählte die Geschichte von Neds erster Sternschnuppe und dem einen Mal, als sie auf dem Riesenfelsen gezeltet hatten, als Ned drei Jahre alt war, und der Wind ihr Zelt umgerissen hatte. Aus dem Gebüsch erklang leises Gelächter, als er beschrieb, wie das Zelt durch die Luft und über den Felsrand in den Wald unter ihnen gesegelt war.

Er redete schon seit einer halben Stunde, und sein Hintern war kalt und tat weh, da tauchte Rachel auf der sonnenbeschienenen Lichtung weiter unten auf und kam den

Pfad hoch. In drei Meter Entfernung blieb sie stehen. »Ich habe deinen Wagen gesehen.« Sie trug eine Khakihose und ein lilafarbenes T-Shirt, das er noch nie gesehen hatte.

»Ich plaudere mit Ned.«

»Ach?« Sie sah sich um.

»Er ist irgendwo im Gebüsch.«

Sie verbarg ein leises Lächeln. »Okay.«

»Aber jetzt muss ich aufstehen. Ned, ich komme morgen wieder.« Er ging den Pfad entlang, ohne sich umzusehen. Rachel und er gingen über den sonnigen Rasen auf den Gemüsegarten zu, der üppiger denn je aussah. Sie musste viel darin gearbeitet haben.

»Wie ginge es dir damit, wenn ich jeden Tag herkäme?«, fragte er. »Bloß, um im Wald zu sitzen und mit ihm zu reden.«

»Ist er wirklich da gewesen? Ich habe ihn nicht sehen können.« Ihre Stiefel waren voller frischem Schlamm. Vielleicht war sie unten am Wasserloch gewesen.

»Ja. Er ist da gewesen.«

»Gut.«

»Kann ich jeden Tag herkommen?«

»Ja.« Als sie am Tor zum Gemüsegarten vorbeikamen, blieb sie stehen und steckte die Hände in die Taschen. »Was für einen Schlamassel haben wir da angerichtet, Quinn.«

»Ja.« Er schluckte. »Ich weiß, dass du Zeit brauchst ... eine Pause, aber ich will mit dir zusammen sein, Rachel. Ich werde vollständig hier und bei euch sein, wenn es das ist, was du willst.«

Sie sah weg in Richtung Wald, und anhand ihres Atmens merkte er, dass sie den Tränen nahe war.

Er trat einen Schritt auf sie zu. »Und es liegt nicht daran, dass ich nicht alleine leben kann. Das kann ich. Aber wenn wir das hier überstehen wollen – du, ich und Ned –, dann glaube ich, dass wir zusammen sein müssen. Nicht voneinander getrennt, kein Davonlaufen.« Ausgerechnet er wusste nur zu gut, wie es war, davonzulaufen anstatt sich heiklen Gefühlen zu stellen. »Wenn wir von Neuem anfangen wollen, wie du sagst, dann lass uns die Dinge anders angehen. Lass es uns gemeinsam tun.«

»Die Dinge anders angehen? Wie denn?« Sie drehte sich wieder zu ihm, die Augen nass.

»Wie du gesagt hast, indem wir nichts zurückhalten. Mithilfe von absoluter Ehrlichkeit. Vollkommener Ehrlichkeit.« Zu seinem Entsetzen verspürte er ein angstvolles Flattern bei der Vorstellung, ihr immer genau zu sagen, was gerade in ihm vorging. »Beispielsweise, indem ich ehrlich zugebe, was für große Angst ich habe, alt und allein zu enden und meine Kinder verpasst zu haben, weil ich alles dermaßen versaut habe, weil ich nicht genug getan habe, um in ihrem Leben zu sein.« Er atmete zitternd ein. »Ich möchte mit dir zusammen sein, und ich weiß, dass es fünf Jahre zu spät ist, aber ich möchte ein Leben für unsere kleine Familie gründen.« Er hatte nicht vorgehabt, das jetzt zu sagen, und es kam ein wenig zu aalglatt, zu eingeübt heraus.

Sie bedeckte die Augen mit einer Hand und holte tief Luft. Dann nickte sie und entfernte sich in Richtung Haus. »Bis morgen, Quinn.«

Er sah ihr nach, wie sie um die Hausecke verschwand, und ging zum Wagen.

Am nächsten Tag war es warm, und es nieselte. Sobald Quinn hielt, sprang Ned die Verandastufen herunter und in den Busch, sodass sein gelber Regenmantel flatterte. Quinn zog die Kapuze seiner eigenen Regenjacke hoch und ging durch den dunstigen Regen zu dem Pfad. Er stand in dem dämmrigen Wald, und der Regen plätscherte auf die Blätter um ihn herum. Er fand einen umgestürzten Baumstamm, zog ihn auf den Pfad, setzte sich darauf und begann zu erzählen, wie er Ned früher immer als Baby gebadet hatte, wie Neds kleiner Körper auf Quinns geruht hatte, einen Waschlappen auf dem Bauch, damit ihm warm war, während eine Kerze am Badewannenrand flackerte. Beim Sprechen hörte Quinn ein Geräusch auf dem Pfad hinter sich und wusste, dass Ned genau dort war. Endlich. Er redete weiter und versuchte, ein Bild von Neds magischen ersten Lebenswochen zu zeichnen. Nach fünf Minuten konnte er nicht mehr anders, sondern drehte sich um. Da war niemand, aber Ned hatte im Schlamm einen kleinen Fußabdruck hinterlassen.

Als er an Heiligabend um sieben Uhr morgens aufwachte, war es bereits heiß. Er hatte Rachel gebeten, am ersten Feiertag zusammen mit Ned zur Bescherung zu ihm nach Hause zu kommen, aber sie hatte erklärt, sie hätten Clarrie versprochen, ihn zu besuchen, und könnten ihn nicht hängen lassen. Quinns Dad war in Perth bei Tom, wohin auch Quinn hätte fliegen können, aber das hätte einen Tag voller aufgesetzter guter Laune und mit vielen fremden Menschen bedeutet. Marianna hatte klargemacht, dass sie ihn zu Weihnachten nicht in Melbourne haben wollte, und er hatte Angst, sie zu sehr zu bedrängen. Es war leicht denkbar, dass sie jeden Kontakt abbrechen und Anwälte einschalten würde. Er würde Weihnachten also allein verbringen. Er hatte Hühnchen gekauft, das er braten wollte, und eine gute Flasche Wein.

Fast eine Woche lang hatte er jeden Tag auf dem Waldpfad gehockt und Ned Geschichten erzählt, und Ned hatte sich noch immer nicht gezeigt. Die letzten beiden Tage war Rachel gekommen, um in seiner Nähe zu sitzen und zuzuhören, die Stirn auf die angewinkelten Knie gelegt. Er hatte gehofft, sie würde ihn auf eine Tasse Tee ins Haus bitten, aber an beiden Tagen war sie verschwunden, bevor er seine Geschichte beendet hatte. Als er gestern zu seinem Wagen ging, fand er jedoch einen Karton mit ihrem Obst und Gemüse auf der Motorhaube, außerdem ein kleines, in rotes Papier eingepacktes Geschenk.

Quinn erzählte Adie ähnliche Geschichten am Telefon, und mittlerweile blieb sie fünfzehn oder zwanzig Minuten lang am Apparat. Während er seiner Kleinen von ihren ersten Tagen erzählte, hörte er durchs Telefon ihren gleichmäßigen Atem, und sein Herz zog sich zusammen, wenn er sich daran erinnerte, wie er ihr beim Schlafen zugesehen hatte, ihr Gesicht weich auf dem Kopfkissen.

Um neun Uhr zeigte das Thermometer über dreißig Grad, und Quinn ließ Lucy in einer schattigen Ecke seines kleinen Gartens und ging den glühend heißen Gehweg entlang über die Brücke zum städtischen Schwimmbad. Rachel hatte ihn gebeten, heute nicht zu kommen. Sie fuhren zu einer großen Weihnachtsfeier weiter oben im Tal.

Das Becken war voller Kinder: zehnjährige Jungen, die

sich gegenseitig untertauchten, Teenager in Bikinis, die synchron von den Blöcken sprangen, und Eltern mit Kleinkindern am Nichtschwimmerende. Quinn ließ sein Handtuch auf die Stufe an der Tribüne fallen, wo Rachel und er so viele Male gesessen hatten. Dann zog er sich bis auf seine Badesachen aus und ging an den Beckenrand. Ein paar Leute schwammen langsam ihre Bahnen. Zum ersten Mal sah er das Schwimmbecken bei Tageslicht. Risse am Boden des Beckens waren mit etwas Weißem übertüncht worden, und die Fliesen waren ein wenig schmutzig. Er blickte zum Dach der Tribüne auf und sah Dellen am Rand des Bleches, wo Rachel und die anderen sich abgestoßen hatten, um ins Wasser zu springen. An den Abenden, als er Rachel hier getroffen hatte, hatte der Ort magisch und überirdisch gewirkt. Er überlegte sich, wie er aus der verzauberten Traumhaftigkeit jener Zeit hätte heraustreten und klarer darüber nachdenken können, was er da gerade tat. Woher kam eine solche moralische Klarheit? Kamen manche Menschen einfach damit auf die Welt und führten ein Leben, das sich nach einem klaren Moralkodex richtete, ganz gleich, wie unbehaglich es sich vielleicht anfühlen mochte? Vielleicht war seine Mutter letztlich so gewesen und sein Vater nicht.

Er setzte die Taucherbrille auf und machte einen Kopfsprung. Seine Arme zogen ihn durchs Wasser, bis er in einen Rhythmus fand, und von da ab war es, als trüge ihn das Wasser, beinahe, als würde es ihn antreiben. Sein ganzes Leben war er ein Schwimmer gewesen. So ein wunderbares Wort. Irgendwie schien es die Einfachheit und Leichtigkeit dessen zu umfassen, was ein Schwimmer war. Er durfte die Hoffnung nicht aufgeben, dass er einen Weg durch diesen

Schlamassel finden konnte. Dass seine und Neds und Adies Liebe auf etwas Dauerhaftem und Uraltem gegründet war. Wenn Rachel Schluss machte, wenn er auch sie loslassen musste, würde er es tun. Aber seine Kinder würde er *niemals* loslassen.

Als er aus dem Wasser kletterte, zeigte sein Handy einen verpassten Anruf von Rachel an. Er rief zurück, während er auf den heißen Beton tropfte. Vielleicht kamen sie morgen doch zum Weihnachtsessen.

Ned ging an den Apparat. »Daddy?« Seine Stimme klang aufgeregt.

»Ned.« Blut rauschte in Quinns Ohren. Es war das erste Mal, dass sie miteinander telefonierten, seitdem Rachel Quinn gebeten hatte auszuziehen.

»Hallo«, sagte Ned. Quinn hörte im Hintergrund Vogelgesang.

»Was machst du gerade, Kollege?«

»Mit dir reden. Habe gerade eben Mummys Geschenk fertig eingepackt. Willst du wissen, was es ist?«

»Allerdings.«

»Ein Skink aus Ton, den ich mit Clarrie gebastelt habe.«

»Oh, das wird sie toll finden.«

»Wo bist du, Dad?«

»Am Pool. Ich bin gerade eben geschwommen.«

»Du hast einen Pool an deinem neuen Haus?«

»Nein, ich bin im großen Schwimmbad in der Stadt. In Corimbi.«

»Morgen ist Weihnachten, hast du das gewusst?«

»Ja. Das habe ich gewusst.« Ein kleines Mädchen, dessen Handtuch ihm wie ein Umhang hinterherflatterte, rannte an Quinn vorbei. »Und ich habe Mummy ein paar Geschenke für dich gegeben. Sie wird sie dir morgen geben. Und wir werden miteinander telefonieren, bevor ihr zu Clarrie rübergeht, hoffe ich.«

»Wenn ich in deinem anderen Haus übernachte, wo werde ich dann schlafen?«

Quinn musste sich fassen, bevor er sprechen konnte. »Da ist ein Bett für dich, ein Bett extra für dich in deinem eigenen Zimmer. Ich habe rotes Bettzeug gekauft. Ich habe gedacht, ein roter Bettbezug würde dir gefallen.«

»Gut.« Ned legte das Telefon mit einem dumpfen Geräusch ab.

»Tschüss, Nudel.« Er hörte die Schritte seines Sohnes durch das Haus hallen und die Wettertür zuschlagen. Er lauschte auf Rachel, aber da war nichts. Quinn saß auf der Stufe der Tribüne, das Handy am Ohr, und lauschte der Stille in ihrem Haus.

Danksagung

Ich bedanke mich vielmals bei Alex Craig, Emma Rafferty, Cate Paterson, Brianne Collins und Tracey Cheetham von Pan Macmillan für ihren Enthusiasmus und ihre Fachkenntnis. Herzlichen Dank auch an Britta Hansen und Anna Baubin vom Diana Verlag sowie an Ute Brammertz für die Übersetzung. Mein Dank gilt meinen wunderbaren Agentinnen: Pippa Masson und Grace Heifetz von Curtis Brown Australia, Kate Cooper von Curtis Brown London sowie Anouk Foerg in Deutschland. Für Rat in medizinischen Fragen bedanke ich mich bei Dr. Bob Lodge, Dr. Dave Moss, Dr. Devora Lieberman, Dr. Penny Hall, Kumari Ellis und Dean Trevaskis. Jegliche Irrtümer gehen natürlich auf mein Konto. Für Feedback geht mein Dank an: Emma Ashmere, Jesse Blackadder, Hayley Katzen, Amanda Skelton, Steve Armstrong, Annette Barlow, Jessie Cole und Alan Close. Bei Stacey King, Ken Sigrah und der Familie von Kapitän W.J.W. (Bill) Forster bedanke ich mich dafür, dass sie mich an ihren Erinnerungen an Banaba/Ocean Island teilhaben ließen. Für weitere Informationen und das Überprüfen von Fakten bedanke ich mich bei Odette Nightsky, Philip Griffin und Kerri Mellifont. Bei Teresa Mutzenbach bedanke ich mich für das schöne Cover. Mein Dank gilt

Marion Armstrong und Jen Bond, die mit Amelia gespielt haben, während ich geschrieben habe. Und ich bedanke mich bei Amelia für die rätselhaften kleinen Nachrichten, die sie mir unter der Tür durchgeschoben hat. Mein Dank geht an den Literature Board of the Australia Council, Varuna – das Writers House und das Northern Rivers Writers Centre. Vor allem aber bedanke ich mich bei Alan für praktische Unterstützung, Zuspruch und dafür, dass er zu jeder Tages- und Nachtzeit bereit war, Handlung und Figuren durchzudiskutieren.